Knaur

Über den Autor:

Robert Mawson wurde 1956 in London geboren. Er arbeitete nicht nur als Journalist, sondern auch zehn Jahre lang als Pilot in der Flugzeugindustrie. Er lebt und arbeitet heute in Suffolk. *Ein Schiff namens Hoffnung* ist sein erster Roman.

Robert Mawson

Ein Schiff namens Hoffnung

Roman

Aus dem Englischen von
Benno F. Schnitzler

Knaur

Die englische Originalausgabe erschien unter dem Titel
»A Ship Called Hope« bei Warner Books, London

*Für Christopher,
Jonathan und Victoria –
in Liebe.*

Vollständige Taschenbuchausgabe November 1998
Droemersche Verlagsanstalt Th. Knaur Nachf., München
Dieses Buch erschien bereits unter dem Titel
»Von einem Tag auf den anderen« mit der Bandnummer 60329.

Umschlaggestaltung: Agentur ZERO, München
Umschlagillustration: Bavaria Bildagentur, Gauting
Satz: Ventura Publisher im Verlag
Druck und Bindung: Elsnerdruck, Berlin
Printed in Germany
ISBN 3-426-61075-2

2 4 5 3 1

Prolog

Sie streckte die Hand aus, hielt inne, streckte sie dann weiter aus und klopfte. Sie trat rasch zurück, als könnte die ganze Hütte vor ihr zusammenfallen. Nichts. Sie wartete eine volle Minute, den Kopf gesenkt, die Wolljacke gegen den kühlen Wind eng um die Schultern gezogen. Nervös tippte sie mit dem Daumennagel gegen die Zähne. Dann erschauerte sie, stieß seufzend eine Atemwolke aus, streckte erneut die Hand aus und drückte auf die Klinke.

Die Tür schien zu klemmen. Sie drückte stärker, plötzlich gab sie nach, und Fetzen von gefaltetem Zeitungspapier, das von innen in den Türrahmen gestopft worden war, wirbelten durch die Luft. Sie spähte ins Dunkel und zögerte, bevor sie vorsichtig hineinging. Sofort spürte sie den Geruch. Warm, ranzig und stechend, der Geruch einer Gartenhütte, vermischt mit dem Körpergeruch eines Mannes und Holzrauch aus dem dickbäuchigen Ofen.

Zunächst konnte sie nichts erkennen, die Glühbirne an der Decke war ausgeschaltet. Doch der Computer rechts auf der Werkbank war an, der Bildschirm voller Text, der Cursor blinkte geduldig am unteren Rand. Während sich ihre Augen an das Halbdunkel gewöhnten, warf sein sanftes Licht grünliche Schatten an die Wand am anderen

Ende der Hütte. Bücher und Papiere waren über die Werkbank verstreut. Stapel von Zeitschriften lagen auf dem Fußboden herum, wahllos waren Bilder an die Wände geheftet. Ein zusammengesunkener Körper lag in einem abgenutzten Ledersessel neben dem Ofen.
»Hallo?« flüsterte sie ängstlich. »Ich bin's, Emma.« Sie ging näher heran. Er sah aus wie ein toter Landstreicher, wie er da in dem Sessel kauerte, regungslos, den Kopf schlaff auf der Brust. Eine Decke lag vor ihm auf dem Boden, in seinen Ohren steckten Watteknäuel. Mit aufgerissenen Augen starrte sie auf die bewegungslose Gestalt, das Herz hämmerte in ihrer Brust. Dann hörte sie, wie er atmete, trocken, rasselnd und flach, bemerkte das verräterische Glitzern einer Flasche, die er in der Armbeuge hielt.
»Bist du wach?« Sie kniete neben ihm nieder und berührte mit der Hand seine Wange, aber er rührte sich nicht. Mit der Rückseite ihrer Finger glitt sie über seinen ungepflegten Bart, schob ihm das ungekämmte, tiefschwarze Haar aus den Augen. Sein Gesicht war schlaff, fast entspannt. Und jung. Trotz seines Bartes wirkte er plötzlich nicht älter als zehn oder zwölf, ein erschöpfter kleiner Junge, der in einem Sessel schläft. Wieder traten ihr Tränen in die Augen, doch diesmal galten sie ihm. Sie beugte sich vor und zog seinen Kopf sanft an sich. »Mein Gott«, stieß sie hervor, und die Tränen strömten ihr übers Gesicht. »Mein Gott, mein Gott, mein Gott.«
Sie drückte ihn an sich und bewegte sich sanft vor und zurück. Sie blieb so, bis sein Haar von ihren Tränen feucht war, bis sein Atem ruhiger wurde und er einschlief. Bis das sanfte Licht des Mondes auf das Gras vor der Tür fiel.
Dann küßte sie ihn noch einmal auf die Stirn, zog ihm die Decke bis zum Kinn hoch und ging zum Haus zurück.

Kapitel 1

Peter stellte die Teetasse vorsichtig auf den Tisch am Kopfende des Bettes seiner Frau, knipste den Radiowecker an, drehte sich um und betrachtete seine nackte Gestalt im Spiegel an der Tür des Kleiderschranks.

»Wach auf, du Schlafmütze«, sagte er geistesabwesend, wandte sich dem Spiegel zu und fuhr mit der Hand prüfend über seinen flachen, dunkel behaarten Bauch. Er streckte die Zunge heraus und betastete das kurzgeschnittene Haar an seinem Nacken. »Muß zum Friseur«, murmelte er.

Emma bewegte sich und griff nach der Tasse. Er zog die Schlafzimmervorhänge zurück und warf einen Blick auf den morgendlichen Augusthimmel über den Reihenhäusern gegenüber. Schwache milchige Wirbel von sich auflösenden Dunstwolken hoch im Luftraum über der Londoner Kontrollzone, ansonsten makellos. »Großartig«, verkündete er und holte tief Luft. »Stabil klar, ganztägig.«

»Sie werden dich noch verhaften«, sagte sie und setzte sich auf. Er trat vom Fenster zurück, zog Unterwäsche und Socken an, wählte sorgfältig ein Hemd und einen Anzug aus der korrekt aufgehängten Reihe im Kleiderschrank aus und legte sie aufs Bett.

»Wo ist meine Krawatte? Die blaue Simpsons mit den kleinen weißen Punkten.«
»Reinigung.«
Er runzelte die Stirn, zögerte einen Moment, warf das Hemd zusammengeknüllt auf einen Stuhl und nahm ein anderes aus dem Schrank.
»Nächsten Dienstag um halb sieben ist in Jamies Schule eine Elternversammlung«, sagte Emma. »Möchtest du hingehen?«
»Ja, ich denke, das sollten wir, wir haben schon die letzte verpaßt.« Seine Gedanken rasten voraus. Wahrscheinlich nicht. Dienstag, ziemlich ungünstig, die wöchentliche Brainstorming-Sitzung des Verkaufsteams in ihrer Kneipe. »Kannst du das machen, falls ich im Büro aufgehalten werde?«
Sie schüttelte den Kopf, während sie einen Schluck trank. »Du weißt, daß ich an den meisten Dienstagen in der Agentur bin.«
»Ach, ja.« Er öffnete die kleine Lederschachtel, die er in Marokko gekauft hatte, wühlte zwischen Gold und Silber herum, schob seinen matt glänzenden Ehering beiseite und nahm ein Paar goldener, ovaler Manschettenknöpfe heraus. »Hast du vor, wieder eine Arbeit anzunehmen? Ich meine, ganztägig?«
»Würde es dir etwas ausmachen?« antwortete sie beiläufig, ihn jedoch aufmerksam ansehend. »Für mich gibt es hier nicht viel zu tun. Mrs. Newton kümmert sich ja um alles, und jetzt, wo die Kinder viel Zeit in der Schule verbringen …«
»Vom Kindermädchen nicht zu reden.«
»Was meinst du damit?«
»Nichts.« Er hob die Hände hoch. Nicht schießen! Die Kosten. Sie gaben eine Menge Geld aus. Vermutlich viel zu-

viel, er hatte die Kontrolle verloren, hatte nie Zeit gehabt, sich hinzusetzen und die Kontoauszüge anzuschauen. Vielleicht am Wochenende. Er nahm sein Jackett und warf einen Blick auf seine Rolex, während er sie über das Handgelenk streifte. »Ich muß los. Was hast du heute vor?« Rasch ging er ums Bett herum und beugte sich nieder, um sie zu küssen.

Automatisch hob sie das Kinn und seufzte. »Ach, Mittagessen mit Amanda, seh mir Cezanne in der Tate an, schau vermutlich bei Dylans vorbei. Würde es?«

Er war bereits an der Tür. »Hä?«

»Würde es dir etwas ausmachen, wenn ich wieder arbeitete? Vorausgesetzt natürlich, daß ich überhaupt eine Arbeit finde.«

Er blieb einen Moment an der Tür stehen. Nicht jetzt. »Ah, ja, nein, ich habe noch gar nicht richtig darüber nachgedacht. Hör mal, können wir später darüber reden, Em, ich muß jetzt wirklich los. Der Verkaufsdirektor kommt heute ziemlich früh, gestern war, glaube ich, eine Sitzung des Verwaltungsrats. Wir reden drüber, ich verspreche es.« Er drehte sich zur Tür um. »Gib den Kindern einen Kuß von mir.«

Sie hörte seine raschen Schritte auf der Treppe, dann fiel die Haustür ins Schloß.

Zum erstenmal merkte Peter Deacon, daß etwas nicht stimmte, als er den Hügel zum Fabriktor hinauffuhr. Eine stillstehende Schlange von Autos wartete darauf, nach links durch das Tor fahren zu können; sie erstreckte sich bis zur Hauptstraße und mindestens hundert Meter den Hügel hinunter. Ein grimmig dreinblickender Polizist bemühte sich energisch gestikulierend, die Hauptstraße für den Durchgangsverkehr freizuhalten.

Deacon nahm an, daß das Durcheinander mit einer Änderung der Sicherheitsmaßnahmen zusammenhing oder damit, daß ein neuer Ersatzmann für Bill an der Schranke saß. Er wartete geduldig, hörte Radio und verrenkte sich den Nacken, um den korrekten Sitz seiner Krawatte im Rückspiegel zu überprüfen. Irgendwann erreichte er die Einfahrt und ließ den Rover durch das Tor gleiten. Tatsächlich gab es an der Sicherheitskontrolle eine Verzögerung; normalerweise winkte Bill jeden Wagen durch, sobald er den Fahrer erkannte, doch heute mußten alle anhalten. Und außer Bill waren noch zwei weitere Männer an der Schranke. Sie trugen keine Uniformen, sondern Anzüge. Der eine hatte ein Klemmbrett in der Hand, der andere einen großen Karton.

Schließlich erreichte er die Schranke. »Morgen, Bill, was ist denn los?« Der Sicherheitsmann zuckte mit den Schultern und gab keine Antwort. Er wirkte verwirrt und unbehaglich. Der Mann mit dem Klemmbrett beugte sich zum Fenster nieder.

»Name bitte.«

»Peter Deacon.«

Er hakte den Namen auf seiner Liste ab, der zweite wühlte in seinem Karton und zog einen Brief hervor.

»Wir schlagen vor, Sie parken den Wagen drüben auf dem Parkplatz der Geschäftsleitung, den Schlüssel lassen Sie bitte im Zündschloß.« Die Schranke öffnete sich, er wurde durchgewinkt. Drei Minuten später trat er im vierten Stock aus dem Aufzug und ging durch den Flur zu seinem Büro.

»Hallo, Nick, was zum Teufel geht hier eigentlich vor?« Ein dünner, glatzköpfiger Mann mit Brille saß an dem zweiten Schreibtisch in dem kleinen Büro. Er hatte die Jacke ausgezogen, die Krawatte gelockert und den obersten Hemdenknopf geöffnet. Seine Füße lagen auf dem Schreibtisch, der Stuhl war gefährlich nach hinten gekippt, die Hände hatte er im Nacken verschränkt. Er zog die Augenbrauen hoch.

»Haben Sie's denn noch nicht gelesen?«

»Will ich das denn überhaupt?« Deacon warf seine Aktentasche auf den Schreibtisch, holte den Brief heraus, öffnete ihn mit einem Brieföffner aus Messing und las eine Minute lang. »O Gott!« murmelte er. Er setzte sich auf die Schreibtischkante und las den Brief ein zweitesmal. Nick nahm seinen Brief und studierte ihn.

»Die längsten sechs Zeilen, die ich jemals gelesen habe«, sagte er leise. »Wie finden Sie das, Pete? Sie müssen doch wohl ein paar Verkaufs- und Marketingleute behalten, oder?«

»Wer weiß.« Er steckte den Brief in den Umschlag und starrte aus dem Fenster. »Ich denke, das werden wir um elf Uhr erfahren.«

»Guten Morgen allerseits. Mein Name ist Jonathan Isaacs. Ich nehme an, inzwischen haben Sie alle meinen Brief gelesen. Ich bin hier, um Ihnen den Inhalt dieses Briefes ausführlich zu erklären und allgemeine Fragen zu beantworten. Ich bin sicher, daß Sie interessiert sind zu erfahren, in welcher Weise jeder einzelne von der Sache betroffen ist. Wie Sie sehen, sind meine Mitarbeiter zur Stelle, um Ihre Fragen am Schluß dieser Ankündigung zu beantworten.«

Die Menschen standen dichtgedrängt. Fast dreihundert Angestellte hatte sich auf einer Seite der Fabrikhalle in einem riesigen Halbkreis versammelt. Einfache Arbeiter in weißen Kitteln standen Schulter an Schulter mit Büroleuten und Typistinnen, Konstruktionszeichner neben dem Kantinenpersonal, Streßanalytiker und Aerodynamiker neben Buchhaltern und Verkäufern. Soweit er sich erinnern konnte, sah Deacon hier zum erstenmal die gesamte Belegschaft der Firma unter einem Dach. Verwirrung und Bestürzung herrschten. Einige, die Unterstützung oder Erklärungen suchten, unterhielten sich mit gedämpfter Stimme. Andere hatten sich abgewandt, einige weinten. In manchen Augen sah man den Schock, Verbitterung oder Resignation in anderen. Doch die meisten rissen ungläubig die Augen auf, als ob sie erwarteten, Isaacs würde verkünden, alles sei nur ein schreckliches Versehen gewesen.

»Gestern abend um halb neun hat der Verwaltungsrat von United Aerospace Systems meine Gesellschaft als offiziellen Konkursverwalter eingesetzt. Ich bin nicht hier, um die Gründe zu erläutern, die zu dieser Entscheidung geführt haben; zu gegebener Zeit wird der Verwaltungsrat den Angestellten und Aktionären gegenüber eine umfassende Erklärung abgeben.« Isaacs stand auf einer großen Versandkiste und sprach in ein Megaphon; neben ihm sein Assistent, der jedes seiner Worte sorgfältig und offiziell auf einem Schreibblock vermerkte. Seine verstärkte Stimme hallte durch die Fabrik, selbstsicher und entspannt. Während des Sprechens drehte er sich langsam hin und her wie ein Gartensprinkler und ließ mit ruhiger Stimme Platitüden auf die ihm zugewandten Gesichter der Versammelten niederregnen. Der Text war ihm vertraut, auch die stummen und besorgten Gesichter vor ihm. Es war eine Ansprache, die er schon unzählige Male in Fabrikhallen, in Geschäften und Büros, kleinen Familienunternehmen und multinationalen Gesellschaften vorgetragen hatte. Er empfand kein Mitleid, nur das Gefühl, daß er die Lage beherrschte.

»Mit Wirkung von halb neun gestern abend ist die Geschäftsführung von UAS auf die Konkursverwalter übergegangen. Ich möchte darauf hinweisen, daß der Verwaltungsrat damit jegliche Einflußnahme auf die Gesellschaft aufgegeben hat. Das bedeutet, daß der Konkursverwalter jetzt die Leitung dieses Unternehmens innehat und daß ich der Leitende Direktor bin.« Er machte eine Pause, um seine Worte richtig einwirken zu lassen. »Es ist die Aufgabe des Konkursverwalters, im Interesse der festgestellten Gläubiger zu handeln und einen möglichst großen Teil ihrer Investitionen zu retten. Unter anderem bedeutet das das sofortige Ende sämtlicher Ausgaben. Aus diesem Grund hab ich Ihnen mitzuteilen, daß United Aerospace Systems mit Wirkung von heute zwölf Uhr jegliche Geschäftstätigkeit einstellt.«

Es ging noch weiter. Nachdem das aus tiefstem Herzen kommende Seufzen abgeebbt und stellenweises Gemurmel verstummt waren, fuhr Isaacs mit den Einzelheiten fort. Er deutete auf eine lange Reihe neu aufgestellter Zeichentische an der einen Wand der Fabrikhalle. Hinter diesen Tischen saßen seine Mitarbeiter und warteten geduldig unter großen Tafeln, die bestimmte Buchstabengruppen zeigten. Sie schauten unbeteiligt zu wie Einwanderungsbeamte, die darauf warteten, die nächste Passagierladung abzufertigen – Ausreisevisa für alle. Isaacs' Stimme war ruhig und fließend wie die eines Nachrichtensprechers; er sprach von Entlassungsschreiben und von der Verteilung von Informationen über die gesetzlichen Rechte der Angestellten. Mit Ausnahme von ein oder zwei Buchhaltern und Verwaltungsangestellten sei die gesamte Belegschaft unverzüglich zu entlassen, eine bedauerliche, aber unumgängliche Entscheidung, wie er sagte. Sie sei nicht leichtfertig getroffen worden, sondern

im Interesse aller Betroffenen, und wenn Sie irgendwelche Fragen haben, bitte, aber gern, und so weiter.
Deacon wartete mit den anderen der Gruppen D bis F, um sein Informationspaket in Empfang zu nehmen. Während er in der Schlange stand, drehte sich das Mädchen vor ihm um und schaute ihn mit Tränen in den Augen an. Es war Sandra Everly, die lebenslustige Rothaarige aus dem Schreibbüro. Ihm fiel ein, daß er vor ein paar Monaten in der Frauenzeitschrift etwas über sie gelesen hatte. Sie hatte bei einer Wohltätigkeitsveranstaltung einen gesponserten Fallschirmabsprung gemacht. Seit Jahren arbeitete er mit ihr zusammen, vielleicht sogar die ganzen neun Jahre, die er bei der Firma war, doch er kannte sie kaum.
»Oh, Mr. Deacon, das kann doch nicht wirklich wahr sein, oder?«
Er hob die Schultern und versuchte zu lächeln, wußte aber keine Antwort. Die Tränen strömten ihr aus den Augen, und er zögerte, peinlich berührt. Sie stand mit gesenktem Kopf vor ihm, die Hände wie leblos an den Seiten, allein, als sei sie in Ungnade gefallen. Ihre Augen waren voller, mit Wimperntusche verwischter Tränen. Die anderen in der Warteschlange schauten weg. Er zog sie an sich, hielt sie ungeschickt in den Armen und spürte, wie sie immer wieder erschauderte, während sie sich langsam mit der Schlange vorwärtsbewegten.
Die Angestellten um sie herum gingen langsam zu ihren Arbeitsplätzen zurück oder standen allein in einer Ecke und studierten den Inhalt ihrer Informationspapiere. Einige standen in Gruppen zusammen und sprachen leise miteinander, während ihnen die ganze Tragweite der Sache klar wurde. Plötzlich verspürte er den Drang, sich von dem ganzen Wirrwarr abzusetzen, nahm die Papiere für

sie beide entgegen und ging mit ihr durch die Fabrikhalle. Schließlich entdeckte er ihre Abteilungsleiterin.
»Es sieht aus, als ob die Welt untergeht«, sagte er, als sie sich trennten. »Aber Sie sind ein tüchtiges und zuverlässiges Mädchen und werden es bestimmt schaffen.« Leeres Gerede, aber etwas Besseres fiel ihm nicht ein.
Sie lächelte mühsam. »Danke.« Sie bog in einen Korridor ab. Nach ein paar Schritten blieb sie stehen, drehte sich um und rief über die Köpfe hinweg: »Und Sie werden es auch schaffen, Mr. Deacon. Ich bin mir ganz sicher.«

Der Rest des Tages verging mit Telefongesprächen und Telefaxen, dem Sortieren und Abheften von Korrespondenz und dem Ausräumen der Schreibtische. Zum Mittagessen flüchtete sich ein Dutzend Mitarbeiter der Marketing- und Verkaufsabteilung in ein Weinlokal. Da man ihnen untersagte, ihre Autos vom Betriebsgelände zu entfernen, mußte telefonisch ein Minibus bestellt werden. Es gab einige Verwirrung, als man sie an der Sicherheitsschranke anhielt, ihnen die Firmenkreditkarten abnahm und sie höflich darauf hinwies, daß es nicht mehr gestattet war, irgendwelche Ausgaben auf dem Spesenkonto zu verbuchen.
Bei Flaschen von Soave und Beaujolais gingen die Gespräche hin und her. Zuerst wurde die Firmenleitung wegen ihrer inkompetenten Geschäftsführung scharf attackiert, dann sprach man in ruhigerem Ton über die Angebotslage, über Headhunter und Kontakte, über den Niedergang der Verteidigungsindustrie und über die persönlichen Chancen und über Geld.
Deacon sprach wenig und trank um so mehr. Er verabscheute die Femegerichtsatmosphäre und das gegenseitige Freisprechen von Verantwortung. »Unsere Schuld

war es nicht, es lag an der miserablen Konstruktionsabteilung. Mann, wenn nur die Hälfte der Systeme funktioniert hätten, wie sie sollten …« Doch alle waren sich darüber im klaren, daß ihnen als der Abteilung, die für den Verkauf der Firmenprodukte an die Armeen der Welt zuständig war, die Hauptverantwortung am Niedergang des Unternehmens zugeschoben würde. Einigen von ihnen hatte die Belegschaft bereits böse Vorwürfe gemacht. Deacon hatte am Vormittag zwei anonyme Anrufe bekommen, von denen er annahm, daß sie von Leuten stammten, die er bisher für Kollegen gehalten hatte. Der eine Anrufer erkundigte sich kühl, ob er und »die anderen Playboys« mit sich zufrieden seien. Der andere, der eine barsche, scharfe Stimme hatte, die er so rasch keiner bestimmten Person zuordnen konnte, überschüttete ihn mit einer Flut wüster Beschimpfungen. Er hatte beide Male aufgelegt, ohne ein Wort zu sagen.

Nach dem Mittagessen saß er mit Nick im Büro, trank Scotch und packte seine persönlichen Dinge in einen Pappkarton. Nach neun Jahren waren es überraschend wenige. Ein gerahmtes Bild von Emma und den Kindern, ein paar kleine Geschenke und Gegenstände von Kunden, Souvenirs von zahllosen Reisen ins Ausland. Eine ganze Schublade war voller Streichholzheftchen von Hotels, Clubs und Restaurants, die er in den Papierkorb warf. Auf einigen waren Namen und Telefonnummern gekritzelt. Gloria in Taipeh, Sam in Sydney, Maxine in Sacramento. Erinnern konnte er sich an niemanden.

Er versuchte, Emma anzurufen, aber sie war nicht zu Hause. Er überlegte, ob er eine Nachricht auf dem Anrufbeantworter hinterlassen sollte, eine Art Vorwarnung, doch dann verwarf er den Gedanken. Besser, er sagte es ihr persönlich.

Schließlich, gegen sechs, hob er sein Glas, wünschte Nick alles Gute und versprach, in Verbindung zu bleiben. Dann ging er den Flur hinunter zum Aufzug, schüttelte Hände und verteilte Wangenküsse. Er drückte auf den Knopf und wartete. Es gab eine ganze Reihe von Leuten, von denen er sich eigentlich hätte verabschieden müssen, doch plötzlich wollte er nur noch schnell weg von hier. Er fuhr mit dem Aufzug ins Erdgeschoß, verließ das Haus durch einen Nebeneingang und schlüpfte unbemerkt durchs Tor. Der Himmel war klar, die Sonne schien noch hell und warm. Den Karton unterm Arm, in der anderen Hand den Aktenkoffer, trottete er den steilen Hügel hinab zum Bahnhof. Er schaute kein einziges Mal zurück.

»Du kommst spät!« zischte Emma, als er ins Haus trat. Sie stand vor der geschlossenen Wohnzimmertür. In der einen Hand hatte sie eine Platte mit Cocktailwürstchen, die andere lag auf der Türklinke. Sie trug ein kurzes schwarzes Kleid, das Haar war im Nacken zusammengebunden, das Gesicht zurechtgemacht. O mein Gott, die Dinnerparty.
»Em, tut mir wirklich leid, in der Firma ist ...«
»Verdammt, warum hast du nicht angerufen und Bescheid gesagt? In fünf Minuten ist das Essen fertig.« Sie verschwand im Wohnzimmer, und das Stimmengewirr brach ab, als sie die Tür zumachte. Er schaute auf die Uhr. Viertel nach acht. Du lieber Himmel.
Er hatte auf einen durchgehenden Zug warten und dann ein Taxi quer durch die ganze Stadt nehmen müssen. Eine schreckliche Fahrt, zum erstenmal hatte er sie ohne Auto gemacht. Als der Zug endlich kam, war er überfüllt, und er mußte stehen. Am Taxistand wartete eine Menschenschlange, und der Stadtverkehr war fürchterlich gewesen. Er war erschöpft und verschwitzt und hatte wegen des

Trinkens einen dicken Kopf. Aber all das war keine Entschuldigung. Fünf Minuten später hatte er sich das Gesicht gewaschen und ein frisches Hemd angezogen und trat, einen großen Scotch mit Soda in der Hand, ins Wohnzimmer.

»Tut mir leid«, grinste er in die Runde, als sich alle zu ihm umdrehten. »Ein wenig Ärger in der Firma.«

Sie waren acht Personen zum Abendessen. Sie saßen am Kiefernholztisch in der Küche. Es war warm genug, die französischen Fenster waren weit geöffnet. Peter machte die Küchenlampen aus und schaltete die Flutlichter in dem kleinen Garten ein. Auf dem Tisch flackerten Kerzen. Er schob eine Fleetwood-Mac-CD in den tragbaren CD-Player auf dem Sideboard. Während Emma Gazpacho auftischte, wanderte er um den Tisch herum, scherzte, goß Sancerre nach, öffnete Perrier-Flaschen, ließ seine Hand auf einer Schulter ruhen und knabberte schelmisch an Ohrläppchen, während er sich vorbeugte, um Gläser nachzufüllen. Als er sich schließlich an den Tisch setzte, begegnete er über den Kerzen Emmas Blick. Sie war immer noch nicht völlig aufgetaut. Wie der Gazpacho.

Michelle Mitchell schob eine Gabel Lachs in den Mund, dann fuhr sie mit der Hand unter den Tisch und tätschelte sein Knie. »Alles okay, Peto?« Er wandte den Kopf und sah sie mit verschwommenem Blick an. Er hatte fast eine ganze Flasche allein getrunken. »Wie gehen die Geschäfte in der Radarüberwachungsbranche?«

Er zögerte. Wenn nur die Mitchells dagewesen wären, nur Dan und Mitch, dann hätte er die Katze aus dem Sack lassen und über alles offen reden können. Er hätte es gern getan. Aber jetzt war nicht der richtige Zeitpunkt, nicht vor all den anderen. »Ach, weißt du, Mitch«, fing er an.

Aber sie nickte bereits und zeichnete mit dem Zeigefinger kleine Kreise in die Luft.
»Also wie immer – wer hätte das gedacht.« Sie lächelte. Sie waren schon befreundet gewesen, bevor Dan und er die Air Force verlassen hatten, um ihr Glück auf dem zivilen Sektor zu machen. Dan war in die Werbung gegangen, Peter in die Rüstungsbranche.
»Noch irgendwelche Weltreisen auf dem Kalender?«
»In nächster Zeit wohl nicht.« Sie hatten Erfolg gehabt bis zu einem gewissen Grad. Peter war fünfunddreißig, Dan ein paar Jahre älter. Dan war Account Manager bei einer der größeren Londoner Werbeagenturen, Peter hatte sich zum Posten des Marketingdirektors der UAS hochgearbeitet. Sie konnten beide damit rechnen, in nicht allzu ferner Zukunft Direktor zu werden. Na ja, jedenfalls Dan.
»Wie geht's den Kindern?« fragte sie.
»Prima, prima. Jamie macht zur Zeit ganz eindeutig gute Fortschritte, und Sal interessiert sich für alles, hat einen ausgeprägten Sinn für Humor.« Er hatte versäumt, bei ihnen reinzuschauen.
»Also, was ist denn los, Fliegerchen?« Sie sah ihn aufmerksam an. Er lächelte. Kleine Krähenfüße bildeten sich an seinen Augenwinkeln. In seinem schwarzen, militärisch kurzgeschnittenen Haar waren winzige graue Stellen. Er hielt ihrem Blick einen Moment stand, dann blinzelte er und wandte sich ab, um das Glas einer großbusigen Blondinen, die auf seiner anderen Seite saß, zu füllen.
»Julia, meine Liebe«, sagte er und stellte die Flasche wieder auf den Tisch. Er griff mit gekrümmten Fingern nach dem Spalt zwischen ihren Brüsten. »Laß sie mich festhalten, während du deine Erbsen ißt.« Das Mädchen kreischte. Er legte die Hände auf die Ohren und zuckte zurück. Sein Stuhl schwankte, kippte um und krachte auf den Bo-

den. Die anderen brüllten vor Lachen, als er unter dem Tisch verschwand. Eine Sekunde später kreischte Julia wieder auf, als seine Hände von unten hochkamen und herumwedelten. Sein Kopf tauchte vor ihr unter dem Tisch auf, mit aufgerissenen Augen, die Backen aufgeblasen wie ein Fisch. Sie schlug mit der Serviette auf seinen Kopf ein, aber er schob sich an ihrem Körper hoch, bis seine Wange auf ihrem Busen lag. Er ließ ihn darauf liegen, lutschte am Daumen und rollte die Augen, ohne sich um die halbherzigen Schläge zu kümmern. Alle schrien durcheinander. Dan hämmerte mit einem Pfefferstreuer auf den Tisch. »Ruhe!« Die Frauen kreischten, fächerten sich Luft zu und betupften ihre Augen mit den Servietten. Er warf einen Blick auf Emma und sah, daß sie lachte, obwohl sie sich bemühte, mißbilligend dreinzublicken.

Sie blieben alle ziemlich lange. Nach dem Essen kredenzte Peter Likör. Er und Dan Mitchell tranken eiskalten Kümmel. Obwohl Dan selbst betrunken war, kam ihm die Art, wie Peter trank, merkwürdig vor – als wolle er sich absichtlich besaufen. Etwas später warf Michelle Dan einen Blick zu. Nach ein paar Minuten standen sie auf, um sich zu verabschieden, und die anderen folgten ihrem Beispiel. Emma brachte sie an die Tür. Peter blieb sitzen, den Kopf zurückgeworfen, die Augen geschlossen, in seinem Armsessel zusammengesunken. Als er hörte, wie sich die Party an der Haustür auflöste, bemühte er sich, seinen Kopf klar zu bekommen.

»Ich rühr' das Zeug nicht an.« Emma warf sich in den Sessel ihm gegenüber und blickte auf das Chaos aus leeren Gläsern, überquellenden Aschenbechern und Kaffeetassen. »Mrs. Newton kann sich morgen früh darum kümmern. Wie hat dir der Lachs geschmeckt? Sie hat mir bei der Zubereitung geholfen, weißt du. Na ja, eigentlich hab

ich ihr geholfen, hab ihr die Zutaten gereicht und dumme Bemerkungen gemacht.« Sie prustete.
»Em.«
»David und Julia sind lustige Typen. Aber die verdammten Dunwoodies lade ich nicht mehr ein. Sie ist eine alte Betschwester, und er ist der langweiligste Dinnergast, den man sich denken kann, nichts als Scheidung und Schuppen.«
»Emma, wir müssen reden.« Mühsam hob er den Kopf und sah sie an. Sie saß auf dem weißen Armsessel und ließ ihr schwarzbestrumpftes Bein wippen, das sie über das andere gelegt hatte. Ihre Sammlung zeitgenössischer abstrakter Drucke und ihre gerahmten Graphic-Art-Poster schmückten die pfirsichfarbenen Wände des Zimmers. Bücher und Zeitschriften über Design, Farbe und Form lagen auf dem Kaffeetisch. Sie stieß mit der Spitze ihres einen Lacklederpumps so lange an den Absatz des anderen, bis beide zu Boden fielen.
»Gott, bin ich müde. Die Kinder waren heute schrecklich. Sally wollte nicht zu Bett gehen, und Jamie hat Pippa nicht erlaubt, ihn zu baden. Sie wird mit den beiden einfach nicht fertig. Morgen früh rufe ich die Arbeitsvermittlung an.«
»Emma, um Himmels willen!«
»Was ist eigentlich mit dem Wagen, Peter?«

Am nächsten Morgen erwachte er so früh wie üblich. Draußen war es hell und noch still; ein elektrischer Milchwagen näherte sich auf der Straße dem Haus. Er hörte ihn fast jeden Morgen, er war Teil seiner täglichen Routine.
Er lag auf dem Rücken und lauschte dem Ticken der Uhr und Emmas ruhigem Atmen, dann glitt er aus dem Bett,

ordnete sorgfältig die Decken hinter sich und watschelte triefäugig durchs Schlafzimmer und ins Bad. Sein Körper erinnerte ihn an den Mißbrauch von gestern abend. Doch er kümmerte sich nicht um den hämmernden Schädel, das aufgedunsene Gefühl, die Benommenheit und trat unter die Dusche. Dabei trank er ein Glas Alka-Seltzer. Zuviel Alkohol, zuwenig Schlaf. Das Air-Force-Rezept, darauf basierte die ganze Geschwader-Folklore. Treibe dich die ganze Nacht auf Partys herum, steh beim ersten Lichtstrahl auf, binde dir die Flugmaschine fest unter den Hintern, und schwing dich in die azurne Klarheit des Himmels, wo du inmitten der Götter schwebst, bevor du wie eine Taube zum Frühstück zur Erde zurückkehrst. Durch Mühsal zu den Sternen. Ganz einfach und einfach großartig. Aber damals war das leichter gewesen, da war er noch zehn Jahre jünger gewesen.

Gestern abend hatte er die Tatsachen dargelegt, weil sie darauf bestanden hatte. Sie wollte alles genau wissen, alles von Anfang an. »Fang damit an, wie du zur Arbeit gekommen bist …« Mißmutig erzählte er ihr das Ganze, aber es war wie mit einem miesen Film, er hatte alles schon einmal gesehen und nichts hatte noch irgendeine Bedeutung für ihn. Er selektierte während des Sprechens, ließ vorsätzlich bestimmte Szenen aus – die widerlichen Telefonanrufe, den Whisky, Sandra Everly. Emma beugte sich in ihrem Sessel vor, wach und aufmerksam, biß sich an jeder unlogischen Äußerung fest. »Was meinst du damit, ›der Verwaltungsrat war nicht anwesend‹ …?«

Als er fertig war, blickte sie nachdenklich drein und tippte mit dem Daumennagel an die Zähne; ihr Körper bewegte sich leicht hin und her. Dann sah sie ihn an, nur ihr Gesichtsausdruck wurde weicher. »Mein armer Liebling. Das muß ja schrecklich gewesen sein.« Sie kam zu ihm, kuschelte sich auf seinen Schoß, lehnte den Kopf an seine Schulter und streichelte seinen Nacken. »Wir werden's schon schaffen«, murmelte sie. »Die reißen sich doch um dich. Und wenn nicht«, sie fuhr mit dem Finger durch die kurzen Haare in seinem Nacken, »dann mußt du mich eben auf die Straße schicken.« Sie wand sich auf seinem Schoß, während sich seine Hand langsam an ihrem Schenkel nach oben bewegte bis zum Rand der Strümpfe und wieder zurück zu den Grübchen an ihrem Knie. Und wenn nicht?

Nach der Dusche rasierte er sich, zog sich an und ging nach unten in den Augiasstall. Er wollte schon anfangen, sich auf dem Tisch im Eßzimmer auszubreiten, eine Strategie entwerfen. Der größte Teil der Wohnfläche im Erdgeschoß des Hauses war ein einziger Raum, der Eßbereich befand sich auf der einen Seite des Wohnraums. Flaschen und Gläser, Schalen mit Nüssen, Aschenbecher standen auf dem Tisch. Er begann aufzuräumen, arbeitete sich vom anderen Ende des Wohnzimmers vor, marschierte immer wieder in die Küche und zurück. Als er beim vierten Rundgang wieder ins Wohnzimmer kam, fand er seine dreijährige Tochter, in der einen Hand eine Decke, in der anderen ein fettverschmiertes Cocktailwürstchen.
»Hallo, mein Daddy.« Er kniete sich hin und breitete die Arme aus. Schüchtern schlurfte sie auf ihn zu, gab ihm einen fettigen Kuß auf die Wange und ging wieder zum Tisch zurück, wobei sie mit dem Handrücken durch die langen Strähnen ihrer blonden Haare fuhr. Sie kletterte auf einen Stuhl und griff nach einem Glas mit einem Rest Portwein. Er fing sie ab und stapelte die letzten Teller und Gläser aufs Tablett.

»Ich hab ein bißchen Wein getrunken«, sagte sie gleichmütig. »Samstag heute.« Sie sprach es wie Samsach aus.
»Freitag, Sally, Samstag ist erst morgen.«
»Samsach.«
»Freitag, und jetzt mußt du dich anziehen, du mußt heute zur Schule.
»Samsach.«
»Sally, warum sagst du immer wieder, heute ist Samstag?«
»Weil mein Daddy da war, als ich heute morgen wachgeworden bin.«
Das Frühstück war ein einziges Durcheinander. Irgendwie waren alle durch den ungewohnten Teilnehmer, der ihre Routine durcheinanderbrachte, aus dem Rhythmus geworfen. Emma saß in Jeans und Sweatshirt an einem Ende des Refektoriumstisches und hielt sich an ihrer Kaffeetasse fest. Die Kinder löffelten stumm ihre Corn-flakes und beobachteten den Eindringling nachdenklich. Sally schien sich zu freuen, daß er da war. Jamie, sechs, war eindeutig dagegen.
»Was will er hier?« Er starrte seinen Vater an. Emma warf Peter einen Blick zu und wählte ihre Worte sorgfältig.
»Daddy hat einen kurzen Urlaub, in dem er sich einen neuen Job sucht. Einen anderen.« Schweigend ließen sie das auf sich wirken. Dann fragte Sally:
»Warum?«
Emma sah ihn an und zuckte mit den Schultern. Du bist dran. Er rutschte auf seinem Windsorsessel herum, hustete und beugte den Kopf zu ihnen hinunter.
»Nun, Tatsache ist, unglücklicherweise ist Daddys Firma ...«
»United Aerospace Systems«, sagte Jamie rasch.
»Stimmt ... Also, die Firma wurde geschlossen. Deshalb suche ich mir einen neuen Job. Inzwischen muß ich zu

Hause bleiben und kann mehr Zeit mit euch beiden verbringen.«
»Du meinst, sie haben dich rausgeschmissen.«
»Jamie! Sie haben ihn nicht rausgeschmissen. Er hat es doch gerade gesagt – seine Firma wurde geschlossen, und jetzt ist er dabei, sich einen neuen Job zu suchen.«
Das Thema war beendet, bis es Zeit für die Schule war. Sally mit Sommerkleidchen, rosa Söckchen und roten Sandalen stand an der Haustür und ließ ihre Snoopy-Schultasche gegen die Wand schwingen. Emma suchte nach ihren Autoschlüsseln. Sie waren spät dran. Jamie war verschwunden.
»Jamie? Jamie!« rief sie die Treppe rauf. »Wo steckt das Kind denn nur? Peter, geh rauf und hol ihn, um Himmels willen. Ich kann die Schlüssel für den Golf nicht finden.«
Er raste die Treppe zum zweiten Stock rauf. Jamie lag in seinem Zimmer auf dem Bett und fummelte an einem Transformator herum. Er sah nicht auf.
»Jamie, was machst du denn hier? Los jetzt, Zeit für die Schule.«
»Ich geh nicht.«
»Was soll das heißen, du gehst nicht?«
»Ich mach sie zu und such mir eine andere. Inzwischen bleib ich zu Hause.« Er drehte sich auf die Seite, das Gesicht zur Wand.

Als Emma mit den Kindern aus dem Haus war, hatte er den größten Teil des Tages für sich. Sie wollte einkaufen gehen und hatte eine Verabredung zum Mittagessen. Der Kampf mit Jamie war kurz und unerfreulich gewesen. Als Emma schließlich ungeduldig von unten rief und mit Vernunftgründen nichts auszurichten war, hatte er Gewalt

angewandt, das heulende Kind am Arm gepackt und nach unten gebracht. »Aber warum denn, Daddy?«
»Weil ich es dir sage.«
Mrs. Newton kam gegen neun, wünschte ihm einen guten Morgen und kochte ihm Kaffee, machte jedoch keine Bemerkung über seine Anwesenheit. Doch bevor sie gegen Mittag wieder ging, klopfte sie vorsichtig an die Wohnzimmertür und fragte, ob sie ihn sprechen könne. »Nur ein paar Worte.«
»Ich habe sie gestern nochmals daran erinnert, Mr. Deacon, aber ich möchte ja nicht meckern.«
»Aber natürlich, Mrs. Newton. Bitte entschuldigen Sie. Ich muß nur schnell mein Scheckbuch suchen.«
Sie schuldeten Mrs. Newton zweihundert Pfund. Er war wie vor den Kopf geschlagen. Er konnte ihr gemeinsames Scheckbuch nirgends finden; es lag nicht in der Schublade des georgianischen Sekretärs. Er schrieb einen seiner Schecks aus und überlegte beim Schreiben. Gott, sie mußte seit Monaten ihr Gehalt nicht gekriegt haben. Aber es waren nur zwei Wochen, zwanzig Stunden pro Woche zu vier Pfund die Stunde. »Emma hat mich gebeten, länger zu bleiben und diese Woche alles wegzubügeln.« Rasch füllte er den Scheck aus und gab ihn ihr mit einem Lächeln und einer erneuten Entschuldigung. Als sie weg war, inspizierte er das ganze Haus. Alles in Ordnung. Sie hatte die Betten gemacht und das Badezimmer gereinigt. Sie hatte das Geschirr gespült und die Wäsche gewaschen, getrocknet und gebügelt und die Teppiche gesaugt. Sie hatte ihm sogar eine Fleischpastete in den Herd gestellt. Kein Wunder, daß Emma sie eine Perle nannte.
Eine unangenehme Überraschung hatte es an diesem Morgen bereits gegeben. Nachdem er seinen Aktenkoffer ausgeräumt und den Inhalt des Pappkartons aus seinem

Büro auf dem Eßtisch ausgebreitet hatte, sortierte er alles in kleine Häufchen. Eines davon betraf die Jobsuche; drei Mappen mit Geschäftskarten und sein Adreßbuch aus dem Büro, in denen sich Hunderte von Namen, Adressen befanden und Telefonnummern auf der ganzen Welt standen, einige noch aus seiner Air-Force-Zeit. Der nächste Stapel bestand aus den Briefen und dem Informationsmaterial des Konkursverwalters. Der Belegschaft war mitgeteilt worden, daß sie weitere Informationen erhalten würde und daß es in ihrem eigenen Interesse sei, alles gut aufzubewahren.

Der dritte Stapel betraf die Finanzen. Er war sich bewußt, daß er nur sehr unklare Vorstellungen von der Finanzlage der Deacon-Familie hatte. Ihm war auch klar, daß er sich um die Haushaltskosten zuwenig gekümmert hatte; er hatte alles Emma überlassen. Sie hatten drei Bankkonten, sein eigenes, Emmas Konto und ein gemeinsames für Daueraufträge und häusliche Ausgaben. Er konnte sich nicht erinnern, wann er zum letztenmal einen Auszug von Emmas Konto zu Gesicht bekommen hatte, vom gemeinsamen Konto ganz zu schweigen. Jeden Monat hatte er feste Beträge auf alle Konten überwiesen und war davon ausgegangen, daß sie ihm Bescheid sagen würde, falls es Probleme gab.

Er trat an den Sekretär und zog die »Finanzen«-Schublade heraus. Sie war vollgestopft mit Briefen und Auszügen, Rechnungen, Quittungen, Kassenzetteln. Viele Briefe waren ungeöffnet, einige waren mit »Wichtig« gekennzeichnet. Er griff tief in dieses Chaos und holte wahllos eine Handvoll heraus. Zwei leere Scheckbücher, die meisten Kontrollabschnitte leer oder mit unverständlichen Wörtern bekritzelt; eine Telefonnummer, ein Name, ein undatierter Vermerk über siebzehneinhalb Pfund. Oder waren es hundertfünfundsiebzig Pfund? Ein ungeöffneter Brief mit sechs Monaten alten Kontoauszügen. Eine Benachrichtigung über die neuen Wassergebühren und ein Brief des Bauunternehmers, der juristische Schritte wegen offener Zahlungen androhte. Der Brief war drei Wochen alt. War der Betrag bezahlt worden? Er hatte keine Ahnung, es war nicht zu erkennen. Er ging mit dem Brief zum Telefon in der Küche und rief den Bauunternehmer an. Nein, keinerlei Zahlung. Er schrieb einen Scheck aus, notierte die Nummer und das Datum der Zahlung auf dem Brief und legte ihn in die Schublade zurück. Mit finsterem Blick betrachtete er den Inhalt und schätzte, daß es zwei oder drei Tage dauern würde, alles zu sortieren. Dann rief er seine Bank an.

»Peter, danke für den Anruf. Tut mir so leid, was ich da gehört habe. Hab's aus den Nachrichten erfahren. Muß ja ein schlimmer Schock gewesen sein.«

»Ein Blitz aus heiterem Himmel, John!« Danke für den Anruf?

»Gab's denn keine warnenden Anzeichen?«

»Absolut keine. Natürlich gewisse Vermutungen. Es ist schwer, hundertfünfzig Millionen Schulden lange geheimzuhalten, aber der Verwaltungsrat war sehr optimistisch und hat nur von einer vorübergehenden Krise gesprochen.«

»Schöne Krise. Schon irgendwelche Pläne?«

»Diverse Eisen im Feuer, wie man so sagt. Kann vielleicht eine kleine Weile dauern.«

»Hmm.« Es gab eine kleine Pause, während der Bankmensch sich die Einzelheiten über Peters Konto auf den Bildschirm holte. »Irgendwelche Vorstellungen, wie lange es dauern könnte?«

Wie lange? Was sollte diese Frage? »Nein. Gibt es denn ein Problem?«

»Noch nicht. Aber wie ich bereits in meinem letzten Brief schrieb, warten wir auf Ihre Vorschläge zu einer, nun einer Bereinigung Ihrer Situation. Vielleicht könnte man die verschiedenen Überziehungen in einen einzigen Kredit umwandeln, mit monatlichen Abzahlungen und so weiter.«
Brief? Vermutlich lag er irgendwo in der Finanz-Schublade. »Richtig. Aber da sich meine Lage verändert hat, müssen wir all das auf Eis legen. Nur vorübergehend natürlich. Und ich brauche einen erweiterten Kreditrahmen.«
»Selbstverständlich, Peter. Was haben Sie sich vorgestellt?«
»Nun, ein paar tausend, um weitermachen zu können.« Er war in Gedanken noch immer bei der Schublade. »Wir müssen kurzfristig ein paar Zahlungen erledigen.«
Der Bankmanager sagte in ruhigem Ton: »Also zweitausend über die viertausendundsoundsoviel hinaus, die derzeit auf den drei Konten offenstehen. Reicht das?«
Viertausend! Du lieber Himmel.
»Ah ja, ich glaube schon. Im Moment jedenfalls.«
»Und dann wären da noch die fünftausend für die zurückgestellten Kreditrückzahlungen aus April.«
»Hm-hm.« Großer Gott, der Urlaub in Thailand. Ihm wurde leicht schwindlig. Das hatte er völlig vergessen. Er hatte keinen Schimmer gehabt, daß die Lage so schlimm war.
»Peter, Sie müssen das verstehen, ich habe vollstes Verständnis für Ihre Situation, glauben Sie mir, aber um Ihren Kreditrahmen weit über zehntausend auszudehnen, brauche ich einige Sicherheiten.«
»Was ist mit dem Haus?«
»Das Haus ist bereits mit hunderttausend Pfund Hypotheken belastet, Peter.«
»Ja, aber es ist doppelt soviel wert.« Unfaßbar, daß er ein solches Gespräch führen mußte. Gestern hatte er noch ein

Grundgehalt von fünfzigtausend im Jahr und ein eigenes Spesenkonto gehabt, war Business class um die ganze Welt geflogen, war wohlhabend gewesen. Vierundzwanzig Stunden später mußte er mit seinem Bankmanager herumfeilschen, nur um ein paar tausend für den Lebensunterhalt herauszuholen. Er brauchte Zeit zum Nachdenken, um sich etwas zurechtzulegen, um die Sache in den Griff zu bekommen.

»Hören Sie, Peter, machen Sie sich heute darüber keine Sorgen, Sie haben schon genug am Hals. Ich sichere Sie für den Moment ab, nächste Woche reden wir über die Geschichte. Gehen wir auch mal zusammen essen.«

»Ja, gut, John. Ich bin Ihnen sehr dankbar.«

»Kein Problem. Nur eins noch. Besteht die Aussicht, daß das Gehalt für den letzten Monat noch reinkommt?

Für den letzten Monat? Die erste Woche des laufenden Monats war schon vorbei. Im Büro hatte es Gerüchte über verspätete Gehaltszahlungen gegeben, aber er hatte sich nicht darum gekümmert, das kam oft vor. Er rieb sich mit der freien Hand die Stirn, er hatte Kopfschmerzen, war benommen und schockiert. Er sagte, daß er sich darum kümmern würde, bedankte sich nochmals und legte auf.

Er verzehrte am Eßzimmertisch Mrs. Newtons Fleischpastete, vor sich die drei Papierstapel und mehrere kleinere, die noch sortiert werden mußten. Normalerweise trank er mittags nichts, doch es war noch eine halbe Flasche Fleurie von gestern abend übrig, und seine Nerven brauchten eine Stärkung.

Während er aß, erstellte er auf einem Schreibblock einen nach Prioritäten gestaffelten Aktionsplan. Unter der Überschrift »Finanzen« schrieb er als erste Priorität »Schadensfeststellung«. Er mußte unbedingt so schnell wie möglich eine vollständige Finanzanalyse erstellen. Sobald die vor-

lag, konnte er eine Strategie für die Bank vorbereiten mit dem Ziel, die lebenswichtige Erhöhung des Kreditrahmens zu erreichen.
Darunter schrieb er »Sparmaßnahmen«. Unnötige Ausgaben mußten soweit wie möglich eingeschränkt werden. Mrs. Newton, zum Beispiel, durfte nicht mehr so viele Stunden arbeiten. Auch das Kindermädchen nicht. Er und Emma mußten eine Liste der Haushaltsausgaben zusammenstellen. Als dritte Überschrift schrieb er »Geldbeschaffung« auf die Liste. Vielleicht mußten sie Mittel und Wege finden, sich kurzfristig Geld zu beschaffen, falls es länger dauern sollte, einen neuen Job zu finden.
Der Stapel »Konkursverwaltung« erforderte nur wenig Aufmerksamkeit. Er hatte keine Ahnung von seinen gesetzlichen Rechten, wußte nichts über Verwaltung, Konkursabwicklung und Liquidation und ihre Auswirkungen auf ehemalige Mitarbeiter. Doch auf all das hatte er wenig Einfluß; es hatte eine niedrige Prioritätsstufe, und es mußte nicht sofort etwas unternommen werden. Er schrieb »Prospekte usw. prüfen« auf das Blatt und wandte sich den Stellengesuchen zu.
Die Erkenntnisse dieses Vormittags erfüllten ihn mit dem starken Drang, wahllos Freunde und Bekannte anzurufen. Doch er hielt sich zurück. Er war fünfunddreißig. Seine berufliche Karriere war beeindruckend, sein fachlicher Ruf hervorragend. Statt sich um kurzfristige finanzielle Schwierigkeiten zu kümmern, mußte er einen detaillierten Schlachtplan für die Stellensuche ausarbeiten. Eine übereilte oder nicht genügend durchdachte Entscheidung zum jetzigen Zeitpunkt würde er später bestimmt bedauern.
Während er sich Notizen machte, wurde ihm klar, daß es zwei Arten von Bewerbungen gab. Erbetene und nicht erbetene. Es war unwahrscheinlich, daß es viele der ersten

Art gab; die Art von Jobs, für die er qualifiziert war, gab es nicht gerade häufig. Dennoch nahm er sich vor, die Fachzeitschriften für Rüstung und Luftfahrt anzuschauen sowie die Stellenangebote in den größeren, landesweiten Zeitungen.

Es war viel wahrscheinlicher, überlegte er, daß er die gewünschte Position finden würde, wenn er Bewerbungen an von ihm ausgewählte Firmen schickte, am besten wohl durch einen Mittelsmann, zum Beispiel einen seiner Kontakte, oder durch eine spezialisierte Personalvermittlungs-Agentur. Dazu brauchte er einen Lebenslauf neuesten Datums; er hatte nur einen, der schon Jahre alt war.

Er ließ die Möglichkeiten Revue passieren. Die Position eines Direktors, vielleicht. Ja, Marketingdirektor einer kleinen, aber im Wachsen begriffenen Technikfirma in der Raumfahrt-Industrie. Mit ausgezeichneten Aufstiegsmöglichkeiten in die Vorstandsetage innerhalb etwa fünf Jahren. Bevor er vierzig würde. Oder, auf der anderen Seite der Skala, die Leitung des europäischen Verkaufsteams eines Multis, vielleicht sogar einer Firma wie Boeing oder Lockheed. Oder auch Antonov – überall in Osteuropa gab es glänzende Möglichkeiten.

Ein Monat würde reichen, da war er sich sicher. Eine Woche, um eine Qualifikationsliste zu erstellen und einen umfassenden Lebenslauf zu schreiben. Eine weitere Woche, um diese Papiere auf die Schreibtische der ausgewählten Firmen zu bringen, und vierzehn Tage, um Vorstellungsgespräche zu arrangieren und zu führen. Nach etwa vier Wochen mußten die Angebote nur so reinkommen. Eine weitere Woche würde er sich Zeit nehmen, um zu einer Entscheidung zu gelangen. Und bevor er die neue Stellung antrat, würde er ein paar Tage mit Emma wegfahren.

Am Nachmittag hatte er die Lage fest in der Hand. Aber er hatte Kopfschmerzen und das Bedürfnis nach frischer Luft. Er nahm zwei Aspirin und spazierte zum Bishops Park. Der Nachmittag war angenehm mild, früher Herbst. Der Park war belebt, aber nicht überfüllt; auf den Spielfeldern trieben Schulkinder unter Aufsicht Sport. Er blieb stehen und schaute einer Klasse von neun- oder zehnjährigen Jungen zu, die Fußball spielten. Kaum zu glauben, wie geschickt einige von ihnen bei der Ballkontrolle waren. Einmal wurde der Ball in seiner Nähe ins Aus getreten. Er stoppte ihn und spielte ihn dem wartenden Spieler zu, der sich mit einem Grinsen bedankte.

Später setzte er sich ans Ufer und sah dem Verkehr auf dem Fluß zu. Ausflugsschiffe, Müllkähne, Ruderboote und Achter der Clubs in Putney. Mäßiger Verkehr auf einem Fluß, der einmal die Hauptschlagader ins Herz einer Nation gewesen war, aber wenigstens etwas Aktivität, ein bißchen Bewegung. Über ihm zog eine ununterbrochene Prozession donnernder Jets hinweg, die mit weit geöffneten Fahrwerkklappen und im Sonnenlicht glänzenden Tragflächen zur Landung in Heathrow ansetzten.

Emma und die Kinder waren zurück, als er wieder nach Hause kam. Er begrüßte Jamie herzlich, aber der Junge murmelte nur: »Hallo, Dad« und verzog sich nach oben in sein Zimmer. Sally schlang die Arme um seine Beine und ließ ihn erst los, als er sie bat, ihm zu zeigen, was sie in der Schule gemacht hatte. Sie rannte weg und kam mit einem großen Bild zurück, das hauptsächlich aus grünen und gelben Handabdrücken bestand. Er machte ein Riesenaufheben und lobte sie überschwenglich, bis es ihr zuviel wurde und sie sich verdrückte. Emma stellte ihre Einkaufstüten auf den Küchentisch. Ein Schuhgeschäft in

Knightsbridge, eine bekannte Buchhandlung und Harrods.
»War der Tag anstrengend?« Er beschloß, ihr wegen der Einkäufe keine Vorwürfe zu machen.
»Schrecklich. Kensington war ein Alptraum.«
»Wo warst du essen?«
»Bei irgendeinem Italiener in der Old Brompton Road. Es war gut und teuer. Celia schickt liebe Grüße und ...«, sie winkte ab und nahm ein paar Weintrauben aus der Obstschüssel, »... kannst du dir ja denken.«
»Beileidswünsche?«
»Hm-hm. Und wie war's bei dir? Hast du dich mit jemandem getroffen?«
»Nein, ich bin nur spazierengegangen.«
»Oh.« Sie wandte sich ab und füllte den Wasserkessel.
»Trotzdem hab ich viel getan. Eine Menge Sachen sortiert.«
»Hast du mit jemandem Kontakt aufgenommen?«
»Noch nicht, Em. Es ist ja erst einen Tag her.«
»Natürlich. Ich dachte nur.« Sie sammelte ihre Einkäufe zusammen und ging zur Tür.
Er konnte sich nicht zurückhalten. »Doch, ich habe mit John Bishop gesprochen.« Sie drehte sich um und sah ihn fragend an. »Der von der Bank.«
»O Gott, der. Laß mich raten: Hallo, Peter, Drohung, Drohung, Drohung, gehen wir mal zusammen essen, bis dann.« Sie stand in der Tür, die Arme beladen mit ihren Einkäufen, und grinste ihn an. »Stimmt's?«
Er mußte lachen. »Stimmt.«

Kapitel 2

»Nächster Donnerstag paßt gut, Dan, früher Abend wäre bestens. Ich hab' eine Schulversammlung um halb vier, Kinder-Teetrinken. Um fünf kann ich mich hoffentlich absetzen; also treffen wir uns um halb sechs im Squash-Club. Soll ich einen Platz für uns buchen?«
»Das mach ich schon. Aber bist du sicher, daß es dir wirklich paßt? Ich möchte deinen Terminplan unter keinen Umständen durcheinanderbringen, bloß keinen wichtigen Spaziergang im Park vermasseln ...«
»Na ja, ein bißchen schwierig ist es schon. Nächstes Mal bitte nicht so kurzfristig, Mitchell, vielleicht kannst du dich mit meiner Sekretärin absprechen.«
»Diese hübsche Blondine mit den klebrigen Fingern?«
»Genau die, willst du mal kurz mit ihr sprechen?« Dan hörte Flüstern und das Klappern des Hörers und heftiges Atmen. Dann meldete sich Sally.
»Onkel Dan, Mammi sagt, ich muß zum Doktor, weil mein Bein weh tut.«
»Hallo, Schätzchen, was ist denn mit deinem Bein?«
»Weiß nicht. Kommst du mich mal besuchen?« Sie war weg, bevor er antworten konnte. Peter war wieder in der Leitung. »Du weißt ja, wie schwer es ist, eine gute Sekretärin zu finden.«

»Sie kommt mir immer noch besser vor als meine. Wie läuft's, Pete?«
Peter lehnte sich in seinem Sessel zurück und sah sich um. Um ihn herum waren Papierstapel auf dem Fußboden verteilt. Weitere Stapel lagen auf dem Schreibtisch, auf dem ein Telefon, ein Anrufbeantworter und eine Tischlampe standen. Sein Computer befand sich in Reichweite auf einem Tisch neben dem Schreibtisch, zusammen mit zwei Rechnern, seinem Zeitplaner, mehreren Kugelschreibern und Bleistiften und einer gerahmten Photographie von Emma und den Kindern. Die Wände bedeckten Ausschnitte aus den Zeitungen und Zeitschriften, die auf dem Bett gestapelt waren. Es waren hauptsächlich Produktanzeigen, die er aus Fachzeitschriften herausgerissen hatte. Pratt und Whitney, United Technologies, British Aerospace. Ein großes, mit gelben Notizzetteln übersätes Pinbrett hing an der Wand, wo vorher ein Aquarell von Michael Potter seinen Platz gehabt hatte, das jetzt unter dem Bett lag. Sein tragbarer CD-Player stand in einer Ecke auf dem Fußboden.
»Na ja, Emma ist nicht gerade begeistert, daß ich das Gästezimmer in ein Büro verwandelt habe – Raketen-Testcenter nennt sie es –, aber es war hoffnungslos, unten arbeiten zu wollen. Doch davon abgesehen, läuft's ganz gut.«
»Schon irgendwelche konkreten Aussichten?«
»Noch nicht. Ich habe ein paar Headhunter darauf angesetzt. Und um einige Möglichkeiten kümmere ich mich selbst. Wird sicher nicht mehr lange dauern.«
»Brauchst du irgendwas?«
Kurzes Zögern. »Brauchen? Zwanzigtausend, nein, besser fünfundzwanzigtausend Piepen könnte ich brauchen.«
»Baff.«
»Keine Sorge, ich komme schon zurecht.«

»Wenn du Hilfe brauchst, sagst du's mir, ja?«
»Danke, Dan.« Sie legten auf.
Es war jetzt zwei Wochen her, daß er seine Stellung verloren hatte. Erstaunlich, wie schnell die Zeit vergangen war. Die ersten paar Tage hatte er im Eßzimmer verbracht mit Sortieren und Aufbereiten, wie er es nannte. Die Papierstapel um ihn herum waren schnell gewachsen, sein Operationsradius hatte sich von Tag zu Tag erweitert. Ständig mußte er die Kinder verscheuchen, und Emma beklagte sich über die Unordnung. »Es wird jeden Tag schlimmer, sieht furchtbar aus, wenn Leute ins Haus kommen. Und was ist, wenn wir den Eßtisch brauchen?« Er versuchte ihr klarzumachen, daß es nur eine vorübergehende Lösung sei, doch er mußte zugeben, daß es unzumutbar war. Hinzu kam, daß er jedesmal, wenn er telefonieren wollte, was sehr oft der Fall war, durch die Küche gehen mußte.
Eines Nachmittags, als Emma außer Haus war, zog er ins Gästezimmer um. Er räumte sämtliche Möbel um, schob das Bett an die Wand und schleppte den Toilettentisch in die Abstellkammer. Er legte eine Telefonleitung vom Anschluß im Schlafzimmer durch die Diele ins Gästezimmer. Dann zerlegte er den Schreibtisch, schleppte die Einzelteile nach oben und baute sie an der Wand wieder zusammen. Einen Getränketisch mit Glasplatte, den er aus dem Wohnzimmer entlieh, stellte er im rechten Winkel dazu auf, so daß ein L-förmiger Arbeitsplatz entstand. Aus der Küche trug er den Windsorsessel nach oben.
Durch den Einsatz einer Vierfachsteckdose konnte er seinen Computer anschließen. Er stellte ihn auf den Glastisch; der Drucker paßte genau auf die Ablage darunter. Außerdem schloß er eine verstellbare Schreibtischlampe an und zum Schluß den automatischen Anrufbeantworter,

auf den er einen neuen Ansagetext sprach, mit dem er den witzigen Text, den Emma vor Jahren, als sie das Ding kauften, darauf gesprochen hatte, löschte.
»Hallo, hier spricht Peter Deacon. Ich bin zur Zeit nicht an meinem Schreibtisch. Bitte hinterlassen Sie Ihren Namen und Ihre Telefonnummer, ich rufe Sie kurzfristig zurück.« Er brauchte drei Anläufe, bis er mit der Qualität des Textes zufrieden war, vor allem mit der wohldosierten Energie in der Stimme.
Als Emma am Nachmittag mit den Kindern zurückkam, trat sie ins Gästezimmer, während er gerade eine ganzseitige Marconi-Werbung an die Wand heftete. Mit zusammengepreßten Lippen stand sie an der Tür und schaute sich um. Sally zwängte sich an ihr vorbei, in der Hand eine Keksdose.
»Daddy!« sagte sie und schlug die Hand vor den Mund.
»Genau!« sagte Emma und verließ den Raum.

Innerhalb weniger Tage führte er einen täglichen Zeitplan ein, der schon bald zur Routine wurde. Er stand gern früh auf, denn er war es gewohnt, doch er stellte fest, daß ihm die Stunde allein im Auto fehlte, in der er während der Fahrt ins Büro seinen Tag geplant hatte. Um sechs schlüpfte er leise aus dem Bett, zog seinen Jogginganzug und die Laufschuhe an und lief in den Park. Er kam rechtzeitig zurück, um das Frühstück zu machen, Emma eine Tasse Tee ans Bett zu bringen und die Kinder zu wecken. Er duschte und zog sich an, und dann frühstückten sie alle gemeinsam.
Wenn es Zeit war, zur Schule zu fahren, bekam Jamie jetzt regelmäßig seine Anfälle. Eines Morgens schloß er sich im Badezimmer ein und weigerte sich herauszukommen. Peter versuchte von außen mit ihm zu verhandeln, verlor aber nach zehn Minuten die Geduld und schüchterte den

Jungen mit der Drohung, die Polizei zu holen, derart ein, daß er die Tür aufmachte. Als Emma sagte, sie könne diesen Unsinn jeden Morgen nicht länger ertragen, fuhr er Jamie an diesem Tag selbst zur Schule und beobachtete im Rückspiegel, wie die schmächtige und verängstigte Gestalt erbärmlich aus dem Fenster starrte. Von da an brachte er Jamie regelmäßig zur Schule und erreichte einen unsicheren Waffenstillstand, der auf versteckten Drohungen und auf Bestechung beruhte. Peter fand es schrecklich, wie sie sich wie zwei verbissene Streithähne ineinander verkrallten, doch er hoffte, daß dies eine Phase war, die ihr Ende finden würde, sobald er wieder Arbeit hatte.

Sally besuchte dreimal in der Woche eine private Vorschule, wo er sie nach Jamie absetzte. Sie war in jeder Hinsicht völlig anders als ihr Bruder und wäre nie auf den Gedanken gekommen, die Notwendigkeit, eine solche Einrichtung zu besuchen, in Frage zu stellen. Sie war vielmehr der festen Überzeugung, ohne sie könne die Schule überhaupt nicht funktionieren. Obwohl Sally eine natürliche Neugier besaß, machte sie sich wegen nichts große Gedanken. Wie bei fast allem, was um sie herum geschah, nahm sie auch bei der Schule an, sie sei vor allem für sie da. Sie ging zur Schule, weil die Lehrer und die anderen Kinder auf sie warteten. Sie war auch völlig unsentimental. Eines Morgens rief die Lehrerin an und teilte mit, daß man für ein paar Tage schließen müsse, weil Fälle von Keuchhusten aufgetreten seien. Emma brachte ihr die Neuigkeit schonend bei, aber Sally ließ nur ihren Mantel auf den Boden fallen und verzog sich ins Kinderzimmer. »Typisch!« sagte sie und stellte den Fernseher an.

Manchmal blieb Emma bei Peter zu Hause, arbeitete unten an ihrem Zeichenbrett, half Mrs. Newton oder setzte sich in den kleinen Garten und las. Anfangs nutzten sie ein paarmal die Zeit, die sie miteinander allein waren, und genossen die ungewohnte Freiheit. Mittags machte sie ihnen etwas Kaltes zu essen, Antipasto und Salate. Sie aßen in der Küche oder bei schönerem Wetter draußen, tranken Wein und unterhielten sich. Dann gingen sie nach oben ins Bett, dösten und liebten sich, bis es Zeit wurde, die Kinder abzuholen.

An den meisten Tagen ging Emma jedoch aus dem Haus. Sosehr er das Essen im Garten und die genüßlichen Bettaktivitäten liebte, war er doch insgeheim froh darüber. Obwohl sie nur selten ins Gästezimmer kam, lenkte ihn allein ihre Anwesenheit von der Arbeit ab. Er hörte, wie sie herumging, nebenan duschte, im Radio in der Küche Popmusik hörte und unten den Hörer abnahm, während er telefonierte. Sie hatte die ärgerliche Angewohnheit, seine Gespräche zu unterbrechen und ihn aus seinen Gedanken zu reißen, indem sie unnötigerweise sagte: »Tut mir leid, Liebling. Sag mir bitte Bescheid, wenn du fertig bist. Ich muß so rasch wie möglich Adele anrufen ...«

Emma hatte den Kontakt zu vielen früheren Kollegen und Bekannten aus der Graphic-Art- und Designszene aufrechterhalten. Regelmäßig besuchte sie die Werbeagentur im West End, bei der sie gearbeitet hatte, bevor sie mit Jamie schwanger wurde. Gelegentlich bekam sie kleine Aufträge, die sie dort oder zu Hause erledigte. Meistens aß sie einmal in der Woche mittags mit Mitch, und ab und zu fuhr sie einen Tag nach Sussex und besuchte ihre Mutter.

Abgesehen von der Mittagspause arbeitete Peter den ganzen Tag an seinem Schreibtisch. Er teilte seine Zeit zwischen den drei Kategorien auf, die er am ersten Tag festgelegt hatte. Die Stellensuche hatte höchste Priorität, ihr widmete er sich während des ganzen Vormittags. Den Rest des Tages beschäftigte er sich mit den »Finanzen« und dem, was er mittlerweile »den anderen Kram« nannte. Nach wenigen Tagen mußte er erkennen, daß seine ursprüngliche Schätzung, er würde nur einen Monat lang stellungslos sein, unrealistisch war. Es war ganz einfach viel zuviel Arbeit, alles richtig vorzubereiten. Über Dritte kontaktierte er drei Personalvermittler. Sie waren alle äußerst hilfsbereit und ermutigend, doch keiner von ihnen wollte ihn sofort empfangen. Sie baten ihn, seinen Lebenslauf zu schicken, und versprachen, sich sofort zu melden, wenn etwas Passendes auftauchte.

»Sprechen Sie denn mögliche Arbeitgeber nicht im Interesse eines Bewerbers direkt an?« fragte er eine Vermittlerin mit einer volltönenden weiblichen Stimme, die ihr Büro in der Lower Regent Street hatte. »Sehr selten.« Sie schien empört über die Zumutung. »Wir sind eine hochprofessionelle Vermittlungsagentur, Mr. Deacon, kein Job-Shop auf der High Street. Wir arbeiten so gut wie ausschließlich im Auftrag des Arbeitgebers. Er meldet Mitarbeiterbedarf an, und wir durchforsten unsere Bewerberdateien und befriedigen seinen Bedarf.«

»Ich verstehe. Ein Bewerber muß also eventuell eine Weile warten, bis Sie seine Bewerbung an einen Arbeitgeber weiterleiten.«

»Selbstverständlich. Außer es ist ein Bewerber von außergewöhnlicher Qualifikation und Erfahrung« – an ihrem Tonfall konnte er erkennen, daß er das in ihren Augen nicht war – »jemand, dessen Referenzen und dessen Personalprofil den Wünschen einer bestimmten Gesellschaft oder eines Personalchefs völlig entsprechen ... Dann gebe ich die Bewerbung vielleicht weiter.«

»Selbst wenn dort im Moment keine Stelle zu besetzen ist?«

»Unter außergewöhnlichen Umständen, ja.« Das Wort »außergewöhnlich« schien sie besonders zu mögen. »Aber um Ihre Frage zu beantworten, Mr. Deacon. Es ist durchaus nicht ungewöhnlich, wenn unsere Bewerber mehrere Monate lang warten müssen. Die meisten von ihnen haben eine Stellung.«

Seine eigenen Bemühungen brachten ähnliche Ergebnisse. Sobald er die Liste der in Frage kommenden Firmen erstellt hatte, begann er, einige seiner Kontaktleute anzurufen. Meistens ermutigten sie ihn und sagten ihm die Namen der leitenden Angestellten innerhalb der Firma, an die er seine Bewerbung richten sollte. Das Ganze nahm viel Zeit in Anspruch, denn jeder, den er anrief, war interessiert, alle Einzelheiten über das Ende der UAS zu erfahren, und hatte, da Peter keine Unterstützung in Anspruch nahm, auch ein Recht darauf. Bald hatte er es satt, ständig die gleiche Geschichte zu erzählen, und so begann er sie zu kürzen und die Informationen gemäß den Erwartungen, die er in das Gespräch setzte, zu dosieren.

Einer seiner Kontakte, ein Technischer Verkaufsleiter bei British Aerospace, den er nicht besonders gut kannte, bekam die komplette und ungekürzte Version zu hören. Seine Gesellschaft hatte vor kurzem eine Radar-Abteilung gegründet, und Peter wollte herausfinden, wo diese Abteilung untergebracht werden sollte, welche Summen investiert werden sollten und wer der Leiter war. Ein alter Bekannter aus der RAF hingegen bekam nur die stark verkürzte Fassung zu hören, nachdem er Peter gesagt hatte, die Firma für optische Geräte, in der er arbeitete, werde in Kürze stillgelegt.

Es dauerte fast eine Woche, bis der Lebenslauf fertig war. Er umfaßte vier Seiten und war eine komplette Darstel-

lung seines Lebens. Er erläuterte eingehend seine Ausbildung in Wellington, seine sieben Jahre als Pilot bei der Royal Air Force und ganz besonders detailliert seine berufliche Laufbahn bei UAS. Während er mit dem Computer am Text feilte, begann er, seine Zielpersonen anzurufen, denn er sagte sich, daß ein kurzes einführendes Gespräch einer aufgeschlossenen Bewertung seiner Bewerbung nur förderlich sein konnte.
Diejenigen, die er direkt erreichte, waren alle freundlich, aber unverbindlich. Doch die meisten hatten Sekretärinnen, die jeden hereinkommenden Telefonanruf abfingen und filterten, höflich, aber bestimmt. »Ja, aber darf ich fragen, Mr. Deacon, worum es geht?« Wenn er es ihnen sagte, wimmelten sie ihn meistens ab oder verwiesen ihn an den Personalchef.

»Jetzt?« Er wandte sich an seinem Schreibtisch um. Emma lugte mit hochgezogenen Augenbrauen um die Ecke. Er schaute auf die Uhr, es war schon spät, alles dunkel draußen.
»Jetzt so gut wie sonstwann.« Sie trat ins Zimmer, die eine Hand auf der Hüfte, die sie provozierend schwenkte, auf der anderen ein Tablett mit zwei Gläsern, einer Flasche Bells und einem Sodasiphon.
»Ich sehe, du hast Proviant mitgebracht.« Er drehte seinen Sessel herum und schaute sie an.
»Niemand, der bei klarem Verstand ist, bleibt bei einem Wirtschafts-Gipfelgespräch nüchtern.« Sie schenkte ein.
»Kinder im Bett?«
»Ich bin total fertig. Pippa ist nach Hause gegangen.«
»Ich mache mir Sorgen wegen Jamie; meinst du, wir sollten noch mal mit dem Facharzt reden?«
Sie gab ihm sein Glas, dann balancierte sie vorsichtig zwi-

schen den Papierstapeln hindurch zum Bett und setzte sich. »Vielleicht. Ich weiß nicht. So schlimm wie jetzt ist es noch nie gewesen. Miss Richardson sagt, daß er sich in der Schule völlig zurückzieht und …« Sie zögerte.
»Und was?«
»Nun, daß er manchmal Wutanfälle bekommt.«
»Wann hat sie das gesagt?« Er trank einen Schluck und bemühte sich, ruhig zu bleiben; es gab genug, womit er sich auseinandersetzen mußte.
Emma hob die Schultern. »Ach, ich weiß nicht. Vor ein paar Tagen.«
»Ich fahre mal vorbei und rede mit ihr.« Thema wechseln, zur Sache kommen. »Übrigens …« Er deutete mit dem Kopf auf den Schreibtisch hinter sich.
»Wieviel?«
Obwohl er sich jeden Nachmittag zwei Stunden dem Thema Finanzen widmete, hatte er fast die ganze Woche gebraucht, um bis zum Boden der Schublade vorzudringen und sich ein Bild von der Finanzlage zu machen. Nachdem er die meisten Bankauszüge gefunden und in chronologische Reihenfolge gebracht hatte, hatte er festgestellt, daß die drei Konten, wie ihm der Bankmann bereits gesagt hatte, stark überzogen waren. Sein eigenes sah besonders schlimm aus, weil das Gehalt des letzten Monats immer noch nicht eingegangen war.
Aber selbst der Bankmann hatte keine Vorstellung von den ausgeschriebenen, doch noch nicht eingereichten Schecks, von den unbezahlten Rechnungen, Abonnements, Sallys Schulgeld, Kredit- und Kundenkarten und so weiter. Insgesamt weitere dreieinhalbtausend Pfund. Das meiste davon längst überfällig.
»Schätz mal.«
Sie blickte dümmlich drein. Keine Ahnung. »Vielleicht

zwei?« Er drehte sich um und nahm ein Blatt Papier vom Tisch, mit ausgestreckten Armen zwischen Daumen und Zeigefinger, als wäre es radioaktiv.

»Das Endergebnis lautet …«, sagte sie in singendem Ton wie die Moderatorin einer Game-Show, doch ihre Augen glitzerten nervös.

»Auf- oder abgerundet?«

»Nun komm schon, Peter.«

»Zwölfeinhalb, mehr oder weniger genau.«

Sie starrte ihn einen Moment mit offenem Mund an. Dann schoß sie hoch wie eine Katze. »Gib her.« Sie lief mit dem Zettel zum Bett zurück und warf einen seiner Papierstapel um. Er trank langsam sein Glas aus. Dann schenkte er sich und ihr nach, und sie streckte die Hand nach ihrem Glas aus, ohne aufzublicken.

»Du hast mir nie gesagt, daß du einen Kredit über fünftausend Pfund genommen hast.«

»Bangkok. Erinnerst du dich nicht?«

Sie erinnerte sich. »Aber der muß nicht sofort zurückgezahlt werden. Wir können ihn in Raten abbezahlen.«

»Wovon?« Er mußte es sagen. In einer Korrespondenzmappe in der jetzt aufgeräumten Schublade lag ein Brief von John Bishop, der heute morgen gekommen war. Peter hatte seit dem ersten Tag nicht mehr mit dem Bankmanager gesprochen. Der Brief war kurz; Bishop bat »in einer dringenden Angelegenheit« um seinen Anruf.

»Ich gehe wieder arbeiten.«

»Das hatte *ich* eigentlich vor.«

Sie wollte etwas sagen, besann sich aber anders. »Ich meine, bis du wieder eine Stellung hast.«

»Ich werde bald wieder eine Stellung haben, Em.« Er sah sie an, kastanienbraunes Haar, frisch vom Friseur, sauber geschnitten, über den Schultern eingedreht. Es glänzte wie poliertes Mahagoni. Doch ihre braunen Augen blickten zweifelnd.

»Und inzwischen?«

»Ein paar Sparmaßnahmen.«

»Zum Beispiel?« Sie starrte ihn an.

»Ich weiß nicht. Weniger Filet, mehr Rumpsteak, ein Scotch statt zweien, ein wenig Zurückhaltung beim Einkaufen ...«

»Aha, es liegt also an mir.«

»Zum Teil, ja. Aber das ist nur eines von vielen Puzzleteilchen.« Er fing an, an den Fingern abzuzählen. »Mrs. Newton hat uns in der letzten Zeit hundert pro Woche gekostet, Pippa ungefähr genausoviel. Wir geben zuviel Geld aus für Alkohol, Sprit, Auswärtsessen, Reinigung, was weiß ich.« Er machte eine Pause, um das einsinken zu lassen. Draußen raste ein Polizeiwagen vorbei, das blaue Blinklicht huschte über die Vorhänge, die Sirene heulte. Mit nachdenklichem Blick leerte sie ihr Glas. Ihre Wangen waren gerötet. Plötzlich lächelte sie.

»Also von jetzt an ist Schmalhans Küchenmeister, und was übrigbleibt, wird aufgewärmt?«

Erleichtert lachte er. »So ungefähr. Nur ein paar Wochen, höchstens ein paar Monate. Ich bin morgen mit John Bishop verabredet. Ich werde ihm sagen, wie sehr wir uns einschränken, und versuchen, einen Kredit rauszuholen.«

Sie trat zu ihm, beugte sich vor und küßte ihn fest auf den Mund. »Peto, es wird schon wieder«, sagte sie leise. »Wir schaffen es. Ich weiß, daß wir es schaffen werden.«

Am Vormittag verließ er das Haus und ging zum Broadway. Er sah sich nach einem Taxi um, doch dann überlegte er sich's und fuhr mit der U-Bahn nach Aldgate. Zum

erstenmal seit dem Ende der UAS trug er wieder einen Anzug. Er kam sich merkwürdig darin vor, seltsam ruhig, doch irgendwie unwirklich, als sehe er im Zugfenster die elegant gekleidete Gestalt eines anderen. Es war eine Uniform. Sein Leben lang hatte er Uniformen getragen; als er den Rugby-Preis in Wellington entgegennahm, bei Dinners in der Offiziersmesse in Coltishall, bei Präsentationen auf Handelsmessen und bei den Besprechungen mit seinem Bankmanager. Während der Zug dahinratterte, betrachtete er seine Mitreisenden. Plötzlich erfüllte ihn ein unangenehmes Gefühl von Falschheit, als seien sie alle nur Elemente einer raffinierten Simulation. Eine Scharade. Schauspieler, die Kostüme trugen und Rollen spielten, Texte aufsagten. Alles perfekt: jede Bewegung, jede Geste. Aber für wen spielten sie? Und warum?
»Verstehen Sie mein Problem, Peter?« sagte Bishop nachdenklich. Natürlich verstand er es. Sie saßen in einem spärlich möblierten Besprechungszimmer im hinteren Teil der Bank, auf lächerlich niedrigen Sesseln, die wie Stahl- und Plastikgartenmöbel aussahen. Es gab einen Kaffeetisch aus Chrom und Glas, schwarz gerahmte, sepiafarbene Stiche des viktorianischen London an den Wänden, ein paar Topfpflanzen. Sie tranken Kaffee, etwas Stärkeres hatte er abgelehnt. Medium Sherry, vermutlich. Er beugte sich auf seinem Gartenstuhl vor und holte seinen Finanzplan aus der Aktentasche. Ein einzelnes Blatt mit einer sorgsam zusammengestellten Liste der monatlichen Lebenshaltungskosten; das absolute Minimum, um sich über Wasser zu halten.
Die Hypotheken auf dem Haus einschließlich der Versicherung beliefen sich auf vierzehnhundert Pfund pro Monat. Dann folgten Abzahlungsverträge für Emmas Wagen und ein paar Möbel; weitere vierhundert Pfund. Mrs.

Newton, die die Lippen zusammengepreßt hatte, als sie hörte, daß sie auf zehn Stunden pro Woche reduziert wurde, kostete immer noch hundertfünfundsiebzig im Monat; Sallys Schule mit vierhundert pro Quartal ergab durchschnittlich hundert pro Monat und so weiter. Die Liste war lang und ernüchternd.

Gestern abend, nach dem Wirtschaftsgipfel, waren sie ins Bett gegangen, hatten sich in einer whiskygetränkten Die-Welt-kann-uns-mal-Stimmung geliebt und waren danach in einen postkoitalen Schlummer gesunken. Doch nach einer Stunde wachte er auf, und Gedanken rasten durch seinen Kopf wie ein durchgegangenes Rennpferd. In der Dunkelheit, in die durch einen Spalt zwischen den Vorhängen der Schein einer Straßenlaterne drang, lag er neben Emma, die tief und fest schlief, auf dem Rücken und grübelte über ihre Lage nach. Seine Phantasie bekam Flügel, und der kalte Schweiß brach ihm aus. Bald befielen ihn wegen einiger Zahlen Zweifel, und so zog er den Morgenmantel an und schlich ins Gästezimmer. Er ging alles nochmal durch und stieß auf Fehler und Auslassungen; er hatte die Straßengebühren und die Versicherung für den Wagen vergessen und sich bei den monatlichen Telefonkosten verschätzt.

Sein Gehirn arbeitete auf Hochtouren, wunderbar konzentriert. Er machte sich eine Kanne Kaffee und trug sie nach oben, ließ George Benson ganz leise auf dem CD-Player laufen und arbeitete weiter. Wenn er wach war und an dem Problem arbeitete, schien die Lage gar nicht so schlecht. In kurzer Zeit hatte er alles neu durchgerechnet und die ungereinigte Fassung vor sich. Er machte sich mehr Kaffee und gab den Finanzplan in den Computer ein. Da er schon dran war, korrigierte er gleich noch seinen Lebenslauf und schrieb vier weitere Bewerbungen und machte sie postfertig. Er brachte die Ablage in Ordnung und las alles durch, was ihm die Konkursverwalter noch zugeschickt hatten. Man konnte Geld vom Staat bekommen, Einkommenszuschüsse, Familienunterstützung. Er hatte keine Ahnung, wieviel, aber er würde sich darum kümmern.

Plötzlich merkte er, daß es draußen hell war; es war schon nach fünf. Er zog seinen Jogginganzug an, ging dann aber nur eine Stunde spazieren. Als er zurückkam, war Sally schon auf. Sie stand in der Küche auf einem Stuhl neben der Spüle, trank schwarzen Johannisbeersaft und grinste ihn mit verschmiertem Mund an. Sie umarmten sich herzlich. Dann lief sie ins Spielzimmer, und er brachte Emma den Tee.

»Zweitausenddreihundert pro Monat sind eine Menge Geld, Peter.« Bishop studierte seine Liste. Deacon trank seinen Kaffee aus und sagte nichts. »Gibt es irgendwas, das wir als Sicherheit einsetzen können?«

Er überhörte die Frage. »Was passiert, wenn die Hypothekenzahlungen eingestellt werden?«

»Die sind schon eingestellt. Seit letztem Monat.«

»Ach ja? Besten Dank, John. Mit Bankleuten wie Ihnen ...«

Bishop warf das Blatt auf den Tisch. »Jetzt hören Sie mir mal zu. Ich brauche Ihnen wohl nicht zu sagen, daß ich schon auf sehr dünnem Eis stehe. Ihre Verschuldung beträgt offenbar mehr als zwölftausend Pfund, und Sie sagen, Sie brauchen sofort weitere zweitausend plus laufender zweitausenddreihundert pro Monat. Sie haben aber bisher keinerlei Vorschläge gemacht, wie Sie diese Schulden finanzieren wollen, von Tilgung ganz zu schweigen, und Sie bieten keinen Fetzen Sicherheit.«

»Und das Haus?«

»An das Haus kann ich nicht ran, Peter, das haben wir doch schon besprochen.«

»Nicht dieses Haus, das andere, das Landhaus in Suffolk.«
»Sie besitzen ein Landhaus in Suffolk?«
»Ja.«
»Ehrlich?«
»Ehrlich.«

Es war Mittagszeit. Auf dem Rückweg ging er die Leadenhall Street entlang und betrat eine Kneipe am Markt. Es war lebhafter Betrieb, lauter Versicherungsleute, die Europiepser und tragbare Telefone bei sich hatten. Er fiel überhaupt nicht auf in seiner Uniform. Er bestellte einen großen Scotch und ergatterte einen Barhocker in einer Ecke. Das Lokal bot das Übliche, Pasteten und Chips, Zunge und Kohlsalat, Sandwiches auf Bestellung. Er hatte seit dem Frühstück nichts mehr gegessen, eigentlich nicht seit gestern abend, doch er hatte keinen Hunger.
Bishop hatte es geschluckt. Vorläufig wenigstens. Er hatte eigentlich nicht richtig zugestimmt, den Kreditrahmen zu erhöhen, sondern sich nur bereit erklärt, seine Schecks einzulösen, ein paar Tage noch, bis sie eine Vereinbarung wegen des Landhauses getroffen hatten. Emmas Landhaus. Irgendwo tief in seinem Innern wußte er, daß er sich hier vergalloppierte. Aber er hatte einfach keine andere Wahl gehabt.
Als Emmas Vater vor zwei Jahren starb, hatte er ihr ein bescheidenes Barvermögen hinterlassen. Damals, sie hatten gerade Fulham gekauft, hätten Peter und Emma am liebsten den ganzen Betrag dazu verwendet, die Hypothek um eine schöne Summe zu verringern, alle Kontoüberziehungen und Kreditkartenschulden auszugleichen, ein paar teure Urlaube zu machen und die Einrich-

tung des neuen Hauses zu bezahlen. Aber diese vernünftige Verwendung des Geldes hätte gegen den Sinn, wenn nicht gar gegen den Wortlaut des väterlichen Testaments verstoßen. Darin hieß es nämlich, der Betrug dürfe nur dazu verwendet werden, »den Deacons und ihren Kindern Freude und Sicherheit zu bringen«. Nur es war nicht als ausdrückliche Bedingung festgelegt, galt aber als stillschweigend vereinbart, daß Emmas Mutter ihre Zustimmung zur Verwendung des Geldes erteilen mußte.

Die Lösung fand sich, als sie an einem Sonntagmorgen im Bett lagen, die Zeitung lasen und mit den Kindern spielten. Peter entdeckte sie in den Immobilienanzeigen des Sunday Telegraph.

»Bedingham, Nähe Ipswich, Suffolk. Einzelnstehendes Landhaus, drei Schlafzimmer, in hübscher Dorflage, Garten, Nebengebäude. Und sieh dir mal den Preis an, Emma. Sogar zum doppelten Preis wär's noch billig.« Er meinte es nicht ernst, doch Emma war begeistert. Am nächsten Morgen rief sie die Makleragentur an und verabredete ein Treffen, um das Objekt anzuschauen. Peter mußte nach Hongkong fliegen, deshalb nahm sie ihre Mutter mit. Als er Ende der Woche zurückkam, gehörte das Landhaus ihnen. Ihr.

»Es wird dir gefallen, Peto. Wir richten es her und benutzen es im Sommer und an Wochenenden. Einfach ideal für die Kinder, und das Dorf ist unglaublich – als würde man mitten in Akenfield stehen.«

Doch sie hatten das Haus nur selten benutzt. Für den Winter war es nicht ausgestattet, und Sommer hatte es seither nur einen ergeben. Er war zweimal dort gewesen, Emma ein paarmal mehr. Alles war sehr einfach, keine Zentralheizung, kein Telefon, ziemlich heruntergekommen und reparaturbedürftig. Peter mochte es nicht, fand es feucht

und unbequem; im stillen hoffte er, Emma würde den Spaß daran verlieren und es wieder verkaufen.
Irgendwann erwischte er den Blick der Barfrau, die sein Glas auffüllte. Das Lokal leerte sich langsam, die Mittagspause war zu Ende. Er wechselte vom Barhocker zu einer Bank am Fenster. Durch das Glas konnte er einen Teil des umbauten Marktes sehen, Geschäfte mit offener Front boten Fisch auf Marmortischen an, ganze Fleischhälften und ungerupftes Federwild, Obst und Gemüse; ein Laden verkaufte ausschließlich Käse. Pfeifende Jungen in Metzgerschürzen wieselten auf Lieferfahrrädern um rasch ausschreitende Versicherungsleute von Lloyd's herum. Hinter den verzierten Eisensäulen und dem Glas der Markthallen ragten die Stahlbetonbauten der ausländischen Banken und Versicherungen wie abscheuliche Riesen auf; über ihre spiegelnden Fassaden glitten langsam die Wolken des Herbsthimmels.
Von dem Whisky auf leeren Magen, der schlaflosen Nacht und der nicht gerade herzlichen Unterredung mit Bishop (kein Wort mehr von gemeinsamem Essen) war er müde und erschöpft. Er trank sein Glas aus und verließ das Lokal. Er blieb in der Tür stehen, nahm seine Krawatte ab und öffnete den Kragenknopf. Dann ging er die Leadenhall Street hinunter.

»Dein Vater hat angerufen. Ich habe gesagt, du würdest zurückrufen. Du siehst mitgenommen aus; wie ist es mit Bishop gelaufen?«
Peter warf die Aktentasche auf den Küchentisch und sank auf einen Stuhl. »Ich habe ihn genau da, wo ich ihn haben wollte.«
»An unserer Kehle?«
»Tiefer.«

»An den Eiern?«
Er lachte schallend. Gott, sie war wunderbar. Er legte die Hand auf den Tisch und stieß den Daumen hinein. »Genau da, Mädchen.«
»Ach ja? Was habt ihr vereinbart?«
»Das erklär ich dir später. Irgendwelche Neuigkeiten?« Stellenangebote vielleicht oder gar ein Vorstellungstermin?
»Nichts. Erzähl schon, Peto.« Auf der Treppe hörte man das Poltern eines dreijährigen Hinterns. Das war Sallys bevorzugte Methode, wenn sie es eilig hatte. Unterdrücktes Weinen begleitete jedes Poltern. »Uh oh.«
Sally stürzte in die Küche, das Gesicht gerötet, die Augen voller Tränen. »Jamie hat mir am Arm weh getan, Daddy!« Er hob sie aufs Knie und sah Emma an.
»Ich wollte es dir gerade sagen. Miss Richardson hat gegen Mittag angerufen. Ich mußte los und ihn abholen.
Er rieb Sallys Schulter. »Da doch nicht, Daddy.« Sie schniefte. »Am anderen Arm, hier, sieh mal!« Er sah hin und fand nichts, nur eine leicht gerötete Stelle.
»Warum hat Jamie dich gehauen, Herzchen?«
»Weil ich überhaupt nicht mit seiner Eisenbahn gespielt habe.«
»Bist du in sein Zimmer gegangen?«
»Manchmal.«
Sie hörte auf zu schluchzen, steckte den Daumen in den Mund und lehnte sich an seine Brust. Sie mußten besser aufpassen. Seit mehr als einem Jahr hatte er ihr nicht mehr weh getan. Doch diese Stimmungen in letzter Zeit ... und heute morgen hatten sie das Kindermädchen entlassen.
»Was ist passiert?«
»Er hatte offenbar einen richtigen Anfall, kein Mittagessen. Er hat seinen Teller über den Tisch geworfen und

sich auf den Boden geschmissen. So ähnlich wie letztesmal.«
»Hat er ... ich meine, hat er sich verletzt?«
»Er hat sich die Knöchel aufgebissen. Aber nicht schlimm. Als ich hinkam, war er ganz ruhig.«
»Nicht das mit dem Kopf?«
Sie schüttelte den Kopf. »Ich wollte ihm eine Tablette geben, aber er war ganz ruhig und ging sofort in sein Zimmer. Ich glaube, er schläft.«
Er ging nach oben. Jamie lag auf seinem Bett, zusammengekrümmt auf der Seite, das Gesicht zur Wand. Peter setzte sich neben ihn und streichelte sein dunkles Haar und betrachtete die Wände mit den gemalten Schiffen und Tieren. Das Talent zum Zeichnen, das Auge fürs Detail hatte er von seiner Mutter. Auch das Einfühlungsvermögen und die enorme Geduld, wenn er arbeitete. Es war einfach nicht gerecht.
Sie hatten es zuerst bemerkt, als er zwei Jahre alt war. Sie hatten Weihnachten bei Peters Eltern verbracht; seine Mutter hatte angerufen und ihnen den als Einladung getarnten Befehl erteilt zu kommen. Da sie keine anderen Pläne hatten – Emmas Eltern waren über Weihnachten verreist –, stimmten sie zu; es wäre unhöflich gewesen abzulehnen. Die Feiertage vergingen ereignislos, Peters Bruder war da und seine Cousins mit ihren Kindern; es war lebhaft und laut. Es war Peter gelungen, sich der gefürchteten Unterhaltung im Arbeitszimmer des Vize-Luftmarschalls zu entziehen. Sein Vater hatte ihm nie verziehen, daß er die Air Force verlassen hatte.
Jamie war in Ordnung gewesen, alle rissen sich um ihn. Dann, am Abend des zweiten Weihnachtstages, entwischte er Emma, als sie ihn zu Bett bringen wollte, warf sich auf den Rücken und fing an mit dem Kopf auf den Boden

zu schlagen. Es war furchtbar, alle waren wie versteinert. Peter rannte zu ihm und versuchte, ihn aufzuheben, aber er kreischte und schlug um sich wie ein wildes Tier, so daß Peter ihn fast fallen ließ. Als es ihm schließlich gelang, ihn hochzuheben, hörte er plötzlich zu zappeln auf und wurde in seinen Armen ganz schlaff. Sein Kopf hing seitlich hinab, und seine Augen waren starr, als hätte er sich das Genick gebrochen.

Als er älter wurde, kamen diese Anfälle seltener, waren aber schlimmer, und ein paarmal verletzte er sich, biß sich die Knöchel blutig und schlug sich einmal den Kopf auf dem Pflaster auf, als er mit Emma beim Einkaufen war. Ärzte waren konsultiert worden, die unterschiedlichsten Theorien aufgestellt, verschiedene Medikamente probiert worden – meistens milde Beruhigungsmittel, selten benutzt und von geringem Wert, da die Anfälle ohne Vorwarnung auftraten und nur von kurzer Dauer waren. Aber sie waren verwirrt, Scannings und Enzephalogramme zeigten keinerlei Unregelmäßigkeiten im Gehirn. Auch deutete der unregelmäßige Rhythmus der Anfälle auf keine eindeutig definierbare Verhaltensstörung hin. Die Ergebnisse ermutigten die Deacons, sich keine Sorgen zu machen; die Ärzte nahmen an, daß die Anfälle sich mit der Zeit legen würden.

Und danach sah es auch aus. Die Pausen zwischen den Anfällen wurden länger, Monate vergingen dazwischen, aber dann passierte es wieder mehrmals innerhalb weniger Tage. Ein- oder zweimal hatte er auf Sally eingeschlagen, einmal hatte er nur um Haaresbreite ihr Auge mit einem Spielzeugauto verfehlt. Doch meistens richtete er seine Wut gegen sich selbst. Und in letzter Zeit zeigte er eine größere Tendenz, sich zurückzuziehen, anstatt alles rauszulassen. Irgendwie war das noch schlimmer.

»Geh weg«, sagte er leise.
»Was ist denn, Jamie? Willst du's mir nicht sagen?« Peter streichelte seinen Kopf, verbittert über die Ungerechtigkeit. »Was ist es?« murmelte er. Woher kommt diese Wut? Wie kann ein blauäugiges, feingliedriges, sechs Jahre altes Bürschchen so zornig sein? Plötzlich wurde er von Mitleid überwältigt. Er holte tief Luft, preßte eine Faust gegen den Mund, erschrocken über die Plötzlichkeit und Gewalt des Gefühls. Einen Moment glaubte er, in Tränen auszubrechen, aber er versteifte sich und hielt die Luft an, bis es vorbei war. Er wartete und atmete langsam durch die Nase aus. Dann beugte er sich über ihn, küßte Jamie auf den Kopf, stand auf und ging hinaus. »Vielleicht übertreibe ich's«, sagte er leise, als er die Tür hinter sich zuzog.

»Hallo, Vater.«
»Emma hat mir Bescheid gesagt. Es tut mir leid.« Peter saß im Windsor-Sessel und wirbelte die braungoldene Flüssigkeit in seinem Glas herum. Er hatte es vor sich hergeschoben. Unbewußt hatte er gehofft, die ganze Geschichte regeln zu können, bevor er seinem alten Herrn etwas sagen mußte. Aber Emma, die das nicht wußte, hatte es ausgeplaudert.
»Es war ein ziemlicher Schlag, aber es ist alles unter Kontrolle. Ich hätte dir schon früher Bescheid gesagt, aber hier geht's ziemlich hektisch zu.«
»Natürlich. Ich hab's ja auch schon in der Zeitung gelesen.« Verdammt, er hatte also Bescheid gewußt und nur darauf gewartet, daß ihn jemand anrief und es ihm sagte.
»Wie sieht's denn aus?«
Er holte tief Luft. »Nun, mehrere Eisen in verschiedenen Feuern. Zwei oder drei echte Möglichkeiten. Aber ich lasse mir Zeit, stelle mir eine kurze Liste zusammen, sobald

ich von allen Antwort habe, und treffe dann meine Entscheidung.«
»Du stellst deine Bedingungen, sozusagen?«
»Hm, so ungefähr. Wie geht's Mutter?« Er trank einen Schluck Whisky.
»Großartig. Sie möchte wissen, wann ihr uns besuchen kommt. Wo du doch jetzt genug Zeit hast.« Es klang wie eine Bitte.
»Na, ich weiß nicht, Vater, eigentlich weniger als zuvor.«
»Du bist also zu beschäftigt ...«
»Das hab ich nicht gesagt. Hör zu, Vater, wir würden gern kommen, und das tun wir auch. So bald wie möglich.«
»Sie vermißt die Kinder.« Warum konnte er nicht über seine eigenen Gefühle sprechen?
»Ich weiß. Wir kommen bestimmt. Vielleicht in ein paar Wochen ...« Einen Moment war es still in der Leitung.
»War eine ziemliche Sackgasse, wie?«
»Wie bitte?«
»Das mit der United Aerospace. Hat dich eigentlich nicht weitergebracht.«
Peter warf den Kopf zurück, nahm den Hörer vom Ohr und rieb sich mit der freien Hand die Augen. Wieder mal die alte Leier. »Vater, da kann ich dir nicht zustimmen. Ja, es war ein ziemlich großes Risiko, aber so ist das nun mal in der Rüstungsindustrie, das weißt du doch. Meiner Meinung nach war das Produkt in Ordnung, und wenn ich mal so sagen darf, ich habe da gute Arbeit geleistet. Es hat nicht geklappt; so was passiert. Das passiert in der Industrie an allen Ecken und Enden.« So hatte er es eigentlich gar nicht sagen wollen. Das Gespräch lief nicht besonders gut.
»Soll ich mal mit Teddy Rawlings im Ministerium reden?«

Das Verteidigungsministerium? Um Himmels willen. Ein Friedhofsjob. »Danke, Vater, aber ich glaube, das ist wirklich nicht nötig.«

»War nur ein Vorschlag. Da hättest du mittlerweile ganz schön weit nach oben kommen können.«

Er machte so schnell wie möglich Schluß. Dann goß er sich noch einen Drink ein, saß da an seinem Schreibtisch, nippte an dem Whisky, schaute zu, wie das Licht draußen schwächer wurde. Es wurde jetzt schon früher dunkel. Er hatte die ersten Vorboten des Herbstes in der Luft gespürt, als er am Nachmittag vom Bahnhof nach Hause ging. Er war erschöpft und erledigt. Welch ein Tag. Und er hatte Emma noch nichts gesagt.

Er ließ den Kindern ein Bad ein, während sie das Abendessen zubereitete. Als er kaltes Wasser einließ, die Hemdsärmel hochgerollt, kam Jamie ins Badezimmer. Er war schon ausgezogen, sein Körper war mager und bleich, wie ausgemergelt. Seine Arme waren wie dünne Stöckchen, seine Haut fast durchscheinend. Peter war entsetzt. Er versuchte sich daran zu erinnern, wann er seinen Jungen zum letztenmal nackt gesehen hatte, wann er sich zuletzt um seine Eßgewohnheiten gekümmert hatte. Jamie trat ans Waschbecken, drückte vorsichtig Zahnpasta aus der Tube und putzte sich die Zähne. Peter bemühte sich, ihn nicht anzustarren. Sally kam herein und begann sich auszuziehen, quälend langsam. Sie fummelte an jedem Knopf ihrer Bluse herum. Er bückte sich, um ihr zu helfen, aber sie drehte sich weg. »Das kann ich schon.« Er hatte doch keine Ahnung.

Sie stiegen beide in die Wanne. Jamie wusch sich schweigend und stieg schnell heraus. Sally rekelte sich im Wasser wie ein Engel von Botticelli, drehte sich zuerst auf den Rücken, dann auf die Seite, dann auf den Bauch. Dabei plapperte sie etwas von jemandem namens Jambo und von einer Katze, die nach Hause kam. Er holte sie heraus, doch sie wollte sich selbst abtrocknen, kauerte sich auf dem Boden unter dem Badetuch zusammen wie eine kleine Maus. Jamie ging wortlos und mit ausdrucksloser Miene hinaus.

Peter brachte seine Tochter in ihr Zimmer, schaltete das Nachtlicht ein und durfte ihr in den Schlafanzug und ins Bett helfen. Sie gaben sich einen Gutenachtkuß. Er schaute noch bei Jamie hinein. Das Licht war schon aus. Er trat ans Bett und küßte ihn auf die bleiche Stirn. »Gute Nacht, Jamie.« Jamie antwortete nicht.

»Und wie geht's dem Vize-Luftmarschall?« Emma schüttete Bolognaise-Soße auf seine Spaghetti. Sie hatte sie in einer Flasche angemacht, mit etwas Minze, gehackten Zwiebeln, einer Dose Tomaten, etwas Knoblauch. Er beugte sich über den Teller.

»Riecht gut.« Er goß Chianti ein, und sie begannen zu essen. »Er möchte, daß wir zu Besuch kommen.«

»Du meinst, er hat gesagt, deine Mutter möchte, daß wir kommen.«

»Genau. Du hast ihm also alles erzählt. Über die UAS.«

»Deshalb hat er ja angerufen.« Mit tiefer Stimme und steifen Lippen sagte sie: »Ich habe gehört, daß Peter ein kleines Problem hat.« Eine ziemlich gute Imitation.

»Ah.«

»Sag nicht ah. Warum hast du es ihm nicht schon früher erzählt?«

»Aus den üblichen Gründen.«

»Stolz, Vorurteile und der zweitgeborene Sohn. Ich wünschte wirklich, ihr würdet das aus der Welt schaffen.«

Später kam sie aus dem Badezimmer, verrieb Creme auf der Stirn, zog das Höschen und das American-Football-Hemd aus und glitt neben ihm ins Bett. Sie lagen auf dem Rücken, Ellbogen an Ellbogen, die Hände auf der Brust gefaltet. Dann streckte sie die Hand aus und knipste das Licht aus. Stille. Er war total erschöpft und spürte, wie er wegglitt.

»Erklär's mir.«

»Hä?«

»Bishop, die Bank. Weißt du nicht mehr? Du hast gesagt, du würdest es mir später erklären.«

Er tauchte wieder auf, holte tief Luft und räusperte sich. »Er will uns aus der Patsche helfen.«

»Vermutlich so, wie Dracula einem hilft, wenn man sich in den Finger geschnitten hat.«

»Nicht unbedingt, aber ...«

»Natürlich, wie immer ein ›aber‹.«

»Wir müssen irgend etwas als Sicherheit anbieten. Nur, bis ich wieder Arbeit habe. Sobald ich wieder ein regelmäßiges Gehalt bekomme, können wir die gesamten Schulden in einen Kredit umwandeln und nach und nach zurückzahlen.«

»Klingt gut. Nur noch eins.«

»Was?«

»Das Landhaus bieten wir nicht als Sicherheit an. Und das ist endgültig.«

Kapitel 3

Von außen sah das Haus aus wie ein öffentliches Verwaltungsgebäude aus der Nachkriegszeit. Phantasielos entworfen und hastig hochgezogen, ein Nutzbau, aus den Trümmern des Bombenkrieges emporgewachsen: quadratisch, häßlich, funktionell, mit hohen, mattierten Fenstern hoch über der Straße. Es hätte eine Schule, eine Bibliothek oder auch eine Kapelle sein können. Von außen gesehen.
Er ging rein.
Der Hauptteil des Gebäudes bestand aus einer großen Halle, die von Neonröhren beleuchtet war. Dutzende hingen in Vierergruppen an Ketten von der Decke herab; ihr milchiges Licht ließ die ausdruckslosen Gestalten darunter krankhaft blaß erscheinen.
An einem Ende teilte ein Schalter die Halle. Dahinter saß eine Reihe von Angestellten, voneinander abgeschottet durch Trennwände wie Fahrkartenverkäufer in einer Bahnhofshalle. Über ihren Köpfen rief eine elektrische Tafel die Kunden nach Nummern auf. Die meisten saßen geduldig auf braunen Plastikstühlen, die in der Halle herumstanden. Andere lehnten an den Wänden, an Prospektständern und an Plakaten mit der Aufschrift »Zurück zur Arbeit«, auf denen frische, fröhliche Männer in sauberer Arbeitskleidung

und geputzten Schuhen zu sehen waren, die Leitern auf den Schultern trugen.
Eine Tafel informierte ihn, daß neue Antragsteller eine Nummer aus dem Automat ziehen und warten mußten. Er blieb zögernd am Eingang stehen und umklammerte fest seinen handgenähten Aktenkoffer aus burgunderfarbenem Leder. Plötzlich wurde er sich seines Aussehens bewußt. Er hatte sich salopp gekleidet, ohne darüber nachzudenken – maßgeschneidertes Hemd, Manschettenknöpfe, um Himmels willen, Kaschmirpullover mit V-Ausschnitt, hellbraune Designer-Kordhose, weiche rote italienische Slipper. Mann, er fiel auf wie ein Zirkusclown. Genausogut hätte er sich ein Schild um den Hals hängen können: »Abgestürzter Yuppie«.
Es war noch nicht zu spät. Er konnte noch raus – sich unsicher umschauen, verdammt, falsches Gebäude erwischt, schnellen Blick auf die Uhr und raus auf die Straße. Fast wäre er gegangen. An der Wand gegenüber lehnte ein Mädchen, einen Fuß gegen die abgeschabte grüne Mauer hinter sich gestemmt. Sie sah ihn an und nickte langsam. Sie war jung, vielleicht achtzehn. Die Hände hatte sie tief in die Taschen ihrer schweren, schwarzen ledernen Motorradjacke geschoben. Sie trug dicke schwarze Wollstrümpfe und einen lächerlich kurzen, ebenfalls schwarzen Plastikminirock. Dunkler, rotblauer Lippenstift, dickes schwarzes Make-up um die Augen, die ihn unter scharf gezogenen Augenbrauen anstarrten. Ihr Gesichtsausdruck war amüsiert und verächtlich; das ist hier nichts für dich, Buddy, deine Sorte hat hier nichts zu suchen. Verzieh dich, aber etwas plötzlich.
Er ging zum Nummernautomat und zog ein Ticket. Es waren keine Sitzplätze frei, also blieb er an der Wand stehen. Er blickte auf die Nummer. Achtundsiebzig. Die auf-

gerufene Nummer über den Boxen war neunundvierzig. Unsicher hob er seinen Aktenkoffer hoch und wühlte darin herum.
»Haben Sie mal Feuer?« Das Mädchen war näher gekommen. Sie war hübsch unter ihrer Kriegsbemalung.
»Tut mir leid, ich rauche nicht.« Er lächelte freundlich. Achselzuckend steckte sie die Zigarette wieder in die Packung und lehnte sich neben ihn an die Wand, nachdem sie einen älteren Inder weggeschoben hatte. Peter kramte weiter in seinem Aktenkoffer herum. Er spürte genau, wie die anderen sie genau beobachteten.
»Na, was ist mit Ihnen? Sie sehen aus, als hätte man Ihnen den Porsche geklaut.«
Er wühlte weiter, wo zum Teufel war sein P45? »Ich habe meinen Job verloren.«
»Ist doch klar, Mann«, sagte sie langsam, als sei er schwerhörig. »Sind ja wohl kaum hier reingekommen, um Freunde zu besuchen, wie?« Die Nummernmaschine klickte. Zweiundfünfzig.
»Nein, wirklich nicht.« Er klappte den Koffer zu, stellte ihn zwischen die Füße und verschränkte die Arme.
»Zum erstenmal hier?«
Er sah sich um. Die Luft war voll Rauch und roch wie in einer verdreckten Telefonzelle. Er sah hauptsächlich Männer aller Farben, Rassen und Altersstufen. Afrikaner, Kariben, Kaukasier, Orientalen, Inder, Junge und Alte. Einige unterhielten sich, die meisten warteten schweigend, regungslos, resigniert, träge wie eingepferchtes Vieh, das auf den Abtransport wartete.
»Ja, Sie auch?«
»Wohl kaum«, brummte sie und sah ihn von oben bis unten an. »Was wollen Sie hier überhaupt? Das haben Sie doch nicht nötig.«

»Woher wollen Sie das wissen?«
»Weil ich Typen von Ihrer Sorte kenne.«
»Von meiner Sorte?«
»Na, privilegiert. Sie denken vielleicht, Sie brauchen Hilfe, aber Sie brauchen keine. Ihre Sorte kann sich selber helfen.« Er bekam langsam den Eindruck, daß das ihr Lieblingsthema war. Achtundfünfzig. »Das hat damit zu tun, zu welcher Klasse man gehört.«
Die Leute um sie herum verloren das Interesse, vielleicht hatten sie das alles schon mal gehört. Er wünschte, sie würde ihn in Ruhe lassen, aber sie stand direkt neben ihm, seitlich an die Wand gelehnt, ganz nah, fast auf Tuchfühlung. Sie roch nach Kaugummi, Leder und Zigaretten und irgendwas anderem. Sie hatte schwarzes, kurzgeschnittenes Haar, das an den Wurzeln hellbraun war, und blaue Augen.
»Tut mir leid, das kann ich nicht akzeptieren. Ich bin in der gleichen Lage wie Sie. Ich habe keinen Job und brauche staatliche Unterstützung.«
»Quatsch! Ich wette, Sie haben ein Haus, vermutlich 'nen Wagen, eine Familie mit Geld. Sie können nicht verhungern. Sie liegen nicht auf der Straße.«
»Darum geht's doch nicht.« Nervös schaute er zu den Schaltern hinüber. Vor einigen stand niemand; die Schreiberlinge sortierten Karteikarten und machten Notizen. Es dauerte schrecklich lange. Dreiundsechzig.
»Doch, darum geht's. Hören Sie. Wenn Sie Geld auftreiben müßten, verstehn Sie, wenn's um Leben oder Tod gehen würde und Sie wirklich was ranschaffen müßten«, sie tippte ihn auf die Schulter, um ihre Worte zu betonen, »– wieviel würden Sie dann zusammenkriegen? Fünfzig Riesen? Hundert?« Vermutlich mehr. Er überlegte. Seine Eltern, Emmas Mutter, Dan und Mitch, vielleicht sogar

Bishop, wenn's wirklich hart auf hart ging. Irgendwo hatte sie recht. Aber was mußte da passieren? Er konnte es sich nicht vorstellen. Vielleicht, wenn er Lösegeld brauchte, wenn die Kinder entführt worden waren? »Verstehn Sie, was ich meine?« Siebenundsechzig.

»Nehmen Sie diese Vordrucke mit, und schicken Sie sie so rasch wie möglich an die Sozialversicherungsabteilung. Dort wird Ihre Berechtigung zum Bezug von Einkommensunterstützung und Arbeitslosengeld geprüft.«
»Wieviel, äh, würde das denn etwa ausmachen?« Er saß in seinem Kasten einer Frau mittleren Alters mit grauen, krausen Haaren und Brille gegenüber.
»Das kann man nur schwer sagen, Mr. Deacon. Das hängt von einer Reihe von Faktoren ab, ob Ihr Partner arbeitet, Anzahl und Alter abhängiger Kinder und dergleichen.«
»Aber was könnte ich ungefähr erwarten?«
Sie seufzte und nahm die Brille ab. Diese Sorte war am schlimmsten. Erbärmlich, sie hatten keine Ahnung. »Die Mindestunterstützung für einen alleinstehenden Arbeitslosen beträgt dreißig Pfund die Woche. Unter der Voraussetzung, daß Ihr Partner kein eigenes Einkommen bezieht, kommen weitere dreiundzwanzig Pfund hinzu, das macht also etwa sechzig; dieser Betrag kann dann, abhängig, wie ich bereits sagte, von anderen Faktoren, vielleicht nochmals um zwanzig gesteigert werden.«
Achtzig Pfund die Woche. Er brauchte mehr als fünfmal soviel.
»Und wie sieht's aus, nur mal so, wenn meine Frau aus Teilzeitarbeit ein kleines Einkommen hat?«
Sie hielt seinen Blick fest. »Wie ich schon sagte, wenn Ihr Partner kein eigenes Einkommen hat, sind Sie unter Umständen berechtigt, weitere Unterstützung über den Min-

destbetrag für eine Einzelperson hinaus zu beziehen.« Der würde das in jedem Falle angeben, Leute seiner Art machten das immer so.
Er sammelte seine Papiere zusammen, die Einkommenserklärung, die Kostenaufstellung, die Rechnungen. Nichts davon war auch nur angeschaut worden, war überhaupt nicht interessant. Er schob alles in seinen Aktenkoffer, zusammen mit den Formularen und Prospekten. Plötzlich überkam sie eine Anwandlung von Mitgefühl. »Es tut mir leid, Mr. Deacon.« Sie beugte sich über das Pult vor, lächelte freundlich und unterdrückte den Drang, seine Hand zu nehmen. »Wissen Sie, das System ist nicht gerade, nun, nicht ganz auf Ihre Situation abgestellt.«
Er lächelte schwach zurück. »Das hat man mir bereits gesagt. Vielen Dank.« Er stand auf und verließ den Kasten.

»Guten Morgen. Mr. Williamson, bitte.«
»Ja, Sir. Darf ich fragen, wer anruft?«
»Peter Deacon.«
Kleine Pause. »Darf ich fragen, worum es sich handelt?«
»Ja. Ich bin Berater für elektronische Flugüberwachungsanlagen und rufe wegen eines Treffens an, das Mr. Williamson und ich während eines Symposiums auf der Pariser Flugshow im letzten Jahr hatten.«
»Ich sehe nach, ob Mr. Williamson frei ist.«
»Besten Dank.« Er lehnte sich in seinem Windsor-Sessel zurück und schlug die Beine übereinander. Seine Füße waren nackt. Er fuhr mit der Hand übers Kinn, heute morgen hatte er vergessen, sich zu rasieren. Oder schon gestern? Es klickte.
»John Williamson.«

Er beugte sich rasch vor und schnappte sich den Zeitschriftenausschnitt und die angeheftete Kopie seines Briefes. »Mr. Williamson, besten Dank, daß Sie einen Moment Zeit für mich haben. Mein Name ist Peter Deacon. Ich habe Ihnen vor ein oder zwei Wochen geschrieben, wegen einer Stellung in Ihrer elektrooptischen Abteilung.«

»Um welche Stellung handelt es sich, Mr. Deacon?«

»Oh, um keine spezielle. Ich habe mehrjährige einschlägige Managementerfahrung auf einem verwandten Gebiet und schrieb Ihnen in der Hoffnung, daß es vielleicht einige Themen von gemeinsamem Interesse gibt, über die man sich, äh, vielleicht unterhalten könnte.«

»Ja, Mr. Deacon, jetzt kann ich mich an Ihren Brief erinnern. Tut mir leid, daß ich noch nicht dazugekommen bin, Ihnen zu schreiben. Sie waren bei der UAS, nicht?«

»Richtig.«

»Schlimme Geschichte. Muß ein ziemlicher Schlag gewesen sein.«

Peter stimmte ihm zu. Innerhalb einer Minute hatte er das Gespräch wieder aufs Hauptthema zurückgeführt. Doch Williamson bedauerte; im Augenblick sah er keine Möglichkeit zu helfen, die Unsicherheiten des Marktes, die gesamte Rüstungsindustrie in einer Umstrukturierung, Ausgabenkürzungen. Er versprach, Peters Unterlagen griffbereit zu halten, falls sich die Lage änderte. Als sie aufgelegt hatten, stellte er zu seiner Sekretärin durch, wies sie an, Deacon einen kurzen Brief zu schreiben, und erinnerte sie daran, daß sämtliche Bewerbungen über die Personalabteilung zu laufen hatten.

Peter machte sich eine Notiz auf seiner Briefkopie, heftete sie ab und sah seine Liste durch. Dann nahm er wieder den Hörer ab und rief eine der Vermittlungsagenturen an.

»Hallo, Miriam. Peter hier. Gibt's was Neues?«
»Ah, Peter. Gut, daß Sie anrufen. Wie würden Ihnen Sonne, See und Sand gefallen?«
»Sagen Sie bloß nicht Liegestuhlvermieter am Strand von Brighton.«
»Bißchen südlicher schon. Katar.«
»Erzählen Sie mir Näheres.« Sally kam ins Zimmer. Sie hatte einen von Emmas Lippenstiften in der Hand, rote Striche zogen sich über ihr Gesicht und ihre Stirn. »Gibt's bald Mittagessen, Daddy?«
»Na ja, das läuft über eine befreundete Agentur, die sich auf zeitlich begrenzte Konsultationen in der Region spezialisiert hat. Unterschiedliche Projekte, bei diesem handelt es sich um den Bau eines Flughafens.«
Er nickte Sally zu, aber sie kam nicht näher, sondern blieb in der Tür stehen und starrte ihre Hand an, auf die sie mit dem Lippenstift Kreise malte. »Sally!« zischte er. Ihre Unterhose war dunkel. Er hielt das Telefon auf Armeslänge weg und griff nach ihr, kam aber nicht an sie heran. »Hast du in die Hose gemacht?«
»Peter?«
»Entschuldigen Sie, Miriam, ich bin hier Babysitter. Also Flughafenbau? Ist ja großartig. Aber ich bin Verkaufsleiter, kein Bauingenieur.« Katar. Zeitlich begrenzt. Zwölf bis achtzehn Monate allein in der Wüste. Und danach? Wieder auf der Straße.
»Essenszeit, Daddy.«
»Es handelt sich um die Projektleitung, Peter. So eine Chance bietet sich nicht oft.«
»Bißchen riskant, meinen Sie nicht? Als Karrierestufe, meine ich. Bißchen dünn in bezug auf Sicherheit.«
»Daddy!«
Er legte die Hand auf die Sprechmuschel. »Herrgott, Sally,

unterbrich mich nicht immer, wenn ich telefoniere!« Sie sank auf die Knie wie ein verwundetes Tier.
»Ist natürlich Ihre Entscheidung.«
O Gott, zwei beleidigte Frauen. Sally nahm die Hand von dem beigefarbenen Teppich, und ein kirschfarbener Fleck blieb darauf zurück. »Du lieber Himmel! Einen Moment, Miriam. Sally, komm her!«
»Ich mag dich nicht mehr.«
»Hallo, sind Sie noch dran, Peter?«
»Verdammt, gib mir den Lippenstift! Faß das Bett nicht an!«
»Vielleicht rufen Sie mich mal an, wenn Sie nicht soviel zu tun haben.«
»Komm mal her zu Daddy. Nur ganz kurz. Du hast dich naß gemacht. Hallo, Miriam? Hallo?«
Er fluchte und sah auf die Uhr. Es war Essenszeit. Er stand auf und hielt Sallys Hand fest; sie fühlte sich feucht und fettig an. »Wir machen dich jetzt sauber, dann gehen wir zusammen nach unten und essen ein Sandwich.«
»Und trinken was.«
»Versprochen.« Das Telefon klingelte, und er wartete. Sally zerrte an seiner Hand. Der Anrufbeantworter schaltete sich ein, und er hörte zu, wie seine Ansage abgespielt wurde, die rechte Hand bereit, den Hörer abzunehmen.
»Äh, Mr. Deacon, mein Name ist Garner von der UK-Autoleasing-Gruppe. Könnten Sie mich bitte so rasch wie möglich zurückrufen, es handelt sich um offene Zahlungen für den Volkswagen Ihrer Frau. Danke.«
Peter sah zu, wie das Band zurückgespult wurde und der Apparat wieder auf Empfang ging. »Hm, nein, ich glaube kaum.« Er folgte Sally in die Küche.

Emma kam erst spät aus der Agentur zurück. Sie arbeitete zwei Tage in der Woche am Schutzumschlag für ein Kinderbuch und an einer Broschüre für eine Bank. Als sie um halb acht nach Hause kam, ging sie gleich in die Küche. Kindersachen waren auf dem ganzen Tisch verteilt, in der Spüle türmte sich Geschirr, schmutzige Kleider lagen auf dem Fußboden vor der Waschmaschine. Sie zog seufzend den Mantel aus und begann aufzuräumen. Peter badete oben die Kinder.

Es war nichts zu essen im Haus, aber da beide keine Lust hatten, in dem indischen Laden einzukaufen, bestellten sie ein chinesisches Fertiggericht. Sie trank Bier, er Scotch.

»Wie war dein Tag?« fragte sie und sah ihn besorgt an. Es war erst sechs Wochen her, seit er seine Stelle verloren hatte, aber es kam ihr viel länger vor. Erstaunlich, wie rasch sie sich daran gewöhnt hatten. Er war wie immer, hockte den ganzen Tag oben im Gästezimmer, telefonierte stundenlang, schrieb Briefe. Aber es hatte auch kleine Veränderungen gegeben. Er stand kaum noch um sechs Uhr morgens auf und lief nur noch selten. Oft arbeitete er bis spät in die Nacht; manchmal ging er früh zu Bett und stand nach ein paar Stunden wieder auf. Sie hörte durch die Wand, wie er hin und her ging, CDs oder Radio spielte, aus dem Computer etwas ausdruckte, vor sich hin murmelte. Am frühen Morgen schlich er ins Bett zurück, und sie tat immer so, als habe er sie nicht geweckt. Doch er weckte sie jedesmal, und es ging ihr allmählich auf die Nerven.

Er ließ sich auch immer mehr gehen. Im Haus trug er nur Jeans und Sweatshirt, scherte sich nicht um Strümpfe und Schuhe oder Unterhosen. Er duschte nur unregelmäßig, putzte sich die Zähne und rasierte sich nur, wenn es ihm gerade einfiel. Seine ganze Routine war durch den unregelmäßigen Tagesablauf durcheinander geraten.

Es wurde für sie beide zu einer Belastung. Er war weniger

tolerant, schnauzte die Kinder an, versank in übellauniges Schweigen und trank mehr. Ihr fiel auf, daß er sich merkwürdig benahm. Tagsüber verließ er das Haus nur noch selten, dafür wanderte er nachts stundenlang umher. Und er war geradezu verrückt nach der Post, rannte zur Tür, wenn der Briefträger kam, und verschwand mit den Briefen in seinem Zimmer.

Es war ihr klar, daß sie ihn mehr hätte unterstützen müssen, doch sie nahm es ihm übel, daß Mrs. Newton und das Kindermädchen nicht mehr kamen. Die Hausarbeit wuchs ihr über den Kopf – putzen, waschen, bügeln, kochen. Und dazu noch arbeiten gehen.

»Heute habe ich ein Angebot bekommen«, sagte Peter.

»He, gut gemacht, Schatz.« Verdammt, zu gönnerhaft. »Spann mich nicht auf die Folter.«

»Es war nichts. Ein Festzeitvertrag im Mittleren Osten.«

»Was für Arbeit?«

»Weiß nicht genau, irgendein Flughafen-Projekt. Ich war hoffnungslos unqualifiziert.«

»Mach dich nicht selber schlecht. Gutes Gehalt?«

Er hörte zu essen auf und starrte sie über den Tisch hinweg an. »Ich weiß es nicht, Emma, ich hab's gar nicht in Erwägung gezogen. Ich müßte dich hier zurücklassen und in irgendein gottverdammtes glühend heißes Wüstenkaff gehen, und nach einem Jahr würde ich braungebrannt zurückkommen und hätte immer noch keinen Job.«

»Okay, okay. Ich dachte nur, vielleicht für eine Übergangszeit ...«

»Willst du, daß ich gehe?«

»Natürlich nicht, Peter, ich versuche nur, praktisch zu denken.«

Verwirrt und ärgerlich leerte er sein Glas. Er hätte nie gedacht, daß sie ernsthaft wünschen könnte, er sollte dieses

verdammte Angebot annehmen. Er war müde. Er war zur Zeit immer müde, doch sobald er zu Bett ging, war er wieder hellwach.
Außer ein paar Gesprächen mit Vermittlungsagenturen hatte er trotz größter Anstrengungen in fünf Wochen nur zwei Vorstellungsgespräche zustande gebracht. Und diese waren genaugenommen nicht viel mehr als unverbindliche Unterhaltungen gewesen. Beide waren gut gelaufen, doch keine der Firmen hatte zur Zeit passende Stellen anzubieten. Er wartete auf Antworten auf über ein Dutzend Bewerbungen und verschickte immer wieder neue, Tatsache war jedoch, daß er von seinen »heißesten« Adressen bereits Antwort bekommen hatte. Der Zusammenbruch der UAS war kein simpler Zufall, die gesamte Industrie befand sich in einer Rezessionsphase, und die Aussichten waren trübe. Viele Unternehmen reduzierten ihre Belegschaften, und eine Trendwende war nicht in Sicht. Viele von den Leuten, mit denen er sprach, hatten selbst Angst um ihren Arbeitsplatz.
Finanziell konnten sie sich gerade so über Wasser halten. Es war ihm gelungen, John Bishop mit optimistischem Gerede über eine Hypothekenvereinbarung in Zusammenhang mit dem Landhaus in Suffolk hinzuhalten. Bishop löste weiter ihre Schecks ein, hatte aber alle Daueraufträge einschließlich der Hypothekenrückzahlungen auf das Haus in Fulham gestoppt – sie waren damit jetzt zwei Monate im Rückstand –, ferner die Ratenzahlungen für Emmas Wagen und die Wohnungseinrichtung. Täglich erhielt er Briefe und Anrufe von Gläubigern.
Emma wußte nur wenig oder gar nichts davon. Über ihre kritische finanzielle Lage war sie sich natürlich im klaren, ahnte aber nichts von der bedrückenden Dringlichkeit.

Seit sie sich geweigert hatte, über einen Verkauf oder eine Verpfändung des Landhauses zu diskutieren, hatte er nicht gewagt, ihr zu erklären, daß die fortgesetzte, wenn auch begrenzte Kreditwilligkeit der Bank genau darauf basierte. Peter bedauerte, daß er Bishop gegenüber das Landhaus überhaupt erwähnt hatte; es hatte ihn erschreckt, wie schnell der Bankmann auf seine nur nebenbei gemachte Bemerkung eingegangen war. Aber welche anderen Möglichkeiten gab es denn? Sie brauchten doch irgendwelche regelmäßigen Einkünfte. Es war ja sowieso nur ein Hinhaltemanöver; sobald er wieder einen Job hatte, war das Ganze überflüssig.
Doch diese zweifache Täuschung belastete ihn ungeheuer. Er mußte den Briefträger abfangen, um zu verhindern, daß sie die Androhungen und Forderungen zu sehen bekam, und er ließ sie ungern allein im Haus, weil er fürchtete, es könnte jemand anrufen. Der Gedanke, daß Emma und John Bishop miteinander reden könnten, erfüllte ihn mit Entsetzen.
»Wie war dein Tag?«
»Gut. Ich habe mit Charlie Gladstone zu Mittag gegessen.«
Gladstone, du lieber Himmel, wo kam der denn plötzlich her? Sie waren einmal gute Freunde gewesen; er und Emma hatten an der University of East Anglia Graphische Kunst studiert. Damals, in der RAF- und Coltishall-Zeit.
»Großer Gott, wie geht's ihm denn?«
»Prima. Er hat Lawrence besucht. Er hat eine eigene Beratungsfirma in East Anglia. Läuft prima.«
»Schön für ihn. Hat er Familie?«
»Er ist geschieden. Seit zwei Jahren. Er hat ein Kind, glaube ich. Wenn er nächstesmal in der Stadt ist, schaut er mal bei uns vorbei.«

»Prima.«

Nach dem Essen machte er einen Spaziergang. Die Nacht war kalt und klar, nur wenige Sterne waren über den Lichtern der Stadt zu sehen. Ein kühler Wind wehte, und er schlug den Kragen seiner Jacke hoch, schritt schnell durch die ruhigen Wohnstraßen und näherte sich den neonbeleuchteten Geschäften, Kneipen und Restaurants von Chelsea.

Seine nächtlichen Spaziergänge waren zu einer festen Gewohnheit geworden. Er freute sich darauf, dem Haus zu entfliehen und Raum zu schaffen zwischen dem, was er als sein wahres Selbst zu betrachten begann, und seiner anderen Existenz. Sobald er aus dem Haus und um die nächste Ecke war, ließ er die Bürde der Verantwortung mühelos von seinen Schultern gleiten, hüllte sich statt dessen in das warme Gewand der Anonymität, genoß es, frei herumzuwandern wie ein freundlicher Geist, unbehindert und unsichtbar.

Er wußte, es war nur kurzfristige Entlastung, doch sie hatte eine positive, therapeutische Wirkung. Er war in der Lage, seine Situation objektiv zu betrachten, wenn er das wollte. Es erfüllte ihn mit neuem Mut und besänftigte seine strapazierten Nerven, so daß er sich gestärkt wieder in den Kampf stürzen konnte. Theoretisch.

Manchmal ging er in eine Kneipe und bestellte einen Brandy. Die Kneipenwirte im Zentrum Londons lebten vom Geschäft mit Fremden, sie stellten keine Fragen und bedienten mit einem Nicken und ein paar Worten über das Wetter. Sie respektierten, ja beschützten das Recht eines Mannes, in Ruhe ein Glas zu trinken. Natürlich wurden diese Lokale auch von anderen Einsamen frequentiert. Mit ihrem Glas und einem fröhlichen »Ich hab Sie hier noch nie gesehen« kamen sie auf ihn zu. Wenn sie

sich mit Höflichkeit nicht abwimmeln ließen, verscheuchte er sie mit einem eiskalten Blick.
Doch meistens streifte er umher, manchmal durch Earl's Court, Kensington, Notting Hill und noch weiter, oder er wandte sich nach Süden und marschierte über eine der Brücken nach Putney oder Wandsworth. Ab und zu auch nach Westen, doch er achtete darauf, in sicheren Gewässern zu bleiben; allzuleicht konnte man aus den sicheren Bezirken der Stadt in ominöse Viertel und gefährliche Straßen voller Unrat und abgewrackter Autos geraten, wo einen unsichtbare Augen aus den Schatten düsterer Wohnblocks verfolgten.
Er wandte sich ostwärts, ging eine Weile die King's Road entlang, bog aus einer Laune heraus nach rechts ab und erreichte das Flußufer, spazierte eine Weile am Fluß entlang, bog dann wieder nach links ab und kam an der Rückseite des Royal Hospital in Pimlico vorbei. Bald war er an der Victoria Station, ging durch winklige Straßen zum Buckingham Palace und machte sich in westlicher Richtung auf den Heimweg. Er betrat den Bahnhof und kaufte sich in der Bahnhofswirtschaft einen Drink und ein Brötchen. Die Bar war ruhig, obwohl der Bahnhof voller Reisender war, die nach Süden wollten oder die mit dem Fährenzug eintrafen. Er ging am Haupteingang wieder hinaus und warf das halb verzehrte Brötchen in einen Papierkorb an der Bushaltestelle.
»Ham Se 'n bißchen Kleingeld übrig?« Eine Stimme aus einem Hauseingang, tief im Schatten. Fast wäre er weitergegangen, Bettler gab es heutzutage an jeder Ecke, ihr Anblick war den Londoner Fußgängern so vertraut wie die Doppeldeckerbusse. Aber an dieser Stimme war irgend etwas, sie war dünn und sehr kindlich. Er blieb stehen, ging ein paar Schritte zurück und spähte ins Dunkel.

Er hockte in einer Ecke, die Knie zum Kinn hochgezogen, eingehüllt in einen Mantel, der ihm viel zu groß war. Sein Kopf war unbedeckt, die Spitzen seiner Turnschuhe waren arg zerfetzt, schon fast durchgewetzt.

»Ham Se 'n bißchen Kleingeld?« fragte er mit etwas hoffnungsvollem Blick.

»Wie alt bist du?«

»Siebzehn«, sagte die kindliche Stimme. »Geben Sie uns 'n bißchen Kleingeld, Kumpel.«

Peter hockte sich vor den Hauseingang. Die Augen beobachteten ihn mißtrauisch. »Ich glaube dir kein Wort. Wie bist du hierhergekommen?«

»Mit dem Bus. Mit meinem Bruder.«

»Und wo steckt dein Bruder jetzt?«

»Weiß nicht. Er ist weggegangen.«

»Und wie lange bist du hier schon, hier draußen, auf der Straße?«

»Weiß nicht, 'n paar Tage. Geben Sie uns etwas Geld.«

»Hast du irgendwo einen Platz, wo du hinkannst?«

Die Stimme krächzte: »Er hat gesagt, er kommt zurück und ich soll hierbleiben, bis er wiederkommt. Aber er is' nicht gekommen, is' einfach nicht gekommen.« Er legte den Kopf auf die Knie und schluchzte. Peter atmete langsam aus; die Luft verwandelte sich in eine kleine Dampfwolke. Der Hauseingang war mit Unrat übersät, Bonbonpapier, Crackerpackungen, leere Coladosen. Er griff nach hinten und zog ein paar Geldscheine aus der Hosentasche. Für ein Taxi reichte es. Er konnte ihn mit dem Taxi nach Fulham bringen, Emma bitten, ihm etwas zu essen zu machen, ihm ein heißes Bad und ein Bett geben. Dann die Eltern anrufen und dafür sorgen, daß sie ihn abholten. Er streckte die Hand ins Dunkel aus und berührte die hochgezogene Schulter. »Ist schon in Ordnung.«

Der Schlag kam wie ein Schuß aus der Dunkelheit, traf ihn zwischen den Augen, mitten auf die Nase. Er kippte auf die Fersen zurück, versuchte aufzustehen, taumelte und stürzte auf das Pflaster. Blut schoß ihm aus der Nase, seine Augen füllten sich mit Tränen. Hilflos lag er da, betäubt und blind, während jemand an seinem Arm zerrte. Plötzlich spürte er Kälte am Handgelenk, seine Armbanduhr war weg, und dann hörte er Schreie. Eine kindliche Stimme, die sich immer weiter entfernte, schrie kreischend wie eine Katze: »Er hat mich mißbraucht! Das Schwein wollte mich betatschen! Schändung, Schändung, Schändung!«

Er lag reglos auf dem Boden, schwindlig und benommen. Um ihn herum pulsierte der Rhythmus der Stadt weiter; er hörte, wie die Reifen von Autos quietschten, die vor einer Ampel bremsten, das Pfeifen eines Zuges, der den Bahnhof verließ, das Stampfen von Rockmusik aus einer Bar in der Nähe und überall Menschen, seine Mitmenschen. Niemand half ihm. Er stöhnte, würgte, schmeckte Blut im Mund und spuckte es aus. Schließlich rollte er sich auf die Seite, erhob sich mühsam auf die Knie. Er senkte den Kopf, als eine Woge von Schmerz und Übelkeit über ihm zusammenschlug; Blut lief ihm über Kinn und Nacken, breitete sich auf seinem Jackett und seinem weißen Hemd aus. Er sah an sich hinunter – absurd das alles. Dann hob er langsam den Kopf und blickte um sich. Die Straßen waren voller Menschen. Absolut absurd.

Seine Brust krampfte sich plötzlich zusammen; er würgte und spuckte wieder aus. Seine Schultern begannen zu zittern, zuerst ganz leicht, dann unkontrollierbar. Er röchelte und hatte einen Moment das Gefühl, kotzen zu müssen. Sein Kopf zuckte hoch, und er rang nach Luft. Panisch kämpfte er gegen den Krampf an, preßte kalte Luft in seine Brust, spürte einen Moment Erleichterung, bevor er wieder in den Abgrund gerissen wurde. Er gab auf, warf den Kopf zurück und stieß ein schallendes, stürmisches bittersüßes Gelächter aus, das in den Nachthimmel aufstieg wie ein Schwarm Tauben. So kniete er blutüberströmt und lachend auf dem Boden, als der Polizist kam.

Er brauchte ungefähr eine Dreiviertelstunde, um den Polizisten auf der Wache klarzumachen, daß er kein Verrückter und kein herumstreunender Kinderschänder war, sondern das Opfer eines Raubüberfalls. Zuerst waren sie äußerst unfreundlich gewesen. »Sir, Sie riechen so, als ob Sie Alkohol getrunken haben; Sie behaupten, daß Sie den ganzen Weg von Fulham bis hierher zu Fuß gegangen sind; Sie haben kein Geld bei sich, keinen Ausweis, und, na ja, schauen Sie mal, wie Sie aussehen.« Schließlich gewann der gesunde Menschenverstand die Oberhand, aber erst, nachdem sie Emma angerufen hatten, die darauf bestand, herzukommen und ihn abzuholen. Sie nahmen seine Aussage auf, gaben ihm eine Tasse Tee und ein paar Papiertaschentücher für die Nase und empfahlen ihm, »nächstesmal« vorsichtiger zu sein.

Emma riß erschrocken die Augen auf, als der wachhabende Beamte sie in das Wartezimmer führte. »Mein Gott, Peter, was zum Teufel ist passiert?« Er nahm die blutigen Taschentücher von der Nase und grinste einfältig. Sein Jackett war verdreckt und blutig, die Hose hatte am Knie einen Riß, sein Hemd war steif von getrocknetem Blut.

»Hallo, Em. Danke, daß du gekommen bist.«

Kaum hatten sie die Wache verlassen, da verwandelte sich ihr Schock in Zorn. »So was Peinliches, wie ein billiger Tramp auf der Straße aufgelesen zu werden. Was um Himmels willen hast du dir eigentlich dabei gedacht?«

Er versuchte, es ihr zu erklären, und starrte verloren

durch die Windschutzscheibe; sein Kopf brummte, das Blut verklebte ihm die Nase. »Ich mußte einfach stehenbleiben, Emma, es war seine Stimme. Er konnte nicht älter als zehn oder zwölf sein.«

Sie warf ihm einen Blick zu und seufzte. »Peter«, sagte sie leise. »Was ist los? Was ist denn los? Bitte, sag es mir.« Er antwortete nicht, starrte nur vor sich hin. »Ich bemühe mich, bemühe mich wirklich, zu verstehen, was mit dir los ist. Aber du willst dir nicht helfen lassen; du willst nicht, daß ich dir helfe.«

»Ich weiß«, flüsterte er schließlich. »Aber du kannst mir nicht helfen. Du kannst nichts dafür, aber du kannst es einfach nicht.«

»Mr., äh, Greville Fulton, bitte.«

»Ja, Sir, darf ich fragen, wer Sie sind?«

»Mein Name ist Deacon.«

»Einen Moment bitte, Mr. Deacon.« Eine längere Pause. Deacon? Ich kenne keinen Deacon, oder? Moment mal, war da nicht ein Brief oder was, irgendwo hier, hab' ich doch nicht etwa weggeworfen, eine Minute. Zum hundertsten Male betastete Peter sein leeres Handgelenk. Er vermißte seine Rolex, ihre solide Präsenz, ihre beruhigende Zuverlässigkeit.

»Mr. Deacon?«

»Ja.« Nicht durchgestellt, schlechtes Zeichen.

»Handelt es sich um Ihr Bewerbungsschreiben an Mr. Fulton?«

»Ja.«

»Ah ja. Mr. Fulton hat mich gebeten, Ihnen für Ihr Interesse zu danken, aber leider hat er im Augenblick keine Verwendung für Ihre Dienste.«

»Ich verstehe. Ist er im Haus?«

»Ja, er ist da, aber im Augenblick nicht zu erreichen. Er ist in einer Besprechung. War noch irgend etwas?«
»Nein, oder doch, ja. Könnten Sie ihm etwas ausrichten?«
»Aber natürlich.«
»Sagen Sie ihm bitte, er hätte soviel Anstand haben können, mir das persönlich zu schreiben oder zu sagen.«
»Wie bitte?«
»Sie haben schon richtig verstanden. Guten Tag.« Er knallte den Hörer auf die Gabel, saß da und starrte blicklos aus dem Fenster. Erstaunt über sich selbst und seine Unbeherrschtheit. Das Telefon läutete. Nicht schon wieder. Beim dritten Klingeln schaltete sich der Anrufbeantworter ein.
»Hier Dan Mitchell mit einer Nachricht für P. C. Deacon, ehemals Flight Lieutenant P. J. Deacon bei Ihrer Majestät Royal Air Force, jetzt in der Rolle des Charles Bronson in *Deathwish Zwölf* – das Imperium schlägt zurück. Bist du da, Peto?«
»Hallo, Dan.«
»Ah, hallo, Sportsfreund, hast du dein Telefon abgesichert?«
»Ja, gegen obszöne Anrufe, Kerle, die heftig atmen, Werbetypen und andere Perverse.«
»Willst sie wohl auf Band haben, damit du sie später im Schlafzimmer abspielen kannst. Hast du schon zu Mittag gegessen?«
Emma hatte ihn sofort vom Büro aus angerufen und ihm alles über gestern abend erzählt und von ihren Sorgen gesprochen. »Versuch du, ob du zu ihm durchkommst, Dan, mich läßt er nicht an sich heran.«
»Bloß ein bißchen Schleimsuppe und ein paar Paracetamol.«
Sie trafen sich in einem italienischen Restaurant in West

Brompton. Peter war als erster da. Der Chef erkannte ihn wieder und gab ihm einen Tisch am Fenster. Er bestellte Chianti und Knoblauchbrot. Dan kam ein paar Minuten später und zog eine große Show ab, blieb mitten im Lokal stehen und zeigte auf Peter.
»Was hast du mit deinem Gesicht gemacht?« fragte er laut. Alle starrten Peter an.
»Besten Dank, lieber Freund. Mögen deine Keimdrüsen verdorren.
»Hast du schon bestellt?«
»Alles, was gut und teuer ist, du zahlst doch, nicht?« Er betastete unsicher seine Nase. Sie war rot und empfindlich, und unter seinen Augen waren bläuliche, halbmondförmige Schatten.
»War ein ziemlich kräftiger Kerl, was?« sagte Dan.
»Hatte jedenfalls ziemlich dicke Knöchel für einen zwölfjährigen Burschen.«
Dan drehte den Kopf zur Seite und sagte mit erhobener Stimme: »Ach, von einem Schuljungen bist du verprügelt worden?«
Sie aßen Antipasto, dann Tagliatelle, Peter Carbonara, Dan eine Meeresfrüchte-Spezialität des Hauses. Sie bestellten eine zweite Flasche Chianti. Das Lokal füllte sich.
»Natürlich hat dich Emma dazu angestiftet.« Peter betupfte den Mund mit einer Serviette und trank einen Schluck. Er war Dan zwei Gläser voraus.
»Sie macht sich sehr große Sorgen, Peto. Das tun wir alle.«
»Wir? Das klingt nach Verschwörung.«
»Sei nicht albern. Was ist eigentlich los?«
Er zögerte. Was konnte er ihm schon sagen? Und was konnte Dan schon machen, wenn er es ihm sagte? Eine Gruppe japanischer Touristen spähte von draußen ins Lo-

kal. Dan starrte zurück, schnitt Fratzen und machte verscheuchende Bewegungen mit den Händen.
»Wir müssen jetzt nicht darüber reden, verstehst du. Zum Glück bin ich nicht dein Psychotherapeut.«
»Tut mir leid, Dan. Es ist schon okay. Ich habe zur Zeit nur ein wenig Gegenwind. Finanziell, verstehst du.«
»Irgendwas in Aussicht, berufsmäßig?«
»Noch nicht«, sagte er mürrisch, als habe er es satt, immer wieder das gleiche zu sagen. »Ein paar gute Möglichkeiten, aber noch nichts Festes.« Er leerte sein Glas. Dan schenkte ihm nach.
»Was ist mit etwas Zwischenzeitlichem, zur Überbrückung?«
»Ach, das hat sie dir also auch erzählt!« Er legte die Gabel hin und lehnte sich zurück, das Gesicht gerötet, die Augen glasig. »Was denn sonst noch, wenn wir schon dabei sind? Daß sexuell bei uns im Moment nicht viel los ist? Und daß ich ziemlich oft an der Flasche hänge?«
»Nun beruhig dich doch, Peto. Ich bin's doch, verdammt noch mal.« Er wechselte das Thema, aber er hatte alles verkorkst. Peter hatte gemerkt, daß es eine abgekartete Sache war. Aber Emma hatte recht. Peter hatte sich verändert, war mißtrauisch und verschlossen. Dan kannte ihn seit fünfzehn Jahren, aber so hatte er ihn noch nie erlebt. Natürlich war es zum Teil dem Schock zuzuschreiben, aber da war noch etwas anderes, eine Art aggressive, fast paranoide Abwehr.
»Weißt du«, sagte Peter später bei Kaffee und Cognac mit einer Stimme, die durch die verstopfte Nase und den Alkohol verzerrt war, »gestern abend, als dieser kleine Bastard mich schlug, war es das erstemal, abgesehen von den Boxkämpfen in der Schule, daß mich jemand richtig geschlagen hat. Zum erstenmal in meinem Leben.«

Dan überlegte. Es war jetzt vier Uhr, und sie hatten beide zuviel getrunken. Er brauchte gar nicht mehr ins Büro zu gehen, aber das war nicht das Problem, in seinem Beruf waren ausgedehnte Mittagessen die Regel. Er fand, daß er das seinem Freund schuldig war. Vielleicht konnte er ihn nicht trösten, aber er konnte wenigstens hierbleiben und sich mit ihm betrinken. Die anderen Tische waren schon lange leer, die meisten Restaurantangestellten waren für den Nachmittag gegangen. Der Manager war noch da und machte die Kasse. Sie waren gute Kunden, er gab ihnen noch eine Viertelstunde. Draußen war es trüb und grau; es sah aus, als würde es bald zu regnen anfangen. »Weißt du noch – damals in Deutschland, in dieser Bar in Düsseldorf?«

Peter schüttelte verdrossen den Kopf. »Ach, das war doch bloß eine Kneipenkeilerei, ein bißchen Spaß. Nicht so was.«

»Wie hast du dich denn gefühlt?«

»Nun, es hat natürlich verdammt weh getan.« Er berührte vorsichtig seine Nase. »Verteufelt weh. Aber soll ich dir was sagen?«

»Was denn?«

»Ich hab' mich großartig gefühlt, wirklich. Einfach großartig.«

Kapitel 4

»Hallo, Miriam? Peter hier.«
»Peter?«
»Peter Deacon.«
»Oh, Peter, natürlich. Tut mir leid, wir hatten schrecklich viel zu tun. Bleiben Sie dran, ich hole Ihre Unterlagen.«
»Hören Sie, Miriam–« Doch sie hatte auf die Pausetaste gedrückt. Er wartete, während sie seine Papiere suchte.
»So, da sind sie. Mal sehen ... nein, im Moment haben wir nichts für Sie.«
»Ich rufe wegen der Flughafen-Sache an, die Sie vor ein paar Tagen erwähnt haben. In Katar. Ist der Job noch zu haben?«
»Katar? Ach ja, nein, ich fürchte nicht, und außerdem hatten Sie recht, sie suchten jemanden mit Tiefbau-Erfahrung.«
Warum hast du mir dann überhaupt etwas davon gesagt, du dumme Kuh? »Ich verstehe. Also, wenn etwas auftauchen sollte, irgend etwas – denken Sie an mich.«
»Auch zeitlich begrenzte Sachen? Was ist mit dem Einsatzort?«
»Ganz egal, was – sagen Sie mir bitte Bescheid.« Er zögerte. »Fällt Ihnen irgendwas ein?«
»Im Moment nicht, aber ich erkundige mich.« Betretenes

Schweigen. »Aber es wird bestimmt nicht einfach sein bei Ihrer Qualifikation und Ihren Erfahrungen.«
»Was stimmt denn damit nicht?«
»Überhaupt nichts. Alles ganz hervorragend. Auf Ihrem Gebiet. Es ist nur ein sehr spezielles Gebiet.«
Sie versprach, sich weiter zu bemühen, und sie legten auf. Das war ein Problem, das er bereits kennengelernt hatte, seit er sich für eine Stellung außerhalb der Luftfahrtindustrie interessierte. Er hatte kaum Erfahrung auf anderen Gebieten. Eigentlich überhaupt keine. Er nahm die *Sunday Times* und schlug den Teil mit den Stellenangeboten auf. Es gab keinen Mangel an Angeboten, viele davon gut bezahlt und interessant. Aber unweigerlich hieß es: »Bevorzugt werden Bewerber mit einschlägiger Erfahrung.«
In der letzten Zeit hatte er Bewerbungsschreiben abgeschickt, die wie folgt begannen: »Sehr geehrter Herr, unter Bezug auf Ihre Suchanzeige für einen Marketingmanager übersende ich Ihnen anbei meinen Lebenslauf. Obwohl es auf den ersten Blick so scheinen mag, daß meine Berufserfahrungen und meine Qualifikation nur wenig mit dem Arbeitsbereich Ihrer Firma zu tun haben …« Wenn eine Antwort kam, stand immer darin, daß man wegen ebendieses Mankos die Bewerbung nicht berücksichtigen könne.
Er zuckte zusammen, als das Telefon klingelte. Der Anrufbeantworter schaltete sich ein. Er hatte sich angewöhnt, ihn den ganzen Tag eingeschaltet zu lassen, und seinen Freunden und den Personalvermittlern gesagt, die ständigen Anrufe seien eine echte Störung. Sie sollten dranbleiben und ihren Namen nennen, und wenn er da sei, würde er abnehmen.
»Peter? Hier spricht John Bishop. Wenn Sie da sind, melden Sie sich bitte – ich muß Sie sprechen. Wenn nicht,

rufen Sie mich bitte zurück, noch heute vor Büroschluß.« Er wartete, als wisse er, daß Peter dastand und nicht zu atmen wagte, die Augen wie gebannt auf das sich langsam drehende Tonband gerichtet. Zwei Sekunden, drei, ein Klicken, die Leitung verstummte, die Maschine stoppte.

Er atmete langsam aus und schüttelte den Kopf. Es war soweit. Er wußte, was Bishop wollte. Er wollte den Scheck, und zwar noch heute. Den Scheck der Baugesellschaft. Den Scheck, den er ihm vor einer Woche versprochen hatte. Den Scheck über dreißigtausend Pfund für eine nichtvorhandene Hypothek auf Emmas Landhaus in Suffolk.

Er beugte sich vor, zog eine Whiskyflasche aus der untersten Schublade des Schreibtischs und goß ein wenig in eine ungespülte Kaffeetasse, die auf seinem Schreibtisch stand, dann noch ein bißchen, bis sie halb voll war. Er hob die Tasse, nickte dem Anrufbeantworter zu und trank einen Schluck. Der Alkohol brannte in seiner Kehle und schmeckte leicht nach Kaffee, aber er wärmte seinen Magen und beruhigte ihn, so daß er klarer denken konnte. »Prost, John.«

Er ging zum Bett und legte sich auf die Tagesdecke, die Füße auf einen Stoß Zeitungsausschnitte und Notizen. Es war alles aus, es gab nichts, was er noch tun konnte. Irgendwie fühlte er sich erleichtert, wie von ungeheurer Last befreit. Plötzlich mußte er laut lachen, als er sich das bevorstehende Gespräch vorstellte.

»John, altes Haus, wie geht's? Fit und quicklebendig, hoffe ich?«

»Peter, bin ich froh, daß Sie anrufen. Ich habe fürchterlichen Ärger mit der Kreditkontrolle. Was ist mit der verdammten Hypothek?«

»Hypothek? Mit was für einer Hypothek denn, Johnny?«
»Mit der Hypothek auf Ihr Landhaus. Dieses Haus in Sussex oder sonstwo.«
»Ach, die. Die gibt's nicht. Hat's nie gegeben. Tut mir leid.«
»Was?«
»Nein. Ich hab' mir das Ganze nur ausgedacht, um Sie eine Weile hinzuhalten. Nicht schlecht, was?«
Er hörte zu lachen auf. Wenn doch nur mehr Zeit gewesen wäre. Vielleicht hätte er auch einfach eine Hypothek beantragen sollen. Nein, unmöglich, Emma hätte alles unterschreiben müssen; das Haus gehörte ihr. Er setzte sich auf. Moment mal. Er schwenkte die Beine vom Bett, ging zum Schreibtisch, riß Schubladen auf und wühlte darin herum. Er fand das Schreiben des Immobilienmaklers mit allen Angaben über das Haus, ein paar Notizen und Briefe, aber nicht die Übertragungsurkunde. Ihm fiel ein, daß sie beim Anwalt von Emmas Familie hinterlegt war, der die ganze Sache abgewickelt hatte, um sicherzustellen, daß die Bedingungen im Testament ihres Vaters erfüllt wurden.
Er saß am Schreibtisch, den Brief mit den Details vor sich, und kaute an seinem Daumennagel. Brauchte er die Urkunde überhaupt? Er wußte es nicht, vermutlich schon. Aber es war ohnedies keine Zeit mehr. Bishop wollte noch heute etwas haben. Schade, vielleicht hätte er in ihrem Namen die Hypothek beantragen können; natürlich hätte sie nichts davon erfahren dürfen. Wenn das Geld gekommen wäre, hätte er Bishop ausbezahlen können und hätte immer noch genug zum Leben gehabt, und dann hätte er es in Monatsraten ganz normal zurückgezahlt. Sie hätte es nie zu erfahren brauchen. Diese verdammte Baugesellschaft, es hätte Wochen gedauert.

Sein Blick fiel auf einen Brief, den er heute morgen von der Baugesellschaft bekommen hatte, die die Hypothek auf dem Haus in Fulham hielt. Sie bat dringend um Nachricht bezüglich des ausgesetzten Dauerauftrags. Er hatte keine Ahnung, was er antworten sollte; er mußte sich irgendwas ausdenken. Da kam ihm eine Idee. Er nahm den Brief in die Hand. Er war kurz, nur vier Zeilen. Vielleicht ließ es sich machen. Er wandte sich zu seinem Computer um, legte eine neue Briefdatei an und begann zu schreiben.

Nach einer halben Stunde nahm er das Blatt Papier aus dem Drucker, legte den Brief der Baugesellschaft darunter und hielt beide Blätter gegen das Licht. Es paßte perfekt. Datum, Bezugszeichen, der Name am Ende des Briefes, alles. Dann nahm er die Schere und schnitt sorgfältig seinen Text aus; als er ihn auf den Text des Briefes der Baugesellschaft legte, war der Text darunter vollständig verdeckt. Ein Tupfer Klebstoff, und es war fertig. Er konnte das natürlich nicht als Original verwenden, aber die Bank würde sicher nicht von ihm erwarten, daß er ein Originalschreiben schickte.

Er nahm den Hörer ab, legte aber sofort wieder auf. Seine Hand zitterte. Was zum Teufel machte er da eigentlich? Er mußte den Verstand verloren haben. Er goß sich einen Schluck ein und ging im Zimmer auf und ab. Er konnte Bishop anrufen und ihm die Wahrheit sagen – was konnte der Mann denn schon tun? Seine eingebildete Unterhaltung kam ihm jetzt gar nicht mehr so komisch vor. Bishop würde ihm, ohne auch nur eine Sekunde zu zögern, den Hahn abdrehen. Und was dann? Bei Freunden und Verwandten bitten und betteln? Zweitausend im Monat? Unmöglich.

Alles war nur eine Frage der Zeit. Er brauchte nur noch etwas Zeit. Er mußte einfach bald wieder einen Job haben.

Er hatte noch das Gespräch mit Fielding Aero vor sich, aller Voraussicht nach eine todsichere Sache. Und wenn daraus nichts wurde, dann eben etwas anderes, sehr bald schon. Dann war Schluß mit all diesen Tricks und Täuschungsmanövern. Das alles war dann plötzlich nicht mehr von Bedeutung. Was? Sie haben wieder ein regelmäßiges Einkommen? Ah ja, das verändert selbstverständlich alles. Man würde ihn nicht mehr unter Druck setzen, die Schulden umbuchen, und er konnte wieder ein normales, geordnetes Leben führen. Das war alles, was er wollte, was er immer gewollt hatte. Nur noch ein wenig Zeit. Er setzte sich wieder an den Schreibtisch.

»John, Peter Deacon hier. Tut mir leid, ich war vorhin nicht da. Bin eben erst von einem Vorstellungsgespräch nach Hause gekommen.«

»Kein Problem. Wie ist es gelaufen?«

»Schwer zu sagen, sie geben mir Bescheid. Also, John, ich wollte Sie schon anrufen; in der letzten Woche habe ich ein paarmal mit der Baugesellschaft gesprochen, Mann, die sind vielleicht lahm. Aber schließlich habe ich einen Bestätigungsbrief von ihnen bekommen, daß die Hypothek auf das Landhaus akzeptiert wird und daß die Überweisung des Geldes innerhalb von vierzehn Tagen erfolgen wird.« Er biß sich auf die Lippe. Am anderen Ende der Leitung gab es eine lange Pause.

»Vierzehn Tage? Wieso so lange?«

»Weiß der Himmel. Ich finde es auch unmöglich, aber jetzt scheint's endlich zu klappen. Soll ich Ihnen eine Kopie des Briefes mit der Post schicken, oder soll ich Ihnen eine faxen, falls Sie heute noch etwas auf dem Tisch haben wollen?«

Bishop seufzte. »Ich weiß nicht, Peter, ich hatte eigentlich gehofft, daß endlich das Geld kommt. Vierzehn Tage, du

lieber Gott!« Er rang sich zu einer Entscheidung durch. »Also gut, faxen Sie mir noch heute eine Kopie der Bestätigung, und schicken Sie mir eine weitere per Post zu. Ich muß diese Geschichte meinem Vorgesetzten vortragen, aber ich denke, daß sie einer weiteren begrenzten Ausweitung zustimmen werden. An den Daueraufträgen kann ich allerdings nichts machen, fürchte ich.«
Er ging zum Kopierladen, machte dort vier Kopien des Briefes und faxte eine gleich an Bishop. Auf dem Weg nach Hause zerriß er das gefälschte Original und warf die Fetzen in einen Papierkorb. »Kinderspiel«, murmelte er. »Sollte dreißig Tage gutgehen.«

»Mr. und Mrs. Deacon? Würden Sie bitte hereinkommen? Sie folgten ihr ins Büro. Die übliche Krankenhausausstattung, aber sie hatte sich Mühe gegeben; es sah hell und fröhlich aus. Kinderbilder hingen an den Wänden, die meisten vermutlich von ihren Patienten. Jamie saß mitten auf dem Sofa, kaute auf einem Bonbon herum und ließ die Beine baumeln. Sie nahmen neben ihm Platz und lächelten ihn an. »Hallo, mein Liebling.« »Alles in Ordnung, Jamie?« Die Ärztin setzte sich an ihren Schreibtisch, nahm ihre Notizen zur Hand und lächelte freundlich.
»Nun, wir haben uns prima unterhalten, nicht wahr, Jamie?« Er nickte und kaute weiter. »Zuerst haben wir unsere Kleider ausgezogen und uns gewogen und gemessen.« Peters Gesichtsausdruck blieb starr, passiv und aufmerksam, doch seine Gedanken schweiften ein wenig ab. Sie war jung und sah gut aus; eine interessante Vorstellung. »Jamie hat leichtes Untergewicht für sein Alter und seine Größe, aber das läßt sich leicht in Ordnung bringen. Er sagt selber, er möchte gern ein bißchen zunehmen.« Sie sprach zu allen, sah aber ständig ihn an und lächelte ver-

schwörerisch, und er nickte zurück und lächelte auch. »Und deshalb hat er mir versprochen, mit seiner Mutter eine Liste mit allen Dingen aufzustellen, die er gern ißt, und eine mit allem, was er nicht so gern mag.« Sie verzog ihr Gesicht und streckte ihm die Zunge heraus, und er lachte. »Wenn er dann nächstesmal zu mir kommt, dann schauen wir, ob die Waage nicht ein bißchen mehr anzeigt. Okay, Jamie?«

So sprach sie eine Weile weiter, ohne etwas wirklich Wesentliches zu sagen. Sie sollten sich an verschiedenen Aktivitäten beteiligen und mehr zusammen unternehmen, als Familie. Sie fragte, ob sie da irgendeine Idee hätten. Emma sagte, sie könnten das nächste Wochenende gemeinsam im Landhaus verbringen, und Jamie meinte, das würde ihm Spaß machen. Peter zuckte zusammen wie unter einem elektrischen Schlag, als das Haus erwähnt wurde, erholte sich aber rasch genug, um seine Zustimmung äußern zu können.

Schließlich sah sie alle der Reihe nach an und meinte, sie sei mit den heutigen Fortschritten sehr zufrieden, vielleicht reiche das erst mal. Sie standen auf.

»Mr. Deacon, vielleicht könnten wir beide noch ein paar Worte miteinander reden?« Er sah Emma an; sie half Jamie gerade in seinen Anorak. Sie blickte auf und nickte.

»Aber natürlich.« Er nahm wieder Platz, und Emma verließ mit Jamie das Zimmer. Die Ärztin wartete, bis sie die Tür zugemacht hatte. Er spürte ein leichtes Unbehagen. Was ging hier vor sich?

»Ich dachte, es könnte vielleicht nützlich sein, wenn wir ein paar Worte allein miteinander reden, Mr. Deacon.« Nun, da Jamie draußen war, sprach sie in einem ganz anderen Ton. Sachlich und knapp, aber immer noch freundlich; mit einer professionellen Freundlichkeit. »Wenn ich

Sie fragen darf – wie würden Sie Ihre Beziehung zu Ihrem Sohn beschreiben?«
Er schlug die Beine übereinander und dachte einen Moment nach. »Nun, bis vor kurzem, würde ich sagen, war er ganz offen.« Er machte eine Pause.
»Verzeihung, danach hatte ich nicht gefragt.«
»Verzeihung, war auch noch nicht fertig.« Seine Stimme war eisig.
»Tut mir leid, bitte fahren Sie fort.«
Mann, was sollte das alles eigentlich? »Ich wollte soeben hinzufügen, daß ich das Gefühl hatte, daß sich eine Beziehung zwischen uns entwickelte. Doch ich muß zugeben, daß wir nicht soviel Zeit miteinander verbrachten, wie ich das gern gehabt hätte; das hängt aber mit der Art und den Anforderungen meines Berufes zusammen.«
»Ich habe gehört, daß Sie leider Ihren Job verloren haben.«
Meine Güte, Emma! Er zwang sich zu lächeln. »Ach, meine Frau hat Sie bereits über die neuesten Entwicklungen informiert, wie ich sehe.«
»Sie erwähnte es am Telefon, als wir diesen Termin vereinbarten.«
»Aha.«
»Würden Sie sagen, daß die Veränderung Ihrer Situation mit der Verschlechterung Ihrer Beziehung zu Ihrem Sohn zusammentraf?«
»Meiner Beziehung zu Jamie?« Er richtete sich auf, tippte sich mit dem Finger auf die Brust und starrte sie wütend an. »Und was ist mit seiner Beziehung zu mir? Oder seiner Beziehung zu seiner Mutter? Geht es hier nicht um uns alle?« Gott, wie typisch! Diese Frau hatte sich längst ihre Meinung gebildet. Jawohl, ich habe mich mit den Eltern des Jungen unterhalten, die Mutter hat mich aufge-

klärt, der Vater ist ganz eindeutig das Problem in dieser Familie …

»Selbstverständlich. Aber ob es Ihnen gefällt oder nicht, Mr. Deacon, Jamie sucht bei Ihnen emotionale Unterstützung und Ermutigung. Anerkennung, Bestätigung. Das ist bei Jungen in seinem Alter völlig normal.«

Sie sahen einander argwöhnisch an. Sie mußte weiterbohren. Es war fast wie im Lehrbuch; hinter jedem gestörten Kind stand ein kaputter Elternteil, aber so was hatte sie nicht erwartet. Der Mann war ein Dampfkessel. »Ich bin sicher, Sie stimmen mir zu, wenn ich sage, wenn der Vater eines kleinen Jungen gewisse, äh, persönliche Schwierigkeiten zu bewältigen hat, welcher Art auch immer, daß das Kind entsprechend darauf reagiert.«

»Ja, das wird wohl so sein. Aber offenbar übersehen Sie die Vorgeschichte von Jamies ›Störung‹, Dr. Pryce. Die geht fast bis in seine Kindheit zurück.«

»Ich habe sie keineswegs übersehen. Ich wollte lediglich herausfinden, ob die jüngste Entwicklung möglicherweise mit der Veränderung Ihrer Situation zusammenhängt.« Er stimmte widerwillig zu. Sie unternahm einen letzten Versuch, ihn aus sich herauszulocken. »Gibt es irgendwas, was auch immer, an Ihrer augenblicklichen Situation, worüber Sie sprechen möchten?«

Seine Gedanken rasten: Ich möchte darüber reden, warum Chelsea vier Spiele hintereinander verloren hat; warum ich so müde bin, aber trotzdem nicht schlafen kann; wie um alles in der Welt es soweit kommen kann, daß ich kaltblütig einen üblen Betrug inszeniere; warum ich nicht mit meinem Vater rede, der sich meinetwegen schämt, warum nicht mit meinem Sohn, der mich haßt, warum nicht mit meiner Frau, die gegen mich intrigiert. Ich möchte darüber reden, warum ich es nicht mehr mit

ihr kann, aber daß ich es sehr gern mit dir tun würde, gleich hier auf deinem Schreibtisch. Ich würde gern darüber reden, wie toll es ist, sich nachts in den Straßen herumzutreiben, und welche ungeheuer reinigende Wirkung ein Schlag aus dem Dunkeln hat. Über globale Erwärmung, über die Verschmutzung der Antarktis, über die obszöne Verworfenheit der Gesellschaft, in der wir leben. Wie herrlich Scotch-Whisky ist, und wie intelligente, vernunftbegabte menschliche Wesen Gott für die Kraft des Guten halten können, und ich würde gern wissen, *was* es eigentlich ist, das mich dauernd antreibt und zwingt, einen Status quo wiederherzustellen, der auf einer Weltanschauung beruht, von der mein Herz mir immer wieder sagt, daß sie falsch ist.
»Ich dachte, wir sind hier, um über meinen Sohn zu reden.«

Der Verkehr während der Rückfahrt war stark, die Straßen glänzten von dem heftigen Regen. Emma saß halb umgedreht auf ihrem Sitz und sprach mit Jamie auf der Rückbank über das bevorstehende Wochenende im Landhaus.
»Sally könnte am Freitag zu Hause bleiben, und dich holen wir mittags ab. Dann wären wir rechtzeitig zum Tee da. Wie wäre das?«
»Prima.« Er untersuchte seinen neuen Malkasten, den sie im Krankenhaus-Laden gekauft hatten.
»Was Sally betrifft, so wird uns wohl nichts anderes übrigbleiben«, sagte Peter und bremste vor einer Ampel.
»Hmm?«
»Heute morgen habe ich einen Brief bekommen. Sie haben sie rausgeschmissen.«
Emma warf einen Blick auf Jamie, aber der war beschäf-

tigt. Sie sah wieder Peter an. »Warum denn, um Himmels willen?«
Langsam und jedes einzelne Wort betonend sagte er: »Weil wir die Rechnung nicht bezahlt haben.«
»Peter! Du hast gesagt, wir haben genug, um kleinere Beträge bezahlen zu können.«
»Em, wir sind noch das Geld fürs letzte Quartal schuldig.«
Sie starrte nach vorn. »Gott, wie ich das satt habe.«
»Willkommen in der Realität.« Er riß plötzlich das Lenkrad herum, gab Gas und zwängte sich in eine kleine Lücke in der anderen Spur. Der Fahrer hinter ihm, der scharf bremsen mußte, blinkte mit den Scheinwerfern und hupte.
»Emma?« Er sah sie an; sie preßte die Lippen zusammen, ihr Gesicht war starr. »Da sind ein paar Dinge, über die wir reden müssen.«
»Wenn es wieder um eines deiner wirtschaftlichen Dramen geht, dann nein, danke. Ich hab noch vom letzten genug.«
»Wir müssen den Tatsachen ins Gesicht sehen.«
»Falsch. Das mußt du. Ich muß lediglich mit den Konsequenzen zurechtkommen. Du sagst doch ständig, daß du dabei bist, alles in Ordnung zu bringen.«
»Das tu ich doch, Herrgott noch mal …«
Sie fuhr herum und deutete mit den Augen auf den Rücksitz. Er riß sich zusammen und warf im Rückspiegel einen Blick auf Jamie. Er saß mit gesenktem Kopf da und schaute seinen Malkasten an.
»Das tu ich doch«, sagte er leise mit zusammengebissenen Zähnen.
»Sei mir nicht böse – aber *was* tust du eigentlich?«
»Morgen habe ich ein Vorstellungsgespräch.«
Sie starrte ihn an. Auf dem Rücksitz blickte Jamie auf den

bemalten Deckel seines Malkastens. Durch die Tränen, die darauf fielen, sah er die Farben nur verschwommen und undeutlich.

Er hatte das Inserat im Anzeigenteil des *Telegraph* entdeckt. Es ging um die Position eines Marketingmanagers für eine Firma in Heathrow, die auf technische Dienstleistungen für die Luftfahrtindustrie spezialisiert war. Die Anzeige war ziemlich klein und verwirrend vieldeutig, was die Bezahlung betraf: »Attraktive Bedingungen, Gehalt entsprechend Alter und Erfahrung.« Er hatte sich trotzdem beworben.

Er nahm den Wagen, verkalkulierte sich mit dem Verkehrsaufkommen auf der M 4 und kam eine Dreiviertelstunde zu früh. Er fuhr am Eingang vorbei und weiter bis zu einem Café auf der High Street. Er setzte sich hinein, trank dünnen Kaffee und blätterte blicklos in einer liegengebliebenen Ausgabe der *Sun*. Er war nervös und mußte gegen den Drang ankämpfen, aufzustehen und wieder nach Hause zu fahren. Schade, Em, die Stelle war bereits besetzt, nichts als Zeitvergeudung. Am Morgen hatte er vor dem Schlafzimmerspiegel gestanden und sich angeschaut: ein verängstigter Fremder in einem Nadelstreifenanzug und polierten Halbschuhen. Beim Frühstück war ihm übel gewesen, und als Emma ihn an der Tür des Hauses auf die Wange küßte, war er erschrocken zusammengezuckt.

Die Zeiger der nikotinbefleckten elektrischen Uhr an der Wand des Cafés sagten ihm, daß er immer noch viel Zeit hatte, aber er traute ihr nicht. Mein Gott, wie er seine Rolex vermißte! Er ging zum VW zurück und schaute auf die Uhr am Armaturenbrett; immer noch zwanzig Minuten. Er setzte sich hinter das Lenkrad, schaltete das Radio ein und zwang sich, noch fünf Minuten zu warten. Dann blickte er um sich, ob er beobachtet wurde, trank einen großen Schluck aus der halben Flasche Bells im Handschuhfach und schnitt eine Grimasse, als er sich einen Stoß Atemspray in den Mund sprühte. Dann startete er den Motor und fuhr die Straße zurück.

»UAS, lese ich hier. Schlimme Geschichte.« Fielding hielt sich die ungeöffnete Brille vor die Augen und glotzte auf die Bewerbung. Er hatte seine Jacke abgelegt. Das Büro, eigentlich mehr ein kleines Besprechungszimmer, war heiß – er hatte sich bereits wegen der kaputten Zentralheizung entschuldigt. Peter hatte es abgelehnt, sein Jackett auszuziehen, und gesagt, er fühle sich wohl. Jetzt bedeckten kleine Schweißperlen seine Stirn und seine Schläfen, und der Kragen seines hellblauen Button-down-Hemdes war feucht und eng.

Sie saßen zu dritt am Tisch. Deacon saß am einen Ende, mit dem Rücken zur Tür, Fielding am anderen; durch das große Fenster hinten schien grell die Sonne, so daß er teilweise nur als Silhouette zu sehen war. Links von ihm saß eine modisch gekleidete Frau mittleren Alters, die gelächelt hatte, als sie vorgestellt wurde: »Mrs. Kavanagh, meine Personalmanagerin.« Sie sagte kein Wort, während Fielding über sein Unternehmen sprach, machte sich jedoch dauernd Notizen.

»Ja, ein ziemlicher Schock.«

»Wie lange sind Sie jetzt schon ohne Arbeit?«

»Etwas über zwei Monate.« Eigentlich eher etwas unter drei Monaten.

»Haben Sie sich, entschuldigen Sie bitte die Frage, seither schon bei vielen Firmen beworben?«

»Ja, bei ziemlich vielen.«

»Ich verstehe. Der Grund meiner Frage ist, was hat Sie an dieser so interessiert?«

Nichts, ich bin nur völlig verzweifelt, können Sie das nicht sehen? Er schaute zur Zimmerdecke hoch, spitzte die Lippen, versuchte sich zu konzentrieren. Doch seine Gedanken schweiften ab. Plötzlich mußte er an Dr. Pryce denken, auch bei diesem Gespräch hatte er eine schlechte Figur gemacht. Los, nimm dich zusammen, Mann! »Mein beruflicher Hintergrund ist, äh, die Luftfahrt. Ich möchte in dieser Industrie bleiben, und Ihre Position scheint mir sowohl Herausforderungen als auch, äh, die Möglichkeit zu bieten, meine Erfahrungen und Qualifikationen voll auszuschöpfen.« Was zum Teufel redest du da eigentlich?

»Auf welche Weise?« fragte Fielding freundlich.

»Nun, äh, Fielding Aero steht in dem Ruf, ein qualitativ hochstehendes Spektrum von Luftfahrt-Unterstützungsleistungen anzubieten, allerdings hauptsächlich auf dem Inlandsmarkt. Ich habe den Eindruck, daß Ihre Firma über die notwendige Infrastruktur verfügt, dieses Leistungsangebot auf Europa auszudehnen. Ich denke da vor allem an die Bereitstellung luftfahrttechnisch geschulten Personals sowie an Produktunterstützung.« Jetzt redest du endlich vernünftig.

»Und Sie glauben, Sie sind in der Lage, diese Expansion durchzuführen?«

»Ja, das glaube ich.« Mrs. Kavanagh schrieb wie wild, Fielding stützte nachdenklich das Kinn auf die Hände. Deacon entspannte sich; er hatte sich wieder gefangen. Nach so langer Zeit draußen in der Wüste hatte er fast vergessen, daß er auf seinem Gebiet eine echte Führungspersönlichkeit war, kompetent, fähig, bestens qualifiziert.

»Kann man nicht sagen, daß eine ähnliche Expansion auf einem Markt, der momentan allgemein als rückläufig und instabil bezeichnet wird, bei der UAS die Wurzel allen Unheils war?«

Deacon saß auf der Kante seines Stuhls, fast das ganze Gewicht auf den Beinen, die unter seinem Stuhl angespannt waren wie die eines Sprinters. Sein linker Arm auf der Schreibtischplatte, seine Faust öffnete und schloß sich. Ein Schweißtropfen löste sich aus seinen Haaren und rann neben seinem Ohr die Wange hinunter. »Ja, aber die UAS hat sich ausschließlich auf den militärischen Markt gestützt; die Basis Ihres Geschäftes ist der zivile Sektor.« Tief in seinem Inneren ging eine winzige Warnlampe an. Er achtete nicht darauf und redete weiter. »Trotzdem bin ich der Überzeugung, daß es innerhalb des Rüstungssektors bestimmte Nischenmärkte gibt, die ich gut kenne und die Fielding Aero erobern könnte.« Los, Kavanagh, halt dich dran.

»Das könnte aber etablierte Belieferer dieses Marktes aus dem Rennen werfen, sie möglicherweise ruinieren. Macht Ihnen das nichts aus?«

Deacon zuckte die Schultern. »Ich war immer ein Verfechter des freien Wettbewerbs auf dem Markt.«

»Sagen Sie, Mr. Deacon, nur für unsere Unterlagen, können Sie mir die vollständigen Namen und Geburtsdaten Ihrer Kinder geben?«

»Wie bitte?« Kavanagh hatte zum erstenmal den Mund aufgemacht. Sie hatte einen starken irischen Akzent. Den Stift bereit, die Augenbrauen hochgezogen, wartete sie. Ihr Blick durchbohrte ihn wie ein Laserstrahl.

»Oh, äh, James Alexander, achtzehnter März neunzehnhundertvierundachtzig.« Stimmte doch, oder? »Und Sally Anna, zweiundzwanzigster –, nein, vierundzwanzigster Juni siebenundachtzig.« Verdammt, das eine Datum stimmte nicht.

Er verließ den Parkplatz und fuhr die Straße entlang, bis er eine Wohnsiedlung erreichte. Irgendwo bog er um eine

Kurve und hielt in einer Sackgasse vor einem einzelnstehenden modernen Wohnhaus mit einem kleinen, gepflegten Vorgarten und einem Schild, auf dem »Llamedos« stand. »Ganz schön weit weg von zu Hause, Mann«, seufzte er und griff nach dem Handschuhfach.
Er war völlig fertig, als hätte das Gespräch stundenlang gedauert. Er hob die halbleere Flasche an die Lippen und sah auf die Autouhr. Gott, zwanzig Minuten, unglaublich! Er griff an die Seite des Fahrersitzes und ließ die Rückenlehne in eine halb liegende Stellung einrasten, lockerte die Krawatte und öffnete den Kragenknopf. Er trank noch ein paar Schlucke und ließ sich zurücksinken; er spürte das feuchte Hemd an seiner Haut. O Gott, was für eine Tortur. Aber es war gar nicht so schlecht gelaufen. Fielding war beeindruckt gewesen. Aber diese Kavanagh …
Er schloß die Augen, legte den Kopf auf die Nackenstütze und wartete darauf, daß der Alkohol seine unfehlbare Magie entfaltete. Schon bald spürte er sie, spürte, wie die goldene Woge ihn durchströmte, die Spannung in seinem Nacken sich löste, das wilde Pochen in seiner Brust nachließ, das Fieber in seinem Kopf sank. Fünf Minuten, nur fünf Minuten, dann ab nach Hause. Sein Atem wurde tiefer. Gott, war er müde. Nur fünf Minuten. Leise lachend sank er ins Dunkel. Llamedos. Überhaupt nicht walisisch.
Als er aufwachte, war es finster.

»Daddy, mein Daddy! Du warst heute aber lange bei der Arbeit.« Sie umschlang ein paar Sekunden seine Knie, dann rannte sie ins Spielzimmer. Emma und Jamie saßen vor dem Fernseher.
»Was ist passiert? Ich habe mir Sorgen gemacht.«
»Tut mir leid, Em, die Gespräche haben sich verschoben,

meins begann eine Stunde später. Hab' ich 'ne Chance auf eine Tasse Tee?«
»Bei mir wurde es später, und ich mußte Jamie mit einem Taxi von der Schule abholen.«
»Tut mir leid. Hallo, Jamie, wie war's in der Schule?«
»Okay.« Er starrte weiter auf den Bildschirm.
»War das wirklich nötig, ein Taxi zu nehmen?« Er kaute langsam an einem Keks und lehnte sich an das französische Fenster. Der Tisch war für das Abendessen gerichtet. Fünf Gedecke. Hatte er ganz vergessen. Hatte sie es ihm gesagt?
Sie zuckte die Achseln. »Du kennst ja Jamie, kann man nie im voraus wissen. Aber es war ihm gar nicht recht, daß ich zu spät kam. Du hättest mich wirklich anrufen können.«
»Tut mir leid. Es war schwierig.«
»Erzähl mal.«
»Das übliche Vorstellungsgespräch. Etwa eine Stunde.«
»O Gott! Viele Gesprächspartner?«
»Zwei. Die übliche Masche – ein netter und ein widerlicher.«
»Helle Lampen und Elektroden, wie? Und was glaubst du?« Ihr Ton war gleichmütig.
»Hmm, sehr schwer zu sagen. Jede Menge Mitbewerber, aber ich bin sicher, daß ich in die engere Wahl gekommen bin. Äh, soll ich mal raten, wer zum Abendessen kommt?«
»Peter! Dan und Mitch. Das hab' ich dir heute morgen doch gesagt.«
»Ah, ja, richtig. Und ...«
»Charlie Gladstone. Erinnerst du dich?«
Er kam als erster. Peter öffnete die Tür. Er erkannte den Mann kaum, hatte ihn fast zehn Jahre lang nicht gesehen.

Er entsann sich eines schlaksigen, sehr ernsthaften jungen Mannes mit langem, ziemlich fettigem Haar, das er der damaligen Mode entsprechend ziemlich lang trug.
»Charlie, lieber Gott, wie geht's dir?« Sie schüttelten einander die Hände. Er war etwas größer als Peter und hatte kaum noch Ähnlichkeit mit dem Charlie von damals. Er war etwas fülliger geworden, breitschultrig und breitnackig, ein großer Mann. Das Haar war jetzt kürzer, hervorragend geschnitten. Und er trug einen Bart, grau gesprenkelt und kurzgetrimmt, die Ränder scharf geschnitten wie Rasenkanten. Peter führte ihn ins Wohnzimmer.
»Mineralwasser, bitte, Peter. Ich muß sagen, ihr habt ein tolles Haus. Und diese herrlichen Lithos. Woher habt ihr die?«
»Oh, Emma sammelt sie. Wahnsinnige Preise. Ich bin sicher, manchmal ziehen sie sie über den Tisch.«
»Ihr Wert ist heute etwa doppelt so hoch wie der Preis, den ich dafür bezahlt habe. Hallo, Charlie.« Sie sah großartig aus; Peter hatte ganz vergessen, wie gut sie aussehen konnte. Smaragdgrüne Seidenbluse, ein dazu passender knielanger Rock, die Bluse mit feingemusterten Fäden durchwirkt, sah aus wie Gold. Fleischfarbene Strümpfe und grüne Lederschuhe. Alles sah sehr teuer und neu aus, aber das stritt sie ab, wie üblich. »Neu? So ein Unsinn, das hab' ich schon seit Jahren.«
»Na!« sagte Charlie. Sie ging zu ihm, das Kinn erhoben, lächelnd. Er nahm ihre beiden Hände, hielt sie auf Armeslänge von sich. »Laß dich anschauen!« Das tat er mehrere Sekunden lang, dann küßte er sie auf beide Wangen.
Peter schreckte aus seinem Tagtraum hoch. »Ja, sie ist es. Einen Drink, Darling?« Es klingelte an der Haustür.
Während das Abendessen zubereitet wurde, saßen sie eine Stunde im Wohnzimmer und tranken Aperitifs. Dan

und Charlie waren der Meinung, daß sie sich schon mal begegnet waren, aber keiner wußte, wo und wann. Sie redeten über geschäftliche Dinge; beide waren in ähnlichen Branchen tätig. Emma ging immer wieder in die Küche, Mitch saß neben Peter auf dem Sofa. Anfangs lief er herum und bot Nüsse und Cracker an und füllte die Gläser nach, doch bald ließ seine Aufmerksamkeit nach.
»He, Peto.« Mitch stieß ihn an. »Wie geht's dir?«
»Äh? Oh, prima, prima.« Er blickte unsicher um sich, als sei er plötzlich überrascht, in diesem Zimmer zu sitzen. Was? War er etwa eingenickt? Dan grinste ihn an, schob die Ärmel seiner Jacke hoch und hob langsam sein leeres Glas mit beiden Händen über den Kopf. Peter riß sich zusammen und sprang auf. »Gib's schon her, du Saufkopf – Charlie, möchtest du auch noch was davon? Oder lieber was Stärkeres? Vielleicht ein Glas Limonade? Mitch, was ist mit dir?« Er floh in die Küche und füllte die Gläser.
»Fast fertig«, sagte Emma am Herd. »Noch zehn Minuten. Peter, bist du okay?«
»Ja, bloß ein bißchen schwindlig.« Er lehnte sich an den Tisch und rieb sich mit beiden Händen die Schläfen.
»Peter, ich hoffe nur, daß du dich heute abend nicht betrinkst und …«
»Und was?«
»Und alles kaputtmachst.«
»Meinst du, ganz allgemein, oder denkst du an etwas Bestimmtes?«
»Hast du mal nach den Kindern geschaut?«
Langsam ging er nach oben. In der ersten Etage mußte er gegen die Versuchung ankämpfen, ins Gästezimmer zu gehen und sich aufs Bett fallen zu lassen. Doch dann hörte er die Stimmen von unten und Dans schallendes Gelächter, und ihm wurde klar, daß er da durch mußte. Emma

und dieser schreckliche Charlie Gladstone. Der Kerl mußte sich vorkommen wie im siebenten Himmel, sie war ja da mitten im Wohnzimmer fast vor ihm auf die Knie gesunken. Er sah die beiden im Geist vor sich, und Wut und Empörung stiegen in ihm auf.

Sallys pummeliger rosiger Körper war nicht zugedeckt; sie lag mit dem Gesicht nach unten und quer im Bett. Die Hosenbeine ihres Schlafanzugs hatte sie über die Knie hochgerollt; warum tat sie das bloß immer? Ihre Füße ragten über das Bett hinaus, ihr Kopf lag dicht an der Wand. Er schob die schlaffe kleine Gestalt unter die Bettdecke und ging leise hinaus. Jamies Tür war zu, doch durch den Spalt darunter war Licht zu sehen. Er wollte schon reingehen, doch dann zögerte er und klopfte leise an die Tür.

»Jamie, darf ich reinkommen? Ich bin's, Dad.«

»Okay.«

Er saß an seinem kleinen Schreibtisch und wusch einen Pinsel in einem wassergefüllten Marmeladenglas aus; sein Malkasten lag offen neben ihm.

»Darf ich's mir auch anschauen?«

»Okay.« Es war ein großes Bild. Obwohl zu erkennen war, daß ein Kind es gemalt hatte, verrieten die Sorgfalt, die Art, wie das ganze Blatt ausgefüllt war, und die Genauigkeit, mit der alle Details dargestellt waren, Geduld und Umsicht.

»He, das ist ja toll!« Er kniete neben dem Tisch nieder und betrachtete das Bild genauer. Es zeigte eine Insel im Meer. Die Insel hatte die Form eines Hügels und ragte steil und grün aus dem tiefblauen Meer empor. Es gab ein paar Bäume und Büsche und ein paar Tiere, vermutlich Schafe oder Kühe; das konnte man nicht so genau sagen. Oben auf dem Hügel stand ein kleines braunes Haus mit großen Fenstern und einem Schornstein, aus dem Rauch aufstieg.

Eine orangefarbene Sonne strahlte von einem hellblauen Himmel mit kleinen weißen Wolken. »Das sieht ja wie ein richtig hübsches Fleckchen Erde aus.«
»Ich möchte später mal auf einer Insel leben.« Jamie glitt von seinem Stuhl und ging zum Bett. Peter nahm das Bild und folgte ihm. Er konnte die Augen nicht davon abwenden.
»O ja. Wär' das nicht toll? Deine eigene private Insel.« Jamie kletterte ins Bett, Peter beugte sich vor, zog ihm die Decke bis zum Kinn hoch und strich über sein struppiges dunkles Haar.
Jamie machte die Augen zu. »Dreißig Millionen Meilen weit weg und keine Menschen, nur Tiere«, sagte er schläfrig, doch schroff, denn so gehörte sich das.
»Hm-hm.« Das Bild faszinierte ihn. Er sank zu Boden und lehnte den Kopf an das Bett und strich mit den Fingern leicht über den grünen Hügel. Draußen wirbelte ein kräftiger, böiger Wind Papierfetzen von der Straße hoch, rüttelte an den Fensterrahmen und übertönte mit seinem Heulen die Geräusche der Autos.
Peter schloß die Augen. Gott, war er müde. »Ich werde an dich denken, wenn du dort bist, Jamie«, sagte er leise. »Wenn du dich in deinem Haus auf deiner Insel, dreißig Millionen Meilen weg von hier, ausruhst. Ab und zu würde ich dich gern dort besuchen. Dürfte ich das?« Sein Kopf sank auf die Matratze. Jamie atmete tief und ruhig. »Vielleicht könntest du mir ein Schiff malen, mit dem ich dahin segeln könnte. Ein schönes Segelschiff aus Holz, mit hohen Masten und schneeweißen Segeln«, murmelte er. »Mit Namen Hoffnung. Ein Schiff namens Hoffnung.«
Er zuckte zusammen. Emma steckte den Kopf zur Tür herein.
»Um Himmels willen, Peter, mach schon!« zischte sie. »Du

bist ja schon eine Ewigkeit hier oben. Alle warten auf dich.«

Sie hatten schon angefangen, Pilze mit Knoblauch. Er nahm am Kopfende des Tisches Platz, neben Dan und Mitch.
»Alles in Ordnung?« fragte Mitch.
»Tut mir leid, mein Erstgeborener hat mir aufgelauert.«
»Wie macht er sich?« Dan drehte den Kopf, um zuzuhören; er war Jamies Pate. Am anderen Ende steckten Emma und Charlie die Köpfe zusammen und sprachen mit leiser Stimme.
»Es geht auf und ab in der letzten Zeit, bei all den, äh, Unsicherheiten. Aber im Augenblick ist er okay, er scheint besser damit zurechtzukommen als wir anderen. Außer Sally natürlich.«
»Das ist ja prima, und was ist mit seinem Vater?«
Er legte seine Gabel hin, füllte die Gläser der Mitchells nach, reichte Dan die Flasche rüber. Hört auf damit, da drüben ... Dan wandte sich ab und füllte die Gläser auf der anderen Seite des Tisches, nahm Emmas letzte Bemerkung auf. Peter trank. Mitch beobachtete ihn und wartete geduldig auf seine Antwort.
»Was war denn vorhin los, Mitch. Im Wohnzimmer, vor dem Essen?«
»Du hast mich erschreckt, das ist alles.«
»Tut mir leid. Äh, wie denn?«
»Weißt du's wirklich nicht mehr?«
»Nun komm schon, Mitch.«
Sie sprach leise, die drei anderen redeten schon wieder über berufliche Dinge.
»Eine Sekunde warst du mein guter alter Peto, wie früher, in der nächsten Rip van Winkle.«

»Weggenickt?«
»Auf einem ganz anderen Planeten. Peter, du hast dagesessen, direkt neben mir, und hast gesprochen, und dann warst du auf einmal weg und hast ins Leere gestarrt, ich weiß nicht, wie lange, vielleicht eine halbe Minute lang, aber es schien Stunden zu dauern. Total weggetreten. Und dann hast du einen Seufzer ausgestoßen. Einen unheimlich lauten, stöhnenden Seufzer. Hat mich zu Tode erschreckt, die anderen auch.«
»Und Emma?«
»Die war in der Küche. Bist du schon mal beim Arzt gewesen?«
»Mitch, es geht mir gut.«
»Aber sicher doch. Du ißt nicht«, sie deutete auf die Pilze, die er kaum angerührt hatte, »du schläfst nicht, wanderst zu unmöglichen Zeiten durch die Stadt, rein und raus aus der Katatonie. Wie oft hat es solche kleinen Anfälle schon gegeben?«
»Mitch, ich bin bloß ein bißchen weggetreten. War ein harter Tag heute, ich habe ein Stellenangebot bekommen.«
Sie räumten ab und machten in der Mitte des Tisches Platz für eine große, dampfende Kasserolle. Fasan, Rebhuhn, Taubenbrust. Alles Reste aus dem Kühlschrank, mariniert und so lange gedünstet, bis das Fleisch zart und weich war. Sie bedienten sich selbst. Peter machte eine Flasche Brouilly auf.
»Aber wenn du könntest, würdest du wirklich wieder ganztägig arbeiten?« Charlie häufte sich Salat auf einen Teller, dann reichte er Emma die Holzschüssel.
»Wie der Teufel. Dazu bin ich geboren, das weißt du doch.« Sie sah ihn mit einem strahlenden Lächeln an.
»Warum tust du es dann nicht?«
Sie probierte die Kasserolle. Sie war gut, irgendwas war

wohl zu lange im Kühlschrank gewesen, vermutlich die Taubenbrust, aber egal. »Bis jetzt war es nicht nötig und machte nicht viel Sinn. Außerdem waren da natürlich noch die Kinder. Aber seitdem ich wieder stundenweise in der Agentur arbeite, läuft es fantastisch.«

»Könntest du dort auch wieder ganztägig arbeiten?«

»Vielleicht, aber im Moment haben sie nicht genügend Aufträge. Und außerdem muß ich mich ja auch noch um das Haus und die Kinder kümmern, du weißt ja, um den ganzen Frauenkram.«

»Na ja, Peter ist doch zur Zeit zu Hause, nicht? Hast du mit ihm darüber gesprochen?«

Sie kaute nachdenklich. »Nein. Es wäre unmöglich. Er sucht wie der Teufel nach einem Job – er glaubt, daß er heute vielleicht was bekommen hat. Für ihn ist es ungeheuer wichtig, so bald wie möglich wieder im Sattel zu sitzen. Außerdem, ich könnte allein nicht genug verdienen.«

»Du weißt ja, bei mir gibt es einen Job für dich, Emma. Ich habe immer Bedarf an origineller Kreativität, und bei deiner Erfahrung in einer Londoner Agentur und bei deinem Talent ...« Er blinzelte ihr zu.

»Wie stellst du dir das vor? Ich kann doch nicht jeden Tag aufs Land rausfahren.«

»Wieso denn nicht? Viele Leute tun das. Keine Schlangen, kein Gewühl. Am besten wär's, das Haus hier zu verkaufen und aufs Land zu ziehen.« Er riß die Augen auf und schnippte mit den Fingern wie ein Zauberkünstler. »Es wäre bestimmt das Beste.«

Kapitel 5

Die Fahrt zum Landhaus war ein Alptraum. Sie brauchten mehr als drei Stunden. Sie mußten London in westlicher Richtung auf der M4 verlassen, an Heathrow vorbei, dann auf der M 25 die Londoner Umgehung nehmen und nördlich der Stadt vorwärtskriechen, stop and go in dichtem Verkehr, bis sie schließlich die A12 nach Osten nehmen konnten. Auch sie vollgestopft mit nachmittäglichen Pendlern, die die Stadt zum Wochenende so früh wie möglich verlassen wollten.

Die Kinder zappelten nervös auf dem Rücksitz. Sally hatte eine Erkältung und wimmerte ununterbrochen; Jamie gefiel sich darin, sie so lange zu ärgern und zu piesacken, bis sie schreiend mit einem Buch nach ihm schlug. Die Atmosphäre auf den Vordersitzen war nicht weniger gespannt.

»Das ist der schiere Wahnsinn«, sagte Peter, als sie irgendwo in der Nähe von South Mimms in einem Stau steckten.

»Wir tun das wegen Jamie, vergiß das nicht.«

»O ja, eine fantastische Therapie. Wir verbringen ein Wochenende damit, daß wir uns auf der Autobahn gegenseitig an die Kehle fahren.«

»Sag ihm, er soll mich in Ruhe lassen, Mammi!«

Emma seufzte erschöpft und drehte sich um. »Was ist denn jetzt schon wieder los?«
»Er hat mich angefaßt.«
»Jamie, faß deine Schwester nicht an.«
»Sie hat mich aber zuerst angefaßt.«
»Warum könnt ihr euch nicht gegenseitig in Ruhe lassen, ruhig dasitzen und ein Buch lesen!«
Sie schlichen weiter. Bei Chelmsford gab es einen langen Stau wegen Straßenbauarbeiten. Peter versank in übellauniges Schweigen, Emma versuchte, die Nachrichten im Autoradio zu hören. Auf dem Rücksitz gelegentliche Geplänkel. Draußen war es dunkel, die Autos krochen ein Stück vor, wurden wieder langsamer, ein Meer von Bremslichtern vor ihnen. Motorradfahrer schlängelten sich zwischen den Autos durch.
»Werdet ihr beiden jetzt endlich Ruhe geben! Ich möchte die Nachrichten hören.«
»Sie will mir mein Buch nicht wiedergeben.« Jamie riß Sally das Buch aus der Hand, und sie kreischte ohrenbetäubend. Peter versteifte sich plötzlich und holte tief Luft, als sei er mit einem Eimer eiskalten Wassers aus tiefem Schlaf geweckt worden. Er drehte sich um, griff nach hinten, packte beide Kinder am Arm und riß sie mit gefletschten Zähnen und verzerrtem Gesicht nach vorn.
»Hört auf!« brüllte er, das Gesicht weiß und wütend im Scheinwerferlicht des Wagens hinter ihnen. »Schluß jetzt, auf der Stelle!« Er umklammerte ihre Arme wie ein Schraubstock, Speichel in den Mundwinkeln, mit zusammengebissenen Zähnen knurrend. Sie erstarrten vor Entsetzen, als habe sich eine Kobra auf dem Vordersitz aufgerichtet, das Maul aufgerissen und den Giftzahn gebleckt, bereit, bei der geringsten Bewegung zuzustoßen. Ein paar Sekunden verstrichen, dann wimmerte Sally:

»Mammi.« Emma reagierte instinktiv und lenkte seine Aufmerksamkeit ab.
»Peter«, sagte sie leise mit trockenem Mund. Er rührte sich nicht. Der Wagen vor ihnen fuhr los, so daß eine Lücke entstand. Sie legte die Hand auf seine linke Schulter und zog ihn an sich. »Peter, es ist alles in Ordnung, mein Lieber.« Er sträubte sich eine Sekunde, dann sackte er zusammen und ließ die Arme der Kinder keuchend los.
»Es ist okay«, flüsterte er. »Alles okay, ich bin in Ordnung.«
Sie starrte ihn einen Moment mit aufgerissenen Augen ängstlich an; dann stieß sie ihre Tür auf und sprang hinaus. Der Fahrer hinter ihnen hupte gereizt. Sie hob zwei Finger und ging um das Heck des Volkswagens herum zur Fahrertür. »Rück rüber, ich fahre.« Peter rutschte gehorsam zur Seite. Sie fuhren schweigend weiter.
Hinter Chelmsford ließ der Verkehr endlich nach. Sie fuhren an Ipswich vorbei, verließen die zweispurige Durchgangsstraße und fuhren über gewundene Landstraßen durch Dörfer; einige davon waren nicht mehr als eine kleine Ansammlung von Bauernhäusern an einer Straßenkreuzung, manche noch weniger – das blitzartige Aufleuchten eines Straßenschildes im Scheinwerferlicht, dann nichts, bis zum nächsten Schild. Sally schlief, mit offenem Mund und schnarchend in ihrem Kindersitz zusammengesunken, Jamie und Peter starrten in die Dunkelheit vor dem Strahl der Scheinwerfer, schwankten simultan hin und her, während Emma den Wagen in flottem Tempo über die letzten Meilen der sich windenden Straßen lenkte.
Endlich passierten sie ein Ortsschild, das Bedingham ankündigte. Nach einer halben Meile stießen sie auf eine Ansammlung mehrerer Straßen an einem kleinen Dorfanger.

Sie sahen die Lichter einiger Häuser, ein Wirtshaus namens »The White Horse« und einen beleuchteten Kirchturm, versteckt zwischen den Bäumen am Rand einer der Straßen, die vom Dorfanger wegführten. An der Kneipe bogen sie nach links ab und verließen das Dorf auf einer ruhigen Straße, bis sie nach einer weiteren Viertelmeile das Landhaus erreichten, das allein etwas von der Straße entfernt stand. Niedrig und weiß stand es im Scheinwerferlicht, kantig und solide. Emma hielt an. Ein niedriger Zaun umgab den kleinen Vorgarten, hinter dem Eingangstor führte ein überwucherter Pfad zur Haustür.
»Hallo, alter Freund«, murmelte sie und fuhr am Haus vorbei zu einem kleinen Parkplatz an der Seite. »Kommt, wir laden durch die Küchentür aus.«
Die Luft im Haus war feucht und kalt. Auf dem Küchentisch stand ein Karton mit Gemüse, daneben lag ein Zettel von Mrs. Morrison vom Postamts-Laden.
»Liebe Mrs. Deacon, vielen Dank für Ihre telefonische Nachricht; hier ist das Gemüse, ohne die Würstchen, die ich erst am Samstag wieder bekomme. Ich hoffe, es geht Ihnen und den Kleinen gut. Beste Grüße, Anne Morrison. PS. Ich habe die Fenster oben offengelassen, damit frische Luft reinkommt.«
»Das war aufmerksam von ihr«, sagte Peter und stellte die Koffer ab. Er schnüffelte angewidert. »Gott, wonach riecht das hier?« Oben rannten die Kinder von einem Zimmer zum anderen. »Es ist halt ein bißchen feucht. Komm, wir holen Kohle und machen Feuer im Herd und im Wohnzimmer. Das wird prima.«
Peter nahm die Koffer und stapfte über die Kälte schimpfend die schmale Treppe hoch. Das Haus war kleiner, als er es in Erinnerung hatte. Viel kleiner. Und wenig einladend in einer Winternacht. Es gab zwei Etagen, drei Zim-

mer auf jeder. Direkt hinter der Haustür führte eine kleine Diele zu einer steilen Treppe, rechts war die Tür zum Wohnzimmer, das die ganze rechte Hälfte des Hauses einnahm. Die Tür gegenüber führte in die Küche. Auf der hinteren Seite der Küche war die Tür des winzigen, eiskalten Badezimmers, früher wohl ein Vorratsraum, den man in den Fünfzigern umgebaut hatte. Am oberen Ende der Treppe war ein kleiner Vorraum, auf der rechten Seite über dem Wohnzimmer ihr Schlafzimmer, und gegenüber befanden sich zwei kleinere Zimmer, das eine mit Kinderbetten, das andere ein Gästezimmer, das nur durch das Kinderzimmer zu betreten war.

Draußen gab es kein Licht, und sie hatten vergessen, eine Taschenlampe mitzunehmen. Er tastete sich im Licht der Autoscheinwerfer ums Haus herum und schaffte es, einen Eimer mit Kohlen zu füllen, die er in einem Behälter aus Beton zusammenkratzte. In einer Küchenecke stand ein uralter gußeiserner Allesbrenner, schwer, kalt und tot. Peter betrachtete ihn mißtrauisch, spähte in sein Inneres, das voller Spinnweben war, und fummelte an Schiebern und Luftklappen herum. Nach einigen Fehlschlägen gelang es ihm endlich, ein kleines Feuer zu entfachen, doch nach einer Stunde war das Gußeisen kaum warm. Emma machte auf einem kleinen Elektrokocher neben dem Ofen Makkaroni mit Käse warm, die sie aus London mitgebracht hatte.

Die Kinder waren begeistert, der Ärger während der Fahrt vergessen. Sie wollten jetzt ins Bett, kuschelten sich in ihre Schlafsäcke und schmiedeten aufgeregt Pläne, am Morgen früh aufzustehen und alles zu »erforschen«. Peter und Emma brachten sie zur Ruhe, gingen mit einer Flasche Wein ins Wohnzimmer und zogen die alten, abgenutzten Sessel vor den Kamin, in dem zischend die feuchte Kohle schwelte. Draußen fegte ein starker Wind um das Haus.

»Ein bißchen wie der arme Bobby Cratchet, nicht wahr?« grinste Emma und zog den Kragen ihrer Strickjacke hoch.
»Solche Häuser sind im Winter nicht bewohnbar. Die Bauerntölpel verziehen sich im Winter in die Tropen. Bist du schon oben im Schlafzimmer gewesen? Ich mußte den elektrischen Heizofen rausnehmen und zu den Kindern stellen. Sonst würden sie erfrieren.«
»Die sind ganz schön widerstandsfähig, die beiden. Denen macht das Spaß.«
»Warten wir's ab.« Er schaute sich im Zimmer um und schüttelte sich. Feuchte, unebene Wände, uralte Blumentapeten, verblichen und abgelöst. Eine nackte Glühbirne hing an der rissigen und fleckigen Zimmerdecke; weißer Schimmel bedeckte das Mauerwerk um den Kamin. »Morgen muß ich Brennholz besorgen und Kohle für den elenden Herd.«
»Da kannst du die Kinder mitnehmen. Reisigsammeln im Wald wie Sankt Wenzeslaus ...«
Er lachte. »Gott, nur noch vier Wochen bis Weihnachten.« Die Kinder mitnehmen? Was meinte sie damit? »Wieso, bist du morgen nicht da?«
»Charlie hat mich eingeladen. Er will mir seine Firma zeigen. Ganz in der Nähe hier. Zum Mittagessen bin ich wieder da. Einverstanden?«
Sein Magen verkrampfte sich, er hob sein Glas – eine Reflexhandlung: trinken, während das Lächeln erlischt. Seine Gedanken rasten; ist das der wahre Grund, warum wir hier sind? Drei Stunden Wahnsinn auf der Autobahn, ein Wochenende vor einem erloschenen Feuer in einer feuchten, zugigen Bruchbude meilenweit weg von überall, und dann wieder drei Stunden Rückfahrt nach London? Verwirrt und in Panik dachte er zurück. Das Abendessen –

vielleicht hatten sie da schon alles geplant. Er hatte sie beobachtet, wie sie am anderen Ende des Tisches miteinander tuschelten. Nein, unmöglich, es mußte schon vorher arrangiert worden sein. Bei Doktor Pryce. Sie hatte es vorgeschlagen, ganz bestimmt. Wegen Jamie. Gute Therapie, fahren Sie als ganze Familie ins Wochenende. Das war's. Nein! Nicht Doktor Pryce, Emma war es! Emma hatte den Vorschlag gemacht! Sie mußte das Ganze im voraus geplant haben, dieses verdammte kalte Wochenende, nur um sich mit diesem schmierigen Hund Gladstone treffen zu können.

Er leerte sein Glas und wuchtete sich mit einem Grunzen hoch. »Na ja, ich denke, ich gehe rauf, hab' einen harten Tag vor mir morgen, draußen in der Steppe.«

»Peter! Was ist?«

»Häh?«

»Hast du was dagegen? Daß ich morgen vormittag weg bin?«

»Großer Gott, nein. Warum sollte ich?«

Während der Nacht schwoll der Wind zu einem Sturm an. Er lag wach und hörte, wie er ums Haus raste, durch schlecht schließende Türen und undichte Fensterrahmen pfiff, gegen die Wände hämmerte und den Fußboden erzittern ließ wie ein vorbeirasender Schnellzug. Als er sich nicht mehr steigern konnte, zog er sich zurück, sammelte alle Kräfte und griff mit erneuter Wut an.

Sally begann zu schreien. Er knipste die Nachttischlampe an, lief über den kalten Treppenabsatz ins Kinderzimmer und holte sie in sein Bett. Sie drückte sich fest an ihn und fiel in einen tiefen, unruhigen Schlaf, die eiskalten Füße an seinem nackten Rücken. Irgendwo draußen krachte die Tür eines Schuppens. Manchmal ging das Geräusch im

Heulen und Rumpeln eines Windstoßes unter. Als er dachte, es habe aufgehört, ging es wieder los, ein unregelmäßiges Krachen. »Vergiß es«, sagte Emma schläfrig. Aber das konnte er nicht. Das Krachen hörte nicht auf. An Schlaf war nicht mehr zu denken; es war, als versuche man während einer Artilleriekanonade zu schlafen.
Er stand wieder auf, zog sich die Hose über den Schlafanzug, nahm die Schuhe und den Pullover und ging die knarrende Treppe hinunter in die Diele. Der Schuppen war hinter der Garage, auf der anderen Seite des Parkplatzes. Er ging durch die Küche, öffnete die Hintertür und zog sie mühsam hinter sich zu, als er in den Aufruhr hinaustrat. Der Lärm draußen war unbeschreiblich. Es klang, als platze die Welt auseinander. Der Himmel war fast klar, einzelne graue Kumuluswolken rasten im Mondlicht über den Himmel. Er sah die dunklen Umrisse der Bäume wie wild vor dem Horizont schwanken; sie bogen sich und schlugen wie hysterische Pferde um sich, und dann und wann war das widerliche Geräusch splitternden Holzes zu hören, wenn ein Ast abbrach. Der eiskalte Wind fegte über die Felder wie sturmgepeitschte Wogen eines unsichtbaren Ozeans, und die Böen brachen mit lautem Getöse über das Haus herein. Der Wind fuhr durch seine dünne Kleidung und ließ ihn keuchen und zittern. Doch seine schreckliche Gewalt faszinierte ihn, und er spürte den Drang, sich ihm entgegenzustellen, um seine ganze Stärke zu spüren. Er taumelte am Wagen vorbei, aus dem Windschatten des Hauses heraus und auf den Fußweg, wankte zur Seite, keuchend, wenn ihn eine frische Bö packte. Er trottete vorwärts, das Gesicht dem Wind zugewandt, vorgebeugt wie ein Skispringer. Langsam spreizte er Arme und Beine, dehnte sich noch weiter vor, flog durch die Dunkel-

heit, während der Wind an seinen Kleidern zerrte und seinen Körper peitschte. Er warf den Kopf in den Nacken und öffnete den Mund.

Ihm fiel ein, wie er einmal spät nachts aus einer Bar gekommen war, vor Jahren, als junger Bursche bei der Air Force. Eine Stadt an der Ostküste: Cromer, Yarmouth? Es tobte ein heftiger Sturm, und er stand da am Wasser, überwältigt von der Gewalt, der erschreckenden Macht der wütenden See. Innerhalb von Sekunden hatte die sprühende Gischt ihn bis auf die Haut durchnäßt, aber er blieb stehen, während ihm der Wind trunkene Schreie von den Lippen riß und ein paar Meter vor ihm das tobende, schaumige Wasser mit donnerndem Getöse gegen die Ufermauer brandete, riesige Wellen hoch in der Luft zerbarsten und eine Sekunde lang wie ein zerrissener Vorhang wehten, bevor sie sich im Sturm auflösten.

Tief gebeugt vor den eisigen Windstößen stolperte er um den Wagen herum auf den dunkleren Schatten des Hauses zu; mit einem halben Ziegelstein schlug er den Riegel in die Öse. Dann kämpfte er sich zur Küchentür zurück. Als er sich ihr näherte, hörte er ein Klirren in der Luft. Ein Dachziegel hatte sich losgerissen. Er sauste dicht an seinem Kopf vorbei und krachte auf die Motorhaube des Wagens.

Drinnen goß er sich einen großen Scotch ein, zog einen Küchenstuhl vor den Herd und kauerte sich darauf. »Was zum Teufel machen wir hier eigentlich?« murmelte er zähneklappernd. Die Küchenlampe flackerte, ging aus, wieder an und dann endgültig aus. »Großartig.« Er hob die Flasche am Hals hoch und versuchte, sie an den Mund zu setzen, verfehlte ihn aber und schüttete Schnaps auf seine Hose. »Scheiß drauf!« Er hob die Flasche an die Lippen und trank im Finstern ein paar große Schlucke.

Während Emma am Vormittag weg war, ging er außen ums Haus herum und inspizierte die Sturmschäden. Doch außer einigen fehlenden Dachziegeln konnte er zu seiner Überraschung nur wenig entdecken. Dennoch war an dem Haus verschiedenes nicht in Ordnung. Er holte Papier und Schreibzeug und wanderte von Zimmer zu Zimmer, spähte in alle Ecken, prüfte Wände und Decken und machte sich Notizen wie ein Immobilienmakler. Als Emma zurückkam, steckten zwei beschriebene Seiten zusammengefaltet in der hinteren Tasche seiner Jeans.
Sie parkte den Volkswagen vor dem Haus und stürmte in die Küche. Peter saß an dem quadratischen Fichtenholztisch und wärmte sich die Hände an einem Becher mit heißem Kaffee. Draußen spielten die Kinder mit roten Backen in dem verwilderten Garten; der Sturm hatte sich gelegt, aber es war immer noch kalt und windig.
»Du hast den Strom ja wieder angekriegt. Und Feuer im Herd gemacht und Kaffee gekocht – gute Arbeit, Deacon!« Sie beugte sich vor und küßte ihn warm auf die Lippen. Er beobachtete sie genau, als sie um den Tisch herumging, den Schal vom Hals abwickelte, den Mantel von den Schultern streifte und mit den Händen durch ihr Haar fuhr. Was suchte er eigentlich? Beweise für Untreue?
»Eastern Electricity hat das Lob für den Punkt eins verdient, ich mir für Punkt zwei und drei. Wie war's bei Charlie?«
»Wunderbar.« Wunderbar? Sie kam um den Tisch herum zu ihm, trat über seine Beine und setzte sich auf seinen Schoß. Sie schlang die Arme um seinen Hals, küßte ihn

fest auf den Mund und sah ihn mit großen Augen an. »Los, tun wir's, jetzt sofort.« Sie rutschte ein Stück herunter, packte ihn mit der Hand und drückte fest zu.
Seine Hand glitt unter ihren Pullover und tastete sich an ihrem Rücken hoch, streichelte die sanfte Glätte unter ihren BH-Trägern. Wieso? fragte er sich leidenschaftslos. Sie zerrte an seinem Reißverschluß. »Ich sollte öfter mal Kaffee machen«, sagte er und dann: »Hah!«, als sie mit kalten Fingern in seine Hose griff.
Wieder küßte sie ihn, ließ keuchend ihre Zunge in seinen Mund gleiten und preßte ihre Pobacken gegen seine Schenkel. Mann, war sie heiß. »Los jetzt, Peto!« Sie keuchte. »Tun wir's, auf der Stelle!« Sie zog sein Glied aus der Hose. Da sprang krachend die Hintertür auf.
»Schau mal, was ich im Garten gefunden habe, Daddy!«

Um die Mittagszeit wanderten sie über die mit Zweigen bedeckte Straße zum Wirtshaus. Die Bar war voller langhaariger junger Farmarbeiter, die ihnen erklärten, daß Kinder hier nicht rein dürften; sie sollten es in der Gaststube versuchen. Sie war ebenfalls überfüllt, alte Männer, die Domino spielten, Grundbesitzer in Tweedjacken, in der Ecke ein junges Pärchen, das sich an den Händen hielt, ein paar durchreisende Vertreter, einige Londoner, die übers Wochenende mit ihrem Mercedes aufs Land gefahren waren.
Schließlich fanden sie einen Tisch in einer Ecke. Peter duckte sich unter Papiergirlanden und Mistelzweigen und ging zur Theke, wo er Getränke und Sandwiches, Tüten mit Crackers und Nüssen für die Kinder bestellte. An der Theke saß ein Paar mittleren Alters und unterhielt sich mit dem Wirt. Die beiden waren angezogen wie Stadtflüchtlinge; er trug Stiefel und ein Jackett, das wohl mal teuer ge-

wesen war, jetzt aber Lederflicken an den Ärmeln hatte und sie abgewetzte und ausgeblichene braune Cordjeans, aber mit Designer-Etikett. Sie drehten sich zu ihm um, lächelten und machten ihm Platz.

»Sie müssen die Deacons sein, von Walnut Tree Cottage.« Peter starrte sie erstaunt an. Ungerührt fuhr sie fort: »Tut mir leid, in einem Nest von der Größe Bedinghams gibt es keine Geheimnisse, und außerdem, mein zweiter Vorname ist Neugier.« Sie grinste und hielt ihm die Hand hin. »Alice Neugier Greenaway. Und das ist mein Mann, Jack Scheu-und-zurückgezogen Greenaway. Wir wohnen drüben an der Kirche. Im alten Pfarrhaus. Hat es letzte Nacht bei Ihnen viel Schaden gegeben?«

»Ein paar Dachziegel, eine ist auf den Wagen gefallen, ein paar Äste im Garten. Und bei Ihnen?«

»Zwei Silberbirken, eine heißgeliebte Pappel und ein Hühnerhäuschen.« Sie blickte einen Moment lang traurig drein, fing sich aber rasch wieder. »Was für guterzogene Kinder.« Sie schauten zum Tisch hinüber. Emma hatte an jeder Seite ein Kind, sie saßen ganz still. Sally blickte um sich, den Daumen im Mund. Jamie sah den Dominospielern am Nebentisch zu.

»Sie sind wohl zum erstenmal in einem Wirtshaus.« Er überlegte, ja, das stimmte. »Warten Sie noch fünf Minuten, dann werden sie loslegen.« Er zögerte. »Möchten Sie nicht rüberkommen und sie und meine Frau kennenlernen?« Jack sagte, das würden sie gern tun, doch vorher sollten sie in Ruhe essen.

»Ich habe nachgedacht«, sagte er nach einem großen Schluck Bitterbier. Er saß Emma gegenüber auf einem niedrigen Schemel, den Arm auf einem kleinen, runden Holztisch mit schmiedeeisernen Beinen. Die Kinder aßen Crispies und tranken Coca-Cola mit Strohhalmen.

»Hmm, ich auch.«
»Ja, das habe ich bemerkt. Was war denn vorhin mit dir los?«
»Ich weiß nicht. Mir war ganz einfach danach. Ist das so schlimm?«
»Überhaupt nicht.« Die andere Sache konnte warten. »Es war leider nicht der richtige Moment, aber so sind Kinder nun mal.«
»Frauen können das eben nicht einfach an- und ausknipsen. Es war die Fahrt über Land, als ich zurückkam. Der Himmel war klar und blau, man konnte meilenweit sehen, die Luft hatte einen wunderbaren Geruch, ich hatte das Verdeck auf und fühlte mich großartig. Einfach großartig.«
Es hatte also nichts damit zu tun, daß sie den Vormittag in der anregenden Gesellschaft ihrer alten Flamme Gladstone verbracht hatte. Peter hatte Schuldgefühle. »Und wie war Charlie?« Sie blickte nachdenklich drein und nippte an ihrem Bier.
Der alte Mann am Nebentisch drehte sich um und zwinkerte Jamie zu.
»Kannst du Domino spielen, junger Mann?« Jamie schüttelte den Kopf. »Hier, ich zeig's dir. Zuerst müssen wir die Steine gut mischen.«
»Ich würde gern hier leben, Peter.«
»Was?« Jemand berührte Peters Schulter; er erschrak und drehte sich um. Die Greenaways, Alice und Jack.
»Wir müssen gehen und wollten nur auf Wiedersehen sagen.« Er stand unbeholfen auf und stellte sie Emma vor.
»Und du bist Sally.« Alice beugte sich vor und drückte ihre schüchtern ausgestreckte Hand. Sally kicherte.
»Sind Sie übers Wochenende hier?« fragte Emma.
Jack antwortete. Er hatte eine sanfte Stimme und sprach

langsam und deutlich. »Nein, wir leben hier. Fast schon vier Jahre.« Als Emma ihn fragend ansah, fügte er hinzu: »Alice ist Schriftstellerin.«

»Und Jack Maler. Ein verdammt guter«, sagte Alice.

»Sie wohnen hier? Wie schön.« Emma war fasziniert.

»Wir haben unser Haus in der Stadt verkauft, als Alice ihren ersten Verlagsvertrag bekam. Ich habe früher an der Börse gearbeitet.«

»Er war Direktor einer Finanzmakler-Firma«, unterbrach ihn Alice. Peter stöhnte innerlich.

»Möchten Sie zum Tee zu uns kommen?« sagte Emma. Er warf ihr einen Blick zu. Ihr Gesicht glühte, und sie riß erwartungsvoll die Augen auf.

»Em, wir sind doch nicht soweit eingerichtet, um ...«

»Dann kommen Sie doch zu uns. Bitte!« sagte Alice. »Bringen Sie die Kinder mit, es wird ihnen gefallen.«

Am Nachmittag hüllten sie sich in Mäntel und Schals und machten einen Spaziergang. In der Hecke hinter dem Haus war ein Zauntritt. Sie kletterten darüber und wanderten am Rand eines Feldes entlang. Als sie letztesmal hier gegangen waren, hatte der Acker voller reifer Gerste gestanden und die Erde war hart und krümelig gewesen. Jetzt war das Feld kahl und der Boden dunkel und schlüpfrig. Peter hatte keine Gummistiefel, und seine Schuhe waren bald mit einer Schlammkruste überzogen.

Sie wanderten einen sanften Hügel hinab, neben einem anderen Feld, das an einen kleinen Wald grenzte. Die Wipfel der Bäume schwankten ächzend im Wind. An einigen waren Äste abgebrochen, und man sah die frischen weißen Wunden. Sally lief voraus, ihr rotes Plastikcape und ihre Mütze leuchteten im schwächer werdenden Licht. Ein aufgeschreckter Fasan flatterte aus dem Gras neben ihr hoch und machte sich schimpfend über das Feld davon, und Sally rannte quietschend wie ein leuchtendrotes Schweinchen hinter ihm her. Nach ein paar Schritten stolperte sie und fiel hin, stand aber sofort auf, wischte sich die Erde von der Nase und rannte weiter. Jamie sah mit verschränkten Armen zu, schüttelte den Kopf und trottete weiter.

Am Ende des Feldes stießen sie auf einen kleinen Fluß, über den eine Holzbrücke führte. Sie gingen hinüber, drehten sich um und blickten zurück. Ein Flickenteppich heckenumsäumter brauner und grüner Felder und Äcker erstreckte sich bis zum Horizont. Links von ihnen schlängelte sich der Bach durch ein altes Flußbett, das jetzt ein sanftes, urbar gemachtes, etwa eine Meile breites Tal war, seit Äonen von Bauern bearbeitet und vom Wetter gegerbt. In der Ferne sah man ein paar Bauernhöfe und einen Kirchturm, und in einem Feld stand eine einsame, riesige Eiche, von sauberen Furchen umgeben, die sich vor ihrem Stamm teilten, als achte man ihr uraltes Recht, hier zu stehen.

»Seht mal, da hinten ist unser Haus.« Jamie deutete auf das winzige weiße Rechteck, das sich von dem dunkleren Hintergrund abhob. Peter hüpfte unbeholfen herum und versuchte, mit einem Stock den Schlamm von seinen Schuhen zu kratzen.

»Kommt, machen wir uns auf den Heimweg. Es wird bald dunkel.«

Das Alte Pfarrhaus war ein großes Gebäude im georgianischen Stil. Alice begrüßte sie an der Tür und führte sie in ein großes Wohnzimmer, in dessen Kamin ein kräftiges Feuer loderte. Es war angenehm warm und einladend. Es gab zahlreiche Sessel und dickgepolsterte Sofas, keinen

Teppich, aber viele Brücken, scheinbar zufällig über den ganzen Eichenholzboden verstreut, zum Teil sich überlappend oder mit einer Ecke an der Wand hochgeschoben. Überall lagen Stapel von Zeitschriften und Zeitungen, und ein riesiger Bücherschrank mit Glasfront nahm eine ganze Wand des Wohnzimmers ein.

»Das ist Jasper«, sagte Alice, als ein großer, zottiger Golden Retriever vom Teppich vor dem Kamin aufsprang und schwanzwedelnd auf sie zukam. Jamie versteckte sich hinter Emma. Der Hund blieb vor Sally stehen. Er war ein ganzes Stück größer als sie. Sie blickte unbehaglich drein, wich aber nicht zurück.

»Wir verstehen nicht viel von Hunden. Wir haben den Kindern beigebracht, den Hunden von Fremden nicht zu trauen. Sie wissen ja, in London ist das ziemlich riskant.« Emma sah das Tier unsicher an.

»Schon gut. Keine Angst, Sally, du kannst ihn ruhig streicheln. Er heißt Jazzy.« Der Hund atmete feucht in Sallys verwirrtes Gesicht und blinzelte, als sie ihn mit der flachen Hand leicht auf den Kopf schlug.

»Kommen Sie, setzen Sie sich ans Feuer. Jack wird gleich den Tee bringen. Jamie, ich höre, du bist auch ein Künstler. Vielleicht möchtest du dir nach dem Tee Jacks Atelier anschauen.«

Während sie freundlich weiterplapperte, ließ Peter den Blick über die Zeitungsstapel und die Unmengen von Zimmerpflanzen schweifen – einige der größeren reichten bis an die Zimmerdecke. Hinter ihm, am anderen Ende des Wohnzimmers, stand ein Flügel mit geöffnetem Deckel; unter dem Schemel lag ein Stapel Noten. In einem Erker neben dem großen Kamin standen ein moderner Hi-Fi-Turm, ein tragbares Fernsehgerät und Regale mit Videokassetten. Auf der anderen Seite des Kamins war fast bis zur Decke Brennholz aufgestapelt. Die Wände waren mit Postern, gerahmten Fotografien und Bildern aller Art bedeckt. Einige waren alt und wertvoll – hauptsächlich Landschaften in Öl –, andere, in modernem Stil, waren vermutlich von Jack. Aquarelle und Straßenszenen, ein Marktplatz, ein Straßencafé. Frankreich vielleicht, oder Italien.

»Luftfahrt? Wie interessant. Sind Sie Flieger, Peter?« Sie saß aufmerksam auf der Vorderkante ihres Sessels und rauchte eine Zigarette. Sie war etwa Mitte Vierzig, doch obwohl ihr einst dunkles Haar fast völlig grau war, war sie eine auffallend attraktive Frau, schlank und aufrecht.

»Nicht mehr, seitdem ich die Air Force verlassen habe. Ich bin im Marketingmanagement, verteidigungsbezogene Ausrüstungen, hauptsächlich für Kunden in Übersee.« Er leierte es herunter, und sie nickte, aber verstanden hatte sie nichts, sie verstanden nie etwas. Jack kam rein und schob einen klappernden Teewagen voller Tee-Utensilien vor sich her. Auf dem Kaffeetisch wurde Platz geschaffen. Die Kinder knieten sich auf den Fußboden davor und sahen zu, wie die Tassen herumgereicht und gefüllt wurden.

»Peter ist früher in der Air Force gewesen, Jack«, sagte Alice. »Jetzt ist er Marketingmanager und exportiert verteidigungsbezogenes Fluggerät.« Sie warf Peter einen Blick zu. Okay, zugehört hatte sie also.

»Tatsächlich? Wo waren Sie in der Air Force stationiert?« Sanfte Stimme, lächelnde Augen.

»Coltish Hallm, in Norfolk.«

»Das kenne ich, in der Nähe von Norwich. Für wen arbeiten Sie jetzt?«

»Ich, äh, wechsele gerade die Stellung. Ich denke zur Zeit über ein Angebot einer Firma für technische Unterstützungssysteme nach, die in Heathrow sitzt.« Er trank und verschluckte ein erst halb gekautes Stück Teegebäck.

»Peter wurde arbeitslos, weil seine Firma in Konkurs ging.« Besten Dank, Emma. »United Aerospace Systems, vielleicht haben Sie darüber gelesen.« Alice schüttelte den Kopf; wenn sie's gelesen hätte, wüßte sie's noch.

»Der Name sagt mir was«, meinte Jack. »Vermutlich nicht notierte Wertpapiere. Seit wann?«

»Seit August«, sagte Peter leise. Alice sah ihn über den Rand ihrer Teetasse hinweg an. Einen Moment war es still; nur das Knistern der Kiefernholzscheite im Kamin und das Klicken der Teetassen waren zu hören.

»Jamie!« Alice starrte ihn mit gespieltem Entsetzen an. »Du hast ja fast nichts gegessen. Noch ein Stückchen Teekuchen und etwas Fruchtkuchen, oder Jack zeigt dir nicht sein Atelier.« Jamie grinste verlegen, Jack blickte verwirrt drein, verzog das Gesicht und hob die Schultern. Alle lachten, auch Sally.

Nach dem Tee gingen sie durchs Haus, Peter mit Jack, Alice und Emma ein Stück hinter ihnen. Die Kinder liefen voraus und stürmten in jedes Zimmer. Peter ermahnte sie; sie waren entschieden zu aufgedreht. Jack sagte, es sei schon okay. »Schön, daß wir noch mal Kinder im Haus haben.« Peter war angespannt, am liebsten wäre er gegangen. Beim Teetrinken hatte er sich unbehaglich gefühlt; er verstand einfach nicht, wieso Emma sich bemüßigt fühlte, allen Leuten von ihren Problemen zu erzählen. Und diese Alice machte ihn nervös, die Art, wie sie ihn wie ein Geier beobachtete; eine kluge, scharfsinnige Frau, daran gab's keinen Zweifel. Er sehnte sich nach einem Drink, fragte sich, ob man ihnen wohl einen anbieten würde, es war schon nach sechs. Aber bisher hatte er während des ganzen Rundgangs noch keine Fla-

schen oder Gläser entdeckt. Er bemühte sich, Konversation zu machen.
»Sie waren an der Börse?« fragte er.
»Das stimmt. Bin gerade noch rausgekommen.«
»Der Crash im Jahr siebenundachtzig?«
Jack lachte. »Nein, mein eigener Crash. Ungefähr zwölf Monate davor.«
Alice schaltete das Licht im Atelier aus und zog die Tür hinter sich zu. »Haben Sie es ihm schon gesagt, mit ihm darüber gesprochen?« Sie gingen langsam hinter den Männern den Korridor hinunter.
Emma seufzte. »Noch nicht. Es ist ja erst heute vormittag geschehen, aber man konnte es schon seit Wochen ahnen.« Es war unglaublich; obwohl sie diese Frau doch kaum kannte, dennoch fühlte sie sich in ihrer Nähe so wohl, daß sie über alles mit ihr reden konnte, selbst über ihre intimsten Gedanken. Großer Gott, hatte sie sie wirklich erst heute kennengelernt? »Und Peter, der steht im Moment unter erheblichem Streß und ist ein bißchen, nun, unberechenbar.«
»Das kann ich mir vorstellen, der arme Kerl. Kann er denn schlafen?«
»So gut wie überhaupt nicht.«
»Trinkt er?« Plötzlich berührte sie Emmas Arm. »Entschuldigen Sie bitte, ich habe überhaupt kein Recht, so neugierig zu sein. Bitte, entschuldigen Sie.« Sie schwiegen, und sie blickte gedankenverloren auf den Rücken ihres Mannes. Dann sagte sie leise: »Es ist nur so, daß ich, nun, sagen wir mal, ein wenig Erfahrung mit diesen Dingen habe.«
Emma lächelte. »Ist schon in Ordnung. Es ist eine Erleichterung, ganz offen mit jemandem darüber sprechen zu können. Ja, er trinkt tatsächlich ziemlich viel, vor allem abends, vermute ich. Ab und zu trinken wir gemeinsam. Ich habe das nie als Problem gesehen.«

»Hmm. Und, äh, ist er manchmal aggressiv, vergeßlich, einfach komisch von Zeit zu Zeit?«
»Ja, das alles. Ich weiß, er macht sich in letzter Zeit wahnsinnige Sorgen wegen des Jobs; er ist davon besessen, einen neuen zu finden. Und dann gibt es offenbar noch finanziellen und auch anderen Druck.« Sie gingen schweigend weiter und bogen um die Ecke auf einen Treppenabsatz. Unten in der Diele knöpfte Peter den Kindern die Mäntel zu. »Ich glaube, wir müssen uns verabschieden. Vielen Dank, Alice, es war wunderbar.«
Alice drückte ihre Hand. »Passen Sie gut auf, Emma, daß er es nicht in sich hineinfrißt.«

Nach der angenehmen Zentralheizungswärme im Alten Pfarrhaus war das Landhaus kalt und scheußlich. Die Kinder waren gereizt, klagten über die Kälte und wollten wissen, warum es kein Fernsehen gab. Peters Erklärung, es sei in diesem Dorf noch nicht erfunden worden, akzeptierten sie nicht. »Typisch«, sagte Sally und warf ihre Puppe in die Ecke. »Das stimmt nicht, Jack und Alice haben einen Fernseher«, sagte Jamie. Emma ging ins Badezimmer und kam zitternd wieder zurück. »Ich denke, sie können für heute auf ihr Bad verzichten, es ist etwas kühl da drin.«
Später kam sie die Treppe herunter und setzte sich zu Peter an den Küchentisch. Er goß ihr einen Whisky ein und sich selbst nach. Hinten auf dem Herd stand eine geöffnete Flasche Beaujolais; er hatte Kohle nachgefüllt und mit den Luftzügen hantiert, um das Ding in Gang zu bringen.
»Im Eimer ist nur noch wenig Kohle«, sagte er. »Am besten, wir heben sie für morgen auf.«
Sie nickte. »Bleiben wir doch heute abend hier.«

»Gute Idee. Übrigens, hinter dem Sofa kriecht etwas Lebendiges und ziemlich Scheußliches die Wand hoch.«
»Woher weißt du das?«
»Ich habe heute morgen eine Art Inventur gemacht.« Er zog einen Zettel mit Notizen aus der Hosentasche. »Als ich mir den Schaden am Dach ansah, habe ich angefangen, mir ein paar Notizen zu machen, verstehst du, über alles, was gemacht werden muß, um das Haus in Ordnung zu bringen.«
Sie trank einen Schluck Scotch. »Dann mal los.«
»Nun, ehrlich gesagt, Emma, es ist furchtbar. Abgesehen von den Dachziegeln gibt es oben und unten im Haus ernste Feuchtigkeitsprobleme. Moder und Pilze. Sämtliche Fensterrahmen sind völlig kaputt, einige lassen sich nicht mehr öffnen und haften nur noch durch die Farbe zusammen. Keine einzige Wand ist in Ordnung. Der Verputz bröckelt ab, auch an den Decken. Die Dachrinnen müssen erneuert werden, die elektrischen Leitungen sind geradezu prähistorisch – und gefährlich; du hast ja die Lampenfassung im Badezimmer gesehen ...« Sie merkte, wie aufgeregt er war; der Zettel in seiner Hand zitterte. »Die Nebengebäude draußen fallen zusammen, und in der östlichen Wand ist ein großer Spalt.« Er drehte den Zettel um und sah nach, ob er nichts vergessen hatte. Dann griff er nach seinem Glas und wartete darauf, daß sie etwas sagte.
»Peter, das alles haben wir gewußt, als wir das Haus kauften. Genau deshalb haben wir es ja gekauft – deshalb war ja der Preis so günstig. Im Bericht des Gutachters stand das alles drin.« Sie deutete auf seine Notizen. »Und noch mehr. Aber die Bausubstanz ist okay, er hat eigens darauf hingewiesen, und alles andere kann nach und nach gemacht werden.«

Er überlegte einen Moment. »Ja, ich weiß, aber im jetzigen Zustand ist das Haus nicht bewohnbar.«
»Aber so schlimm ist es doch nicht, vielleicht nur ein bißchen primitiv.« Sie schaute sich in der Küche um.
»Emma! Ich bitte dich!«
»Peter, wir verkaufen das Haus nicht.« Ihre Stimme war eiskalt, und sie betonte jedes einzelne Wort. »Ganz im Gegenteil.«
»Ich habe dich doch überhaupt nicht gebeten, es zu verkaufen, oder?« brüllte er und sprang auf. Der Stuhl kippte um und krachte hinter ihm auf den Boden. Er starrte sie an und sah die Angst in ihren Augen. Plötzlich wurde ihm schwindlig, ihr Gesicht verschwamm vor seinen Augen, sein Gesichtsfeld verengte sich, verlagerte sich in die Weite, als ob er in einen Tunnel blickte. Er stützte sich mit ausgestreckten Armen auf den Tisch und beugte sich vor, preßte das Kinn auf die Brust und schloß die Augen.
»Peter?« Er schüttelte den Kopf, hielt den Atem an, verlagerte den Druck aus den Lungen in den Kopf und kämpfte gegen das Ohnmachtsgefühl an. In seinen Ohren hämmerte es. Blitzartig durchzuckte ihn eine Erinnerung. Er saß auf dem Rücksitz einer F4 Phantom und erreichte während einer Nahkampfübung neun G. Der G-Anzug umschloß seine Beine wie ein Schraubstock, um das Blut in seinem Oberkörper zu halten, er brüllte laut Anweisung wie ein wildes Tier und kämpfte darum, bei Bewußtsein zu bleiben, während sein Gesichtsfeld sich grau färbte und er ihn Ohnmacht zu sinken drohte.
Das Hämmern ließ nach, seine Sehfähigkeit kam langsam zurück. Er setzte sich wieder hin und holte ein paarmal tief Luft. Ruhig, ganz ruhig jetzt. Einatmen durch die

Nase, ausatmen durch den Mund. Er goß sich das Glas voll, die Flasche klirrte gegen das Glas. Er trank es mit einem Zug leer, goß sich ein zweites ein.
»Peter.«
Er hob die Hand. »Schon gut. Ich bin nur zu rasch aufgestanden, das ist alles. Ich bin wieder okay.« Er lächelte. »Wirklich.«

Sie tranken den Beaujolais und aßen Chili, das Emma aus London mitgebracht hatte. In der Mitte war es nicht ganz warm, aber sie waren müde und hungrig. Emma legte Wärmflaschen ins Bett, der elektrische Heizofen stand bei den Kindern. Sie zogen sich schnell aus und ließen die Socken an. Emma trug ein langes Nachthemd aus dicker Baumwolle, mit langen Ärmeln und bis unters Kinn zugeknöpft. »Lustkiller« nannte sie es. In der Dunkelheit kuschelte sie sich von hinten an ihn, die Füße auf einer Wärmflasche. Sie mußte es jetzt sagen. Sie war müde, aber sie mußte es sagen.
»Peto?«
»Emma, ich wollte gar nicht vorschlagen, daß wir, daß du das Haus verkaufst.« Seine Stimme war tief, und er sprach hastig und undeutlich. »Ich wollte nur vorschlagen, daß du wenigstens mal darüber nachdenkst, ob du nicht eine kleine Hypothek darauf aufnehmen könntest.«
»Warum?«
»Erstens, damit wir etwas Geld bekommen, um es etwas herrichten zu können. Nur das Wichtigste. Und zweitens ...« Er machte eine Pause.
»Um der Bank etwas Geld zu geben?«
»Richtig.« Er wartete. Sie rührte sich nicht, er spürte ihren Atem in seinem Nacken. »Tust du das? Mal drüber nachdenken?«

»Nur unter der Bedingung, daß du auch über etwas nachdenkst.«
»Worüber?«
»Charlie Gladstone hat mir eine Stelle angeboten. Eine Vollzeitstelle in seinem Designteam. Ich möchte, daß wir hierherziehen – in das Landhaus.«
Seine Gedanken rasten. Was? Weshalb das denn? Und was war mit dem Haus in Fulham? Wie sollte er von hier zur Arbeit kommen? Sie hatte den Verstand verloren. Ich fange bald in Heathrow an. Die Kinder müssen wieder in die Schule. Es war völlig absurd, sie mußte verrückt sein. Dieser verdammte Charlie Gladstone.
»Und?«
»Ja. Okay. Ich denk' drüber nach.«

Kapitel 6

Der Brief von Fielding Aerospace traf am Montagvormittag ein; er erkannte ihn sofort am Freistempel auf dem Umschlag. Er hob ihn vom Fußboden im Flur auf und steckte ihn in die Tasche. Mit dem Öffnen wartete er, bis er Jamie in die Schule gebracht hatte und wieder zu Hause war. Emma war in der Agentur, er und Sally waren den ganzen Tag allein. Er setzte sie ins Kinderzimmer vor ein Walt-Disney-Video, rannte die Treppe rauf ins Gästezimmer und machte die Tür hinter sich zu.

Der Brief war von Kavanagh und unverschämt kurz. Sie dankte ihm nur, daß er zu dem Gespräch gekommen war, und teilte ihm mit, daß man leider nach eingehender Überlegung zu dem Ergebnis gekommen sei, seine Bewerbung nicht berücksichtigen zu können. Der Brief endete mit den Worten: »Ich bin sicher, daß Sie anderswo mehr Erfolg haben werden.«

Er war wie vor den Kopf geschlagen. Warum? Es gab keine logische Erklärung. Fielding hatte ihn gemocht, sie hatten sich gut verstanden, er hatte intelligente, klare Antworten auf sämtliche Fragen gegeben. Was zum Teufel hatte ihn davon abgebracht? Kavanagh. Er hob den Hörer ab.

»Bitte die Personalabteilung.« Er wurde sofort weiterver-

bunden. Unverkennbar, die Stimme mit dem irischen Akzent.
»Mrs. Kavanagh?«
»Am Apparat.«
»Deacon. Ich war letzte Woche zu einem Bewerbungsgespräch bei Ihnen.«
»Ach, ja, Mr. Deacon. Was kann ich für Sie tun?«
»Ich habe Ihren Brief erhalten. Könnten Sie mir bitte Näheres über Ihre Entscheidung sagen.«
Es gab eine kleine Pause. »Da gibt's nicht viel zu sagen. Wir haben mit mehreren Bewerbern gesprochen – alles erstklassige Leute – und denjenigen ausgesucht, der unseren Vorstellungen am nächsten kommt.«
Wir? »Ich verstehe. Welcher Umstand, wenn ich einmal fragen darf, hat gegen mich gesprochen?«
»Niemand hat irgend etwas gegen Sie, Mr. Deacon, wir haben lediglich den Bewerber ausgesucht, der unserer Meinung nach am besten für die Position geeignet ist. Es tut uns leid, daß es auch Bewerber ohne Erfolg gibt, aber so ist es nun mal. Wir haben das Recht, uns frei zu entscheiden; das müssen Sie uns schon zugestehen.«
»Ja, aber es muß doch irgend etwas gegeben haben, irgendwelche Dinge, die gegen mich gesprochen haben.«
»Einen Moment.« Sie klang leicht gereizt. »So, ich habe die Unterlagen vor mir. O ja, nun, wenn Sie es wirklich wissen wollen, wir hatten beide den Eindruck, daß Sie ohne Zweifel qualifiziert sind, aber Sie wirkten sehr aggressiv. Wenn Sie mich jetzt entschuldigen würden, ich habe noch eine Menge zu tun.«
Aggressiv? Was, zum Teufel, meinte sie bloß? »Mrs. Kavanagh ...« Er sprach leise in den Hörer, berührte mit den Lippen die Sprechmuschel, bemühte sich, ruhig zu bleiben, doch seine Stimme zitterte. »... Ich brauche diesen

Job wahnsinnig dringend. Kann schon sein, daß ich bei dem Gespräch etwas energisch gewirkt habe, aber das lag nur an meinem Eifer. Verstehen Sie, ich bin für diese Stelle bestens geeignet, Sie werden es nicht bedauern, Mrs. Kavanagh; ich bitte Sie, meine Bewerbung nochmals zu überdenken. Bitte.«

Die Sache wurde geschmacklos, sie wollte jetzt zum Ende kommen. Ihr Ton wurde schnippisch. »Mr. Deacon, Sie sind darüber informiert worden, daß Ihre Bewerbung abgelehnt wurde. Wir haben Ihre Unterlagen vorliegen; sollte sich etwas Geeignetes ergeben ...«

»Du arrogante irische Kuh!« Er knallte den Hörer auf, ließ den Kopf auf die Hände fallen und bohrte die Knöchel in die Augenhöhlen. Das konnte einfach nicht wahr sein. Der Job gehörte ihm, Fielding hatte so gut wie zugesagt. Die Kavanagh muß es ihm wieder ausgeredet haben. Sprich mit ihm, rede mit Fielding selbst, der Mann hat Verstand. Aber es hatte keinen Sinn. Er blätterte in seinen Unterlagen, er brauchte noch in dieser Woche einen Job. Ungefähr dreißig Firmen saßen auf seinen Bewerbungen, keine von ihnen hatte offene Stellen, als er das letztemal mit ihnen gesprochen hatte. Er begann zu wählen.

Mitte des Vormittags hatte er mit zwei Dritteln von ihnen gesprochen. Viele konnten sich überhaupt nicht an seine Bewerbung erinnern, sagte ihm aber nach einigem Suchen, daß die Unterlagen da seien und daß man sich an ihn wenden werde, wenn sich etwas anbiete. Gegen elf Uhr klingelte jemand an der Haustür. Er trat ans Fenster, wobei er darauf achtete, daß man ihn nicht sehen konnte, und lugte durch einen Spalt im Vorhang. Doch wenn unten jemand klingelte, konnte man ihn nicht sehen, wenn er nicht ein paar Schritte zurücktrat. Nach zwei Minuten war noch immer niemand zu sehen, und es wurde auch

kein zweites Mal geklingelt. Die Türklinke des Gästezimmers knackte, und er zuckte zusammen. Sally kam herein, ihr Gesicht und die Hände braun und klebrig, einen Schokoladenkeks in jeder Hand.
»Sally, was ist denn? Du sollst doch den Fernsehfilm anschauen.«
»Ich will aber nicht, seine Mammi ist gestorben, Bambis Mammi.« Sie schaute sich im Zimmer um, dann fügte sie beiläufig hinzu: »Und es sind Leute in der Diele, Daddy.« Sie hatte jemanden ins Haus gelassen. Er rannte zur Treppe.
Es waren zwei, ein junger Bursche mit kurzgeschnittenem, rotbraunem Haar und einem Ring im Ohr, und ein älterer Mann in einem Anorak, der ein Klemmbrett in der Hand hielt.
»Mr., äh, P. J. Deacon?« fragte der Ältere freundlich. Der andere stand nur da und sah sich in der Diele um.
»Ja.«
Er schlug ein paar Blätter auf seinem Klemmbrett um. »Ah, ja, schwarzer Golf GTI. Könnten Sie bitte hier unterschreiben, und hier noch, wir halten Sie nicht lange auf. Wollen Sie noch irgendwelche Sachen aus dem Wagen nehmen?«
»Was soll das eigentlich alles?«
»Der Wagen, Mr. Deacon, ein Volkswagen.«
»Ich weiß, daß mein Auto ein Volkswagen ist«, sagte er in eisigem Ton. Er erinnerte sich, irgendwann letzte Woche war ein eingeschriebener Brief gekommen.
»Wir sollen ihn dem Eigentümer zurückbringen. Sie haben letzte Woche das Schreiben bekommen.«
»Ich bin doch der Besitzer!« Der Junge mit dem rotbraunen Haar starrte ihn an, trat neben den älteren Mann und verschränkte die Arme. Er blickte von einem zum anderen.

»Nun, das ist nicht ganz korrekt, Mr. Dorking. Der Wagen ist Eigentum der Leasing-Gesellschaft. Sie haben mit ihr einen Leasing-Vertrag geschlossen.« Er trug seinen Text geduldig vor. Der Junge nickte. Peter blickte zur Decke auf und stöhnte. »Sie haben diesen Vertrag gebrochen, deshalb ist die Leasing-Gesellschaft gesetzlich berechtigt«, er betonte das Wort, und der Junge nickte, »geeignete Schritte einzuleiten, um ihr Eigentum wieder in Besitz zu nehmen. Das stand alles in dem Brief.«
»Verlassen Sie sofort mein Haus!«
»Selbstverständlich. Ich muß Sie jedoch darauf hinweisen, daß wir den Wagen mitnehmen.«
Er schaute vom Kinderzimmerfenster aus zu, Sally neben sich. Die beiden gingen zum Wagen und nahmen den passenden Schlüssel von einem Ring, den sie aus ihrem eigenen Wagen geholt hatten. Als nächstes inspizierte der ältere Mann den Wagen innen und außen, machte sich Notizen, betastete die Delle in der Motorhaube und bückte sich, um eine zerkratzte Radkappe zu betrachten. Währenddessen zog der Jüngere einen schwarzen Beutel hervor und nahm alles aus dem Auto, was nicht zu seiner Ausstattung gehörte. Sie hörten, wie er jeden einzelnen Gegenstand beim Namen nannte, wie ein Gefängniswärter, der die Sachen eines Häftlings auflistet.
»Ein Kugelschreiber, schwarz, ein Wollhandschuh, Kind, ein Straßenatlas *London von A bis* Z mit losen Seiten in der Mitte.« Der alte Mann schrieb alles auf. Nach zwanzig Minuten kamen sie zurück und klingelten.
»Sally macht auf«, sagte seine Tochter.
Er packte sie an der Schulter und hob sie hoch. »Du darfst nie – hörst du – niemals Fremden die Tür aufmachen«, zischte er, und ein Speicheltröpfchen traf sie an der Wange. Der Briefkastenschlitz wurde geöffnet, und eine Stim-

me rief in den Flur: »Wir gehen jetzt, Mr. Dorkin ... Sollen wir Ihre Sachen vor die Haustür legen, Mr. Dorking?« Ein Kuvert flatterte auf den Boden, der Schlitz schloß sich wieder. Der Junge stieg in ihren Wagen, der andere in den Golf. Er startete den Motor, notierte den Tankinhalt und den Tachostand, manövrierte ihn sorgfältig vom Parkplatz und fuhr weg, der Junge hinterher.
»Der Mann hat Mammis Auto mitgenommen.«
Er ging in die Küche, aber es war kein Whisky mehr da, nur Wodka und Tonic. Er rief Emma in der Agentur an.
»Du mußt Jamie an der Schule abholen. Nimm dir von dort ein Taxi nach Hause. Der Wagen ist weg.«
»Was?«
»Abgeholt. Von der Leasingfirma.«
»Um Himmels willen.« In der Leitung war es still; unausgesprochene Vorwürfe knisterten. »Soviel war es doch nicht mehr, das hätten wir uns leihen können. Meine Mutter hätte uns genug für den verdammten Wagen geliehen.«
»Dafür ist es jetzt wohl ein bißchen zu spät, nicht wahr?«
»Was zum Teufel sollen wir denn jetzt machen? Ohne Auto ...« Die Vorwürfe wucherten wie Unkraut.
Der Rest des Tags verlief wie hinter einem Schleier. Irgendwann kippte er eine Dose gebackener Bohnen auf einen Teller und schob ihn Sally zu. Sie aß ein wenig davon, dann schüttete sie sich den Rest auf den Schoß. Der Wodka war furchtbar, normalerweise trank er das Zeug nicht. Er schlug hart und sauber zu, ganz anders als der sanfte, beruhigende Geschmack von Whisky. Das Tonic war zu Ende, aber das machte ihm nichts aus.
Kurz nach vier kam Emma mit Jamie. Auf der Treppe vor der Tür lag der Beutel mit den Sachen aus dem Auto. Sie trug ihn ins Haus. Sie warf einen Blick ins Spielzimmer;

es war leer, überall lag Spielzeug herum, der Inhalt einer Keksdose war auf dem Fußboden verstreut, dazwischen lag eine umgefallene und ausgelaufene Coladose. Sie schnupperte. Irgendwas stimmte nicht. War etwas angebrannt? Sie ging in die Diele zurück. »Peter?« Es kam aus der Küche. Jamie rief: »Mammi, komm schnell!« Sie rannte hin.

»Sally hat für Mammi Kuchen zum Tee gebacken!« Sie stand auf einem Stuhl vor dem Herd und hielt einen Holzlöffel in der Hand. Ihr Gesicht war voll Tomatensoße und Schokolade, die Vorderseite ihres Kleidchens war mit Gott weiß was beschmiert. Die vordere Platte des Herdes war an, darauf stand eine Pfanne, deren Boden glühte. Eine Wolke braunen Rauchs stieg davon hoch, bis zur Decke, wo er sich verteilte und sich in der Küche ausbreitete wie Nebel. Ein beißender Gestank hing in der Luft.

Sie stürzte in die Küche, die Arme ausgestreckt, um sie nicht zu erschrecken. »Tatsächlich, mein Schatz? Das ist aber lieb von dir.« Sie war sofort bei ihr, hob sie hoch und weg vom Herd und drehte mit der anderen Hand die Kochplatte ab. »Könntest du mal für eine Minute zu Jamie ins Spielzimmer gehen, ich bin sofort hier fertig.« Sie staunte, wie ruhig sie war.

»Aber mein Kuchen, Mammi.«

Emma hustete und schaute in die Pfanne. Schwarze Stücke von Brot und noch was anderem. Zucker? Sie kniete sich hin. »Mein Liebling, wir haben dir gesagt, daß du nicht an den Herd gehen sollst. Du könntest dir ganz furchtbar weh tun.«

Das Kind spürte die Angst der Mutter, ahnte die Nähe einer Krise. Tränen schossen aus Sallys Augen. »Aber ich hab's doch nur getan, weil Papa schläft.«

Er lag auf dem Bett im Gästezimmer. Der Raum war dunkel. Er hatte stechende Kopfschmerzen, und ihm war schlecht und schwindlig. Er setzte sich auf, taumelte ins Badezimmer, um zu pinkeln, beugte sich würgend übers Waschbecken. Er starrte auf die alte Timex, die er anstelle der Rolex trug. Mist, schon fast zehn! Er spritzte sich Wasser ins Gesicht und fuhr sich mit den nassen Händen durchs Haar und blickte in den Spiegel. Er sah schrecklich aus, verquollen, aufgedunsen, rotäugig. Mühsam versuchte er sich zu erinnern. Kavanagh. Er stöhnte. Das Auto. Sie hatten zugeschaut, wie der Wagen weggefahren wurde, während Bambi auf Video lief. Sally auf seinem Arm. Sally! Gebackene Bohnen zum Mittagessen, was dann? Er trottete ins Schlafzimmer. Sie war nicht da, das Zimmer sah aus wie ein Saustall, das Bett ungemacht, Berge von Wäsche, offene Koffer vom Wochenende.

Sie saß im Wohnzimmer und arbeitete an irgendwas. Sie blickte auf, als er reinkam, wandte sich dann wieder ihren Papieren zu.

»Emma ...« Aus seinem Mund kam nur ein Krächzen.

»Ich will gar nichts hören. Im Ofen steht noch Fleischpastete, du solltest etwas essen.« Ihre Stimme war sachlich, sie schaute nicht auf.

Er war nicht hungrig, ging aber trotzdem in die Küche und löffelte etwas von der Pastete auf einen Teller. Die Küche war ein wenig aufgeräumt worden, doch er spürte einen merkwürdigen Geruch. Er füllte ein Glas mit Wasser, trank es und füllte es ein zweitesmal. Auf dem Spülbrett stand eine Pfanne mit Wasser, eine schwarze, klumpige Masse lag darin. Er ging ins Wohnzimmer, hockte sich auf den Boden und stocherte auf seinem Teller herum.

»Also sag schon, was passiert ist«, sagte sie. Es hatte keinen Sinn, das lange zu dramatisieren; es war ein Wunder, daß Sally nichts passiert war. Ihm wurde wieder übel, und er stellte den Teller weg und schlug die Hände vors Gesicht. »Würde es helfen, wenn ich sage, daß es mir leid tut und daß es nie wieder vorkommen wird?«

»Vielleicht, wenn ich nur glauben könnte, daß du es wirklich ernst meinst.«

»Ich meine es ernst, Emma, das mußt du mir glauben«, sagte er in flehentlichem Ton. »Als der Wagen abgeholt wurde, bin ich irgendwie übergeschnappt. Und ...« Er brach ab und wich ihrem Blick aus.

»Und was?«

»Der Job. Der in Heathrow. Ich habe ihn nicht bekommen.«

Stille. Sie schrieb ein paar letzte Zeilen auf ihren Block, knallte die Bücher auf einen Stapel neben ihrem Stuhl und stand auf.

»Morgen fahre ich nach Surrey, meine Mutter besuchen. Mit dem Zug. Sally nehme ich mit, und auf dem Weg zur Waterloo Station setzen wir Jamie an der Schule ab. Du kannst ihn abholen. Gegen sieben sind wir wieder zurück. Kapiert?« Er nickte betreten. »So kann es nicht weitergehen, Peter.« Sie ging hinaus, und er hörte, wie sie die Treppe hinaufstapfte. Er hockte noch eine Weile da, dann rappelte er sich auf, ging in die Diele, nahm seinen Regenmantel vom Haken und ging nach draußen.

Emma kam um sieben im Morgenmantel nach unten. Er war nicht im Bett gewesen, jedenfalls nicht im Schlafzimmer. Sie saßen alle drei in der Küche am Tisch und frühstückten. Gekochte Eier und Toast. Er hatte aufgeräumt, den Fußboden geputzt, das schmutzige Geschirr gespült und weggeräumt. Die Arbeitsplatte war abgewischt, die Pfanne makellos sauber. Die Waschmaschine lief brummend in ihrer Ecke.

Er schenkte ihr Kaffee ein. Er sah müde und bleich aus, aber sonst ganz ordentlich. Er war angezogen, andere Sachen als gestern abend; saubere Jeans und ein weißes Tennishemd. Und Schuhe. »Die Pfanne ist hinüber, fürchte ich; ich hab's mit Brillo probiert, aber es ging nicht weg. Tut mir leid.« Sie zuckte die Achseln.

»Wir fahren mit dem Zug zu Oma Fairbright, Mammi.«

Jamie runzelte die Stirn. »Warum kann ich nicht mitfahren?« Peter schnitt Toast in Streifen und schob sie auf Jamies Teller. »Weil du heute zur Schule gehen mußt, mein Lieber. Aber ich hole dich ab, und wenn du es willst, fahren wir mit der U-Bahn nach Hause. Und dann setzen wir uns hin und schreiben die Liste, die du an den Weihnachtsmann schicken willst. In Ordnung?« Jamie überlegte einen Moment. Es schien ein fairer Kompromiß zu sein. »Okay.«

»Ich will auch mit der U-Bahn fahren und den Weihnachtsmann sehen.«

Er hob sie aus dem Kinderhochsitz. »Komm jetzt, wir müssen dich anziehen für die Oma.« Sie verschwanden nach oben.

Als sie weg waren, brachte er das ganze Haus in Ordnung. Er fing mit den Schlafzimmern an, warf Stapel von Wäsche auf den Treppenabsatz, wechselte die Laken, wischte Staub und saugte den Fußboden. Dann machte er die Badezimmer, legte frische Seife in die Schalen, schrubbte die Badewanne, säuberte und desinfizierte die Toilettenschüsseln, polierte die Spiegel und Fliesen. Dann saugte er den Treppenabsatz und die einzelnen Stufen der Treppe.

Als er eine weitere Ladung in die Waschmaschine füllte, stellte er zu seiner Überraschung fest, daß es schon Mittag war. Er rannte nach oben ins Gästezimmer, sammelte seine Papiere ein und ordnete die Papierstapel. Einen Mo-

ment lang mußte er sich auf die Bettkante setzen, als ihn ein Schwindelanfall überkam. Er beugte sich vor und steckte den Kopf zwischen die Knie, bis es vorbei war, und nahm sich vor, mehr Gymnastik zu machen. Er machte das Bett und öffnete das Fenster, damit der Gestank von Schweiß und alten Socken hinaus und der nicht so widerliche Geruch des West-Londoner Winters herein konnte.
Um zwei war er im Arbeitslosenbüro und stellte sich am Ende der kürzesten Reihe an, wechselte dann zu einer anderen, etwas längeren, nachdem er sich die anderen Anstehenden angesehen hatte. Er erkannte die Unangenehmen auf den ersten Blick; meist waren es Neue, schwarz und weiblich, mit Kindern, die an ihren Röcken zerrten; mit falsch ausgefüllten Formularen in der Hand und Gesichtern, die »Ich versteh das alles nicht« zu sagen schienen. Er fand, das war weder rassistisch noch sexistisch, sondern einfach eine Tatsache. Er wußte aus bitterer Erfahrung, daß sie Stunden brauchten. In der Schlange, in der er jetzt stand, ging es zügig voran wie auf einem Fließband.
Nach zehn Minuten war er wieder draußen, ein Rekord. Als nächstes die North End Road runter und rein zu Tesco. Er schob den Einkaufswagen rasch durch die Gänge und warf Packungen und Dosen hinein, die Liste zwischen den Zähnen. Er stellte sich nicht an der Kasse an, sondern zog eine Nummer aus dem Automaten in der Delikatessenabteilung, ging zur Brottheke und nahm zwei Vollkornbrote, das letzte dänische Weißbrot und ein Paket Pittabrot, dessen Preis er vom Verkäufer heruntersetzen ließ, weil es das Verfallsdatum überschritten hatte. Dann lief er zur Fleischtheke, und als er den schwer beladenen Wagen zurückschob, sah er, daß gerade seine Kassennummer angezeigt wurde. An der Kassenzone fuhr er alle

Schlangen ab und stellte seinen Wagen ans Ende einer ziemlich langen Reihe, aber die meisten Anstehenden hatten Einkaufskörbe und waren vermutlich Barzahler. Und die Kassiererin – eine pakistanische Frau mittleren Alters – hielt sich nicht lange mit dem Strichcodeleser auf; wenn er nicht auf Anhieb richtig einlas, versuchte sie es nicht noch einmal, sondern gab den Betrag manuell ein. Ihre Finger tanzten nur so auf der Kassentastatur.

Er ließ den Wagen stehen und lief zur Getränkeabteilung. Er biß sich auf die Lippe und zögerte schuldbewußt. Er schaute auf die Uhr; dafür war jetzt keine Zeit. Er klemmte eine Flasche Bells unter den Arm, drückte ein paar Flaschen Saft, Bier und Wein an den Bauch und humpelte unbeholfen zur Kasse. Er riß mit ausdrucksloser Miene den Scheck aus dem Heft, füllte ihn aus und rollte den Einkaufswagen an den Straßenrand. Es dauerte zehn Minuten, bis er ein Taxi bekam. Er bat den Fahrer zu warten, während er die Kartons ins Haus brachte, und ließ sich dann zur Schule fahren. Er kam fünf Minuten zu früh, wartete mit den Füßen aufstampfend und in die Hände blasend inmitten einer Schar murmelnder Mütter auf dem kalten Trottoir.

Er saß in der Küche und schaute sich ein Kinderbuch an, als er die Haustür hörte. Gleich darauf stürmte Sally herein.

»Pappipappipappi!« Sie klammerte sich an ihn, und er spürte ihr rotes, kaltes Gesicht an seinem Hals. Emma trat in die Küche.

»Hallo, wie geht's deiner Mammi?«

Sie sah müde aus. Er half ihr aus dem Mantel, goß ihr einen Gin Tonic ein. Sie schnaubte durch die Nase und trank.

»Wie geht's dir?«
»Später bitte. Ich bringe erst die Kinder ins Bett.«
Er machte ihr das Abendessen. Gegrilltes Schweinekotelett mit Honig und Senf, Braunkohl, gebackene Kartoffeln. Supermarkt-Zeug.
»Danke, daß du alles im Haus gemacht hast. Sieht großartig aus.«
»Kein Problem. Wie geht's deiner Mutter, du hast gar nichts gesagt.« Du hast ja selbst auch noch nichts gesagt.
»Es geht ihr gut, hat viel zu tun. Läßt dich grüßen.«
»Gut, gut. Hast du, äh ...«
»Was?«
Komm schon, sei nicht so begriffsstutzig. »... ihr alles erzählt?«
»Nein. Ich wollte es ursprünglich, aber als ich im Zug darüber nachdachte, kam es mir so sinnlos vor. Sie ist ganz allein, ich wollte sie nicht beunruhigen, du weißt ja, wie sie ist.«
Eine Witwe mit zuviel Geld ist sie! Führt ein angenehmes Leben mit der Rente ihres Mannes und hat genug auf der Bank, um sich keine Sorgen machen zu müssen. Wie konntest du bloß diese weite Fahrt machen und mit leeren Händen wiederkommen. Unglaublich! Von der Schwiegermutter war also keine Hilfe zu erwarten. Gut gemacht, Emma.
»Schon gut. Ich glaube, ich kann jetzt einen Drink vertragen. Möchtest du auch einen?«
»Warum?«
»Weil ich nicht gern allein trinke.«
»Warum kannst du einen Drink vertragen, Peter?«
Er stand auf, ging zur Anrichte, machte die Flasche Bells auf und goß sich ein. »Ich habe heute nachmittag mit meinem Vater telefoniert. Morgen fahre ich zu ihm.« Er trank

einen Schluck. Ein herrliches Gefühl, das sich schnell in ihm ausbreitete. Er war hundemüde. Am besten, er nahm ein großes Glas davon mit ins Bett, um mal richtig durchschlafen zu können. Bitte, lieber Gott.

»Weshalb?« fragte Emma erstaunt. »Warum willst du ihn besuchen?«

Er fuchtelte mit seinem Glas herum. »Er kennt ein paar alte Säcke im Ministerium, vielleicht kann er irgendwas deichseln.«

»Aber du hast doch immer gesagt, du möchtest nie im Verteidigungsministerium arbeiten.«

»Vielleicht wäre das gar nicht so übel, bis sich was Besseres ergibt. Du weißt ja, ein Spatz in der Hand ...«

Schweigend saßen sie am Tisch. Irgend etwas schien Emma zu bedrücken. Sie fuhr mit der Zunge über die Lippen. Fang jetzt bloß nicht mit diesem Charlie an. Nicht jetzt.

»Peter, wie sollen wir bloß ohne Wagen zurechtkommen?«

Gib doch endlich mal Ruhe, Frau, um Himmels willen! Er spürte den Zorn in seiner Kehle hochsteigen wie Galle, sein Gesicht lief rot an, seine Fäuste ballten sich. Sein ganzer Körper zitterte, er wollte losschreien, seine Wut entladen wie einen Blitz, Feuer aus den Fingerspitzen sprühen, irgendwas in Brand setzen, mit dem Feuer seines Zorns. Doch tief in seinem Inneren schrillte eine Alarmglocke. Das durfte er nicht, nicht nach dem, was gestern gewesen war, er war auf Bewährung. Er schluckte und keuchte, drängte die Flammen in sich zurück, erstickte und besänftigte sie, bis sie nur noch kleine glühende Punkte in der Asche waren.

Er blinzelte und stieß mit zusammengebissenen Zähnen hervor: »Emma, ich tu mein Bestes.«

In dieser Nacht hatte er einen Traum. Er wanderte durch Straßen von London. Es war Nacht, aber Sommer und warm, und ein merkwürdiger Geruch hing in den Straßen. Er trug nur Laufshorts und ein T-Shirt. Er fühlte sich glücklich und zufrieden. Die Leute lächelten und nickten, wenn er an ihnen vorbeikam, und einige sagten hallo. Er wußte nicht, wie seine Lage war, aber irgendwie war er zufrieden und ohne Sorgen.
Nach einer Weile ging er in einem Teil der Stadt, den er kaum kannte, in eine Kneipe. Sie war voller Leute, die Schals und Mäntel und Wollmützen trugen. Die Kneipe war weihnachtlich dekoriert. Es war das »White Horse« in Bedingham. Er wollte einen Drink und drängte sich zur Theke durch.
»Hallo du!« Es war Emma, die an der Theke stand und sich mit Charlie Gladstone unterhielt. Sie lachten beide über ihn; er kam nicht an die Bar ran und mußte sich an den Rücken der Leute vorbeiquetschen. Jamie war auch da. Er saß mit einem alten Mann an einem Tisch und spielte Domino. Er war viel älter, spät in den Teens, entspannt und schlank.
»Kannst du mir bitte helfen?« fragte er Jamie. »Ich komme nicht zur Theke durch.« Jamie lächelte und klickte mit den Dominosteinen. »Großvater ist hier!« Er schob sich weiter, wollte raus, aber noch dringender an die Theke. Er erkannte die Greenaways, sie sahen ihn und lachten. Dann erblickte er seinen Vater. Er saß auf einem Barhocker und sprach ernsthaft mit einem jungen Mann, der ihm, Peter, den Rücken zukehrte. Sein Vater entdeckte ihn und stieß den jungen Mann an, und beide drehten sich um und sahen ihn an. Der junge Mann, der langes Haar und einen Bart hatte und eine Brille trug, kam ihm irgendwie bekannt vor; er winkte ihm, er solle

zu ihnen an die Theke kommen. Er versuchte es wieder, bemühte sich mit den Ellbogen, die Leute beiseite zu stoßen. Verzweiflung packte ihn, Furcht und Panik, er verlor sie aus den Augen. Der Lärm wurde lauter. Er hörte Rufe und über der Menschenmenge eine einzelne Stimme, die Stimme eines kleinen Mädchens. Es war Sally. Sie schrie nach ihm, aber er konnte sie nicht sehen, konnte nicht zu ihr, kam nicht weiter.

»Daddy! Daddy, hilf mir bitte, ich brenne. Ich brenne, Daddy, hilf mir, Daddy!«

»Peter! Peter! Um Gottes willen, Peter!« Er setzte sich auf, keuchte und schluckte, das Geschrei der Leute verstummte in seinem Kopf wie ein verklingendes Echo. Er zitterte und war schweißüberströmt. Emma machte die Nachttischlampe an und packte ihn an der Schulter. »Bist du in Ordnung? Du hast um dich geschlagen wie ein Verrückter.«

Er schluckte wieder; sein Mund war ausgetrocknet, und er leckte sich über die Lippen. Er schmeckte Blut, hatte sich auf die Zunge gebissen. »Ja«, keuchte er. »Ja, ist schon gut. Es war nur ein böser Traum. Tut mir leid.«

»Du hast mir Angst eingejagt, das ist alles. Bist du sicher, es geht wieder?«

Er warf die Decke zurück und streckte die Beine auf den Boden. Sie zitterten noch, fühlten sich schlapp an, als könnten sie sein Gewicht nicht tragen. Auf der Uhr neben dem Bett war es zwanzig nach zwei. »Ja, wirklich. Ich geh für eine Weile nach unten und trink eine Tasse Tee. Möchtest du auch eine?«

Sie zog sich die Bettdecke um die Schultern und drehte sich um. »Nein, danke. Möchtest du, daß ich das Licht anlasse?«

»Nein, schlaf nur weiter.« Sie murmelte etwas, und er ging

nach unten, setzte sich an den Küchentisch und trank einen Whisky.

Seine Eltern lebten in einem Dorf außerhalb von Bedford. Mit dem Wagen hätte er für die Fahrt von Haus zu Haus eineinviertel Stunden gebraucht, aber mit dem öffentlichen Nahverkehr brauchte er doppelt so lange. Er erwischte einen Zug bis Kings Cross und stieg an High Street Kensington auf die Circle Line um. Der Wagen war voller morgendlicher Pendler. Als sich die Türen öffneten, sah er sich einer Menschenmenge in Schals und dicken Mänteln gegenüber, die ihn abweisend musterte. Er hätte sich hineinquetschen können, aber er zögerte, wollte sich nicht in das Gewühl stürzen. Er konnte sie immer noch hören, die kleine, verzweifelt flehende Stimme: »Daddy, hilf mir!« Wie angewurzelt stand er auf dem Bahnsteig, in Panik, den Mund ausgetrocknet; dann glitten die Türen zu, und der Zug rumpelte ohne ihn davon.
Von Kings Cross nahm er einen Zug bis Bedford; dann mußte er sich für die fünfundzwanzig Minuten dauernde Fahrt zum Haus seiner Eltern ein Taxi nehmen. Als er Wagen über den knirschenden Kies rollte und vor dem Säulenvorbau anhielt, spürte er die vertraute Mischung aus Erwartung und bösen Vorahnung. Die verwitterte Eichenholztür öffnete sich, bevor er noch klopfen konnte. Sie waren beide da, um ihn zu begrüßen.
Seine Mutter sah aus wie immer, erfreut, geradezu erleichtert, ihn zu sehen. Sie umarmten sich, und sie umklammerte ihn eine Sekunde zu lang. Er schüttelte seinem Vater die Hand; er war gealtert, seitdem sie sich vor fünf oder sechs Monaten zum letztenmal gesehen hatten. Oder letzte Nacht. Zum erstenmal im Leben kam ihm der Gedanke, daß sein Vater sich seinem Lebensende näherte.

»Schön, dich zu sehen, P. J.«, sagte er und schlug ihn leicht auf die Brust. »Läßt du dein Haar jetzt länger wachsen oder was?« Er fuhr sich mit den Fingern durchs Haar. Es war länger, aber nicht richtig lang, bloß nicht mehr nach Vorschrift gestutzt.

Vor dem Mittagessen machten sie die übliche Runde durch den Garten. Immer wenn seine Eltern Freunde oder Angehörige zu Besuch hatten, schlenderten sie mit ihnen über die gepflegten Gartenwege zwischen den sorgsam eingefaßten Beeten.

Dann und wann blieben sie stehen und bewunderten eine knospende Winterrose oder deuteten auf Büschel von Heidekraut, die gestutzt werden mußten. Er kannte das Ritual: der Gang durch den Garten, ein Sherry, dann das Mittagessen, meistens etwas, von dem seine Mutter wußte, daß er es gern mochte oder als Kind gern gemocht hatte. Fischpastete oder Steaks oder Nierchen. Immer Pudding, Früchtekuchen oder Eiscreme. Zuerst nur Small talk, ernstere Gespräche später bei der Privataudienz.

Sie aßen im Speisezimmer. Nur sie drei, zusammengedrängt am einen Ende des langen Tisches, wie die letzten Bohnen auf dem Boden der Kaffeedose. Der Raum war voller Erinnerungen an seine Kindheit. Jede Einzelheit der Einrichtung war ihm vertraut wie die Härchen auf seinem Handrücken. Das Ticken und Schlagen der bronzenen Uhr auf dem Sims des ungeheizten Kamins. Die Anrichte aus Walnußholz mit den silbernen Kerzenleuchtern und der Kristallkaraffe. Gerahmte Familienfotos, vor zwanzig oder dreißig Jahren aufgenommen: Peter und sein Bruder als Kinder, im Urlaub in Wellington. Ein Porträtfoto in einem großen Silberrahmen, er in Flight-Lieutenants-Uniform, die dunklen Augen stolz und ernst unter der Schirmmütze.

»Irgendwas Neues von David?« fragte er. Sein Bruder lebte in Kalifornien, Professor für Meeresbiologie an der University of San Diego. Er war von Anfang an für ein Leben im Dienste der Wissenschaft bestimmt gewesen. Stipendium in Cambridge, Doktorat, Einladungen von ausländischen Universitäten. Kiel, Seattle und jetzt San Diego. David hätte nie daran gedacht, zur RAF zu gehen, allein der Gedanke wäre absurd gewesen.

»Deine Mutter hat vor drei Wochen einen Brief von ihm bekommen. Er schrieb, er könne Weihnachten nicht nach Hause kommen. Vermutlich erst irgendwann im Frühling.«

»Er hat eine feste Freundin«, sagte seine Mutter. »Aber er schrieb ärgerlicherweise so gut wie gar nichts über sie. Hat er sie dir gegenüber erwähnt?«

»Nein, ich habe schon eine Weile nichts von ihm gehört.« Aber von mir hat er ja auch nichts gehört.

Es gab Rosinenauflauf. Er lag auf seinem Teller wie fleckiges Leder. Er würgte ihn runter, lächelte, während seine Kinnladen auf dem zähen Zeug herumkauten. Seine Mutter war geknickt, als er keine zweite Portion wollte. »Wie schade, ich habe ihn extra für dich gemacht.«

Als er half, den Tisch abzuräumen, drängte sein Vater: »Ich habe noch einen kleinen Rest Macallan von Weihnachten übrig, wenn du mit mir ins Arbeitszimmer kommen möchtest.« Es war soweit.

Er saß in einem Ledersessel mit hoher Rückenlehne, ein wenig seitwärts vor dem großen Schreibtisch; sein Vater hatte die Ellbogen auf die Schreibunterlage gestützt und strich mit den Zeigefingern die kurzen weißen Haare seines Schnurrbarts. Warum trug er ihn eigentlich? Er war praktisch unsichtbar. Auf seinem Schreibtisch standen zwei hoch in Ehren gehaltene Erinnerungsstücke, die, soweit er zurückdenken konnte, auf dem gleichen Stück Mahagoniholz angebracht waren. Sie hatten Peter schon als Kind fasziniert und seine Phantasie angeregt und in seiner Jugend seine Einstellung beeinflußt. Das eine war die gerahmte Fotografie einer Gruppe von acht jungen Männern, darunter sein Vater. Sie standen vor der Tragfläche eines ziemlich mitgenommenen und schmutzigen Spitfire-Jägers, dessen helle Unterseite mit Schlamm bespritzt und mit Kordit gesprenkelt war. Sie waren gerade von einem Einsatz zurückgekehrt, lachten und scherzten unbefangen vor der Kamera. Einige trugen noch Schwimmwesten und Fliegerstiefel und hielten Zigaretten und Helme und Brillen in den Händen. Peter hatte sich jedes Detail tausendmal angesehen. Er war fasziniert von der ungestellten Natürlichkeit des Fotos. Nur zwei hatten den Krieg überlebt, sein Vater und noch ein anderer.

Der zweite Gegenstand war ein silbernes Modell einer fliegenden Spitfire. Sie war an einem Gestell befestigt, in einem Winkel, der perfekt ihre Grazie, ihre Beweglichkeit und Kraft wiedergab. Ihre glänzenden, stilisierten Konturen bildeten einen krassen Gegensatz zu der ölbeschmierten und mit Kampfspuren übersäten Maschine auf dem Foto, das eine gladiatorenhafte Kriegsatmosphäre vermittelte: Die Söhne starkherziger Mütter kletterten in Hemd und Krawatte in ihre Maschinen, duellierten sich im Morgengrauen und kehrten rechtzeitig zum Frühstück wieder zurück. Diese Bilder und die feuchtäugigen Erinnerungen seines Vaters an das Leben in der Schwadron überwältigten seine unerfahrene und beeindruckbare Seele schon in frühem Alter und veranlaßten ihn später, zum Militär zu gehen.

»Deine Mutter macht sich Sorgen um dich.«

»Dazu gibt es keinen Grund.« Peter ließ den Malzwhisky

auf dem Boden seines Glases kreisen. Nun, da es soweit war, fiel es ihm schwer, die richtigen Worte zu finden.
»Warum bist du dann gekommen?«
»Wie?« Auf die Frage war er nicht vorbereitet gewesen. Der alte Flieger hatte ihn mal wieder erwischt.
»Nun, Peter, wir sehen dich monatelang nicht, du bist zu beschäftigt, um auch nur mal anzurufen und zu sagen, wie es dir geht, und dann bist zu plötzlich hier. Was sollen wir davon halten?«
Er kippte den Macallan mit einem Schluck hinunter. Mehr würde es davon nicht geben. »Nun, Vater, ich stecke in der Klemme.«
»Immer noch ohne Arbeit?« Peter nickte. Der alte Mann sah aus dem Fenster und trommelte mit den Fingern auf die Schreibtischplatte. Sympathie? Oder Verachtung?
»Geldprobleme, wie?«
»Ja, Vater.« Es war wie früher ein Gespräch mit dem Schuldirektor. Es war wichtig, ihm die Führung zu überlassen, sich seiner Autorität zu unterwerfen. Er schaute immer noch aus dem Fenster. Bloß keinen Blickkontakt.
»Ich habe Vorkehrungen getroffen, verstehst du. Eines Tages wird all das hier dir und David zufallen, und den Enkelkindern. Sonst gibt es nicht viel. Ich glaube nicht daran. Alles, was wir besitzen, ist in diesem Haus angelegt. Und in dem, was drin ist.«
Wovon redete er bloß? Und woran glaubte er nicht? »Vater.« Aber sein Vater hob die Hand. Peter schwieg; dies war eine vorbereitete Rede.
»Du und ich, wir mögen im Lauf der Jahre Probleme miteinander gehabt haben, Peter. Aber ich möchte, daß du weißt, daß mir immer nur dein Wohl am Herzen gelegen hat und daß ich mich bemüht habe, dich gemäß den Grundsätzen zu erziehen, die ich für richtig halte.«

Er machte eine Pause und trank einen Schluck; seine Hand zitterte. Er warf einen Blick auf Peter, schaute sofort wieder aus dem Fenster und fuhr in etwas festerem Ton fort.

»Ich halte nichts davon, jemandem unter die Arme zu greifen. Ich habe dich dazu erzogen, auf eigenen Beinen zu stehen, mit deinen Problemen selbst fertig zu werden ...« Peter stöhnte innerlich. Er hätte nicht herkommen sollen, hätte es schriftlich machen sollen; es wäre für beide Seiten weniger schmerzhaft gewesen. Nur ein paar Zeilen: Lieber Vater, hilf mir bitte, einen neuen Job zu finden, und leih mir zehntausend Pfund. Dies war entsetzlich.

»... Aber Blut ist dicker als Wasser, und obwohl du alt genug bist, um selbst für dich und deine Familie zu sorgen, bin ich es deiner Mutter schuldig, deine Bitte um Hilfe nicht abzuschlagen. Der Enkelkinder wegen.«

»Vater, ich habe dich nicht um Hilfe gebeten.«

»Beleidige mich nicht. Tu nicht so, als sei das nicht der Grund, weshalb du hier bist.« Er starrte Peter an, forderte ihn heraus, es abzuleugnen. Seine eingefallenen grauen Wangen röteten sich leicht.

»Genau, wie ich's mir vorgestellt habe.« Er zog die Schublade des Schreibtischs auf, nahm ein Scheckbuch heraus, füllte einen Scheck aus und riß ihn heraus. Bevor er ihn Peter gab, faltete er ihn zusammen. »Offen gesagt, du bist eine große Enttäuschung für mich.«

Peter zögerte und hielt seinem Blick stand. In seinen Ohren hörte er ein Dröhnen wie fernen Kanonendonner, seine Brust schien sich zusammenzukrampfen, seine Nackenhaare sträubten sich. »Behalte ihn. Ich kann ihn nicht annehmen. Nicht zu deinen Bedingungen.« Er erhob sich von dem Ledersessel und verließ den Raum.

»Tasse Tee, mein Lieber?« Seine Mutter wandte sich um,

als er in die Küche trat. Sie erschrak, als sie seine Augen sah.
»Ich werde ein Taxi bestellen, Mutter. Es ist besser, wenn ich gehe.«
»Peter, setz dich.« Sie schob ihm einen Stuhl hin. »Was ist passiert? Was hast du gesagt?«
Er seufzte. »Nicht viel. Als ich anfing, ihm von unserer Lage zu berichten, verfiel er in eine Art Kontenbereinigungsvortrag, dann lief alles falsch, und ich bin rausgegangen. Mutter, ich hätte nicht herkommen sollen. Tut mir leid ...«
»Dann sag es mir, Peter.«
»Was?«
»Erzähl mir von eurer Lage.« Sie wartete, die grauen Augen weit geöffnet, erwartungsvoll. Sally hatte die gleichen Augen.
»Nun, kurzgefaßt, ich habe zur Zeit keinen Job, und wir sind deshalb in finanziellen Schwierigkeiten. Oh, und Wagen haben wir auch keinen mehr.«
»Nimm meinen, den Morris. Er steht in der Garage, ich benutze ihn nie.«
»Mutter ...«
»Peter, dein Vater ist krank ...« Sie seufzte und legte ihre Hand auf seine. »Er wird nicht mehr lange leben. Er hat eine Geschwulst in der Brust. Er bekommt nun keine Medikamente mehr, und die Ärzte sagen, er kann nicht operiert werden.«
Seine Gedanken überschlugen sich. Deshalb also. Deshalb diese Rede. »Mutter, es tut mir so leid. Wieviel Zeit geben sie ihm noch?«
»Sechs Monate, vielleicht etwas mehr. Es ist ein Segen, daß er zur Zeit keine starken Beschwerden hat. Peter, er liebt dich. Ich weiß, es fällt dir schwer, das zu glauben; er war

nie gut darin, anderen seine Gefühle zu zeigen.« Sie machte eine Pause, lächelte und drückte seine Hand. »Aber ich weiß, daß er dich von Herzen liebt und verzweifelt versucht, dir das zu sagen, bevor … du weißt schon. Aber du mußt ihm dabei helfen. Tust du das?«
Er beugte sich vor und küßte sie sanft auf die Stirn. »Ja, Mutter, ich werde mich bemühen.«
»Gut.« Sie zog ein winziges Taschentuch aus dem Ärmel und putzte sich die Nase. »Da ist noch etwas, das du wissen solltest. Es ist kein Geld da. Oh, wir kommen mit seiner Rente und ein paar Ersparnissen gut zurecht, aber es gibt kein richtiges Kapital oder so was. Dieses Haus ist alles, was wir haben. Wir müssen viel Geld hineinstecken, um es vor dem Zusammenfallen zu retten. Ich dränge deinen Vater schon lange, es zu verkaufen und umzuziehen, aber, na ja, du weißt ja.«
Der dunkelgrüne Morris Traveller stand in der kalten Garage, von einer dicken Schicht Staub und Vogelmist bedeckt. Aufgetrennte Kartoffelsäcke waren über die Motorhaube gebreitet. »Um ihn im Winter warm zu halten«, erklärte seine Mutter. Peter ging um den Wagen herum und betrachtete ihn mißtrauisch.
»Er läuft immer noch. Vater baut einmal im Jahr die Batterie ein und startet ihn, er läuft wie ein Uhrwerk.«
»Wann bist du zum letztenmal damit gefahren?«
Sie stieß eine Atemwolke aus und zog sich den Dufflecoat enger um die Schultern. »Ich weiß nicht. Ich glaube, damals, als ich Tante Esme in Wales besucht habe.«
»Mutter, das ist schon hundert Jahre her.«
»Na ja, ich weiß es nicht genau; wir nehmen immer den Rover.«
»Wo ist die Batterie?«
»Die steht dort in dem Regal.« Sie drehten sich beide um.

Peters Vater stand in der Tür, eine massige Gestalt in einem großen Anorak, auf dem Kopf eine Mütze, in der Hand eine Taschenlampe. Beklommene Stille herrschte; niemand rührte sich, keiner wußte, was er tun sollte.
Seine Mutter blickte von einem zum anderen. »John?«
Er trat in die Garage, das Gesicht starr und bleich im Schein der Neonröhre. »Du mußt die Batterieflüssigkeit prüfen, die Deckel sind nicht zugeschraubt, komm, ich helfe dir.«
Zehn Minuten später blickte er um die hochgestellte Motorhaube herum auf Peter, der auf dem Fahrersitz saß, einen Ölfleck auf der Wange.
»Fertig?«
Peter schob die geballte Faust durchs Fenster, der Daumen wies nach unten. »Alle Schalter auf null.«
Er sah, wie die Augen seines Vaters aufleuchteten; dann verschwand er wieder hinter der Motorhaube. Einen Moment später rief er: »Choker!«
»An.«
»Anlasser!«
»An!«
»Zündung!«
»An.« Er drehte den Zündschlüssel; das Zündlicht leuchtete rot. Er drehte nochmals, der Motor drehte sich, zwei Sekunden, drei Sekunden, dann röhrte er auf in einer Explosion von blauem Rauch und Staub. Seine Mutter hielt sich die Ohren zu und hüpfte vor Freude herum, das Gesicht seines Vaters tauchte wieder auf und strahlte über der Motorhaube. Sie grinsten sich an.
Während der Morris im Leerlauf auf dem Kies stand, kam er zur Fahrerseite, beugte sich zum Fenster hinunter und wischte sich die Hände mit einem Tuch ab. »Sämtliche Lampen geprüft, alle okay, die eine hinten ist ein bißchen

schwach. Du mußt ihn anmelden. Kontrolliere so schnell wie möglich den Reifendruck, und steig am Anfang vorsichtig auf die Bremse.«
»Vater, danke.« Er reichte ihm durchs Fenster die Hand. Sein Vater zog ein Kuvert aus der Tasche. »Nimm das, Peter, bitte. Deiner Mutter zuliebe.«
»In Ordnung, Vater. Ich danke dir. Und paß gut auf dich auf.« Er ließ die Kupplung kommen und fuhr auf die Straße.

Am nächsten Vormittag gegen elf passierte es endlich. Peter arbeitete in seinem Zimmer, Emma war mit den Kindern im Morris einkaufen gefahren. Sie war begeistert von dem Auto, umkreiste es, beugte sich nieder, um die abgeschabte Farbe an den Reifen zu betrachten, tätschelte und streichelte die Karosserie, als sei es ein altes Karrenpferd. »Perfekt!« sagte sie immer wieder. »Absolut perfekt!«
Peters Arbeitstag hatte damit begonnen, daß er seine Unterlagen durchsah, aber schon bald war seine Aufmerksamkeit gefesselt von einem Artikel in *Flight Magazine* über den Antrieb von Raumfahrtraketen, in den er sich vertiefte. Er machte sich sogar Notizen auf einem Blatt Papier. Dann läutete das Telefon. Er achtete nicht darauf, da der Anrufbeantworter eingeschaltet war, hörte nur zu, wie seine fast nicht erkennbare und irgendwie körperlose Stimme den Ansagetext sprach, und wartete darauf, daß sich der Anrufer meldete.
»Mr. Deacon, mein Name ist Fournier, ich bin Geschäftsführer von PGT Strategic Systems Limited. Ich habe von einem Bekannten bei Racal gehört, daß Sie Erfahrung im Marketing von hochwertigen Rüstungsprodukten haben.« Der Anrufer hatte einen Akzent, vielleicht französisch, sprach aber kultiviert und flüssig. Und schnell, zu schnell. Deacon starrte den Apparat an. Wer? Fournier? PGT,

Racal? Er runzelte die Stirn. Wer zum Teufel war Fournier? Die Stimme sprach weiter: »Ich muß heute nachmittag in die Schweiz fliegen. Wenn Sie vorher zurückkommen, sagen wir, etwa bis halb drei, und daran interessiert sind, diese Dinge von möglicherweise beiderseitigem Interesse zu diskutieren ...«

Deacon nahm den Hörer ab. »Mr. Fournier? Peter Deacon hier. Tut mir leid, ich bin eben ins Zimmer gekommen.«

Sie sprachen ein paar Minuten miteinander und legten dann auf. Peter saß da und starrte das Telefon an. Er konnte es nicht glauben, er mußte sich das Ganze nur eingebildet haben, es war so unwirklich, so überraschend. Die Gedanken wirbelten durch seinen Kopf; es war ein Traum, konnte nur ein Traum sein. Im nächsten Moment würde er aus einem Tagtraum am Schreibtisch aufwachen, diesmal richtig, sich die Müdigkeit aus den Augen reiben, bedauernd mit den Achseln zucken und sich wieder der kalten Realität zuwenden.

Aber das Tonband! Es war alles auf dem Tonband. Er ließ es zurücklaufen und spielte es ab, dann noch mal. Während des zweiten Durchlaufs sprang er auf. »Jawohl«, murmelte er und begann auf und ab zu gehen. Als das Band zu Ende war, spulte er es zurück und spielte es noch mal ab. »Jawohl!« rief er. Er schlug sich mit geballten Fäusten auf die Oberschenkel, während er auf und ab ging. »Jawohl, jawohl, *jawohl*!«

Sie hatten sich für drei Uhr im Terminal zwei in Heathrow verabredet. Peter duschte, rasierte und kleidete sich hastig an, wählte aus seiner Uniformsammlung einen doppelreihigen, dunkelgrauen Wollanzug aus, dazu eines der maßgeschneiderten Hemden aus Hongkong, hellblau mit einem diskreten PJD auf der Brusttasche, schwarze Halbschuhe und eine Seidenkrawatte, die er zu einem absur-

den Preis bei »Daks« gekauft hatte, als er im letzten Januar in Manhattan gewesen war.
Er geriet einen Moment in Panik, als ihm klar wurde, daß er nicht genügend Bargeld hatte, um nach Heathrow und zurück zu kommen, selbst wenn er mit der U-Bahn fuhr. Emma hatte den Wagen, außerdem waren die Parkgebühren am Flughafen unverschämt. Er zog eine dünne Lederbrieftasche aus seiner Jackentasche und blätterte seine wertlosen Kreditkarten durch, betrachtete sie zweifelnd wie ein schlechtes Pokerblatt. Vermutlich waren sie inzwischen alle gesperrt worden, aber wenn der Ticketverkäufer an der U-Bahn-Kasse nicht nachsah ... Kaum anzunehmen wegen der paar Pfund. Er mußte es einfach riskieren. Er steckte die Brieftasche wieder ins Jackett, nahm seinen Aktenkoffer und den Mantel und ging zur Tür. Als er sie öffnete, stand Emma am Fuß der Treppe, beladen mit Einkaufstüten aus dem Supermarkt. Ihr Gesicht war wie versteinert, die Lippen zusammengepreßt. Er zögerte. Dann stellte er den Aktenkoffer auf den Tisch in die Diele und rannte die Treppe hinunter, um ihr zu helfen.
»Verdammte Brut. Ich könnte sie umbringen.«
Er blickte die Straße rauf und runter. »Komm, ich helfe dir. Äh, wo stecken sie denn?«
Sie deutete mit dem Kopf zum Ende der Straße. »Ich konnte keinen Parkplatz finden, deshalb mußte ich den Wagen in der Willstead Road abstellen. Ich hab' sie im Auto eingesperrt.« Während sie sprach, schaute sie ihn von oben bis unten an. »Du siehst schick aus – wo bist du denn gewesen? Sei ein Engel, und hol die kleinen Lieblinge, ja? Ich stelle schon den Kessel auf.« Sie stieg langsam die Treppe rauf.
»Em, hör mal, ich kann nicht. Ich muß schnell weg. Ich treffe jemanden wegen eines Jobs.«

Sie blieb auf der Treppe stehen und drehte sich um. »Was für ein Job?«
»Vorhin hat jemand angerufen, aus heiterem Himmel. Der Chef von irgendeiner Firma für militärische Geräte oder so was. Hatte meinen Namen von jemandem bei Racal. Er muß heute ins Ausland reisen, wir treffen uns in Heathrow. Mehr weiß ich selber nicht. Aber es ist eine heiße Sache, Em. Ich glaube wirklich, es könnte was werden.«
Sie starrte auf ihn nieder; ihr Mund zuckte, und sie runzelte leicht die Stirn, als hätte er sie von etwas anderem Wichtigen abgelenkt. Nur eine Sekunde lang, dann kniff sie die Augen zusammen und strahlte übers ganze Gesicht. »Mein Gott, das ist ja wunderbar, Deacon. Los, halt dich dran!«
Er kreuzte die Finger beider Hände und winkte ihr vom Fuß der Treppe aus zu. »Wünschst du mir Glück?«
Sie stellte die Einkaufstüten ab, kam die Treppe runter, schlang beide Arme unter dem Jackett um seine Hüften und küßte ihn zärtlich. »Los, ran, hol's dir, Airman!«
Er trat zurück, nahm Haltung an und salutierte. »Leihen Sie mir das Geld für den Bus, Missus.«
Sie schüttelte lächelnd den Kopf und zog zwanzig Pfund aus der Tasche. Sie schien immer eine gewissen Vorrat an Bargeld zu haben. Er schob die Banknoten gefaltet in seine Brieftasche und machte sich auf den Weg zur U-Bahn.
Sie trafen sich am Swissair-Schalter, wie vereinbart. Fournier begrüßte Peter freundlich und führte ihn in die Terminal-Bar. Der Barmann rollte mit den Augen, als Fournier Perrier bestellte und Peter, nach kurzem Zögern, eine Cola light. Die Bar war etwa halbvoll, sie setzten sich an einen Ecktisch.
»Sehr freundlich von Ihnen, so kurzfristig hierherzukommen«, sagte Fournier liebenswürdig mit kaum merkli-

chem Akzent. Er war groß, Mitte Vierzig, schätzte Peter, und hatte aufmerksame braune Augen und eine olivfarbene Haut. Sein Haar war dunkel und dünn und aus der hohen Stirn glatt zurückgekämmt. Er trug einen teuren leichten Anzug und einen Kamelhaarmantel. »Erzählen Sie mir zunächst ein wenig über sich, und dann werde ich Ihnen einiges über meine Firma sagen und über die Stelle, die wir zu besetzen haben.«

Peter räusperte sich und setzte sich etwas aufrechter hin. Er konnte das Ganze immer noch nicht glauben. Die Atmosphäre und die Geräusche des Flughafens weckten in ihm die Erinnerungen an unzählige Starts und Landungen auf ähnlichen Flughäfen auf der ganzen Welt. Es war berauschend und erregend, obwohl es nur wenige Monate her war. Die Umgebung war ihm vertraut wie seine Wohnung; im Lauf der Jahre war er von diesem Terminal häufig abgeflogen, hatte in dieser Bar gesessen, vielleicht sogar an diesem Tisch. Doch obwohl ihm all das vertraut war, hatte er ein Gefühl der Unwirklichkeit. Es war irgendwie anders; als ob man durch sein früheres Haus geht, lange nachdem jemand anderer dort eingezogen ist. Eine völlig neue Perspektive. Vertraut und doch fremd.

Sie sprachen eine Stunde lang. Peter gab ihm seinen Lebenslauf; Fournier las ihn aufmerksam, und Peter gab ihm ergänzende Erklärungen. Fournier stellte ihm Fragen nach seiner Familie, seiner Erziehung, nach Hobbys und Interessen. Schließlich schwieg Peter; er schwitzte und fühlte sich etwas schwindlig. Fournier trank einen Schluck Perrier und sagte:

»Pan Global Trading ist eine vor kurzem in Genf gegründete Gesellschaft, die sich auf die Beschaffung und Lieferung von Rüstungsmaterial spezialisiert hat – vor allem an Regierungsstellen auf der ganzen Welt. In mancher Beziehung ist die damit verbundene Arbeit vergleichbar mit dem, was Sie bei UAS gemacht haben, abgesehen von zwei größeren Unterschieden.« Er machte eine Pause und sah Peter aufmerksam an.

Peters Gedanken rasten. »Äh, Beschaffung und, äh ...«

»Produktlinie. Genau«, kam Fournier ihm lächelnd zu Hilfe. »Anders als die UAS beschränken wir uns nicht auf den Verkauf unserer eigenen Produkte, sondern suchen entsprechend den uns mitgeteilten Anforderungen Fertigprodukte und verkaufen sie.«

Peter nickte. Fournier erklärte ihm, daß die Lockerung der Vorschriften und die Öffnung der Weltmärkte Unternehmen wie das seine begünstigten. »An zentralem Platz, gut strukturiert und professionell bemannt, haben wir beste Aussichten, uns an vorderster Linie dieses unberechenbaren, aber herausfordernden und sehr lukrativen Marktes zu etablieren.«

Peter war fasziniert. Fournier fuhr mit ruhiger, wohlklingender Stimme fort: »Doch der Erfolg des Unternehmens ist abhängig von einer genauen Marktkenntnis, vom rechtzeitigen Erkennen von Trends und technischen Entwicklungen und dergleichen. Wir brauchen das absolut beste Management, Leute, die in der Lage sind, eigene Initiative zu entwickeln, die industrieerfahren und daran interessiert sind, ihr volles Potential zu entwickeln und einzusetzen.«

Er rief vom Flughafen zu Hause an.

»Hallo, Daddy«, sagte Jamie in bedrücktem Ton. Er spürte Gewissensbisse. Mein Gott, er hatte in letzter Zeit viel durchgemacht. In einem Kiosk in der Nähe hatte er verschiedene Spielsachen gesehen. Er würde ihm und Sally etwas mitbringen.

Emma kam ans Telefon. »Hoffentlich gute Nachrichten,

Mister.« Sie klang wie ein Flittchen. »Sonst verpissen Sie sich lieber mit der nächsten Maschine.«
»Emma.«
»Peto?«
»Es ist vorbei.«
Zum Abendessen gingen sie in ein französisches Restaurant an der Fulham Road. Peter hatte seinen Anzug anbehalten, Emma zog einen Rock und eine Bluse an, während er den Babysitter abholte. Sie nahmen ein Taxi. Unterwegs bohrte sie ihm scherzhaft den Ellbogen zwischen die Rippen. »Aber wir haben doch gar kein Geld für ein Taxi«, sagte sie so laut, daß der Fahrer sie im Rückspiegel ansah.
»Ist schon in Ordnung, Liebste«, antwortete Peter. »Ich hab' heute meinen Lohn bekommen.«
Er bat um einen Fenstertisch. »Ich seh mir gern die Leute an, die vorbeigehen.« Sie bestellten Gin Tonics, während mehrere Ober ihnen die Mäntel nahmen und mit Stühlen und Servietten und Speise- und Weinkarten herumscharwenzelten.
»Einen Job zu finden ist schon schwer genug«, sagte sie, als sie Platz genommen hatten, »aber wie hast du es geschafft, schon am ersten Tag Geld zu kriegen?«
Peter trank mit geschlossenen Augen und atmete langsam aus. Er konnte es noch immer nicht fassen. Es war alles so unglaublich schnell gegangen. »Er hat mir für den Zeitaufwand und die Mühe gedankt und darauf bestanden, mich dafür zu entschädigen.« Er machte eine Pause. »Und zwar sehr großzügig. Und in bar.«
»Großer Gott. Ein Treffen auf dem Flughafen, ein Kuvert voll Geld – wie bei John Le Carré.« Sie grinste ihn an. »Okay, Smiley, von Anfang an, bitte. Du hast also die U-Bahn genommen ...«

Er bestellte für Emma Schnecken und Lachs und für sich Kalbfleischpastete. Er hatte eigentlich gar keinen Hunger. Er war erschöpft, doch die Spannung in seiner Brust löste sich nicht, und sein Kopf brummte. Das Ganze erinnerte ihn an NATO-Manöver, bei der die Schwadron endlose Tage lang in Vierundzwanzig-Stunden-Bereitschaft gehalten wurde. Immer auf dem Sprung, unidentifizierte Feindmaschinen abzufangen oder durch die Nacht zu rasen, mit dreihundertfünfzig Knoten Geschwindigkeit in Baumwipfelhöhe dahinzufegen und einen Angriff auf eine Reihe Panzer oder auf eine Brücke zu simulieren. Ständig erschöpft, doch bis zu den Augen vollgepumpt mit Adrenalin. Meistens dauerte es eine Woche, bis man sich wieder erholt hatte.

Er erzählte es ihr, Satz für Satz, soweit er sich daran erinnern konnte. Kurz vor Ende des Gesprächs hatte Fournier Peter nach seinem Gehalt bei der UAS gefragt und sich nach seinen jetzigen Gehaltserwartungen erkundigt. Peter hatte herumgestammelt und gesagt, er sei gern bereit, zu ähnlichen Bedingungen einzusteigen. Fournier hatte genickt und dann seine Hand ausgestreckt. »Ich freue mich, Ihnen die Position eines United-Kingdom-Marketing-Managers anbieten zu können. Das bedeutet keineswegs nur Marketing in England, es heißt lediglich, Ihre Basis ist England«, sagte er mit einem schiefen Lächeln. »Ich rechne damit, daß Sie ziemlich viele Auslandsreisen machen müssen. Wird Ihre Familie damit einverstanden sein?« Peter nickte benommen. Fournier fuhr fort: »Wir sind gerade dabei, die Verhandlungen wegen unseres Londoner Büros abzuschließen, im Augenblick arbeite ich in einer Suite im Hilton. Ich hoffe aber, daß wir in Kürze Büroräume in Chiswick bekommen werden.«

Peter schwieg einen Moment und trank einen Schluck

Pouilly Fuisse. Emma sah ihn aufmerksam an. »Zum Schluß sagte er noch einiges über meine Pflichten und Verantwortlichkeiten und meinte, er werde sich sehr bald mit mir in Verbindung setzen.« Er grinste sie an, und langsam begann sie es zu glauben.

»Unfaßbar. Wie fühlst du dich?«

Er sah aus dem Fenster. Es waren nur wenige Fußgänger unterwegs; es war kalt und spät. Auf der anderen Straßenseite schleppte sich eine alte Pennerin in einem alten Mantel langsam dahin, tief gebeugt, den Kopf mit einem langen Wollschal umhüllt. Er hatte sich diesen Augenblick oft vorgestellt. In der letzten Zeit nicht mehr häufig, aber früher hatte er sich diesen Triumph immer wieder ausgemalt.

Aber es war gar kein Triumph. Jetzt, da es soweit war, war er einfach nur froh, daß es vorbei war. Er hob sein Glas und lächelte sie an. »Okay.«

Die zurückhaltende Stimmung blieb bestehen. Sie sprachen über ihre finanzielle Lage und über die praktischen Aspekte der bevorstehenden Änderung ihrer Lebensumstände. Obwohl der kurzfristige Druck weg war, würde ihr Leben nicht mehr so sein wie früher. Zunächst würde ihre Verschuldung bei der Bank schwindelnde Höhen erreichen – Bishop mußte ihnen zusätzliche Kredite gewähren, um alles abzuzahlen, die Hypothek, Mietkaufraten, die Leasingbeträge für den Wagen. Natürlich würde etwas übrigbleiben. Jahrelange monatliche Rückzahlungen an die Bank standen ihnen bevor, bis sie irgendwann aus den roten Zahlen kommen würden. Aber es würde endlich wieder Ordnung herrschen. Er hatte alles wieder unter Kontrolle. Welch herrliche Erleichterung.

»Nachtisch?« fragte er. Emma lehnte dankend ab; sie

schaute nachdenklich drein. Er winkte dem Ober ab. »Kaffee? Zigarre?«
Sie lächelte, aber ohne Humor. »Macht es dir was aus, wenn wir nach Hause fahren, Peto? Ich bin total erledigt.«
Im Taxi kuschelte sie sich an ihn, lehnte den Kopf an seine Schulter, blieb aber stumm. Er strich ihr übers Haar. Sie hatte auch viel durchgemacht. Erst jetzt wurde ihm klar, welche erstaunliche Kraft sie besaß, welche Bereitwilligkeit, Entbehrungen auf sich zu nehmen, Opfer zu bringen, anzupacken und zu helfen. Er küßte sie auf den Kopf. »Alles in Ordnung?« Er spürte, wie sie nickte. »Gut.«

Kapitel 7

Gegen drei erwachte er mit einem Ruck. Eben hatte er noch tief und selig geschlafen, jetzt riß er die Augen auf und starrte auf die fahle Zimmerdecke, hellwach und angespannt. Irgend etwas stimmte nicht. Etwas mit dem Job. Es war einfach zu leicht, zu glatt gegangen. Er hatte es während des Gesprächs nicht gemerkt, hatte sich von dem Wortschwall mitreißen lassen, berauscht von seinen atemlosen Erwartungen. Oder war es nur ein Panikanfall? Vielleicht war er nach der langen Zeit der Unsicherheit einfach nur nervös und überdreht. Bestimmt war alles in Ordnung.

Er schlüpfte aus dem Bett und ging auf Zehenspitzen ins Gästezimmer. Fourniers Visitenkarte lag auf dem Tisch, eine Adresse in Genf. Er saß eine Minute lang da und klopfte sich mit der Karte gegen die Zähne. Dann drehte er sich um und starrte auf die Stapel von Fachzeitschriften, Zeitungsausschnitten und Unterlagen. Etwa ein Jahr, hatte er gesagt; die Firma existiere seit etwa einem Jahr. Irgendwo in diesen Papierstapeln mußte etwas über diese Firma stehen. Er nahm einen Armvoll und zwei Firmenverzeichnisse und begann.

Nach etwa einer Stunde merkte er, daß er zitterte, ging hinaus, um sich etwas zum Anziehen zu holen, und Se-

kunden später stand er im Badezimmer und erbrach sich. Er blieb eine Weile, lehnte sich ans Waschbecken und starrte in die verstörten und blutunterlaufenen Augen im Spiegel. Dann holte er sich Jeans und ein Sweatshirt aus dem Schlafzimmer und ging zu seinen Unterlagen zurück.
Nichts zu finden. Keinerlei Erwähnung, nirgends. Weder Pan Global Trading noch PGT, PGT Strategic Systems, überhaupt nichts. Gegen vier legte er die Zeitschriften und Verzeichnisse erst mal weg und rief die Nummer auf der Visitenkarte an. Es läutete, dann kamen ein Klicken und das schrille Kreischen eines Telefax-Gerätes. Er zuckte zusammen und legte auf. Als nächstes rief er die Internationale Telefonauskunft für die Schweiz und fragte nach Eintragungen unter PGT, Pan Global oder Michel Fournier. Die beiden ersten gab es nicht, aber im Bereich Genf sechs M. Fourniers. Er notierte sich sämtliche Nummern und wandte sich wieder seinen Papierstapeln zu.
Die Tür ging auf. Emma stand da, die Haare wirr, die Stirn gerunzelt. »Was um Gottes willen machst du denn?« flüsterte sie. Dann bemerkte sie seinen Gesichtsausdruck und kam rein.
Er schüttelte den Kopf. »Ich kann ihn nicht finden. Nirgends eine Zeile, nirgends auch nur ein Wort über ihn. Das hat nicht unbedingt etwas zu bedeuten, es ist ja eine neue Firma, aber irgendwie kommt mir das alles sehr merkwürdig vor.« Seine Stimme klang gelassen, aber sein Magen rumorte und die Übelkeit stieg wieder in ihm auf.
Sie seufzte, setzte sich aufs Bett und beugte sich vor, die Ellbogen auf die nackten Schenkel unter dem Fußballhemd gestützt. »Ich wußte es; es war zu schön, um wahr zu sein.«
»Na ja, die Sache ist noch nicht gestorben, Em, vielleicht mache ich mir ja grundlos Sorgen.«

»Natürlich. Hast du seine Nummer angerufen?«

»Faxgerät. Ich muß warten, bis die Büros besetzt sind, und ein paar Kontakte anrufen.« Racal. Fournier hatte gesagt, er habe seinen Namen von jemandem bei Racal bekommen.

»Richtig.« Sie fuhr sich mit der Hand durchs Haar. »Hör zu, ich weiß, es klingt blöd, aber du brauchst dir keine Sorgen zu machen. Ich meine, wenn das alles in die Brüche geht. Wir machen einen Plan, wir schaffen es.« Sie stand auf. »Ich mache uns Kaffee.«

»Okay, danke.« Keine Sorgen machen? Wovon zum Teufel redete sie eigentlich? Sein Magen hatte aufgehört, sich umzudrehen, und schien sich in einen kalten, bleischweren Klumpen verwandelt zu haben.

Es war schon fast Mittag, als der Ballon platzte. Nur vierundzwanzig Stunden nachdem er aufgeblasen worden war. Um neun hatte er bei Racal angerufen; in seinen Unterlagen hatte er die Visitenkarten dreier Mitglieder des Verkaufsteams. Nur einer von ihnen war im Büro zu erreichen.

»Wer? Fournier? Tut mir leid, Pete, von dem habe ich noch nie gehört.«

»Irgend jemand bei Ihnen hat ihm aber meinen Namen genannt; es muß entweder Rhind oder Williams gewesen sein.«

»Bill Rhind ist in Santiago, Dave Williams kommt etwas später; ich sag ihm, er soll Sie anrufen.«

Während er darauf wartete, versuchte er ein paar von den Fourniers in Genf zu erreichen; schließlich meldeten sich zwei und die Angehörigen von zwei weiteren. Sein Französisch war nicht sehr gut, doch es reichte, um festzustellen, daß keiner davon etwas mit diesem Michel Fournier zu tun hatte.

Von Zeit zu Zeit schaute Emma herein und erkundigte sich, wie es lief. Ihre Neugier ging ihm auf die Nerven; er konnte sich nicht des Eindrucks erwehren, daß sie fast hoffte, es würde alles kaputtgehen. Schließlich ließ sie sich dazu überreden, mit den Kindern in den Park zu gehen.
»Es war nicht damit zu rechnen, daß es so einfach sein würde, Deacon«, hörte er sich einmal vor sich hinmurmeln.
Dann rief David Williams von Racal an. »Ich war's nicht, es muß Bill gewesen sein, aber ich bin sicher, daß er es gut gemeint hat. Sie hatten doch erzählt, daß Sie auf Jobsuche sind.«
»Nein, ja. Sie kennen ihn also?«
»Fournier? Na klar. Er schnüffelt schon seit Monaten herum. Nach allem, was man hört, auch anderswo. Bei Thorn, Marconi, BAe.«
»Was steckt dahinter? Hat die Sache Hand und Fuß?«
»Keine Ahnung. Soviel ich gehört habe, hat er einigen Leuten hier sehr gute und interessante Angebote gemacht, aus denen sich bisher aber noch nichts ergeben hat. Aber es könnte ja was draus werden; wahrscheinlich hat Bill ihm deshalb Ihren Namen genannt. Könnte ja was Solides sein, jedenfalls scheint er genug Geld zu haben. Aber bei solchen Leuten weiß man nie, wie man dran ist.«
»Was für Geschäfte macht er denn?«
»Fragen Sie mich was Leichteres. Er ist sehr scharf auf Informationen, verstehen Sie, über technische Neuheiten und Forschung und Entwicklung, Vertragsverhandlungen und so weiter.«
Peter spürte, wie es ihm plötzlich kalt den Rücken hinunterlief. Seine Gedanken rasten zum Flughafen zurück. Fournier hatte ihn getestet, hatte kenntnisreich über den Jaguar, seine Ausrüstung und Bewaffnung gesprochen,

aber auch Fragen gestellt und Informationen aus ihm herausgeholt. Peter hatte offen gesprochen, denn er hatte ihn beeindrucken wollen. Hatte er ihm irgendwelche Geheimnisse verraten? Er rieb sich die Stirn. Mein Gott, das Ganze war ein Alptraum.
Er bemühte sich, mit ruhiger Stimme weiterzusprechen. »Sie meinen, er ist bloß ein harmloser Nachrichtensammler?«
Williams schwieg einen Moment, um nachzudenken. »Hmmm, nein. Wahrscheinlich bloß ein harmloser Schwätzer.«
Als Emma zurückkam, war er nicht da. Sie fand einen Zettel auf dem Küchentisch. »Job geplatzt – tut mir leid. Ich gehe etwas spazieren. P.«

»He, was ist los mit euch beiden? Ich lass' euch bloß zwei Minuten allein, und schon gibt es Krach. Es ist mir völlig egal, wessen Schuld es war, Sally; du bist schon ein großes Mädchen, und wenn du dich nicht besser mit deinem Bruder verträgst, dann garantiere ich dir, daß der Weihnachtsmann nicht zu dir kommen wird.«
Sally blickte schockiert drein, ihre Unterlippe zitterte. Das Spielzimmer sah wieder mal wie ein Saustall aus. Bücher und Spielsachen waren über den ganzen Fußboden verstreut. Offenbar willkürlich aus den Regalen gerissen.
»Gibt überhaupt keinen Weihnachtsmann«, sagte Jamie und hämmerte mit einem Stück Schiene der Spielzeugeisenbahn trotzig auf seinen Schuh. Seit Beginn der Schulferien war er unerträglich.
Peter überlegte einen Moment. »Gut. Dann kann ich ihn ja anrufen und ihm sagen, daß er sich nicht die Mühe zu machen braucht zu kommen, weil keins unserer Kinder an ihn glaubt. Oder daran, daß er Geschenke bringt.« Er

zuckte zusammen, irgendwo war das nicht besonders logisch; er hoffte nur, daß sie das Wesentliche verstanden hatten. Himmel, tat ihm der Kopf weh, der Nacken, die Schultern. Und Halsschmerzen hatte er auch; schon seit Tagen schleppte er etwas mit sich herum. Die Kinder waren still. »Also, räumt auf.« Er stieß mit der Fußspitze an einen Haufen Puzzleteile. »Ich gehe jetzt nach oben und spitze die Ohren. Ich will keinen Streit mehr hören.« Er ging hinaus und nach oben ins Gästezimmer.

Er hatte keine Hoffnung mehr. Die erschlichene zweiwöchige Atempause bei der Bank war vorbei. Bishop hatte in dieser Woche schon zweimal angerufen, aber Peter war beide Male nicht an den Apparat gegangen. Weitere Rückholungsdrohungen waren eingegangen, wegen der Waschmaschine, der Spülmaschine, des Fernsehapparats und der Eßzimmermöbel. Falls sie nicht »in allernächster Zukunft« von ihm hörten, würden sie sie abholen lassen.

Und die Jobsuche war nach dem Fournier-Fiasko in der letzten Woche auch nicht vom Fleck gekommen. Er nahm die prall gefüllte Korrespondenzmappe, die schon Eselsohren vom vielen Durchblättern hatte. Es gab noch eine Reihe von Möglichkeiten. Mehr als zwanzig Firmen hatten seine Bewerbung bestätigt und schriftlich versichert, man werde sich melden, falls es eine Stelle zu besetzen gab. Er rief sie regelmäßig an, war sich aber mittlerweile klar darüber, daß seine Hartnäckigkeit kontraproduktiv wirkte. Die meisten hatten ihm gesagt, er brauche nicht mehr anzurufen – sie würden sich melden, sobald es etwas zu besprechen gäbe.

Das gleiche Lied bei den Vermittlungsagenturen. Erst heute morgen hatte er mit einer gesprochen. »Martin, es ist völlig egal, um welche Arbeit es sich handelt, ich nehme alles, alles, bloß damit es weitergeht.«

Aber die Martins und die Miriams vermittelten nicht einfach »alles«, sondern nur Spitzenpositionen. Wenn sie angefangen hätten, den Firmen unpassende Bewerber zu schicken, hätten diese sie fallengelassen wie eine heiße Kartoffel. Auf jeden Fall war jeglicher Hinweis auf seine Verzweiflung geschmacklos und billig. Er bekam fast kaum noch Anrufe von ihnen.
Sein Vater hatte ihm ein paar Leute im Ministerium genannt, Leute auf hohen Posten, aber einer war bereits im Ruhestand, der andere stand kurz davor, und keiner von ihnen hatte etwas mit Personaleinstellungen zu tun. Seine Bewerbung war angenommen worden, aber man sagte ihm, daß es keine Abkürzungswege gab; alles würde auf dem üblichen Dienstweg bearbeitet. Nach etwa einem Monat würde man ihn vielleicht zu einem ersten von zahlreichen Gesprächen einladen, und wenn er den langen Auswahl- und Durchleuchtungsprozeß erfolgreich überstand, würde man ihm nach drei oder vier Monaten eventuell einen Schreibtischjob der mittleren Ebene anbieten, vielleicht beim Beschaffungsamt oder im Außenministerium, wo er sich dann abrackern konnte für die Hälfte des Gehalts, das er bei der UAS bekommen hatte.
Das Geld war es, was ihn in die Knie zwang. Das Geld und die Zeit. Emma arbeitete drei Tage in der Woche in der Agentur, aber selbst, wenn sie die ganze Woche gearbeitet hätte, hätte ihr Gehalt gerade ausgereicht, um die Lebensmittelrechnungen zu bezahlen. Er zog den letzten Bankauszug aus der Schublade und zwang sich, ihn anzuschauen. Es war entsetzlich – jede Zahl ein weiterer Schritt in den Abgrund. Eine einsame Eintragung unter »Haben« markierte die Stelle, wo der Scheck seines Vaters unbemerkt in der Tiefe versunken war. Fünf-

hundert Pfund. Und er hatte ihm immer noch nicht geschrieben.
Die Rechnungen waren schon wieder zu Stapeln angewachsen. Er stopfte sie alle ungeöffnet wie die meiste andere Post tief hinten in die Finanz-Schublade.
Unten hörte er Lärm. Dann stach Sallys Schrei wie eine heiße Nadel in sein Gehirn. Ein Schrei – nicht aus Schmerz, nicht aus Wut oder Protest. Er wollte, daß er aufhörte, bettelte darum, daß er aufhörte, zusammengekrümmt über der offenen Schreibtischlade, die Hände auf die Ohren gepreßt, aber der Schrei hörte nicht auf. Plötzlich war es still, als sie eine Pause machte, um Luft zu holen, und dann wieder ein Schrei, laut und schrill.
Knurrend wie ein Hund rannte er nach unten und durch die Diele, von heftigen Adrenalinstößen vorwärtsgetrieben. Er paßte an der Ecke vor dem Kinderzimmer nicht auf und stieß mit dem Ellbogen hart gegen den Türrahmen. Der plötzliche Schmerz ließ ihn schwindlig werden, lenkte seine Aufmerksamkeit ab wie der Stich eines Pikadors. Jamie spürte die Gefahr, die auf ihn zukam, und wich instinktiv zurück. Sally, die seine Reaktion auf ihr Geschrei falsch interpretierte, schrie mit verdoppelter Kraft. Er bückte sich, packte sie vorn an ihrem Spielanzug, hob sie hoch und beugte den Arm, bis sein hochgerecktes Gesicht nur eine Handbreit von ihrem Gesicht entfernt war, und brüllte sie an:
»Verdammt, halt die Klappe!«
Sie verstummte, wurde schlaff wie ein Kätzchen, die Farbe wich aus ihren Wangen. Er ließ sie hoch in der Luft baumeln. Sein Arm zitterte, und in seinen Ohren waren ein Dröhnen und noch ein anderes Geräusch.
»Daddy. Die Klingel.«
»Was …?«

»Jemand ist an der Tür.«
Er zögerte einen Moment verwirrt, und dann setzte er sie schnell auf den Boden. Sie schluchzte krampfhaft und kroch zu Jamie – es war das erstemal, daß er sah, wie sie Zuflucht bei Jamie suchte. Er drückte sich flach gegen die Wand und glitt zum Fenster. Nichts. Einen Moment später erschien jemand auf der Treppe, trat zwei Schritte zurück und starrte zu den Fenstern im ersten Stock hinauf. Schon wieder der Briefträger? Doch es war ein anderer als sonst, eine Sonderzustellung; das rote Auto stand mit laufendem Motor auf der Straße. Der Mann ging wieder zur Haustür und verschwand. Einen Moment später klingelte es wieder. Peter ging in die Diele.
Es war ein eingeschriebener Brief. Der Postbote blickte auf die Uhr, vermerkte die Uhrzeit und ließ ihn an zwei Stellen auf dem Formular unterschreiben. Er ließ die Kinder allein, ging in die Küche, warf den Brief auf den Tisch und spülte mit dem ersten Drink des Tages drei Aspirin hinunter. Er war inzwischen vorsichtiger geworden und schränkte seinen Alkoholkonsum ein, so daß er kaum noch stark betrunken oder völlig handlungsunfähig war, höchstens noch abends. Während des Tages fing er so spät wie möglich damit an, manchmal erst mittags, obwohl er am Vormittag gern ein kleines Glas trank, das er seinen »Postöffner« nannte. Aber er hatte es unter Kontrolle und behielt den ganzen Tag einen klaren Kopf.
Doch die Menge überraschte ihn, und auch die Kosten. Inzwischen war er bei zwei Dritteln einer Flasche pro Tag; manchmal, wenn Emma abends zwei oder drei Gläschen mit ihm trank, war es auch eine ganze Flasche. Er kaufte die billigen Supermarktsorten und füllte sie in eine Bells-Flasche; sie merkte den Unterschied nicht. Die leeren Flaschen versteckte er in einer Einkaufstasche unter seinem

Bett und warf sie, wenn Emma nicht da war, in Abfallkörbe an Laternenmasten. Wenn er daran dachte. Vor ein paar Tagen hatte er sich dabei ertappt, wie er die Regale in dem indischen Laden an der Ecke anstarrte, doch ihm war klargeworden, daß er nicht genug Geld bei sich hatte, um die üblichen zwei Flaschen zu kaufen. Der Laden war leer, der Geschäftsführer sah sich etwas in einem tragbaren Fernsehgerät auf der Theke an. Ohne nachzudenken, fast unbewußt steckte er je eine Halbliterflasche der guten Marke in seine Manteltasche, nahm eine Literflasche von dem billigen Zeug und ging zur Kasse. Der Geschäftsführer nahm sein Geld und wünschte ihm, ohne den Blick vom Fernseher abzuwenden, frohe Weihnachten.

Schließlich öffnete er den Brief. Es war ein Gerichtsbeschluß, in komplizierter juristischer Sprache verfaßt, und es dauerte einige Minuten, bis er den Sinn begriff. Sein Mund trocknete aus und sein Herz hämmerte, als ihm klar wurde, daß es ein rechtskräftiger Räumungsbefehl war. O ja, es gab Einspruchsmöglichkeiten, Vorbehalte und Hintertüren, aber im Klartext lautete die Botschaft: Zahlen oder Ausziehen! Innerhalb von achtundzwanzig Tagen.

Er ging mit der Flasche nach oben, setzte sich an den Schreibtisch und las den Brief wieder und wieder. Vergeblich suchte er in den Zeilen nach einer anderen, weniger schrecklichen Botschaft. Er brauchte juristischen Rat, und zwar rasch. Sein eigener Anwalt kam nicht in Frage; der Bursche war vor Gericht gezogen, um seine eigenen Forderungen einzutreiben. Es gab noch Emmas Familienanwalt. Watkins? Wallace? Peter wußte, wo er die Telefonnummer finden konnte. Aber konnte er da wirklich auf Unparteilichkeit hoffen? Würde er sich nicht verpflichtet fühlen, an Emmas Interessen zu denken? Sie meinen, Ihre

Frau hat gar keine Kenntnis von dieser Situation? Das bringt uns in größte Schwierigkeiten, Mr. Deacon.

Er rief beim Gericht an. Schließlich wurde er mit einem Gerichtssekretär verbunden, den er bat, ihm das Urteil zu erklären.

»Was bedeutet das im einzelnen?«

»Nun, äh, es bedeutet, daß das Gericht, wenn Sie nicht mit Ihren Hypothekenverwaltern zu einer Vereinbarung kommen, verfügen wird, daß Sie das Haus räumen und in leerem Zustand übergeben müssen.«

»Aber das kann man doch nicht machen. Sie können einen doch nicht einfach auf die Straße setzen?«

»Nun, ein Räumungsurteil und eine Zwangsräumung sind zwei verschiedene Dinge. Juristisch sind sie befugt, Gegenstände im Wert der offenen Zahlungen an sich zu nehmen, oder, falls die Vereinbarung als null und nichtig betrachtet wird, wie es in diesem Fall zu sein scheint, können sie einfach ihr Eigentum wieder in Besitz nehmen. Die Immobilie meine ich.«

»Aber das Haus ist fast doppelt soviel wert wie die Hypotheken.«

»Darauf kommt es nicht an; sie haben trotzdem das Recht, ihr Eigentum in Besitz zu nehmen und ihre Kosten hereinzuholen.«

»Ich könnte es verkaufen.«

»Ich fürchte nein. Nicht, wenn ein gerichtliches Urteil erlassen wurde.«

Er war sprachlos. Es war unglaublich, unvorstellbar. »Was zum Teufel kann ich also machen?«

»Tut mir leid, ich darf keine juristischen Ratschläge erteilen.«

Am Abend sagte er Emma nichts über das Räumungsurteil. Er aß schweigend, ging dann aus dem Haus, klaute in einem Laden in Battersea eine Halbliterflasche, setzte sich auf eine Bank am Flußufer und trank sie, in seinen Mantel gehüllt und hustend wie ein Landstreicher. Erst nach zwei kam er nach Hause und sank auf das Bett im Gästezimmer.

Am anderen Morgen erschien er nicht zum Frühstück. Emma ging nach oben und fand ihn auf dem Gästebett, in Schweiß gebadet, zitternd und vor sich hin murmelnd. Sie zog ihn aus, steckte ihn ins Bett, maß seine Temperatur und rief den Arzt an. Eine Grippe, sagte der, ein übler Virus treibe zur Zeit sein Unwesen. Sie solle dafür sorgen, daß er ein paar Tage im Bett bleibe und viel trinke. Peter döste den größten Teil des Tages fiebernd vor sich hin, sie blieb bei den Kindern zu Hause, sah von Zeit zu Zeit nach ihm und half ihm, wenn er auf die Toilette mußte.

Während der Nacht weckte er sie zweimal auf, erschreckte sie mit sinnlosem Geschwätz und wirren Schreien. Als sie zum zweitenmal in sein Zimmer stürzte, saß er aufrecht im Bett, packte ihren Arm und drückte ihn mit beiden Händen. Er starrte sie mit aufgerissenen Augen an, ohne sie zu erkennen, das dunkle Haar schweißnaß und wirr, das Gesicht gerötet. »Es tut mir leid, es tut mir leid, es tut mir leid.« Er klammerte sich an sie, und sie mußte seine Finger mit Gewalt lösen.

Am nächsten Morgen hatte sich sein Zustand nicht verändert, aber als sie am späten Nachmittag nach ihm sah, war das Fieber gesunken. Er lag ruhig da und blinzelte sie an.

»Hallo«, sagte sie. »Wie fühlst du dich?«

»Durstig«, krächzte er und lächelte mühsam. Später am Abend wankte er im Morgenmantel nach unten, setzte sich zu ihr ins Wohnzimmer vor den Kamin und aß eine Gemüsesuppe.

»Mitch hat angerufen. Ich soll dich von ihr grüßen.«
»Wie geht es den beiden?«
»Gut. Sie hat gesagt, wir sollen bald mal zu ihnen zum Essen kommen.«
Er nickte und starrte ins Feuer. »Erinnerst du dich an Orlando? Das war jetzt vor einem Jahr.« Sie waren zu viert für eine Woche nach Florida geflogen, hatten im Sheraton gewohnt, in den besten Restaurants gegessen und in den exklusivsten Clubs getanzt. Sie hatten sich ein Auto gemietet und waren zu den Stränden und Sehenswürdigkeiten gefahren: Disney World und EPCOT, eine Alligatoren-Farm, das Kennedy Space Center. Oder sie lagen nur am Swimmingpool, rochen nach Kokosöl und nippten an ihren Daiquiris.
»Hör auf, ich halt's nicht aus.«
»Em.«
»Wenn das alles hier vorbei ist und wir wieder ein normales Leben führen, machen wir uns ein paar schöne Tage. Irgendwo an einem Strand.«
»Verlaß dich drauf.«
»Vielleicht Antigua oder die Seychellen.«
»Kenia. Du kannst am Strand faulenzen, und ich gehe auf die Jagd.«
»Ach, das wäre herrlich.« Sie schloß die Augen, lehnte sich in ihrem Sessel zurück, streckte Arme und Beine von sich und lächelte versonnen.
»Emma?«
»Bitte nicht. Ich bin im Urlaub.«
Er schlief gut, wurde aber früh wach. Sein Kopf war klar. Er stand auf, duschte sich, machte Kaffee und ging ins Gästezimmer. Er nahm ein Blatt Papier und schrieb »Lagebericht« und das Datum an den oberen Rand. Dann starrte er zehn Minuten auf das Papier; seine Gedanken

schweiften immer wieder ab. Schließlich schrieb er »Finanzen« oben auf die linke Seite und darunter »Bank-Schulden« total 15 000, Daueraufträge usw. 2500, Hypothekenraten etwa 4000, sofort erforderlich mindestens 15 000, dann 5000 kurzfristig und 1700 pro Monat. Er rechnete es nach, eine ernüchternde Lektüre. Er fügte einen Nachsatz hinzu: P. S. Bishop erwartet sofort 20 000 als Hypothek auf das Landhaus.

Die nächste Überschrift lautete »Job-Situation«. Er sah seine Unterlagen durch und sortierte die Kandidaten entsprechend einer völlig willkürlichen Einschätzung der Erfolgsaussichten. Dann gruppierte er alles um und bewertete die Zahlen, die er auf dem Papier in tabellarischer Form auflistete. Gesamtmöglichkeiten: 20. Feste Aussichten: 8. Prozentuelle Wahrscheinlichkeit der Angebote: langfristig (6–12 Monate) 100%, mittelfristig (1–6 Monate) 50%, kurzfristig (weniger als 1 Monat) 20%. Er dachte über diese Statistik nach. Er wußte, daß die Logik irgendwo einen Haken hatte. Außerdem waren seine Chancen, während der Weihnachtszeit irgendwo einen Job zu finden, äußerst gering. Er strich die zwanzig aus und schrieb zehn hin.

Die letzte Überschrift hieß »Maßnahmen«. Aber es fiel ihm überhaupt nichts ein. Er kritzelte auf dem unteren Rand des Blattes ineinander verschlungene Linien, dann ein filigranes Muster und ein fein ausgeschmücktes Fragezeichen. Schließlich strich er »Maßnahmen« durch und schrieb »Möglichkeiten«. 1.) Mit E. wg. Hypothek Hütte sprechen, Finanzierungsplan mit der Bank vereinb. 2.) Dan? Er haßte die Vorstellung, aber Dan hatte seine Hilfe angeboten, und eine Idee zeichnete sich in seinem Kopf ab. Er schrieb 3.), doch ihm fielen keine weiteren Möglichkeiten ein. Als nächstes schrieb er noch einmal »Maßnahmen«: 1.) Die Headhunter auf Trab bringen. 2.) Treffen mit Dan vereinb. 3.) Entspr. Ergebnis von 2.) mit E. sprechen.

Er legte den Bleistift hin und betrachtete das Blatt. Er wollte gerade mit der Kaffeetasse nach unten gehen und das Frühstück vorbereiten, als sein Blick auf die leere Stelle hinter »Möglichkeit 3.)« fiel. Er nahm den Bleistift, schrieb lächelnd »Westminster Bridge …« und ging nach unten.

Als erstes rief er Dan an. Man sagte ihm, er sei außer Haus und die ganze Woche sehr beschäftigt, weil er eine neue Kampagne ausarbeite. Er solle morgen wieder anrufen, da er dann vermutlich dasein werde. Emma ging zur Arbeit; es war ihr letzter Tag in der Agentur vor Weihnachten, und sie würde heute mit der Arbeit an ihrem Projekt fertig werden. Sie wußte nicht, ob man im kommenden Jahr wieder Arbeit für sie haben würde. Peter blieb zu Hause und hockte sich mit den Kindern vor den Fernsehapparat. Gegen Mittag bekam er Lust auf einen Drink und genehmigte sich einen großen Scotch mit Wasser. Danach war er leicht beduselt, fühlte sich aber prima. Am Nachmittag trank er noch ein paar.

Am nächsten Morgen verließ er nach dem Frühstück das Haus. Emma hatte er gesagt, er wolle den Headhunter ein bißchen Feuer unterm Hintern machen. Dans Büro war in der Nähe des Sloane Square, und er beschloß, zu Fuß zu gehen. Es war ein kalter, frischer Morgen, still und blau. Er ging an den Sands Endgaswerken vorbei zur Kings Road und schlenderte zwischen den vermummten morgendlichen Einkäufern in Richtung Osten. Schon nach einer Viertelstunde fühlte er sich heiß und schwindlig. Die Grippe hatte ihn wohl mehr Kraft gekostet, als er sich eingestehen wollte. Er ruhte sich an einem Kiosk aus, keuchend, fröstelnd, überrascht und zugleich fasziniert von seinem Spiegelbild im Schaufenster. Sein Haar war eindeutig länger als früher, und obwohl das schon seit ein paar Monaten so war, bemerkte er plötzlich einen erheblichen Gewichtsverlust an sich. Er fand jedoch, daß ihm das schlankere Aussehen gut stand.

Er nahm den Bus von Kings Road zum Sloane Square und traf um halb elf bei Dans Firma ein.

»Ja, Mr. Mitchell ist im Haus, aber er ist sehr beschäftigt. Wie ist bitte Ihr Name?« Die Empfangsdame setzte ihn in eine Ecke zwischen üppige tropische Pflanzen und gerahmte Photos von einigen erfolgreichen Kampagnen der Agentur. An einer Wand hing ein riesiges Plakat, das ein Mädchen im Badeanzug an einem Tisch auf einem weißen Sandstrand zeigte. Sie trank ein Glas Wein, die Flasche stand vor ihr auf dem Tisch, die Wellen umspülten ihre Füße. Unter dem Poster befand sich eine gerahmte Urkunde, die die Agentur für diese Werbung gewonnen hatte.

Dan saß in einem abgedunkelten Raum in der zweiten Etage. Zusammen mit fünf anderen Leuten starrte er konzentriert auf die Projektion eines Overheadprojektors; dem Creative Director der Agentur und zwei Assistenten, dem Media Director und dem Budget-Controller. Es war ihr dritter Tag voller hektischer Aktivitäten, endloser Besprechungen, unregelmäßiger Mahlzeiten und langer Nachtsitzungen. Zu Beginn der Woche hatte einer der größten Kunden der Agentur angekündigt, er würde zu einer anderen Agentur wechseln. Das war in der Industrie an der Tagesordnung, Klienten waren pausenlos auf der Suche nach unverbrauchten Talenten und neuen Ideen, und neue Agenturen auf der Suche nach Kunden machten attraktive Angebote und verführten Interessenten mit aufregenden neuen Marketinginitiativen und optimistischen Prognosen.

Als Großkundenmanager war Dan verantwortlich für die Entwicklung eines »Gegenangriffs«. Wenn Kunden androhen, die Agentur zu verlassen, kann das wahr sein oder auch nur eine Finte. »Entweder Sie legen etwas Originelles und Aufregendes auf den Tisch, oder wir kündigen.« Seit drei Tagen arbeiteten sie nun an dem neuen Projekt, die Nerven zeigten erste Wirkung. Sie befanden sich in Klausur, alle Mitarbeiter bewegten sich auf Zehenspitzen, arbeiteten geräuschlos im Hintergrund, spürten die Spannung und warteten auf das Rauchzeichen. Dans Sekretärin hatte strikte Anweisungen. Keine Störungen, keine Ausnahmen. Als Peter eintraf, hatte die Dame am Empfang die Sekretärin angerufen und dies Peter mitgeteilt.
»Schon gut, ich warte.« Er nahm eine Ausgabe von *Marketing Weekly* und lehnte sich im Sessel zurück. »Er sagt, er will warten«, murmelte die Empfangsdame ins Telefon.
Dreißig Minuten später kam Dans Sekretärin nach unten, und die Empfangsdame deutete mit dem Kopf auf einen ungepflegt aussehenden dunkelhaarigen Mann, der Jeans, Sweatshirt, einen alten Regenmantel und ausgelatschte Tennisschuhe trug. »Ich bin Paula, Dans Sekretärin.«
»Hallo, Paula, wir haben uns schon mal getroffen, eine Weile her, glaube ich.«
Sie lächelte zweifelnd. »Oh, ja, wie geht es Ihnen? Dan hat heute vormittag ununterbrochen Besprechungen mit Kunden. Er hat gesagt, er kann sich heute vermutlich nicht freimachen.«
»Haben Sie ihm gesagt, daß ich da bin?«
»Leider ist er in einer Besprechung, wie ich bereits sagte, und hat mich angewiesen, nicht zu stören.«
»Nun, vielleicht können Sie ihm einen Zettel hinlegen oder so. Ich bin ganz sicher, daß er gern einen Moment rauskommen wird, um mich zu sprechen.«

Paula seufzte. Heute morgen um halb neun hatte sie ihm ein Telefongespräch, und zwar ein dringendes, durchgestellt; er wäre ihr fast an die Kehle gesprungen. Sie wußte, daß er sich später dafür entschuldigen würde, aber sie dachte nicht daran, sich noch einmal seinen Zorn zuzuziehen. »Könnten Sie mir vielleicht sagen, um was es sich handelt; sobald er frei ist, bitte ich ihn, Sie anzurufen.«
»Es ist eine private Angelegenheit, wir sind alte Freunde. Sie brauchen ihm nur zu sagen, daß ich hier bin; es dauert keine fünf Minuten.«
»Ich kann ihn aber jetzt unmöglich stören; er hat es mir ausdrücklich gesagt.«
»Paula, ich bin ein alter Freund von ihm. Ich weiß, daß er benachrichtigt werden will, daß ich hier bin.« Sie sagte, es tue ihr leid, aber sie könne nichts machen. Er bat sie, es zu versuchen, und sie ging ins Büro zurück. »Keine Chance«, sagte sie leise zu der Empfangsdame. »Sag mir Bescheid, wenn er weg ist.« Kurz danach rief die Empfangsdame sie an und berichtete, daß der dunkelhaarige Besucher im Sessel eingeschlafen sei. »Um Himmels willen!« sagte sie. »Wer ist das eigentlich, ein Landstreicher oder was?«
Nach einer Dreiviertelstunde wachte Peter mit einem Ruck auf. Benommen und konfus blickte er sich um; er hatte keine Ahnung, wo er sich befand. Es dauerte ein paar Sekunden, bis es ihm klar wurde, und er sah die Empfangsdame dümmlich an. Sie tat so, als bemerke sie es nicht, als er an ihr Pult trat.
»Ich möchte mit Patricia sprechen«, sagte er. »Sofort, bitte.«
Sie sah ihn verblüfft an, zog die Mundwinkel herab und zuckte die Achseln. »Patricia?«
Er rieb sich die Stirn. »Mr. Mitchells Sekretärin.« Sie stellte ihn durch.

»Nein, Mr. Deacon, leider unmöglich. Er ist immer noch beschäftigt.«
»Sie haben ihm also nicht gesagt, daß ich da bin.«
»Er hat strikte Anweisung gegeben, ihn nicht zu stören. Tut mir leid.«
»Nun, mir auch, denn jetzt muß ich ihn selbst suchen.«
Die Empfangsdame erstarrte, die Sache wurde langsam unheimlich. Paula legte die Hand über die Sprechmuschel. Was zum Teufel sollte sie tun? Sie konnte ihn hinhalten, die Postabteilung anrufen und ein paar von den Jungens bitten, raufzukommen und ihn hinauszubefördern. Denen würde das Spaß machen. Sie konnte auch die Polizei rufen, juristisch war das unbefugtes Betreten. Oder? Aber was war, wenn er wirklich ein lange vermißter Freund von Dan war, der eben nach langen Jahren aus den Amazonasurwäldern heimgekehrt war? Tut mir leid, Dan; er sagte, er will Sie dringend sehen, und so habe ich ihn rauswerfen lassen. Gut gemacht, Paula. Sie fluchte leise und nahm die Hand von der Sprechmuschel.
»Würden Sie bitte ein paar Minuten warten, Mr. Deacon, ich will sehen, was ich machen kann.« Sie knirschte mit den Zähnen und wählte die Nummer des Besprechungszimmers. Dan kam an den Apparat.
»Peter? Hier? Was zum Teufel will er denn?«
»Tut mir leid, Dan, aber er hat gesagt, er geht rauf und sucht Sie selbst, wenn wir es nicht tun ...«
»Ist schon okay; äh, hören Sie, bringen Sie ihn in mein Büro, und geben Sie ihm einen Kaffee oder so; ich komme, sobald ich kann.« Er legte auf. Die anderen stimmten zu, zehn Minuten Pause zu machen.
»Hör zu, Peter, es tut mir leid, ich muß da etwas durcheinandergebracht haben. Ich bin mitten in einer fürchter-

lichen Woche. Erzähl mir doch alles noch mal ganz kurz, bitte.«

Peter stand auf und begann auf und ab zu gehen. Dan hörte nur mit halbem Ohr zu, er konnte nicht glauben, wie Peter sich verändert hatte. Er war dünn und faltig, lief auf und ab wie ein zappeliger Schuljunge, redete wie ein Wasserfall – lauter Unsinn, wie's sich anhörte, irgendwas über ein kurzfristiges Darlehen im Hinblick auf eine bevorstehende Umfinanzierung oder so.

»Verstehe ich richtig. Du willst, daß ich dir fünfzehntausend Pfund leihe, damit du die Bank vom Hals kriegst, während über eine Hypothek auf das Häuschen in Suffolk verhandelt wird.«

»Genau. Es handelt sich nur um ein paar Wochen. Sobald der Scheck von der Baugesellschaft da ist, zahle ich alles zurück. In drei, höchstens vier Wochen.«

»Nun, wenn der Scheck in ein paar Wochen da ist, warum regst du dich dann überhaupt auf?«

Peter blieb stehen, schneuzte sich geräuschvoll und fuhr sich schnell mit dem Ärmel übers Gesicht. »Weil ... weil die Bank das Geld schon früher erwartet. Sofort, genauer gesagt.«

»Ah, ich verstehe.« In Wirklichkeit verstand er gar nichts. Er unterdrückte den Drang, auf die Uhr zu schauen; er mußte in die Besprechung zurück. »Und Emma?«

Peter schüttelte den Kopf. »Weiß von nichts.«

»Was? Ich dachte, das Haus gehört ihr. Fairbright Folly habt ihr es immer genannt.«

»Stimmt. Hör zu, Dan, kannst du mir helfen oder nicht? Du kannst dir denken, daß es mir nicht leichtfällt, dich darum zu bitten.«

»Okay, okay. Ich habe gesagt, ich werde dir helfen, und wenn ich es kann, tue ich das auch. Aber fünfzehntausend kann ich nicht einfach so aus dem Ärmel schütteln. Ich überziehe mein Konto genau wie jeder andere, und meine liebe Gattin wirft das Geld mit beiden Händen raus. Ich kann dir jetzt sofort einen Scheck über tausend ausschreiben und vermutlich dafür sorgen, daß der Rest ...« Er blätterte in seinem Schreibtischkalender und murmelte etwas von Weihnachten und Urlaub. »... in ein paar Wochen.«

Peter trat plötzlich vor den Schreibtisch und schlug mit der Faust auf die Platte. Dan zuckte erschrocken zurück. »Das reicht nicht! Ich brauche es sofort, spätestens morgen!«

»Jetzt Moment mal!« Dan sprang auf. »Du kommst ohne jede Ankündigung hier rauf, pennst im Empfang und jagst den Mädels einen Schreck ein wie ein herumstreunender Perverser, und dann hast du die Stirn und verlangst von mir einen Koffer voller Kohle!« Sie starrten einander über den Schreibtisch hinweg an.

»Verstehst du denn gar nichts?« sagte Peter mit leisem Lächeln. »Dan, ich sitze in der Scheiße. Bis hierher.« Er fuhr sich mit dem Finger über die Kehle.

Dans Telefon klingelte. »Ich komme sofort.« Er legte auf. »Peto, ich kümmere mich darum, aber vor Weihnachten kann ich nichts auf die Beine bringen. Aber ich finde wirklich, du solltest mit Emma darüber reden. Sie hat ein Recht darauf, Bescheid zu wissen.«

Peter starrte ihn an und überlegte. Dann stand er plötzlich auf. »Okay. Vergiß es. Entschuldige, daß ich dich belästigt habe.« Er ging raus.

Benommen ging er zum Sloane Square zurück und setzte sich unter den kahlen Bäumen auf eine Bank, in der Nähe des abgestellten Springbrunnens. Tauben trippelten hoffnungsvoll um seine Füße herum oder dösten, die Köpfe unter den Brustfedern versteckt. Autos fuhren rumpelnd im Kreis um den Platz herum und verschwanden, und die Minuten verrannen wie Sand in einem Stundenglas.

Er brauchte einfach mehr Zeit. Es war eine vorübergehende Situation, das Blatt würde sich wenden, so zuverlässig und sicher, wie die Zeit verging. Irgendwo am Horizont war der Moment, in dem sich das Chaos in Ordnung verwandeln würde. Der Moment bewegte sich auf ihn zu, und wenn er da war, würde er sein Leben wieder so weiterführen wie früher, vielleicht ein wenig älter und weiser durch die Erfahrung, aber wiederhergestellt und mit neuer Kraft.

Er sehnte sich nach einem Drink, hatte aber gerade genug Geld bei sich, um ein kleines Glas in einer Kneipe zu trinken. Er rappelte sich mühsam von der Bank hoch und ging langsam durch die Kings Road zurück. Nach einer Weile kam er zu einem Schnapsladen. Er ging rein, schlenderte langsam an den Regalen vorbei und behielt den Kassierer im Blick. Er ließ den Blick über die Flaschen schweifen. Zu lange.

»Kann ich Ihnen helfen?« Der Kassierer lugte über einen anderthalb Meter hohen Stapel Bierkästen. »Äähmm, nein, danke.« Er ging wieder an den Regalen entlang, vorbei an den aufgemotzten Weinen und den Limonaden und verließ das Geschäft.

»Wie ist es heute gelaufen?«

»Was?« Seine Gedanken wanderten zu der Agentur zurück, zu Dans Büro. »Ach, es ist ziemlich hoffnungslos, alles steht still wegen Weihnachten. Jeder sagt, bis zur zweiten Januarwoche kann ich genausogut Daumen drehen.«

Emma öffnete den Herd und zog das Backblech hervor.

Die Pastete schien durch zu sein, sah aber flach und hart aus. »Ist anscheinend nicht richtig aufgegangen. Wer weiß, wie lange das Ding im Kühlfach gelegen hat.« Der Scotch war aus, und er wandte ihr den Rücken zu und goß ihnen beiden noch einen Gin Tonic ein. Den Rest Gin, der noch in der Flasche war, kippte er in sein Glas. »Gibt's hier irgendwas Neues?«

Sie schloß die Herdtür und nahm ihr Glas. »Nichts Besonderes. Die Kinder waren gräßlich. Nach dem Mittagessen bin ich mit ihnen raus, um sie ein bißchen abzureagieren, aber kaum waren wir wieder im Haus, fuhren sie sich gleich wieder gegenseitig an die Kehle. Ich habe ihnen gesagt, ich ruf den Weihnachtsmann an und sag ihm, daß er dieses Jahr nicht zu den Deacon-Kindern zu kommen braucht. Was meinst du, was sie darauf gesagt haben?«

»Was?«

»Sie sagten, ich würde nur meine Zeit verplempern. Daddy habe ihn schon angerufen.« Es sollte ein Witz sein, aber ihre Stimme hatte eine gewisse Schärfe, und sie lächelte nicht.

Sie überlegte einen Moment. »Ach ja, John Bishop hat angerufen.«

Großer Gott. Seine Hand hob das Glas vom Tisch hoch. Eine Reflexreaktion, ein Zucken des Knies. Er schluckte. »Ach, ja? Der liebe John. Laß mich raten. Eine Einladung zum Essen?«

»Eher zum Letzten Abendmahl.«

Los, Emma, mach's kurz und schmerzlos. »Und?«

Sie neigte den Kopf zur Seite, blickte zur Decke hinauf und spitzte die Lippen. »Nein, du zuerst.«

Er holte tief Luft und atmete mit aufgeblasenen Backen aus. Er dachte an das Blatt mit »Möglichkeiten« und »Maßnahmen«. Es konnte auch ruhig jetzt sein. »Diese Sa-

che mit der Hypothek.« Ohne den Kopf zu heben, sah er sie an, wie sie da mit verschränkten Armen an der Arbeitsplatte lehnte.
»Ja, und?«
»Emma, wir müssen es machen.«
»Das stimmt nicht ganz. Wenn es jemand tun muß, dann ich.«
»In Ordnung. Du mußt es machen.«
»Wieso?«
Er seufzte wieder und wich ihrem Blick aus. »Weil ich Bishop gesagt habe, wir hätten es schon gemacht.«
Sie starrte ihn verblüfft an. »Du hast ihm gesagt, ich hätte zugestimmt, eine Hypothek auf das Landhaus zu nehmen?«
»Ja.« Ein Gefühl der Rebellion flackerte in ihm auf, eine plötzliche Unbekümmertheit. Er richtete sich auf, kippte den Stuhl nach hinten und sah sie an. »Nein. Ich habe ihm gesagt, daß das Landhaus uns beiden gehört und daß wir bereits eine Hypothek beantragt haben und sie uns zugesagt wurde. Es war eine Möglichkeit, in meinen Augen die einzige Möglichkeit, ihn zu einer Erhöhung des Kreditrahmens zu bewegen.«
»Und das hat er dir geglaubt?«
»Ja. Ich mußte nur nach einer Weile eine Bestätigung der Baugesellschaft beibringen.«
Das saß. Sie zuckte zusammen und stellte ihr Glas auf die Arbeitsplatte. »Wie hast du das gemacht?«
»Ich habe einen Brief der Baugesellschaft gefälscht und ihm gefaxt.«
»Das kann doch nicht wahr sein.« Sie schüttelte benommen den Kopf.
»Du siehst also, daß wir, Verzeihung, daß du jetzt eine Hypothek beantragen mußt. Sofort. Ich habe die Formu-

lare bereits ausgefüllt. Wenn du es nicht tust, komme ich wahrscheinlich ins Gefängnis wegen Betrugs.«

Er sah sie trotzig an. Irgendwas zerplatzte im Herd. Los, sag's schon. »Was um Gottes willen hast du dir dabei gedacht?« flüsterte sie.

»Was ich mir dabei gedacht habe?« Er sprang auf und stach mit dem Zeigefinger in die Luft. »Das will ich dir sagen. Ich habe versucht, mit einer unmöglichen Situation so gut wie möglich fertig zu werden. Mit einer Situation, für die du mehr als nur ein bißchen verantwortlich bist, mit der du aber nichts zu tun haben willst. Ich habe versucht, dich und die Kinder so lange wie möglich vor alldem zu schützen in der Hoffnung, daß alles wieder in Ordnung kommen wird, ohne daß du darin verwickelt wirst.«

»Aber ich hatte ein Recht darauf, darin verwickelt zu werden! Hast du daran überhaupt nicht gedacht?«

Jetzt wurde er wütend. »Jetzt komm mir bloß nicht damit, du Lügnerin! Jedesmal, wenn ich über das Thema reden wollte, hast du abgeschaltet. Du wolltest einfach nichts davon wissen!« Verächtlich spuckte er die Worte aus, ohne zu merken, daß er auf sie zugegangen war und dicht vor ihr stand, die Hand nur Zentimeter von ihrem Hals entfernt.

Tränen stiegen ihr in die Augen, aber sie kämpfte dagegen an; sie wollte sein Mitleid nicht. »Du wolltest eine Hypothek auf mein Haus nehmen. Mein Haus, das Haus meines Vaters ...« Die Tränen brachen hervor, sie schluckte und schluchzte.

Er spürte einen Stich im Herzen und sah das kleine Mädchen auf dem Foto vor sich, das im Haus ihrer Mutter hing, das sieben oder acht Jahre alte Mädchen auf dem Knie seines Vaters. Doch das Feuer schlug über ihm zusammen, bevor er sich zurückhalten konnte. Er knurrte mit verzerrten, zitternden Lippen: »Laß deine Schuldgefühle wegen deines toten Vaters aus dem Spiel. Das hat überhaupt nichts ...«

Sie schlug ihn hart auf die rechte Wange. Er steckte den Schlag mit dem gleichen leichten Staunen ein wie bei dem Jungen an der Victoria Station, doch diesmal reagierte er sofort. Seine linke Hand zuckte blitzschnell hoch und traf ihren Kiefer, kaum eine halbe Sekunde nach ihrem Schlag. Er sah es wie in Zeitlupe, er konnte es nicht verhindern, es war ein Reflex. Als seine geballte Faust auf ihr Gesicht zusauste, spürte er die zerstörerische Kraft, als ob jede Zelle seines Körpers, jede Faser seines Wesens sich konzentrierte und Energie in seine Faust schickte. Im letzten Moment, im Bruchteil einer Sekunde, bevor er sie traf, brachte etwas tief in seinem Inneren seine Finger dazu, sich zu lösen.

Sie preßte die Hand auf ihre untere Wange, holte tief Luft und trat einen Schritt zur Seite. Leicht gebeugt stand sie da, starrte ihn überrascht und ungläubig an. Dann sank sie auf die Knie, und er hörte ein leises Heulen, wie aus weiter Ferne, und der Ton wurde höher und lauter, bis er abbrach und sie unkontrolliert zu schluchzen begann.

»Es tut mir leid, Emma. O Gott, Emma, es tut mir leid.«

Er kniete neben ihr nieder und legte den Arm um ihre Schultern. Sie versuchte, ihn abzuschütteln, aber er hielt sie fest, drückte sie an seine Brust, hielt ihren zitternden Kopf fest, während sie weinte. Nach einer Weile wurde sie ruhiger, doch er hielt sie weiter fest und wiegte sie leicht hin und her. Dann sagte sie, sie müsse sich ein Taschentuch holen, und entschlüpfte ihm.

Ein paar Minuten später saßen sie im Wohnzimmer. Er hatte angenommen, sie sei endgültig nach oben gegangen, aber sie kam wieder in die Küche, putzte sich die Nase und bewegte ihr Kinn. Ihre Stimme war ruhig, und sie lächelte sogar verzerrt, als sie sein Gesicht sah. Auf seiner Wange war ein glühendroter Abdruck ihrer Hand. »Setzen wir uns ins Wohnzimmer. Haben wir noch was zu trinken?«

Er holte eine Flasche deutschen Wein, den jemand mal zum Abendessen mitgebracht hatte. Er war nicht gekühlt und zu süß, aber sie tranken ihn dankbar.

»Emma, es tut mir leid.«

Sie hob die Hand. »Mir auch. Aber wir müssen jetzt entscheiden, was wir tun sollen. Du hast versprochen, über meinen Vorschlag nachzudenken, wenn ich über deinen nachdenke.«

Sie war also nicht bereit, sich geschlagen zu geben und das Risiko einzugehen, alles zu verlieren. Es war ein Moment des Triumphes für sie, in dem sie den Sieg dem Rachen der Niederlage entriß. Daß sie sich gegenseitig geschlagen hatten, nahm sie nicht so wichtig. Er seufzte: »Ja.«

»Nun, unabhängig von der Tatsache, daß du deine Pläne bereits vorangetrieben zu haben scheinst, solltest du meinen Vorschlag ernsthaft in Betracht ziehen.« Wieder so eine vorbereitete Rede. Sie putzte sich wieder die Nase. »Wenn sich deine Lage bis zum Ende des Jahres nicht verbessert hat, sollten wir ins Landhaus umziehen. Ich kann genug verdienen, um uns am Leben zu erhalten, die Kinder kommen in die dortige Schule, und du kannst weiter auf Arbeitssuche gehen, mit dem Landhaus als Ausgangsbasis.«

»Aber bis dahin sind es doch nur ein paar Wochen. Meine Lage wird sich vor Beginn des neuen Jahres nicht ändern.«

Sie zuckte die Schultern. »Kann sein, aber so können wir nicht weiterleben. Ich jedenfalls kann's nicht.«
Sie tranken schweigend. Er schaute sich im Zimmer um. »Und was ist mit diesem Haus?«
»Weiß ich nicht. Interessiert mich auch nicht. Verkauf die verdammte Bude, und bezahle mit dem Geld die Schulden. Dann bleibt immer noch genug übrig, um etwas anderes suchen zu können, etwas Kleineres. Vielleicht eine Wohnung.«
»Du hast dir das fein ausgedacht.« Sie gab keine Antwort. »Was ist, wenn ich nein sage?«
»Hast du nicht richtig zugehört, Peter? Ich gehe. Mit den Kindern. Es ist deine Sache, ob du mitkommst oder nicht. Das hier dauert schon zu lange, und so kann es nicht weitergehen. Es ist nicht deine Schuld, du hast, weiß Gott, alles versucht, aber wir müssen einfach praktisch denken.«
Praktisch denken. Jede Hoffnung auf eine Normalisierung der Situation aufgeben. Aus einem bequemen Haus im Zentrum der europäischen Geschäftswelt ausziehen. Und wohin? In eine ungeheizte, schlecht isolierte, feuchte, zugige Baracke im finstersten Nirgendwo. Mitten im Winter. Der reine Wahnsinn. »Und wenn ich einen Job finde, hier in der Stadt? Was dann?«
»Keine Ahnung. Darüber reden wir, wenn es soweit ist. Vielleicht kommen wir wieder zurück. Vielleicht kannst du pendeln – viele Leute tun das. Aber das ist dann, es geht um jetzt.«
Er war entsetzt. Die dunklen Augenbrauen gerunzelt, starrte er blicklos auf den Boden und zupfte an einem Stück losen Gummi an seinem Schuh. Er preßte die Lippen so fest zusammen, daß sein Mund wie ein dünner, nach unten gebogener Strich aussah.
»Peter. So schlimm ist es doch nun auch nicht.« Ihre Stim-

me klang sanfter. »Du wirst sehen. Morgen beginnen wir herumzutelefonieren. Wir reden mit Bishop und klären diese Hypotheken-Sache, wir kontaktieren ein paar Immobilienmakler und lassen das Haus schätzen.«

»Moment mal. Ende des Jahres hast du gesagt, wenn ich mich richtig erinnere. Wir sollten nichts überstürzen.«

»Okay. Ende des Jahres. Abgemacht?« Es fiel ihr schwer, nicht zu lächeln. Auf ihrer rechten Wange war immer noch ein roter Fleck zu sehen, aber es schien ihr nichts auszumachen.

»Sieht so aus, als hätte ich keine große Wahl.«

Sie grinste übers ganze Gesicht, stand von ihrem Sessel auf, trat zu ihm und küßte ihn zart auf die Wange. Dann ging sie zur Tür.

»Moment.«

Sie blieb stehen. »Hmm?«

»Was wollte Bishop?«

»Oh, nichts. Er hat nichts gesagt. Er wollte dich bloß sprechen.«

Kapitel 8

Am nächsten Tag waren sie beide früh auf den Beinen. Sie saßen in der Küche und tranken Kaffee, bis Sally hereingewatschelt kam, die Hausschuhe an den falschen Füßen, mit verschlafenen Augen und gähnend.

»Ist heute Weihnachten?«

»Heute noch nicht, Schätzchen, aber bald. Komm jetzt, und iß dein Frühstück.«

Jamie kam rein, und sie setzten sich und frühstückten zusammen. Emma machte Rühreier. Jamie starrte erstaunt auf seinen Teller.

»Wieso denn das?« fragte Sally. »Rühreier gibt's doch sonst nur zum Tee.«

»Ich dachte, ich mach heute mal ein ordentliches warmes Frühstück. Zur Abwechslung.«

Danach gingen sie ins Gästezimmer. Die Kinder kamen mit, saßen zappelig auf dem Bett und spürten, daß etwas Besonderes in der Luft lag. Peter war verwirrt und überrascht. Dies war sein Zimmer, er hatte sich daran gewöhnt, es für sich allein zu haben, ihre Anwesenheit machte ihn nervös.

»Darf ich es sehen?«

Er zögerte, dann griff er tief in eine Schublade des Schreibtischs und zog einen durchsichtigen Plastikordner mit

Briefen und Vordrucken der Baugesellschaft hervor. Er nahm ein fotokopiertes Blatt heraus und reichte es Emma nervös.
Sie betrachtete die Fälschung mit fachmännischem Blick. »Sehr gut«, sagte sie dann und hielt das Blatt vors Fenster. »Andere Schrifttypen als bei den üblichen Schreibmaschinen, aber der Bank fällt das bestimmt nicht auf. Sehr geschickt geschnitten und geklebt. Vielleicht solltest du's mal mit Banknoten versuchen.« Im Licht, das durchs Fenster hereinfiel, konnte er auf der einen Seite ihres Kiefers eine leichte Verfärbung erkennen, einen kaum sichtbaren gelben Fleck, nicht zu entdecken, wenn man nicht danach suchte.
»Ha ha«, sagte er mit humorlosem Grinsen.
»Ha ha«, sagte Sally.
»Wo ist das Original?« Er machte eine Bewegung, als würde er etwas zerreißen. »Gut.« Nachdenklich kaute sie an ihrem Daumennagel. Jamie blätterte in einer alten Ausgabe des *Flight Magazine*. Sally versuchte, unters Bett zu kriechen. »Also, was hältst du von folgendem: Ich rufe ihn an, oder du tust das und sagst ihm, daß wir beschlossen haben, den Hypothekenvertrag zu stornieren. Wir denken uns irgendeine Entschuldigung aus, daß die Baugesellschaft zu ruppig mit uns umgesprungen sei oder daß wir irgendwo einen besseren Zinssatz bekommen. Irgendwas in der Art.«
»Emma, der geht die Wand hoch. Der sperrt unser Konto, dann können wir keine Schecks mehr ausstellen. Das da«, er deutete auf das Blatt Papier, »war das einzige, was uns noch über Wasser gehalten hat.«
»Ich glaube nicht, daß er irgendwas machen wird. Wir könnten sagen, daß wir uns das Ganze überlegt haben und eventuell daran denken, statt dessen dieses Haus zu

verkaufen. Er wird nicht das Konto sperren, das kann er nicht. Das wichtigste ist, daß du aus dieser Sache rauskommst.« Sie schüttelte das Papier. Unter dem Bett hörte man das Klirren von leeren Flaschen. Von Sally waren nur die Füße und Knöchel zu sehen. Emma sah ihn an, unterdrückte jedoch eine Anmerkung. »Komm raus, Sally. Geh und zieh dich an.«

Peter saß wie benebelt in seinem Sessel. Es ging alles so furchtbar schnell. »Das wird nicht klappen«, murmelte er immer wieder, doch dann rief er in der Bank an. Er sagte seinen Spruch auf und wartete. Es dauerte ziemlich lange.

»Ich verstehe. Nun, ich bin offengesagt ein wenig enttäuscht, Peter. Ich werde, äh, über die Sache nachdenken und zurückrufen.« Er legte auf. Emma sah ihn erwartungsvoll an.

»Und? Was will er tun?«

»Nichts. Er denkt über die Sache nach und ruft zurück.«

»Siehst du. Viel Bellen und kein Beißen. Die Banken brauchen Leute wie uns, um solche Gewinne zu machen. Du wirst sehen, er wird dir ein neues Kreditangebot machen – wahrscheinlich lädt er dich zum Essen ein.« Sie zerknüllte den gefälschten Brief und warf ihn in eine Ecke. »Also, was machen wir mit diesem Haus? Ich habe mir gedacht, wir könnten es vermieten, ein Bombengeschäft damit machen, indem wir es kurzfristig an anständige Familien vermieten. Oder sollen wir es verkaufen? Was meinst du?«

So ging es fort am ganzen Vormittag. So hatte er sie noch nie erlebt. Es war, als hätte sie plötzlich ein bisher verborgenes fantastisches Talent in sich entdeckt. Sie konnte einfach nicht aufhören, mußte immer weitermachen und sich selbst – und ihm – beweisen, daß es kein vorübergehender

Anfall war. Die meiste Zeit hielt er den Mund. Ein Teil von ihm war verblüfft, verwirrt von dem Tempo, mit dem sie die Situation erfaßte und fähig schien, damit fertig zu werden; sie wischte ein Problem verächtlich vom Tisch, und schon war sie beim nächsten.
Ein anderer Teil von ihm war bedrückt und verzagt. Er verlor die Kontrolle, die Zügel glitten ihm aus der Hand. Ein Fiasko lag in der Luft und vergiftete die Atmosphäre wie der Gestank der toten Maus, die einmal lange Zeit in der Küche gelegen hatte, bis sie sie entdeckten.
Wieder ein anderer Teil war über ihre maßlosen Vereinfachungen empört, über ihre unausgesprochene Mißbilligung seiner Handlungen. Trotzdem überlegte er mit ihr weiter, denn er wußte zu genau, daß nicht alles so simpel und geradlinig war, wie sie sich das vorstellte. Früher oder später, je tiefer sie in die Materie eindrang, würde sie auf massiven Fels stoßen.
Das Telefon klingelte, und sie nahm es ab und gab ihm den Hörer. »Bishop.« Ein winziger Riß zeigte sich in der Fassade, eine leichte Verletzbarkeit trotz der Rüstung. Bevor er noch ein Wort sagen konnte, klingelte es an der Haustür, und er legte die Hand über die Sprechmuschel und sagte: »Um Himmels willen, laß bloß die Kinder nicht an die Tür!«
»Was?« Einen Moment lang schien sie völlig durcheinander.
»Geh schon hin!« Sie rannte zur Tür.
»Peter, es tut mir leid, die Sache ist mir aus der Hand genommen worden. Ich habe wirklich gehofft, daß es noch einen anderen Weg gibt, glauben Sie mir, aber seit Ihrem Anruf heute morgen ...« Er sprach hastig und unzusammenhängend. Seine Stimme klang gedämpft und undeutlich, als halte er den Hörer an seine Brust.

»John, was soll das denn heißen? Ich kann Sie kaum hören.« Eine furchtbare, eiskalte Vorahnung stieg in ihm auf.
»Wir stellen Konkursantrag, Peter. Die Bank. Wegen Zahlungsunfähigkeit. Es geschieht zu Ihrer eigenen Sicherheit.« Er redete weiter und fing sich rasch wieder, jetzt, da es vorbei war, da er es Peter mitgeteilt hatte. Peter stellte Fragen, hörte aber nur halb zu. Er schaute aus dem Fenster, hinauf zum grauen Himmel, und seine Gedanken schweiften ab. Ihm fehlte das Fliegen; er hatte nie gedacht, daß es ihm fehlen würde, aber es gab nichts Herrlicheres. Man jagt los in einem schnellen Jet, hält ihn tief und waagerecht, während sich die Mach-Nadel auf der Skala vorwärtsbewegt, und zieht ihn hoch. Die Schwerkraft preßt dich in den Sitz, während die Maschine rotiert, gen Himmel jagt, durch die Wolkendecke stößt und wie ein blitzendes Geschoß in das grelle Blau eindringt, höher und höher in einer vollkommenen Vertikale, bis der Himmel dunkel wird, das Tempo nachläßt und die Instrumente ungenau werden. Dann zieht man die Maschine nach unten, bis die Nase abwärts deutet, und rast wie ein Pfeil auf die ferne weiße Fläche zehn Meilen unter dir zu.
»Ja, ja, John, ich verstehe. Ich rufe später noch mal an, da ist irgendwer unten an der Haustür.« Er hörte Emmas erhobene Stimme. Er legte auf und ging zum Treppenabsatz. Unten in der Diele stand ein Mann in einem kurzen blauen Arbeitsmantel, der den Fernsehapparat ungeschickt in den Armen hielt. Emma schimpfte, und er antwortete mit einer Ich-tu-ja-nur-meinen-Job-Stimme. Sally und Jamie standen daneben; Sally heulte. Es war, als sei er zu spät ins Theater gekommen, beobachte vom ersten Rang aus die zweite Hälfte der ersten Szene und versuche, sich alles zusammenzureimen. Sie verstummten und

blickten zu ihm herauf. Langsam stieg er die Treppe hinunter.
»Stellen Sie den Fernseher hin, und verlassen Sie mein Haus.« Irgendwie kam ihm der Satz bekannt vor, doch es war, als ob ihn jemand anderer sprach.
»Hören Sie, Mann, machen Sie keinen Ärger. Ich bin nur der Fahrer. Ich tu bloß, was man mir sagt. Sie haben einen Brief gekriegt. Ich komme nur und hol das Ding ab. Hat alles seine Richtigkeit.«
Er war jetzt unten angelangt, trat zu den anderen Mitspielern, pflanzte sich vor dem Mann in dem blauen Mantel auf und starrte ihn mit eisigem Blick an. Er sprach langsam, leise, überdeutlich.
»Interessiert mich überhaupt nicht. Stellen Sie ihn hin, und machen Sie, daß Sie rauskommen.«
Der Fahrer zögerte. Er fühlte sich völlig im Recht. Er kannte das Gesetz. Wenn man ihn ins Haus gelassen hatte, war er berechtigt, mit den Sachen wieder rauszugehen. Er hatte das schon oft gemacht, Hunderte von Malen. Meistens versuchte er, die Sache so zu arrangieren und seinen Besuch so zu legen, daß der Hausherr nicht da war und nur Kinder und Frauen händeringend dastanden und ihm sogar noch die Tür aufhielten. Aber hier war das anders; die Frau war eine Kratzbürste, und er hatte was ganz Merkwürdiges an sich. Regel Nummer eins: Laß dich nie auf Streitereien ein. Jedenfalls nicht, wenn du die Hände nicht frei hast.
»Also meinetwegen, wie Sie wollen.« Er warf Peter das Gerät zu, und der ließ es fast fallen, konnte es aber wieder auffangen. Der Mann drehte sich zur Seite und schob seinen Kopf dicht an Peter heran. »Aber Sie verplempern nur Ihre Zeit, Mister, wir kommen morgen mit der Polizei wieder. Was werden Ihre Kinder wohl dazu sagen, eh?« Er

hielt Peter einen Finger unter die Nase; er war dreckig und voller Nikotinflecken. Peter zuckte nicht mit der Wimper, sondern starrte ihn nur ausdruckslos an. »Ihr Typen macht mich krank«, zischte der Mann. Peter roch seinen stinkenden Atem, ein Speicheltropfen traf ihn an der Nase. Der Mann grinste ihn einen Moment an, warf einen Blick auf Emma und die Kinder und schlurfte dann durch die Diele. Er riß die Haustür so heftig auf, daß sie gegen die Wand knallte, und trat auf die Treppe davor.

Es war sein Fehler, daß er die Tür offenließ. Peter spürte, wie etwas in seinem Kopf klickte wie ein Schalter. Ein grelles Licht blitzte auf, und er ging auf das Licht zu, das blendende, schmerzhaft helle Licht, das durch die Tür in den dunkleren Hausflur drang. Er stolperte darauf zu und wandte den Kopf zur Seite, als er dem Licht näher kam, schneller und schneller, bis er seine Kühle spürte. Plötzlich blieb er stehen, wuchtete den Fernseher hoch und schleuderte, in das helle Licht getaucht, ihn mit einem dumpfen Schrei in die Luft.

Der Fahrer drehte sich um. Er riß erschrocken die Augen auf, als er den Fernseher auf sich zufliegen sah. Es war zu spät, um ihm auszuweichen. Instinktiv riß er die Arme hoch, stieß einen kindlichen Schreckensschrei aus und duckte sich zur Seite.

Der Apparat implodierte vor seinen Füßen, und Glassplitter spritzten nach allen Seiten. Dann kippte er auf die Seite, kollerte in den Rinnstein und prallte an die Seite des Lieferwagens.

Mit aufgerissenem Mund starrte der Mann Peter an, halb gebückt, einen Arm über dem Kopf. »Du verdammter Hurensohn«, sagte er leise mit zitternder Stimme. »Du hättest mich umbringen können ...«

Peter sagte nichts. Er stand in der Tür und starrte auf den

zertrümmerten Fernseher. Die Mittagssonne warf seinen langen Schatten in den Flur.

»Wir müssen sofort weg, heute noch.« Peter saß am Küchentisch, beide Hände um ein volles Whiskyglas gelegt, und Emma lief auf und ab. Sie hatte ihn ins Haus gezogen, als er wie betäubt in der Tür stand. Sie fürchtete, der Fahrer könnte zurückkommen und ihn schlagen. Aber der Mann war zu seinem Lieferwagen gerannt, hatte fluchend die Reste des Gerätes hineingeworfen und gedroht, die Polizei zu holen.

Drinnen begann Peter zu zittern und mit den Zähnen zu klappern. Emma und die Kinder starrten ihn erschrocken an. Zuerst brachte er kein Wort hervor, doch dann ließen die Krämpfe allmählich nach. »Em, ich brauche jetzt unbedingt einen Drink«, sagte er in flehentlichem Ton.

»Ich auch.« Sie lief zu dem Laden an der Ecke und kaufte eine Flasche. Er stürzte ins Badezimmer und übergab sich.

»Wie?« Er trank einen großen Schluck. Das Zittern hatte fast aufgehört.

»Wir müssen sofort von hier weg. Was hat Bishop genau gesagt?«

Bishop. Das Telefongespräch. Das war doch schon so lange her. Er stöhnte und dachte angestrengt nach. »Äh, er hat eine Menge juristisches Zeug geredet und schließlich gesagt, es sei eine Art Konkursverwaltung.« Daran konnte er sich noch erinnern. »Wir wären vor allen unseren Gläubigern geschützt, äh, wenn das Gericht die Bank mit der Konkursverwaltung beauftragt.«

»Was war das über Besitz und Eigentum?«

»Sie können den ganzen Besitz einfrieren und alles Eigentum und alle Gegenstände sicherstellen, im Interesse und im Auftrag der Gläubiger.«

»Auch Immobilienbesitz?«
»Ja, er hat was über Immobilien gesagt.«
»Hat er auch das Landhaus erwähnt?«
»Ja, äh, nein. Er hat von Immobilien gesprochen, und natürlich weiß er von dem Landhaus.«
Emma hörte auf herumzuwandern. Jamie kam in die Küche. Sally war schon da und kniete auf einem Stuhl am Tisch, ein Malbuch vor sich. Jamie ging zu Emma und schaute Peter argwöhnisch an. »Mama.« Seine Stimme war ganz ruhig und voller Vertrauen. »Zuerst hatten wir Daddys Auto nicht mehr, dann hatten wir dein Auto nicht mehr, und dann kam der Mann und hat den Fernseher mitgenommen ...« Er zählte dabei an den Fingern ab.
»Und ich geh nicht mehr in die Schule«, warf Sally ein.
»Ich glaub, das ist alles deshalb so, weil Daddy keine Arbeit hat.«
Sie strich ihm übers Haar. »Weißt du, sie können dieses Haus nicht nehmen, es ist bereits vom Gericht beschlagnahmt. Sie werden sich das Landhaus nehmen, vor allem wenn es leersteht.«
»Und warum kriegt er keine Arbeit?«
»Was?«
»Das hier können sie alles haben.« Sie machte eine ausholende Bewegung. »Hier sind eine Menge wertvolle Sachen, und das Gericht muß eine Entscheidung darüber treffen. Der Wert ist viel höher als unsere Schulden. Verstehst du denn nicht, wir müssen weg, sofort! Das Landhaus lass' ich sie nicht wegnehmen. Das können sie nämlich nicht, wenn wir darin wohnen.«
»Wohnen wir jetzt im Landhaus?«
»Jajaja!« Sally kletterte von ihrem Stuhl und zerrte an seiner Hand. Er konnte nicht mehr richtig denken. Es ging alles viel zu schnell. Plötzlich fand er die Aussicht, all dem

Mist hier zu entfliehen, nicht mehr so unattraktiv, und obwohl er das Gefühl hatte, daß ihre Argumente nicht ganz logisch waren, machte das, was sie sagte, doch irgendwie Sinn.

»Wir nehmen nur das, was wir in den Morris reinkriegen, das Allerwichtigste, wir laden es einfach ein und hauen ab.« Sie wedelte mit der Hand in der Luft herum.

»Und wovon leben wir?«

Sie zögerte; das würde ihm jetzt nicht besonders gefallen. »Ich habe tausend Pfund. Meine Mutter gab mir das Geld, als ich sie kürzlich besucht habe.« Sie beobachtete ihn, während er das verdaute, die Lippen gespitzt, nachdenklich nickend. Natürlich hatte sie ihr Geld gegeben, die hinterhältige alte Ziege; sie würde ihr Baby nie mit einer leeren Handtasche zurückfahren lassen. »Ich hab's für den Notfall aufgehoben.«

Sie kam zu ihm, setzte sich auf den Stuhl neben ihm und legte ihre Hand auf seine. Sally legte ihre Hand oben drauf. Emma streckte den freien Arm nach Jamie aus, und er kam langsam näher und stellte sich neben sie. Es war wie eine Verschwörung. »Peter, das ist eine Chance, neu anzufangen. Wir können das alles hier hinter uns lassen. Sollen sie sich doch damit herumschlagen, während wir Kraft sammeln und unsere nächsten Schritte planen. Aber wir müssen es jetzt sofort tun. Bevor es zu spät ist.«

Der Nachmittag war ein Durcheinander von Kofferpacken, Telefongesprächen, Einkäufen im Laden an der Ecke und konfusen Zurufen. Bald stellte sich heraus, daß es unmöglich war, das Londoner Haus in aufgeräumtem Zustand zu hinterlassen; die Betten abzuziehen, alle persönlichen Gegenstände und Kleidungsstücke ins Auto zu verstauen, Porzellan, Bestecke, Bücher einzupacken, Staubfänger über die

Möbel zu breiten und so weiter, war völlig undenkbar. Dazu war einfach nicht genug Zeit. Außerdem war im Morris nicht viel Platz. Schließlich entschieden sie, daß jeder nur einen Koffer mit den nötigsten Wintersachen mitnehmen konnte und so viele Kartons mit anderen Sachen und mit Lebensmitteln, wie sie im Morris unterbringen konnten. Nach und nach häufte sich ein Berg von Koffern und Schachteln in der Diele an.

Dan rief an. Peter war im Gästezimmer und ordnete die Mappe mit den Bewerbungsbriefen.

»Dan. Hör zu, tut mir leid wegen gestern. Ich war völlig durchgedreht.«

»Laß den Unsinn, ich war widerlich. Paß auf, das Geld ist schon im Anrollen. Ich habe mir den Bankdirektor vorgeknöpft, ein bißchen über Weihnachten mit ihm geredet und über gute Werke und über die Fotos, die ich von ihm und seinem Hauptkassierer habe, und was meinst du? Er hat sich bereit erklärt, einen Koffer voller gebrauchter Zehner ins Herrenklo des ›Kings Arms‹ zu stellen. Gott segne ihn …«

»Ist ja toll, Dan. Aber vielen Dank – das geht nicht.«

»Warum nicht, zum Teufel? Sie sind nicht markiert.«

»Es ist zu … Also – wir verschwinden.«

»Verschwinden? Wohin? Meinst du, ihr geht ins Ausland oder so was?«

Emma steckte den Kopf zur Tür herein; sie hatte einen Schal umgebunden und sah aus wie eine Flüchtlingsfrau.

»Dan!« flüsterte er ihr zu.

»Sag ihm, wir melden uns bald bei ihm«, zischte sie und verschwand.

»So ungefähr. Wir fliehen aufs platte Land.«

»Großer Gott, so ein Unsinn! Warum denn, was ist denn los?«

Es war keine Zeit für Erklärungen, und Peter versprach, sich so bald wie möglich bei ihnen zu melden.
Sie versammelten sich in der Küche und aßen Dosensuppe. Die Kinder waren aufgeregt und ungeduldig. Die Heizung war abgestellt, und langsam wurde es kalt im Haus. Überall standen Kartons herum, Plastiktüten voller Kleidungsstücke neben Müllsäcken mit Abfall. Schranktüren und Schubladen standen offen; den Inhalt hatten sie hastig durchwühlt und liegengelassen. Das ganze Haus sah aus, als sei es überstürzt von Amateureinbrechern durchsucht worden.
Als der Gepäckberg in der Diele doppelt so groß war wie der Stauraum im Morris, war Emma heimlich von Zimmer zu Zimmer gelaufen wie ein Hund mit einem Knochen und hatte verzweifelt nach Stellen gesucht, an denen sie ihre Sachen verstecken konnte. Vor sich hin murmelnd machte sie sich an die Arbeit, versteckte Bilder unter Matratzen, Kerzen unter Handtüchern im Wäscheschrank, ihren wertlosen, aber hochgeschätzten Modeschmuck in einer Schublade unter den Unterhosen. »Das kriegen sie nicht. Das werden die Schweine nicht finden.«
Während Peter schleppte und schleppte, merkte er, daß er ständig abgelenkt wurde; er ging nach oben, um seine Mappe mit den Geschäftskarten zu holen, und landete im Badezimmer, wo er den Thermostat fürs Wasser neu einstellte. Nach einer Weile steckte er einen Notizblock und einen Bleistift in die Tasche und machte sich Notizen, um nichts zu vergessen. Er mußte die ganze Zeit an eine Szene in einem Film denken – er war sich nicht sicher, ob er im amerikanischen Bürgerkrieg oder im Zweiten Weltkrieg gespielt hatte und ob James Caan ein total erschöpfter, blutbefleckter Konföderierter oder ein

verdreckter grauhaariger GI gewesen war. Er war in ein Bauernhaus gestürzt und hatte geschrien: »Sie kommen. Jeder nimmt nur das, was er tragen kann, und dann nichts wie weg!«

Es war der reine Wahnsinn! Er schrie auf und fluchte fürchterlich, als er sich an einem Schraubenzieher schnitt und dieser über den Küchenfußboden davonschlitterte. Er kniete vor dem Boiler, saugte an seinem verletzten Finger und schaute sich an, was der Schraubenzieher angerichtet hatte. Der weißrandige Schnitt verschwand unter dem hervorquellenden Blut, das den Finger entlanglief und auf den Boden tropfte. Wieder saugte er daran und spürte den warmen, salzigen Geschmack. Schließlich wickelte er ein Papiertaschentuch um den Finger und ging in den Flur. Alle waren da und wühlten in dem Gepäckberg herum.

»Emma, das ist völliger Irrsinn. Warum lassen wir uns nicht Zeit und fahren mor–«

Die Türklingel unterbrach ihn. Sie erstarrten und blickten sich an. Emma öffnete die Hände und zuckte fragend mit den Achseln. Er legte seinen blutenden Finger auf die Lippen. Die Kinder schauten von einem zum anderen. »Daddy?« fragte Sally. Sie hielt das Fischernetz aus Plastik in der Hand, das er ihr letztes Jahr für den Strand gekauft hatte. Er machte einen Schritt vorwärts, riß sie hoch und drückte sie an die Brust, und Emma packte Jamies Hand. Wieder schrillte die Klingel, und sie erstarrten. Ihre Blicke trafen sich. Sie riß erschrocken die Augen auf. Kopfschüttelnd schlich er zu ihr. »Tritt zurück!« flüsterte er.

Sie preßten sich nebeneinander an die Wand. Jamie zwischen ihnen, Sally auf seinem Arm. Er murmelte ihr irgendwelchen Unsinn ins Ohr. Wieder ging die Klingel, dann ging die Klappe des Briefschlitzes auf. Er preßte den Kopf fest gegen die Wand und drückte Sallys Kopf an sei-

nen Hals. Das Licht in der Diele brannte, auch im Kinderzimmer. Mitten in der Diele lag der Berg Gepäck. Der Briefschlitz blieb offen, er hörte die Stimme eines Mannes, der zu einem anderen sprach. Wieder die Türklingel, lange und laut. Sally preßte die Hände auf die Ohren. Nur das, was ihr tragen könnt, und dann nichts wie weg! Er schloß die Augen, bettelte, daß das Klingeln aufhörte. Er spürte, wie die Hitze wieder in ihm hochstieg. Wenn der verfluchte Kerl nicht sofort aufhörte zu klingen …
Das Klingeln brach ab, die Stille war wie ein Schock. Sie warteten, wagten kaum zu atmen. Eine lange Pause; schließlich fiel der Briefschlitz zu, und sie hörten Schritte, die sich entfernten. Sie warteten noch eine volle Minute, dann kroch er durchs Spielzimmer zum Fenstersims und blickte auf die leere, von Laternen beleuchtete Straße, bis er sicher war, daß sie weg waren. Der Morris stand wartend vor der Tür; die verchromten Radkappen schimmerten auf den schwarzen Reifen. Er ging in die Diele zurück und nahm ein paar Koffer auf.
»Okay, los jetzt!«

Es dauerte fast noch eine Stunde, bis sie fertig waren. Sie hatten viel zuviel Gepäck, um es in den Wagen zu bekommen, und mußten erneut aussortieren und alles außer dem absolut Notwendigen zurücklassen. Peter befestigte zwei Koffer auf dem Autodach; als Unterlage nahm er die Matratze aus Sallys altem Kinderwagen. Emma war bereit, hinten zu sitzen und Sally auf den Schoß zu nehmen, so daß die halbe Sitzbank für Schachteln und Tüten frei war. Jamie setzte sich auf den Beifahrersitz; der Boden davor war so vollgepackt, daß er die Beine ausstrecken und auf einen Kasten mit Küchenutensilien legen mußte. Peter packte den Kofferraum immer wieder um, bis er bis zum

Deckel vollgepfropft war, und stopfte in jeden Winkel und jeden Spalt irgendwelche Sachen, so daß er sich schließlich gegen die Hintertüren stemmen mußte, um zu verhindern, daß alles wieder herausfiel. Mit einem letzten Stoß drehte er den Griff und versperrte die Türen. Sie waren soweit.

Er beugte sich zum Fenster nieder. Es war kalt, ein leichter Nieselregen trieb durch den gelben Schein der Straßenlaterne.

»Ich geh schnell rein, schalte alles aus und schließe ab.«

Sie nickte. »Beeil dich.«

Er ging durchs Haus, überprüfte die Fenster, schaltete Lampen aus, machte Türen zu. Im Gästezimmer blieb er einen Moment vor dem Schreibtisch stehen und strich mit der Hand über die gebogene Rückenlehne seines Sessels. Er wünschte, er könnte ihn mitnehmen. Ihm fiel ein, wie er ihn damals in der ersten Woche nach oben in sein »Büro« getragen hatte. Wie er darin gesessen und unbekümmert die Lage analysiert und seine Strategie ausgearbeitet hatte. Vollkommen zuversichtlich, mit einer hirnverbrannten Naivität.

Und er hatte darin gesessen, als der Kampf begann. Als das, was als eine kurze intellektuelle Übung in logistischer Planung begonnen hatte, sich zu einem ausgewachsenen Konflikt entwickelte, zu einem sich lange hinziehenden Kampf um Befreiung aus einem Chaos, an dem er nicht schuld war. Ein harter, bitterer, schmutziger und erschöpfender Nervenkrieg, der ihn völlig erschöpfte, seinen Willen und seine Fähigkeit, vernünftig zu denken, zersetzte. Der ihn und seine Art, zu fühlen und zu reagieren, und seine ganze Persönlichkeit allmählich veränderte.

Ihn fröstelte, das Haus kühlte ab. Und der Krieg war noch nicht vorbei. Bei dem Gedanken lief ihm ein Schauer über

den Rücken. Nein, nicht vorbei. Nur verlagert. Er schaltete das Licht im Gästezimmer aus und zog die Tür leise hinter sich zu.
Sie beobachteten ihn durch die beschlagenen Fenster des Autos. Er drehte den Haustürschlüssel zweimal um, trat ein paar Schritte zurück und blickte an den oberen Fenstern hoch, dann drehte er sich auf dem Absatz herum und kam die Treppe herunter. Wir machen es genau richtig, dachte er.
»Alle bereit?« Er drehte sich auf dem Vordersitz um und warf einen Blick auf Emma, die von einem Stapel Gepäck eingezwängt in der Ecke saß, auf ihren Knien Sally. Sie hatte den Daumen im Mund und winkte ihm mit den anderen Fingern zu.
Emma lächelte, streckte die Hand aus und berührte seinen Arm. »Wir machen es genau richtig.«
»Seht mal, da ist der Mond!« rief Jamie und deutete nach oben. Der Nieselregen hatte aufgehört, die Wolken trieben wie Fetzen über den Himmel. Der Mond leuchtete wie eine Scheibe aus poliertem Platin.
»Das ist ein Omen«, witzelte Emma.
»Was ist ein Omen?« fragte Jamie. Peter drehte den Zündschlüssel, doch es geschah nichts.
»Um Gottes willen!«
»Was ist denn, Daddy?«
»Ich kann's nicht glauben.«
»Typisch.«
Der Wagen war überladen, weit über die Grenze seiner Tragfähigkeit. Er und Emma schoben ihn an der Bordsteinkante vor und zurück und manövrierten ihn schließlich auf die Straße. Jamie kam raus und half, Sally blieb drinnen, aber unter Protest. Irgendwann hatten sie ihn in der richtigen Richtung stehen.

»Fertig?« Peter war schweißnaß, sein Herz hämmerte.
»Nein! Was soll ich machen?«
»Du meinst, du hast das noch nie gemacht?«
»Nicht in diesem Leben.« Ängstlich schaute sie aus dem Fenster auf der Fahrerseite.
»Kupplung rein, zweiten Gang einlegen, und wenn ich brülle, die Kupplung kommen lassen und Gas geben. Kapiert?«
»Okay.« Es klang unsicher.
Nach dem dritten Versuch hatte das Auto das Ende der Straße erreicht. Peter taumelte zur Vorderseite des Wagens und sank hustend und würgend über die Motorhaube. In seinen Ohren dröhnte es, wie fernes Feuerwerk blitzten Lichter vor seinen Augen auf und verschwanden wieder.
»Bist du okay?« Er rollte sich herein und blickte um sich. In den Häusern wurden Vorhänge beiseite geschoben, und er sah hinter den Fenstern die Silhouetten von Zuschauern. Von heimlichem Verschwinden konnte keine Rede sein. Doch niemand bot seine Hilfe an. »Ich versteh das nicht, die blöde Zündung rührt sich nicht einmal«, kreischte er. Vielleicht mußten sie alles wieder ausladen und die Nacht im Haus verbringen. Die Aussicht ließ ihn aufstöhnen; er schluckte, richtete sich auf und bückte sich zum Fenster.
»Heißt das, wir können nicht zum Landhaus fahren?« fragte Jamie. Peter starrte auf das Armaturenbrett, streckte langsam den Arm aus, tastete nach dem Zündschlüssel und drehte ihn, bis es klickte.
»Nein, das heißt es nicht«, sagte er ruhig. »Jamie, würdest du deine Mutter bitten, einen Moment auszusteigen?« Er ging nach vorn und legte die Hände auf die Motorhaube, um den Wagen wieder die Straße hochzuschieben. »Daddy bringt sie jetzt um.«

Kapitel 9

Kurz vor zehn kamen sie endlich beim Landhaus an. Es war eine ereignislose, aber langsame Fahrt gewesen. Es war wenig Verkehr gewesen, und im großen und ganzen waren sie ungehindert vorangekommen, doch der Morris, total überladen und tief auf den Federn, hatte sich standhaft geweigert, mehr als fünfzig Meilen pro Stunde zu fahren, wenn die Straße eben war, und bei leichten Steigungen waren es wesentlich weniger gewesen.

Die letzten Meilen auf den schmalen, leicht hügeligen Landstraßen hatte er fast nicht geschafft. Der Motor überhitzte sich, der Wagen schwankte und krachte auf den unebenen Straßen auf den Federn und protestierte laut beim Schalten. Peter mußte sich sehr anstrengen, um ihn überhaupt in Fahrt zu halten. Über das große Lenkrad gebeugt, ließ er ihn mit dreißig Meilen die Stunde dahinrollen, meistens im zweiten Gang, und tippte nur vorsichtig auf die heißen und versagenden Bremsen. Jamie neben ihm redete ihm gut zu: »Mach schon, Auto, wir sind ja gleich da, ja, so ist's gut.«

Schließlich fuhr er auf den Grasstreifen neben dem Landhaus und schaltete den Motor aus. Schweigsam saßen sie da und lauschten dem Knacken des sich abkühlenden

Motors, dem Flüstern des Windes in den Bäumen. Emma klopfte ihm auf den Rücken. »Gut gemacht, Liebling.«

Im Haus war es kalt wie in einem Kühlschrank, viel kälter als draußen. Während des wochenlangen Leerstehens war die Kälte durch die Wände gedrungen und hatte sich in den Grundmauern festgesetzt. Sie standen fröstelnd in der Küche, von kondensierter Atemluft umwölkt, inmitten von aufeinandergestapelten Schachteln und Koffern. Emma schaute in die Schlafzimmer. »Ziemlich frisch«, sagte sie, als sie zurückkam, und rieb sich die Schultern.

Da innen immer noch kein Holz und keine Kohle da war, konnten sie weder im Herd noch im Wohnzimmerkamin Feuer machen. Die Kinder wollten in den Kojen in ihrem Zimmer schlafen, doch Peter machte sich Sorgen wegen der Kälte und Feuchtigkeit. »Glaub mir, Em, die Temperatur da oben ist knapp über dem Gefrierpunkt.« Schließlich legten sie sich alle in das Doppelbett im Elternschlafzimmer, mit Socken an den Füßen und Pullovern über den Schlafanzügen, heißen Wärmflaschen im Bett und elektrischen Heizöfen auf dem Fußboden.

Die Erwachsenen schliefen schlecht in dem überfüllten Bett; Peter döste hin und wieder ein und stand sofort auf, als die ersten schwachen Lichtstrahlen durch die Vorhänge drangen. Er schlich die knarrende Treppe hinunter zum Badezimmer, urinierte frierend einen dampfenden Strahl in die Toilette und kratzte mit den Fingernägeln die Eisblumen vom Fenster. Er stellte einen Topf Wasser auf den Elektrokocher in der Küche und rannte zum Auto, um einen Karton mit Utensilien zu holen. Erstaunt über die Stille, blieb er stehen, wandte sich um und schaute über die Felder und den Wald hinunter zum Fluß, den sie entlanggegangen waren. In geisterhaftem Weiß lag die

Landschaft in dem schwachen Licht vor ihm. Die Luft war ruhig und unbewegt, und in der tiefen Stille hörte er nur seine Atemzüge und das leise Knirschen seiner Schritte auf dem hartgefrorenen Gras.

Er machte für sie alle Tee, schwach und süß für die Kinder, trug die Becher nach oben und setzte sich auf die Bettkante, und sie schlürften schläfrig lächelnd den Tee.

Emma setzte sich auf und streifte sich eine Strickjacke über. »Ich habe nachgedacht.« Er hob die Hand wie ein Verkehrspolizist, stellte seinen Becher auf den Fußboden und zog mit einer schwungvollen Gebärde Notizbuch und Bleistift aus der Tasche.

Sie verbrachten den ersten Tag mit Auspacken und verschiedenen Besorgungsgängen. Im Laden im Postamt nannte Mrs. Morrison Peter den Namen des örtlichen Brennstoffhändlers und verkaufte ihm zwei Beutel Kohle, damit er sofort etwas hatte. Als er sich nach Brennholz erkundigte, schaute sie ihn merkwürdig an und sagte: »Die meisten Leute haben ihr eigenes Holz.« Als er nicht lockerließ, sagte sie, er solle es ihr überlassen. Sie würde einen der Landarbeiter dazu bewegen, ihm eine Fuhre für zwanzig Pfund zu liefern. Er bedankte sich und hakte den Punkt ab.

Emma stellte eine lange Liste von Lebensmitteln zusammen, die noch zu besorgen waren. Da sie noch kein Telefon hatten, erklärte sich Mrs. Morrison bereit, dringende Anrufe für sie entgegenzunehmen. Telefonkarten, sagte sie, könnten sie bei ihr kaufen und damit den Automat draußen benutzen.

»Bleiben Sie bis zum Neujahrstag, Mrs. Deacon, oder nur über die Weihnachtstage?« fragte sie.

Emma warf Peter einen Blick zu, doch der studierte Mrs. Morrisons ungewöhnlich gut sortierte Auswahl an Weinen und Spirituosen. Jamie wühlte in einem Korb voller gebrauchter Kinderjahrbücher, und Sally stand hoffnungsvoll an der Süßigkeitentheke. Außer ihnen war noch ein Ehepaar aus dem Dorf im Laden, ältere Leute mit altmodischen Wintermänteln und Wollhandschuhen. Er trug eine Stoffmütze, sie einen riesigen malvenfarbenen Hut aus den Sechzigern. Emma hatte Mrs. Morrison zweimal gesagt, sie solle sie zuerst bedienen, doch sie hatten dankend abgelehnt, warteten, bis sie an der Reihe waren und gingen in dem kleinen Laden herum, ab und zu kurzsichtig auf Dosen starrend, die sie auf Armeslänge von sich hielten.

»Nein, wir werden wohl längere Zeit hierbleiben.«

»So, so, längere Zeit, das ist ja nett.« Sie schaute weg und beschäftigte sich hinter ihrer Theke.

Peter kam rüber. »Wissen Sie vielleicht einen guten Bauhandwerker? Und einen Installateur und vielleicht einen Elektriker? In dem Haus müssen ein paar Dinge in Ordnung gebracht werden.«

»Nun, lassen Sie mich mal nachdenken.« Die momentane Verlegenheit verging rasch. »Wissen Sie was, überlassen Sie das ruhig mir. Ich kümmere mich darum.«

»Besten Dank«, sagte Peter und notierte sich etwas. »Aber ich vermute, daß wir erst nach den Feiertagen jemanden bekommen werden.«

»Hmm.« Mrs. Morrison neigte den Kopf zur Seite und kratzte sich geistesabwesend mit dem kleinen Finger an der Augenbraue.

»Und außerdem«, Emma senkte die Stimme und lehnte sich über die Theke, denn das war ein delikates Thema, »falls Sie zufällig jemanden kennen, der mir im Haus helfen könnte und so, vielleicht ein oder zwei Vormittage in der Woche …«

»Überlassen Sie das ruhig mir«, murmelte Peter vor sich hin.
Mrs. Morrison richtete sich auf und nickte verschwörerisch. »Überlassen Sie das ruhig mir; ich werde sehen, was sich machen läßt.«
»Phantastisch!« sagte Peter danach im Gasthaus. »Wenn ich ihr eine Kopie meines Lebenslaufes gebe, kann sie mir vielleicht ein Gespräch mit Lockheed vermitteln.«
»Beschrei es nicht«, sagte Emma und trank einen Schluck von ihrem Ingwerwein. »Vielleicht haben wir mit der eine Goldader getroffen.«
Am Nachmittag räumten Emma und die Kinder Kleidungsstücke in Schränke und Schubladen. Peter fegte die Küche aus und machte Feuer im Küchenherd, im Wohnzimmer und in den Schlafzimmern. Während er vor dem Kamin hockte und das feuchte Brennholz anfachte, trat Emma mit einem gerahmten Bild ins Wohnzimmer.
»Was willst du denn damit?« Sie hatte das Bild im Haus in Fulham von der Eßzimmerwand genommen, ein großes Aquarell, das ankernde Fischerboote auf dem kobaltblauen Wasser eines kykladischen Hafens zeigte, umrahmt von weißen, sonnengebleichten Häusern, dahinter dunkelbraune steile Hügel vor einem schimmernden Horizont.
»Ich dachte, wir könnten es über dem Kamin an die Wand hängen und uns einbilden, wir sind auf Paros.«
»Du hast wohl was von diesen Pilzen gegessen, die im Badezimmer an der Wand wachsen.«
Sie tätschelte seinen Arm und verschwand wieder nach oben. Er holte seinen Werkzeugkasten aus dem Wagen, doch als er versuchte, einen Bilderhaken in die Wand über dem Kamin zu schlagen, fiel ein großes Stück Verputz herunter, so daß man die nackten Ziegelsteine sehen konnte.

Gleichzeitig hörte er ein merkwürdiges Rumpeln oben im Kamin, und eine Sekunde später kam eine Menge rußiger Schutt herunter, löschte die gerade aufzüngelnden Flammen aus und schleuderte glühende Asche auf den Fußboden.

»Was zum Teufel war das denn?« drang Emmas Stimme durch die Zimmerdecke.

»Äh, sieht so aus, als ob ein kleines Stückchen vom ersten Stock runtergekommen ist.« Er seufzte, schob die Steinbrocken mit dem Fuß zusammen und machte sich auf die Suche nach einer Schaufel.

Die »Außengebäude«, die damals in der Anzeige erwähnt worden waren, bestanden aus einer geräumigen, aber nicht sehr stabil aussehenden Garage aus vermoderten Holzbrettern mit einem undichten Wellblechdach. Sie stand, direkt ans Haus anschließend, auf der anderen Seite des Parkplatzes. Im Garten hinter dem Haus stand ein aus Ziegelsteinen und Holz erbautes Gewächshaus, das sich in einigermaßen gutem Zustand befand, wenn man von ein paar geborstenen Fensterscheiben absah.

Hinter der Garage befand sich ein Schuppen. Peter hatte nur einmal kurz hineingeschaut, als Emma ihn zum erstenmal auf dem Anwesen herumführte.

Der Geruch erinnerte ihn sofort an seine Kindheit. Ihm fiel ein, wie er als kleiner Junge daheim in Bedfordshire im Geräteschuppen gestanden und dem Gärtner zugeschaut hatte, wie er einen Rasenmäher reparierte. Es roch nach alten Männern, frischer Erde und handgedrehten Zigaretten, nach altmodischen Ölkannen und Regalen voller brauner Pappkartons und rostiger Blechdosen mit Unkrautvernichtungsmitteln oder Knochenmehl, nach verrottendem Kompost und Rattengift. Es war ein angenehmer Geruch, und abgesehen von der Kälte wirkte der

Schuppen trocken und behaglich und seltsam vertraut. Als er hineinging, hatte ihn ein Gefühl erfüllt, als ziehe er eine geliebte alte Jacke an. Der Schuppen war trocken und in besserem Zustand als die Garage. Er war offenbar später gebaut worden, mit Sorgfalt und Aufmerksamkeit für Details und von jemandem, der hier viele Stunden verbringen wollte.

Er ging rein und drückte auf den klobigen schwarzen Bakelitschalter neben der Tür. Eine Glühbirne, die von der Decke herabhing, leuchtete auf. Der Schuppen war lang und schmal; die ganze eine Wand nahm eine massive Werkbank ein. Darüber waren kleine, quadratische Fenster. Auf der anderen Seite der Hütte stand ein kleiner gußeiserner, rundbäuchiger, schwarzer Ofen, dessen röhrenartiger Rauchfang durch die niedrige Holzdecke geführt war. Davor stand ein alter Lehnstuhl mit zerschlissenem, abgewetztem Polster; aus einer der Armlehnen drangen Büschel von Pferdehaar hervor wie Gras. Am liebsten hätte er Feuer in dem alten Ofen gemacht, sich in den alten Lehnstuhl davor gesetzt, sich entspannt und in einem Saatgutkatalog geblättert. Er schwor sich, das zu tun; das hier war sein Plätzchen.

Die Regale und Werkzeughalter waren leer, doch in einer Ecke entdeckte er eine Sammlung alter Gartengeräte, die an der Wand lehnten. Er fand einen Spaten, und nach einem letzten Rundblick drehte er das Licht aus und ging zum Haus zurück.

»Mitch?«

»Peter! Hallo, wie geht's dir? Alles in Ordnung? Ist Emma da?«

»Hallo, ich denke schon, frag mich nicht. Nein, sie ist mit den Kindern im Landhaus.« Er stieg in der eiskalten Telefonzelle von einem Fuß auf den anderen und tippte mit dem kleinen Stapel grüner Telefonkarten gegen die Scheibe. »Hör zu, ich bin in einer Telefonzelle, Mitch, ich wollte euch nur sagen, wo wir stecken und daß es uns gutgeht, und euch um einen Gefallen bitten.«

»Aber jederzeit.« Er klang überhaupt nicht gut, eher so, als schleppe er die ganze Telefonzelle auf seinem Rücken und dazu noch alle Probleme der ganzen Welt.

»Wir werden eine Weile hierbleiben. Wenn ich euch die Schlüssel schicke, könntet ihr dann ab und zu in unserem Haus nach dem Rechten sehen?«

»Aber natürlich. Dan ist hier, er möchte mal kurz mit dir sprechen. Peto, paßt gut auf euch auf, ja?« Dan kam an den Apparat. »Erde ruft Walton-Mountain, bitte kommen. Over.«

»Hallo Dan.«

»Sag mal, was ist eigentlich los?«

Er seufzte. »Die Bank hat Konkursantrag gestellt, und wir sind verurteilt worden, das Haus zu räumen. Außerdem habe ich noch immer keinen Job. Wir dachten, es ist das Beste, wenn wir uns für eine Weile hierher zurückziehen, bis das Schlimmste vorbei ist.«

»Wir?«

»Na ja, weißt du, ich habe meine Chance gehabt, und jetzt machen wir's so, wie sie es will. Sie meint, wir sollten ganz neu anfangen. Hör zu, ich muß jetzt Schluß machen und es dem alten Vizeluftmarschall beibringen.«

»Au Backe. Da wünsch ich dir aber viel Glück. Melde dich mal wieder; wenn wir irgendwas tun sollen, schick einfach 'ne Brieftaube los.« Sie legten auf.

»Hallo Mama!«

»Hallo, mein Lieber, wo bist du?«

»Wir sind im Landhaus.« Er holte tief Luft. »Wie geht's Vater?«
»Er ruht sich aus, hat eine schlechte Nacht hinter sich. Ist irgendwas passiert?«
Er zögerte, die Zeitanzeige am Apparat tickte. »Nein, nein. Wir sind für eine Weile hierhergefahren, über Weihnachten. Wollten mal allem den Rücken kehren.«
»Das ist schön. Was macht der Wagen?« Sag mir alles, Peter.
»Der läuft wie ein Pferd. Ich muß jetzt Schluß machen, Mama, die Zeit ist zu Ende. In ein paar Tagen rufe ich dich wieder an.«
Er wanderte zum Haus zurück und löste Emma ab, die losging und ihre Mutter anrief. Sie blieb fast eine Stunde weg.
»Mutter geht's gut. Ich sah, wie Jack und Alice ins ›White Horse‹ gingen, und hab einen Schluck mit ihnen getrunken. Wir sind am ersten Weihnachtstag zum Essen bei ihnen eingeladen.«
»Ah.«
»Was heißt ›ah!‹? Wir haben doch nichts anderes vor, oder? Und die beiden sind ganz allein in dem großen Haus. Es wird bestimmt nett. Sie hätten es wirklich gern, wenn wir kämen, haben sie gesagt.«
Und was hast du ihnen alles erzählt? Er hob beide Hände. »In Ordnung, wir gehen hin.«
Sie drehte ihm den Rücken zu und rührte in der Kasserolle. Sie hatte den ganzen Tag gebraucht, aber jetzt war der Herd richtig heiß, und es war angenehm warm in der Küche. »Ich habe auch mit Charlie telefoniert. Alles ist bestens. Ich fange am Dienstag an.«
»Aha. Gut.«
Sie hatten bei Mrs. Morrison eine unverschämt teure Fla-

sche Rioja gekauft. »Sie kann sich Stadtpreise hier wohl kaum leisten, dafür ist der Umsatz zu niedrig.« Auf dem Etikett waren Fäulnisflecken, und der Wein schmeckte muffig; vermutlich hatte die Flasche irgendwo gelagert und Winterfrost und Sommerhitze mitgemacht, vielleicht seit Jahren.

Sie tranken ihn trotzdem, saßen in der Küche und tunkten die Soße mit Bauernbrot auf. Emma war aufgeregt, richtig überschwenglich; ihre Wangen glühten vom Wein und von der Wärme, ihre Augen waren groß und glänzend. Sie schwatzte ununterbrochen und überschüttete ihn mit aufmunterndem Gerede über einen unmittelbar bevorstehenden Aufschwung und die vielfältigen Freuden des Landlebens.

Während sie von guter Laune fast zu platzen schien, sank seine Stimmung immer mehr. Zum erstenmal stieg in ihm die unangenehme Erkenntnis auf, daß sie mit ihrem bisherigen Leben unzufrieden gewesen war, ihre Existenz als Angehörige der oberen Zehntausend, Gastgeberin, Hausfrau, Ehefrau und Mutter vielleicht sogar verabscheut hatte. Die Erkenntnis, daß sie sich nach etwas ganz anderem sehnte, während sie in eleganten Geschäften einkaufte, mit ihren Freundinnen in exotischen Restaurants speiste, vom ersten Rang aus der Primaballerina applaudierte oder unter den warmen Händen ihrer Masseuse Tagträumen nachhing. Daß sie sich trotz aller materieller Vorteile, trotz grenzenlosen Kredits und völliger Freiheit von Verantwortung vielleicht danach sehnte, die Rolle des Versorgers und des Entscheidungsträgers zu übernehmen. Trotz alledem? Oder vielleicht gerade deshalb?

»Em, all die Probleme in London werden sich wohl kaum in Luft auflösen. Wir müssen uns mit ihnen auseinander-

setzen, damit fertig werden. Es werden Briefe kommen, Gerichtsvorladungen, weiß Gott, was alles.«
»Darüber bin ich mir im klaren. Meine Mutter wird Mr. Wallace beauftragen, sich um all deine Unannehmlichkeiten zu kümmern.«
Wallace, der Anwalt der Familie Fairbright. Phantastisch.
»Deine Mutter weiß also über alles Bescheid?« Sein spöttischer Ton war unbeabsichtigt.
»Hör zu«, sagte sie leicht gereizt, »du hast gesagt, damit müssen wir fertig werden. Er wird damit fertig werden. Wir brauchen einen Rechtsanwalt, und mit deinem redest du ja kaum. Wo liegt also das Problem?« Sie lehnte sich zurück und hob die Arme; ihre Fröhlichkeit war wieder da. Er schüttelte den Kopf und trank den Rest Rioja aus. Sie begriff nicht, daß dies alles sein Problem war, nicht ihres, nicht das ihrer Mutter und schon gar nicht das von Wallace, diesem wieselgesichtigen Geier.
Sie nahm seine Hand und drückte sie. »Peto, hier sind wir in Sicherheit, hier können sie nicht an uns ran. Verstehst du das denn nicht? Ich fühle mich hier beschützt wie in einer Festung. Unangreifbar.« Sie drückte wieder seine Hand, diesmal fester. Sie war geil. Er sah sie an; sie lächelte schelmisch mit hochgezogenen Augenbrauen. »Na ja, nicht völlig unangreifbar. Deine Chancen stehen nicht schlecht, Airman.« Was war bloß an diesem Haus? Wochen, ja Monate beiderseitiger Gleichgültigkeit und sporadischer Aktivität, und dann, ein paar Stunden später auf dem Land, plötzlich diese Bereitwilligkeit.
Sie ging schon nach oben, während er die Teller spülte. Er war bereit, es war, weiß Gott, lange genug her, doch ihn erfüllte ein leichtes Unbehagen. Er hatte den Verdacht, daß ihre Lüsternheit nur ein weiteres Zeichen für ihre wachsende Unabhängigkeit war, für ihr Streben nach Do-

minanz und für seine Entmannung. Doch plötzlich spürte er seine eigene heftige Wollust, die in letzter Zeit so sprunghaft und flüchtig gewesen war. Er goß sich einen großen Scotch ein, trank ihn langsam, am Herd stehend, und genoß die Wärme, die ihn durchströmte und seine Lust steigerte. Zehn zu eins, daß sie oben liegen will, dachte er.

»Was ist los?«
»Nicht viel, wie's scheint.«
»Nun, das sehe ich.« Sie streichelte ihn aufmunternd, drückte ihre kühlen Schenkel an ihn. Auf dem Fußboden lag der Liebestöter bereit. Er versuchte sich zu konzentrieren, doch ihre plumpen Annäherungsversuche erfüllten ihn mit Panik und leichter Gereiztheit. »Das ist ja ganz was Neues«, sagte sie leise lachend.
Er kniff die Augen zusammen und versuchte, sich pornographische Bilder vorzustellen: ein Pärchen, das in einer Bar in Hamburg eine Show vorführte; ein Video, das ihm jemand im Büro geliehen hatte; die masturbierende Frau, auf die er als zwölfjähriger Junge am Strand in Devon gestoßen war; Doktor Pryce, die keuchend auf dem Schreibtisch in ihrem Büro lag. Aber es waren nur statische Bilder, wie eine Reihe von durch gelangweilte Schauspieler dargestellten Szenen. Sie lenkten ihn nur ab und lösten Assoziationen aus, die ihn noch mehr ernüchterten. Die verächtlichen Gesichter des Pärchens in der Bar, die lächerliche Qualität des Videos, das höhnische Grinsen der Frau am Strand, Doktor Pryces Vorwürfe.
»Möchtest du, daß ich … du weißt schon?«
Mann, mußte sie scharf sein. Plötzlich verabscheute er ihre Lüsternheit, und die Wut, die in ihm aufstieg, machte

ihn völlig impotent. »Tut mir leid, Em, ich fürchte, heute wird nichts draus.«
Die Hand hielt inne. Er spürte ihren feuchten, warmen Atem an seinem Hals. Dann leckte sie sich die Lippen und zog sich zurück. »Nicht so schlimm.« Sie griff nach ihrem Nachthemd. »Es war wohl nicht der richtige Zeitpunkt.«
»Wie meinst du das?«
»Nun, der Streß war wohl in den letzten Tagen etwas zu groß für dich. Um es milde auszudrücken.« Sie küßte ihn auf die Wange. »Mach dir keine Sorgen.«
Er lag still da, bis ihr Atem ruhig wurde, dann schlich er nach unten. Die Küche war warm, er schob einen Stuhl vor den Herd, stellte einen zweiten unter die Füße und betrank sich.
Am nächsten Morgen stellte Sally beim Frühstück ihre übliche Frage und erfuhr zu ihrer Überraschung, daß heute noch nicht Weihnachten, aber Heiliger Abend war. Aber das Freudengeheul der Kinder verwandelte sich rasch in Gejammer, daß kein Weihnachtsbaum da war und daß es wohl keine Geschenke geben würde. »Ich denke, ich fahre nach Ipswich«, flüsterte er Emma zu. »Aber es wird schwierig sein, so spät noch einen Baum zu kriegen.«
Nach dem Frühstück erstellte er eine Liste und stand unbeholfen in seiner Jacke da. »Äh, könntest du mir etwas Geld geben?« Sie zog ein Bündel Banknoten aus ihrer Handtasche.
»Vergiß nicht, etwas für die Greenaways mitzubringen.«
Ipswich war furchtbar. Es war Sonnabend, der Ort war voller Leute, die in letzter Minute noch Geschenke einkauften. Nirgendwo gab es einen Parkplatz, das System der Einbahnstraßen war völlig unverständlich. Schließlich fand er einen Parkplatz, der vom Einkaufscenter ziemlich

weit entfernt war. Nach fast einer Stunde Gedränge inmitten ungeduldiger und paketbeladener Menschen war er nahe daran aufzugeben. Er fühlte sich schwindlig und benommen, ausgebrannt durch Schlaflosigkeit und zuviel Alkohol. In seinen Ohren hallten das Geschrei der Menge, die Weihnachtsmusik im Kaufhaus und das Getöse und Gepauke einer Band der Heilsarmee, die sich ihren Weg durch das Gewimmel der genervten Fußgänger bahnte.
Einmal, während sich ihm in einer mit Parfümdünsten geschwängerten Atmosphäre der Kopf drehte, merkte er, daß er in die blutunterlaufenen Augen einer grell geschminkten Verkäuferin am Kosmetikstand bei »Debenhams« starrte. Er hatte endlos lange in der Schlange gestanden, doch jetzt, da er endlich an der Reihe war, da sie ihn mit hochgezogenen Augenbrauen ansah und nach seinen Wünschen fragte, hatte er vergessen, was er wollte. Nachdem er fünf Sekunden herumgestottert hatte, wandte sie sich der ihre Kreditkarte schwenkenden Frau hinter ihm zu. Er verließ fluchtartig die Theke und rannte auf die Straße.
Am Hauptplatz hinter dem Rathaus fand er eine Kneipe. Es war überraschend ruhig hier, er bestellte sich einen großen Brandy und sah seine Einkaufsliste durch. Bis jetzt hatte er eine Bluse und den üblichen Jahresvorrat von Marks&Spencer-Unterwäsche für Emma gekauft. Er bestellte einen zweiten Doppelten, nahm sich wieder die Liste vor und stellte sie so um, daß er in möglichst wenig Geschäfte gehen mußte. Der Barmann sagte ihm, wie er zu einem Gartencenter außerhalb der Stadt kommen konnte, wo er vielleicht noch einen Baum bekommen würde. Er schrieb sich alles auf, bedankte sich, kippte den Drink hinunter und warf sich erneut ins Getümmel.
Ihm wurde klar, daß er saß. Es war kalt, er saß auf dem Straßenpflaster, um ihn Krach, Durcheinander, Musik und

Geschrei. Ihm war schwindlig und übel, und hinter seinem rechten Ohr spürte er einen pochenden Schmerz und eine feuchte Stelle. Das war die Victoria Station, eine fest geballte Faust mit weißen Knöcheln hatte ihn aus der Dunkelheit heraus ins Gesicht geschlagen und rückwärts auf den Boden geschleudert. Doch es war hell, und es war nicht die Victoria Station. Eine Frau redete beharrlich in barschem Ton auf ihn ein, ein Schwall von Radiogeräuschen, unverständliches Gerede über Kurzwelle. »Tango Foxtrott Geräte-Check klar Nummer eins landen touch and go.« Er schüttelte den Kopf, blinzelte ins helle Sonnenlicht. Es war eine Polizistin, die neben ihm hockte, ihr Gesicht dicht vor seinen Augen, eine Hand unter seinem Arm. »Sir! Sir? Sind Sie in Ordnung?«

Erst nach zwanzig Minuten ließ sie ihn gehen, und nur, nachdem er ihr versprochen hatte, die Verletzung über dem Ohr so rasch wie möglich von einem Arzt untersuchen zu lassen. Sie setzte ihn auf den Rücksitz eines geparkten Panda neben einen vor sich hin murmelnden Ladendieb, hockte sich vor die offene Tür, drängte ihn, schluckweise kaltes Wasser zu trinken, und fragte ihn nach seinen persönlichen Daten. Es dauerte ein paar Minuten, bis er seine Sinne wieder beisammen hatte, aber es blieb eine beunruhigende Lücke – ein fehlendes Stück von etwa zwanzig Minuten zwischen dem Verlassen der Kneipe und dem Moment, in dem er auf der Straße zu sich kam –, eine Zeitspanne, an die er sich überhaupt nicht erinnern konnte.

Sie betrachtete ihn zweifelnd, als könne sie nicht glauben, daß dieser gutaussehende dunkelhaarige Mann mit erschöpften, aber sehr anziehenden Augen einer der vielen Betrunkenen war, die vor Weihnachten auf der Straße umkippten. Doch sie mußte seine Erklärung akzeptieren, daß er einfach gestolpert und hingefallen war und das Bewußtsein verloren hatte. Er glaubte es fast selbst, hatte aber den beunruhigenden Verdacht, daß er zuerst das Bewußtsein verloren hatte und dann hingefallen war.

Er äußerte diesen Verdacht jedoch nicht, sondern zog es vor, die vorwurfsvollen Blicke und vorsichtigen Ermahnungen wegen exzessiven Alkoholgenusses über sich ergehen zu lassen. Schließlich konnte er sie überzeugen, daß er wieder ganz in Ordnung sei und daß er kein Auto benutzen, sondern mit dem Bus heimfahren werde. Sie gab ihm die zahllosen Tüten und Sachen, an deren Einkauf er sich überhaupt nicht erinnerte, und ließ ihn gehen.

Sobald er sicher war, daß er nicht beobachtet wurde, machte er kehrt und kämpfte sich erschöpft zum Parkplatz zurück, doch unterwegs mußte er mehrmals stehenbleiben, um sich auszuruhen. Er warf all die Sachen auf den Rücksitz des Wagens und sank erleichtert auf den Fahrersitz. Während der Fahrt durch die Stadt fiel ihm der Weihnachtsbaum ein, und er brauchte zwanzig Minuten, bis er das Gartencenter fand. Dort erfuhr er, daß die Bäume ausverkauft waren, doch man sagte ihm ein anderes Geschäft, wo er vielleicht noch einen bekommen würde.

Es war halb zwei, als er endlich zu Hause ankam. Er stellte den Motor ab und ließ den Kopf erschöpft aufs Steuerrad sinken. Er war völlig fertig. Er atmete tief aus, die Stirn auf dem Rand des Lenkrads. »Wie war's, Liebling?«

»Ach, der übliche Weihnachtstrubel – ich hatte einen Schwindelanfall, fiel hin und bin in der Gosse wieder zu mir gekommen. Trotzdem habe ich die Einkäufe alle erledigt ...«

»Daddy, Daddy! Komm schnell den Weihnachtsbaum an-

schauen. Ich habe ihn schon geschmückt!« Sally riß die Autotür auf und zerrte an seiner Hand.
Er ließ den Kopf auf dem Lenkrad liegen. »Sally«, sagte er leise, »der Weihnachtsbaum ist oben auf dem Autodach.«
»Das ist nicht unser Weihnachtsbaum, du Dummer. Unser Weihnachtsbaum steht drinnen. Ich hab Kugeln drangehängt. Komm schnell, Daddy, schau ihn dir an!«
Er stand in der Ecke des Wohnzimmers, geschmückt mit Kugeln, Kerzen und Lametta. Papiergirlanden hingen an den Deckenbalken und Wänden, Kreppapier an den Fenstern, Stechpalmenzweige, sogar ein Mistelzweig. Auf dem tragbaren CD-Player lief eine Zusammenstellung von Weihnachtsliedern.
»Hallo, wie geht's denn so?« Sie stand auf einem Stuhl und befestigte eine kleine Plastikelfe an der Baumspitze. Sally schaute mit offenem Mund zu ihr hoch. Jamie lag auf dem Fußboden und fummelte am Graphic-Equalizer des Hi-Fi herum; *In dulci jubilo* erklang, zuerst gedämpft, dann schmetternd.
»Ein Weihnachtsbaum«, sagte er leise.
Emma stieg von dem Stuhl. »Jack und Alice haben ihn gebracht und auch eine große Kiste mit Baumschmuck. Sie sind wirklich sehr nett.«
»Ich habe auch einen Baum mitgebracht. Er liegt auf dem Autodach.« Sein Gesicht war ausdruckslos, seine Stimme eiskalt.
Emma sah ihn verwirrt an. »Aber du hast doch gesagt … na ja, macht nichts, wir haben jetzt diesen hier. Dann haben wir eben zwei. Stell den anderen doch in die Küche oder ins Kinderzimmer.«
Auch Sally war verwirrt. »Zwei Weihnachtsbäume? Aber das ist doch Unsinn.«

»Du verstehst mich nicht. Ich bin ewig durch diese verdammte Gegend gefahren, um einen Weihnachtsbaum zu finden, unseren Baum. Und ich hab ihn gefunden. Er liegt draußen auf dem Autodach.«
Sie zögerte, er hatte den gleichen glasigen Blick wie neulich in Fulham, als der Mann kam und den Fernsehapparat abholte. Und über dem Ohr hatte er eine Schramme oder einen Schnitt. »Peter, es lohnt sich wirklich nicht, sich deshalb aufzuregen. Was hast du denn da am Kopf?«
Er drehte sich um und ging hinaus. Einen Moment später hörte sie, wie die Küchentür ins Schloß krachte. Wahrscheinlich, dachte sie, geht er in die Kneipe. Doch eine oder zwei Minuten später stand er in der Tür, in den Armen den Baum. Sein Gesicht war gerötet, er atmete keuchend. »Das ist unser Baum. Der einzige Baum, den wir in diesem Haus haben werden.«
Alle sahen ihn an. Emma wurde wütend. »Peter, um Himmels willen, das ist lächer–«
»Das ist unser Baum!« Er stapfte durchs Zimmer, riß den anderen Baum aus dem Kübel und schleuderte ihn beiseite. Kugeln und Lametta flogen auf den Fußboden. Sally kreischte und preßte die Hände auf die Ohren. Jamie drückte sich an die Wand.
Emma stemmte die Hände in die Hüften und starrte ihn an. »Du bist zur Zeit ein richtiges Arschloch, damit du das weißt«, schrie sie.
Jamie hockte immer noch mit dem Rücken an der Wand auf dem Fußboden. Ihm gefiel Peters Baum besser. »Daddy?«
»Raus hier!« brüllte er gegen das donnernde Dröhnen in seinen Ohren an. Raus, bevor ich jemanden umbringe. Bitte, haut einfach ab. Schnell.
»Aber Daddy!«
»Raus!«

Am Nachmittag kam ein junger Mann mit einem Traktor, dessen Anhänger mit Brennholz beladen war. Peter stellte den Weihnachtsbaum der Greenaways wieder in den Kübel. Er räumte den Unrat auf dem Wohnzimmerboden auf und machte sich daran, das Holz neben der Küchentür aufzustapeln. Den Baum, den er gekauft hatte, stellte er im Schuppen in eine Ecke. Dann ging er in die Küche zurück. Die Kinder saßen am Tisch und aßen. Peter ging zum Herd und schenkte sich eine Tasse Tee ein.

»Tut mir leid«, sagte er. »Das mit dem Weihnachtsbaum. Es war albern.« Die Entschuldigung war vor allem an die Kinder gerichtet. Er wartete auf eine Antwort von ihr, auf eine einlenkende Bemerkung.

»Da hast du völlig recht.« Keine Chance, sie war immer noch wütend. »Ich sag dir nur eins, mein Lieber – wenn du mit deinen Problemen nicht bald fertig wird, dann ...«

»Dann was, Em?«

Jemand klopfte leise an die Tür. Draußen war es schon fast finster. Peter griff nach der Türklinke. Nicht die Greenaways, bitte jetzt nicht.

Es war das alte Ehepaar aus dem Laden, die alten Leute, die gewartet hatten. Bei ihnen war ein Mädchen von sechzehn oder siebzehn Jahren. Sie standen auf der Treppe. Die Frau trug ihren Sonntagsmantel und einen Hut und umklammerte ihre Handtasche. »Mrs. Clements«, sagte sie.

»Ja, bitte?« Er sah sie fragend an. Das Mädchen blickte an ihm vorbei in die Küche.

»Das ist mein Mann Arthur und meine Enkelin Mandy.« Emma tauchte hinter ihm auf, lächelte höflich und gab allen die Hand. »Sie suchten jemand, der Reparaturen im Haus machen kann? Und eine Haushaltshilfe?« Der Groschen fiel. Emma bat sie herein. Sie stellte Tassen auf den

Tisch und schenkte Tee ein. Mandy setzte sich neben Sally. »Daddy hat unseren Weihnachtsbaum kaputtgemacht, aber jetzt ist er wieder heil«, erzählte sie.
»Arthur ist schon in Rente, früher hatte er ein eigenes Baugeschäft, nicht wahr, Arthur?«
»Ist ja großartig«, sagte Peter. »Vielleicht können Sie einen Blick auf unseren Kamin werfen, wenn Sie schon mal hier sind.«
»Warum?« fragte Arthur und grub sein künstliches Gebiß vorsichtig in ein Stück Weihnachtskuchen. Seine Frau stieß ihn an. Er warf ihr einen Blick zu und schob den Kuchen zwischen Kiefer und Backe. »Der Abzug ist total kaputt. War er schon vor zehn Jahren, wie ich ihn zum letztenmal angeschaut hab. Inzwischen ist er bestimmt nicht besser geworden, oder?«
»Mach schon«, fuhr sie ihn wütend an. Er seufzte, stellte den Teller hin, wischte sich die Hände am Mantel ab und hinkte hinter Peter her. »Mandy hier lernt Sekretärin, aber zwei Vormittage in der Woche kann sie Ihnen im Haushalt helfen. Dienstags und donnerstags, für zwei Pfund die Stunde. Und sie kann babysitten, wenn Sie und Mr. Deacon mal abends ausgehen wollen.«
Peter zeigte Arthur die Trümmer im Kamin. Er schnüffelte herum und stieß mit der Schuhspitze daran. »Wie ich schon sagte, der Abzug ist total im Eimer.«
»Der Abzug?«
Mr. Clements hustete, spuckte auf die Steinbrocken und erklärte, vor allem mit den Händen, daß eine Reihe Ziegelsteine im Innern des Kamins verlief und ihn in zwei Abzüge unterteilte.
»Der Kamin selbst ist also in Ordnung und wird nicht einstürzen?«
»Nee, Mann, das bestimmt nicht.«

»Und wir können ihn inzwischen benutzen?«
»Sollte keine Probleme geben.«
»Wir können uns also mit der Reparatur Zeit lassen?«
Der alte Mann zog laut Luft durch die Zähne, spitzte die Lippen und schüttelte den Kopf. »Na ja, Mann, tun Sie, was Sie für richtig halten. Aber ich kann Ihnen nur raten, lassen Sie das Ding so schnell wie möglich in Ordnung bringen. Sie woll'n bestimmt nich', daß noch mal so 'ne Ladung runterkommt, wenn Sie nachts mit Ihrer Frau oben im Bett liegen, eh?« Er zwinkerte ihm schelmisch zu.
Peter nickte. »Ich wette, Sie sind ein Mann, der am Weihnachtsabend zu einem Gläschen Scotch nicht nein sagt.«
»Dachte schon, Sie würden mich gar nich' fragen, Mann.«

Er wanderte einen einsamen Strand entlang. Er war lang und breit und dehnte sich bis zu einem Punkt am fernen Horizont. Ein Strand mit tiefem, weichem Sand wie hellbrauner Zucker, fast weiß vor dem hellblauen Himmel und dem dunkelblauen Wasser. Zu seiner Linken erhob sich der Strand zu einer Hügelkette. Weit hinter der Hügelkette stiegen üppig grüne Felder zu einer Bergkette an. Rechts von ihm schlugen die Wellen langsam an den Strand.
Er war bereits eine ganze Weile gewandert, seine Schritte im Einklang mit dem stetigen Rhythmus des Meeres. Er trug Shorts und einen Sonnenhut aus Stroh. Sonst nichts, seine Füße waren nackt wie seine Schultern und sein Rücken. Er spürte die Hitze der Sonne darauf und auf der Rückseite seiner Beine. Er war entspannt und friedlicher Stimmung und spürte kein Unbehagen, nur eine angenehme Müdigkeit, während er über den weichen Sand ging.
Der ausgefranste Rand des Strohhuts schützte seine Au-

gen vor dem hellen Sonnenlicht. Warum er den Strand entlangwanderte, wußte er nicht, doch ihn erfüllte ein Gefühl der Vertrautheit und der Zugehörigkeit, als ob er in der Nähe des Strandes lebte, vielleicht in den fruchtbaren Niederungen von den fernen Bergen.

Nach einer Weile erblickte er weit vor sich eine Gruppe dunkler Punkte im Sand. Als er näher kam, verwandelten sich die Punkte in eine kleine Schar von Menschen, die dicht am Wasser standen. Zehn oder zwölf Menschen in dunklen Anzügen und Kleidern, die im Halbkreis eine Gestalt in einem langen weißen Gewand umgaben, die bis zu den Knien im Wasser stand. Bald übertönten Stimmen das Geräusch der Wellen, die tiefe, kraftvolle Stimme der weißgewandeten Gestalt, der die Stimmen der anderen ehrfürchtig murmelnd antworteten. Die Sprache war ihm unbekannt, doch der feierliche Ton sagte ihm, daß es sich um eine Zeremonie handelte. Plötzlich wurde er sich der Unschicklichkeit seiner Bekleidung bewußt, und so blieb er stehen, trat hinter die Gruppe und duckte sich hinter den Rücken einer alten Frau, so nah, daß er die einzelnen Fäden ihres schwarzen Wollrocks erkennen konnte und den irgendwie vertrauten moschusartigen Geruch ihres grauen Haars spürte, das von einem rauchfarbenen Schleier bedeckt war.

Er begann, Gesichter zu erkennen. Seine Mutter in einem dunklen Mantel und Hut, die mit schwarz behandschuhten Händen eine Kunstledertasche an sich drückte. Dan, den Arm um die Schulter seiner Frau gelegt, beide mit ausdruckslosem, nachdenklichem Gesicht. Mitch warf ihm einen Blick zu; sie schien seine äußere Erscheinung zu mißbilligen, ihn aber nicht zu erkennen. Mr. und Mrs. Clements waren da, genauso bekleidet wie damals im Laden von Mrs. Morrison. Ihre Enkelin stand neben ihnen;

sie trug ein kurzes smaragdgrünes Kleid und einen Hut mit breitem Rand. Sie bemerkte, daß er sie anstarrte, unterdrückte ein Lächeln und zwinkerte ihm zu, bevor sie ihre Augen wieder abwandte.
Die hohe, weiß gekleidete Gestalt hielt einen Kindereimer unter dem Arm. Nach mehreren Wechselgesängen verstummte sie und hob ihr Gesicht dem Himmel entgegen. Es war ein junger Mann, sehr mager und groß, mit dunklen Haaren und Augen. Irgendwie kamen ihm seine Augen bekannt vor, und er wirkte verletzlich und schutzbedürftig, als leide er unter alten Wunden. Nach langer Stille, in der nur von dem einschläfernden Geräusch der Brandung zu hören war, senkte er den Kopf und sah sie alle an. Peter spürte seinen Blick, obwohl er sich abwandte und immer noch hinter der alten Frau kauerte. Dann machte die Gestalt das Kreuzzeichen über die Menge, wandte sich dem Meer zu und begann Sand aus dem Eimer zu holen und wie ein Sämann in einem weiten Bogen auf das Wasser zu streuen.
Die alte Frau vor ihm bewegte sich von ihm fort, und er folgte ihr in geduckter Haltung. Er sah, wie sein Arm sich ausstreckte; die Haut war von der Sonne gebräunt, und zwischen den gebleichten Haaren hingen Sandkörner. Er berührte die Schulter der alten Frau, sie drehte sich um und blickte ihn finster an, die Lippen zusammengepreßt, die braunen Augen zu Schlitzen verengt.
»Du hättest soviel Anstand haben sollen, nicht hierherzukommen«, sagte Emma mit eisiger Stimme.
Die Bogen aus Sand fielen wie feiner Regen aufs Wasser. Jenseits der brechenden Wellen erstreckte sich das glatte Meer bis zum Horizont. Nur ein einzelnes Segelschiff war in der Ferne zu sehen. Der Bug glänzte in der Sonne, während es sich im Seegang hob und senkte. An den hohen

Masten wurden schneeweiße Segel hochgezogen, und der Wind füllte sie und trieb es aufs Meer hinaus.

»Wir freuen uns, daß Sie gekommen sind. Weihnachten ist einfach nichts ohne Kinder.« Alice nahm sie an der Hand und führte sie ins Haus.
»Wirklich nett von Ihnen, Alice«, sagte Emma. »Und nochmals vielen Dank für den Baum und die Dekorationen. Das war wirklich sehr aufmerksam, nicht wahr, Peter?«
»Ja, wirklich. Ich weiß nicht, was wir ohne ihn gemacht hätten.« Er küßte Alice auf die Wange, schüttelte Jack die Hand und folgte ihnen ins Wohnzimmer.
»Daddy hat unseren Baum kaputtgemacht«, sagte Sally zu Alice. »Aber dann hat er ihn wieder ganz gemacht.« Jamie machte sich von Alices Hand los und sah Sally finster an.
»Sag so was nicht, du dummes Ding!« zischte er.
»Also, jetzt schaut euch mal unseren Baum dort neben dem Klavier an. Kann sein, daß ein oder zwei Päckchen darunter liegen.«
Sie setzten sich vor den Kamin, und die Kinder packten auf der anderen Seite des Zimmers aufgeregt ihre Geschenke aus. »Sie sind völlig aufgedreht«, sagte Emma.
»Sicher sind sie heute morgen schon sehr früh aufgestanden?« Alice lächelte Peter an.
Er rollte die Augen in ihre Richtung. »So gegen fünf, glaube ich.« Er war sowieso schon wach gewesen und hatte nach dem Traum unruhig vor sich hin gedöst. Plötzlich stürzte Sally herein, eine Hand voller Bonbons, in der anderen den prall gefüllten Strumpf. »Mama, Papa, er ist doch gekommen.« Emma stöhnte und drehte sich auf die andere Seite, und er machte das Licht an und sah schlaf-

trunken zu, wie Sally den Strumpf untersuchte, den er, wie ihm schien, erst vor ein paar Minuten gefüllt hatte. Jamie kam gegen sechs. Peter ging runter, machte Tee und trug ihn nach oben ins Schlafzimmer.

Emma wollte in die Kirche gehen. Am Frühstückstisch gab es eine kurze Diskussion.

»Weshalb denn bloß?« wiederholte er. »Warum in einem zugigen alten Gebäude auf einer harten Bank sitzen, einer feudalistischen Institution Geld spenden und einen Gott anbeten, an den man gar nicht glaubt?«

»Wegen der Tradition und wegen der Kinder.«

»Und was sollen die Kinder an den anderen dreihundertvierundsechzig Tagen des Jahres denken? Was für eine schreckliche Heuchelei.«

»Ich glaube an Gott«, sagte Jamie leise.

»Ich auch. Er hat das Jesuskind erschaffen und den Weihnachtsmann.« Emma hob die Hände und neigte den Kopf zur Seite. Ende der Diskussion.

Die Kirche war klein, die Bänke waren voll besetzt. Sie fanden noch eine leere im hinteren Teil der Kirche und schoben sich darauf. Peter saß an der Wand, Emma am Mittelgang, die Kinder zwischen ihnen. Es war ein Familiengottesdienst. Emma kniete in den richtigen Momenten nieder, stand auf und setzte sich, sang aus voller Kehle und antwortete mit der Gemeinde wie ein gut einstudierter Schauspieler. Peter blieb die meiste Zeit sitzen und lehnte sich an die Wand, deren Kalk weiße Spuren auf seiner Jacke hinterließ. Sally zappelte, schwenkte die Beine hin und her und redete während der Predigt. Schließlich kletterte sie auf seinen Schoß, lutschte geräuschvoll am Daumen und sah teilnahmslos zu, während sie seine Krawatte um ihre Finger wickelte. Jamie beobachtete Emma, tat, was sie tat, und fiel in ihre gemurmelten Antworten ein.

Am Schluß lud der Vikar, ein lächelnder junger Mann mit sandfarbenem Haar und einer kräftigen Singstimme, die Kinder ein, zum Altar zu kommen und die Krippe anzusehen. Sally hüpfte wie eine Katze von Peters Schoß und drängelte sich zur Spitze der Reihe vor. Jamie sah einen Moment lang erschrocken drein, doch dann folgte er den anderen Kindern. Emma warf Peter einen Blick zu; sie zuckten die Achseln und verrenkten sich die Hälse, um an Reihen ähnlich verwirrter Eltern vorbeizuspähen.

»Also, kennt ihr alle ›Dort in der Krippe‹?« Der Vikar arrangierte die etwa zwanzig Kinder in einer Reihe vor dem Altar, die Gesichter zur Gemeinde. Sally brach sofort aus und stellte sich neben die Krippe. Sie beugte sich darüber, steckte den Kopf fast in den offenen Stall, starrte auf die Tonfiguren und schnupperte mißtrauisch an der kleinen Puppe, die in der Krippe lag. Der Organist stimmte die ersten Töne des Liedes an, der Vikar trat in die Mitte. Jamie stand zwischen einem kleinen Mädchen mit einem Hörgerät und einem dicken Jungen in einem grellbunten Pullover. Er sah blaß und angespannt aus, aber entschlossen. Peter stand langsam auf, um besser sehen zu können, und Emma am anderen Ende der Bank lehnte sich weit in den Gang vor.

Die Kinder sollten die erste Strophe allein singen. Sie begannen langsam und zögernd und grinsten verlegen ihre Eltern an. Der Vikar fiel leise ein, und dann erhob sich eine kleine Stimme über die anderen. Es war Jamie. Er kannte den ganzen Text und die Melodie. Seine Stimme war klein und dünn, füllte aber klar und rein die Kirche. Der Vikar, der hinter ihm stand, legte eine Hand auf seine Schulter. Nach und nach fielen die anderen Kinder ein, und dann wurden ihre Stimmen von der Gemeinde, die die weiteren Strophen mitsang, übertönt.

Während die letzten Töne verklangen, schloß der Vikar die Augen und streckte seine Hand über Jamies Kopf aus, um den Segen zu erteilen. Peter schluckte und starrte wie gebannt auf seinen Sohn, der den Kopf hob und mit seinen dunklen Augen auf die Hand blickte, die sich langsam über ihm durch die Luft bewegte, ohne zu merken, wie seine eigene Hand das Zeichen des Kreuzes machte, als hänge sie an unsichtbaren Fäden.

Schließlich fragte Alice, ob sie etwas trinken wollten. Peter hatte heimlich ein großes Glas getrunken, als sie aus der Kirche heimkamen, und ein zweites, bevor sie losgingen; ihn tröstete die Aussicht auf einen Nachmittag, an dem er sich mit Whisky, edlen Weinen, Brandy und Portwein betäuben würde. Doch seit sie die Alte Pfarrei betreten hatten, hatte er nichts Alkoholisches zu Gesicht bekommen, und er spürte allmählich Entzugserscheinungen. Er saß mit geradem Rücken in seinem Sessel und hörte zerstreut Emmas angeregtem Geschwätz zu, das sich mit den Weihnachtsliedern vermischte, die leise aus dem CD-Player drangen. Ein paarmal versuchte er, ihren Blick aufzufangen, gab's dann aber auf und starrte niedergeschlagen ins Feuer.

»… Ein Glas Wein? Ja, das wäre sehr nett, vielen Dank.«

Er zuckte zusammen. Emma hatte es endlich geschafft.

Alice lächelte ihn an. »Sie möchten sicher auch welchen, oder? Wir sind keine starken Trinker, fürchte ich. Vielleicht begleiten Sie mich in die Küche und helfen mir mit den Gläsern?« Sie hielt seinen Blick fest, die Warnung war eindeutig. Er folgte ihr in die Küche und sah zu, wie sie sich über den Herd beugte, mit einer Nadel in den Truthahn stach und das Gemüse aufstellte. »Im Kühlschrank ist eine Flasche Weißwein, bitte bedienen Sie sich. Der Korkenzieher liegt irgendwo dort in der

Schublade.« Sie drehte sich zu ihm um. »Also, wie geht's Ihnen, Peter?«
Wieder ein Verhör. Er wühlte in der Schublade und fand schließlich den Korkenzieher. »Oh, prima, danke. Ganz gut, denke ich.« Warum redete er solchen Quatsch?
Sie richtete sich auf, lehnte sich mit dem Rücken an die Stange des Herdes und sah ihn an. Sie trug schwarze Hosen, eine cremefarbene Seidenbluse und einen kleinen blauen bestickten Seidenbolero, ihr Haar war zurückgekämmt, sie sah großartig aus, nicht wie vierzig. »Ich kann mir gut vorstellen, wie Sie sich fühlen.«
Er ließ den Korkenzieher los und atmete langsam aus. Nein, kannst du nicht, du blasierte Gans. »Aber Sie wissen doch gar nichts über mich. Überhaupt nichts.«
Sie runzelte die Stirn. »Meinen Sie? Schau'n wir mal ... Sie trinken viel, schlafen sehr schlecht, falls überhaupt, Sie leiden unter unkontrollierbaren Stimmungsschwankungen und hysterischen Lachanfällen, mal haben Sie fürchterliche Wutanfälle, mal finstere Depressionen. Was noch? Sie haben Angst vor der Zukunft und das Gefühl, die Kontrolle über Ihr Leben zu verlieren. Sie sind verbittert und verübeln es Emma, daß sie versucht, die Dinge in den Griff zu kriegen. Habe ich recht?«
Er konnte keinen klaren Gedanken fassen. Hatte er geredet? Ganz bestimmt nicht. Jack. »Jack?«
Sie nickte. »Sehen Sie, das alles habe ich selbst mitgemacht, Peter. Jack hatte seinen Zusammenbruch vor drei Jahren.«
»Wer hat was von Zusammenbrechen gesagt?« fragte er spöttisch.
Sie zuckte mit den Schultern.
Er hielt immer noch die Flasche in der Hand. »Warum sagen Sie mir das, Alice?«

»Sie müssen sich da rauskämpfen, Peter. Sie müssen einfach!« Sie sprach voller Leidenschaft, mit zusammengebissenen Zähnen, und schlug sich mit geballten Fäusten auf die Oberschenkel. »Es ist eine fürchterliche, gefährliche Spirale. Und es wird immer schlimmer, viel, viel schlimmer, als Sie es sich vorstellen können.«

»Wirklich?« Er mußte über ihren Gefühlsausbruch leise lächeln.

»Ja, wirklich.« Sie starrte ihn an und seufzte. »Sie glauben mir nicht, wie?« Ihre Stimme war wieder ruhig. Sie begann, an ihren Fingern abzuzählen. »Es fällt Ihnen schwer, sich zu konzentrieren, Sie haben keine Geduld, Sie hören merkwürdige Geräusche, Sie träumen, manchmal auch, wenn Sie wach sind – das nennt man dann Halluzinationen, Peter.« Er hielt ihrem Blick stand, das gekünstelte Lächeln wich aus seinem Gesicht. Er spürte, wie sein Kopf kühl wurde. »Sie benehmen sich unvernünftig, sind vergeßlich, verwirrt. Bald werden Sie Blackouts haben, Gedächtnislücken, und das ist dann der Punkt, ab dem es gefährlich wird.«

»Gefährlich?«

»Natürlich, Sie sind ja nicht mehr Herr Ihrer Handlungen. Sie müssen damit rechnen, sich selbst und andere in Gefahr zu bringen, vor allem die Menschen, die Ihnen am nächsten stehen.«

»Sie meinen, ich könnte jemanden verletzen? Das glaube ich kaum …« Er hielt inne. Sie hatte das Vorderteil ihrer Bluse herausgezogen und schob das Gürtelband ihrer Hose mit den Daumen nach unten. Einen Moment lang dachte er, sie wolle sich ausziehen; er sah die bleiche, glatte Haut unterhalb ihres Nabels, das Gummiband ihres Höschens, ein paar feine Haare. Und dann sah er die Narbe. Sie war blaß, aber deutlich zu erkennen. Etwa zwei

Zentimeter lang, rosa, mit erhöhten Einstichpunkten an den Rändern, wo sie genäht worden war.

»Ich habe das noch nie jemandem gezeigt, noch nie mit jemandem darüber gesprochen, außer mit den Ärzten und mit Jack. Es war ein Küchenmesser, und die Wunde war nicht sehr tief, aber tief genug. Er kann sich an nichts erinnern, Peter, an überhaupt nichts.«

Kapitel 10

»Hallo Miriam? Peter Deacon.« Er stampfte mit den Füßen auf und hielt sich den freien Arm vor die Brust. Sein Atem schlug sich auf dem Plastik des Hörers nieder.

»Hallo, Peter. Wie geht's? Immer noch im Landhaus, oder?«

»Prima. Hören Sie, ich lasse mich hier für eine Weile nieder. Leider haben wir Probleme mit dem Telefon, deshalb muß ich Sie von hier aus anrufen, sagen wir, einmal die Woche. Bleiben Sie bitte an der Sache dran, ich bin immer noch interessiert, und wenn Sie mich dringend sprechen wollen, können Sie unter folgender Nummer eine Nachricht für mich hinterlassen – es ist das hiesige Postamt, okay?«

»Natürlich. Leider hat sich bis jetzt nichts getan, aber wir bleiben dran.« Der Ton, in dem sie es sagte, erfüllte ihn mit Zweifeln.

Er legte auf und ging in den Laden, um aufzutauen und Telefonkarten zu kaufen. Sally saß auf der Theke, aß einen Keks und blätterte in einem Comicheft.

»Sie werden sicher froh sein, wenn Sie Ihren eigenen Telefonanschluß bekommen«, sagte Mrs. Morrison mit einem neugierigen Blick auf seine Skistiefel.

»In drei Wochen, haben sie versprochen.« Er stand vor

dem Gasofen und rieb sich kräftig die Hände. Er trug eine Trainingshose über seinen Jeans, zwei Pullover, einen Mantel, einen Schal und eine wollene Skimütze. Trotzdem war die Haut seiner Wangen oberhalb des zwei Wochen alten Bartes blaß vor Kälte.

»Komm jetzt, wir gehen. War sie auch nicht lästig?«

»Nein, Daddy.« Mrs. Morrison strich ihr über den Kopf. Sally lächelte sie engelsgleich an und nahm sich noch einen Keks. Er verließ den warmen Laden und stapfte über den Rasen. Alles war mit Reif überzogen. Das Gras des Rasens, die Dächer der Häuser ringsum, die kahlen Äste der Bäume sahen aus, als seien sie in Puderzucker getaucht worden. Sogar der normalerweise tiefschwarze Strich der Teerstraße, die durch den Dorfanger führte, war von einer weißen Eisschicht bedeckt, und die Autos krochen langsam durchs Dorf und stießen weiße Abgaswolken aus.

Er wählte eine andere Nummer und fragte sich, ob der Morris es wohl bis zur relativ sicheren, mit Salz bestreuten Hauptstraße geschafft hatte. Er hatte Emma angeboten, sie zur Arbeit zu fahren, aber sie hatte über seinen Vorschlag nur gespottet. Er überlegte, ob er sie im Büro anrufen sollte, verwarf aber den Gedanken. »Hallo, Liebes, ich ruf bloß an, um zu schauen, ob du da bist …«

»Mr. Wallace, bitte.«

»Hallo, Peter, nicht wahr? Wir kennen uns ja bereits.«

Nach den Höflichkeitsfloskeln sprachen sie über Formalitäten. Oder besser, Wallace sprach, und Peter hörte zu. Er zog seinen Hut über das eine Ohr und trat von einem Fuß auf den anderen. Der Mann sprach in knappem, unpersönlichem Ton.

»Sie müssen mir Kopien des gesamten Schriftverkehrs zwischen Ihnen und Ihrer Bank aushändigen, Unterlagen

über sämtliche finanziellen Vereinbarungen, Mietkaufverträge, Hypothekenvereinbarungen, Bankauszüge und so weiter. Ferner eine lückenlose Aufstellung über sämtliche Vermögenswerte, zum Beispiel Einnahmen aus Erbschaften, Verträgen, Stiftungen und so weiter. Ferner diesbezügliche Auskunft über die finanzielle Situation Ihrer Eltern, Großeltern und weiterer naher Verwandter.«
Peter unterbrach ihn. »Aber warum?«
»Verzeihung, sagten Sie ›warum‹?«
»Ja, warum brauchen Sie Auskünfte über die finanzielle Situation meiner Eltern?«
»Peter, der Kläger könnte versuchen, zu beweisen, daß Sie finanziell in der Lage waren oder sind, Ihre Schulden zu bezahlen. Zumindest teilweise.«
»Bin ich leider nicht.«
»Sie könnten aber Vermögenswerte auf Familienangehörige übertragen haben, um die Beschlagnahme zu verhindern. Glauben Sie mir, es gibt zahllose ähnliche Fälle, in denen Leute Gemälde oder Möbel oder auch Bargeld bei Verwandten versteckt haben.«
»Nun, das habe ich nicht getan, und ich wünsche nicht, daß meine Eltern in diese Sache hineingezogen werden. Ist das absolut klar?«
»Ich fürchte, so einfach liegen die Dinge nicht. Meine Anweisungen ...«
»Ja, ich habe mich schon gefragt, wann Sie auf die wohl zu sprechen kommen.«
Mrs. Morrison, die hinter ihrer Theke stand, konnte ihn durch das Schaufenster sehen. Einen Augenblick lang beugte er sich in dem kleinen Telefonhäuschen vornüber, als betrachte er seine merkwürdigen Raumfahrerstiefel, und im nächsten Moment warf er den Kopf plötzlich zurück, drehte sich um, blickte in die andere Richtung und

schlug mit einer behandschuhten Hand durch die Luft wie mit einer imaginären Axt. Sie konnte seine erregte Stimme hören, wenn er lauter sprach, doch sie verstand nicht, was er sagte. Aber das ging sie ja auch gar nichts an. Sie tätschelte dem kleinen Mädchen den Kopf und fuhr fort, ihre Post zu sortieren.

Sein Vater nahm nach dem zweiten Klingeln ab.

»Hallo, Dad, Peter.«

»Na, wie geht's euch da draußen in der Eiswüste?«

»Nicht so schlecht. Na ja, ein bißchen schlimm ist es schon. Es gibt da ein paar Dinge, über die ich euch informieren möchte ...« Er schloß die Augen und holte tief Luft.

»Einen Moment, deine Mutter möchte dich sprechen.«

»Dad ... Das? Verdammt!« Seine Mutter meldete sich.

»Hallo, Mutter. Warum macht er das bloß immer?«

Er wanderte mit Sally die Straße hinunter nach Hause. Sie hielten sich an der Hand und machten auf der eisglatten Straße kleine Schritte. Daheim stellte er den Teekessel auf den Herd und ging nachsehen, was Mr. Clements machte. Er saß im Schlafzimmer auf dem Bett und rollte sich eine Zigarette.

»Alles klar, Mann?« fragte er lässig. Peter blieb auf der Schwelle stehen und riß den Mund auf. Das Zimmer sah aus, als sei eine Bombe darin explodiert. In der Kaminverkleidung zog sich ein zweieinhalb Fuß breiter Spalt vom Boden bis zur Decke. Der alte Mann hatte den Verputz von der Wand abgeschlagen, die Ziegel mit einem Meißel herausgestemmt und auf einen Haufen im Zimmer geworfen. Die Ziegel, die zerbrachen, und kleinere Stückchen Unrat hatte er auf einen anderen Haufen geworfen, und beide waren angewachsen, miteinander verschmolzen und hatten sich auf dem ganzen Fußboden ausgebreitet.

Alle Oberflächen waren mit Ziegelstaub und Ruß bedeckt. Als Peter langsam ins Zimmer trat, hinterließen seine Schuhe scharfkantige Abdrücke in dem dicken Schmutz wie die Stiefel eines Astronauten auf der Oberfläche des Mondes. Ein intensiver, beißender Geruch hing in der Luft, der ihn an die Londoner U-Bahn-Stationen erinnerte.

Er begann zu sprechen und mußte husten. »Äh, wie läuft's denn so?«

Der alte Mann schnippte Zigarettenasche auf den Schutthaufen und zog die Luft durch die Zähne, als wolle er sie filtern. Hinter ihm drang helles Sonnenlicht ins Zimmer und beleuchtete den Ziegelstaub, der seine Schultern und sein dünnes Haar bedeckte. »Nun, nachdem der Kaminzug raus is', ganz gut; irgendein Idiot hat ihn überhaupt nicht richtig eingepaßt, versteh'n Sie, damals, als das Haus gebaut wurde; deshalb mußte ich den Rauchabzug abnehmen, und so kam der ganze Dreck runter. Jetzt könn' wir richtig rangehen und das verdammte Ding in Ordnung bringen.«

»Ich verstehe.« Er hatte keinen Schimmer, was da auf ihn zukam. »Kann ich behilflich sein?«

»Keine Ahnung, könn' Se?«

Peter schleppte neue Ziegelsteine von Mr. Clements' Auto ins Schlafzimmer. Er schleppte auch eine Hartfaserplatte aus der Garage nach oben und sah voller Entsetzen, wie der alte Mann mitten im Schlafzimmer Mörtel anzurühren begann. Dann begannen sie, halsbrecherisch auf einem auf zwei Holzböcken liegenden Brett balancierend, das Innere des Kamins neu zu bauen. Peter sorgte für Nachschub an Ziegelsteinen und Mörtel und sah interessiert zu, wie Clements sie mit der Kante seiner Kelle auf Maß brachte und mit geübten Bewegungen Mörtel an die unmöglichsten Stellen applizierte. Irgendwann tauchte Sally auf, kletterte über den Schutthaufen und spähte mißtrauisch in die gähnende Öffnung des Kamins. »Was habt ihr beiden mit Mammis Schlafzimmer gemacht?« Peter warf einen Blick auf die Uhr und brachte sie nach unten zum Mittagessen. Clements lehnte es ab, etwas zu essen, er hatte seine Sandwiches bereits um halb zehn in seinem Auto sitzend gegessen, Thermoskanne und Zeitung in bequemer Reichweite.

Am Nachmittag war der neue Zug installiert und der Kamin neu gemauert. Auf dem Fußboden lag ein riesiger Berg Schutt.

»Was ist damit?« fragte Peter und wischte sich mit dem Ärmel den Schweiß von der Stirn.

Clements spuckte auf den Schutthaufen. »Na ja, die Missus will das Zeug sicher nich' in ihrem Schlafzimmer haben. Also muß es wohl rausgeschafft und irgendwie entsorgt werden.« Peter stöhnte bei dieser Aussicht, doch Clements sah ihn mit einem seltsamen Blick an, zwinkerte und deutete mit dem Kopf auf das Bett. Peter dachte, er würde wieder einen seiner schlüpfrigen Witze machen, aber er meinte nicht das Bett, sondern das Fenster. Während Clements das Kaminsims verputzte, schob Peter das Bett zur Seite und fing an, den Schutt zum Fenster hinaus zu schaufeln.

Kurz danach kam Emma nach Hause, und er hörte sie auf der Treppe. Sally lief voraus und rief: »Das wird dir bestimmt nicht gefallen, Mama.«

»Mann, Arthur, das ist ja wunderbar!« rief Emma. Sie stand mitten im Schlafzimmer und strahlte den alten Mann an. Sally schaute sich erstaunt um, wo denn der ganze Schutt geblieben war. Das Kaminsims war vollständig neu gemauert und frisch gegipst worden.

Clements zündete sich eine Selbstgedrehte an. »Sobald der Gips trocken is', könn' Se ihn wieder anstreichen. Machen Se kein Feuer, bevor der Zement richtig hart ist – sagen wir, in drei oder vier Tagen. Sie müssen sich was anderes ausdenken, um sich die Kälte vom Leib zu halten.« Er kicherte. Sally schaute unters Bett. »Es gibt 'ne Menge Staub zu wischen, ich schick Ihn'n morgen die kleine Mandy zum Saubermachen.«

»Gut.«

»Jetzt hätt' ich gegen 'nen Schluck Schnaps nichts einzuwenden, gegen die Kälte, verstehn Se.«

Sally kroch unter dem Bett hervor. »Aber Daddy, wohin ist denn der ganze Dreck gekommen?«

Peter und Clements wechselten einen Blick. »Wir haben ihn nach draußen gebracht, Schätzchen, und neben der Haustür einen großen Berg davon gemacht.«

Er brachte den Ofen im Schuppen zum Brennen, dann ging er in die Küche, machte Würstchen für die Kinder heiß und schenkte Emma einen Drink ein. Sie bedankte sich mit einem Kuß. Während er den Kindern das Essen machte, saß sie am Tisch und blätterte in einer Design-Zeitschrift.

Als er alles weggeräumt hatte, war der Schuppen warm und gemütlich. Er legte noch ein paar Holzscheite nach, dann setzte er sich in den Sessel und öffnete seine Aktentasche.

In den beiden Wochen nach Weihnachten hatte er bei seinen früheren Bewerbungen nachgefaßt und neue geschrieben. Er brachte seinen Bewerbungsordner auf den neuesten Stand, vermerkte für jeden Kontakt das Datum, fügte Bemerkungen hinzu und nahm die raus, die tot zu sein schienen.

Er hatte bisher eine Fahrt nach London gemacht. Früh am Samstag morgen war er im Morris losgefahren, um die Post und eine weitere Ladung Kleider und andere Sachen zu holen. Am Vormittag war er in Fulham eingetroffen und hatte zehn lächerliche Minuten damit verbracht, um das Haus herumzufahren, um herauszufinden, ob es beobachtet wurde. Schließlich parkte er und rannte die Stufen zur Haustür hinauf.
Es überraschte ihn fast, daß er das Haus genauso vorfand, wie sie es verlassen hatten. Er stand in der kalten Diele und starrte auf das Chaos: halbgefüllte Kartons, Plastiksäcke und all die Sachen, die er vor der Abfahrt aus dem überladenen Morris rausgeholt hatte. Er dachte an diese letzten hektischen Minuten, an das Geschrei, das Hinundhergerenne mit bepackten Armen, das eiskalte Entsetzen, als es an der Tür klingelte.
Hinter der Tür hatte sich ein Stapel Post angesammelt; er hob alles auf und sah sich die Umschläge aufmerksam an. Jene, die lesbare Firmennamen oder Freistempleraufdrucke oder Poststempel hatten, die er aus seinem Bewerbungsordner kannte, riß er auf. Außer einer Fluggesellschaft, die ihm mitteilte, daß der Marketing-Direktor im Ausland sei und sich sofort nach seiner Rückkehr mit ihm in Verbindung setzen werde, waren es lediglich Eingangsbestätigungen seiner Nachfaßbriefe. Außerdem Weihnachtspostkarten und Werbesendungen. Aufforderungen, gerichtliche Benachrichtigungen, Anwaltsbriefe – er war sich nicht ganz sicher, konnte es sich aber denken – ließ er ungeöffnet auf dem Dielentisch liegen.
Er fröstelte und spürte den starken Drang, sich zu beeilen und so rasch wie möglich wieder zu verschwinden. Als er die Treppe zum Gästezimmer hinaufrannte, spürte er den muffigen Geruch im Haus. Das Antwortlicht des Anruf-

beantworters blinkte. Er zögerte kurz, dann riß er den Stecker aus der Wand und steckte das Gerät zusammen mit dem Telefon in einen Karton. Er nahm seinen Computer und trug ihn in die Diele zum Windsorsessel.

Während er rasch von Zimmer zu Zimmer ging, hakte er jeden einzelnen Gegenstand auf seiner Liste ab. Ein paar Kleider fürs Büro für Emma, Schulsachen für Jamie, Sallys Hickory-Dickory-Dock-Nachttischlampe. Es war ziemlich schwierig, die Waschmaschine zu demontieren und auf die Straße zu zerren. Er bat einen vorbeikommenden jungen Mann um Hilfe, und sie wuchteten das Ding zusammen auf den geliehenen Dachgepäckträger der Greenaways.

Nach einer Dreiviertelstunde hatte er den Morris beladen und war abfahrbereit. Er sperrte die Haustür zu, dachte einen Moment nach, öffnete sie wieder, nahm die ungeöffneten Briefe und Werbesendungen vom Dielentisch, schlug die Haustür hinter sich zu und schob den ganzen Stapel durch den Briefkastenschlitz. Langsam ging er die Stufen hinunter und überlegte. Es gab keinen anderen Beweis für seinen Besuch, doch er war sich nicht sicher, ob es erforderlich war, seine Spuren zu verwischen. Am frühen Nachmittag entlud er den Morris vor dem Landhaus.

Er öffnete mit der Schuhspitze die Ofentür und stocherte mit einem Stock im brennenden Holz herum. Der Computer stand jetzt neben seinen Verzeichnissen, Ordnern, Londoner Telefonbüchern und geordneten Zeitschriftenstapeln auf der Werkbank. Die Füße des Windsorsessels standen auf Ziegelsteinen, damit er an der Werkbank sitzen und arbeiten konnte.

Er hatte begonnen, ein Tagebuch zu führen, oder wenigstens ein Notizbuch mit datierten Beobachtungen und Eindrücken. Absurderweise war ihm das peinlich, und so hielt er das Tagebuch absolut geheim und erlaubte sich nur kleinste Freiheiten des Ausdrucks. In der Abgeschiedenheit des Schuppens notierte er verstohlene und verkürzte Bemerkungen, die in Stil und Inhalt mehr an die Kalendernotizen eines Geschäftsmannes erinnerten als an die Gedanken einer sorgenbeladenen Seele. Alice hatte ihm geraten, seine Gedanken aufzuschreiben und die Finger vom Alkohol zu lassen. Es sei eine gute Therapie und werde ihn vom Alkohol ablenken, hatte sie gemeint. Der Alkohol fehlte ihm sehr; seit er nichts trank, war er schrecklich nervös und schlief noch schlechter als vorher, doch er hatte ihr versprochen, es zu versuchen. »Das ist wirklich kein Problem, Alice; ich kann jederzeit damit aufhören.« Irgendwie hatte ihn die Eindringlichkeit ihres Appells schockiert. Oft saß er im Schuppen auf dem Sessel oder lag nachts wach und vergegenwärtigte sich ihre machtvolle, eindringliche Bitte und das starke, schockierend erotische Bild, wie sie verzweifelt an ihren Kleidern gezerrt und ihm die wurmartige Narbe auf der milchigen Haut ihres nackten Bauches gezeigt hatte.

Zu ihrer Überraschung hatten sie für Jamie einen Platz in der örtlichen Grundschule ergattert trotz des kurzfristigen Wechsels, ganz ohne Probleme. Doch die neue Schule war viel kleiner als die, aus der er kam, und bot weniger Möglichkeiten – »Die haben gar keinen Computer!«, und er kannte weder die Lehrer noch ein einziges der Kinder. Die ersten paar Tage waren kritisch gewesen, und sie hatten Anzeichen für einen neuen Ausbruch des alten Konflikts bemerkt. Am dritten Tag saß Jamie während der Hinfahrt stumm auf der hinteren Sitzbank und weigerte sich auszusteigen, als Peter ihm die Wagentür aufmachte.

Eine schlimme Szene schien unvermeidbar, doch da tauchte wie durch Zauberei Jamies Klassenlehrerin auf.
»Komm, Jamie«, sagte sie energisch und nahm ihn an der Hand. »Wir müssen noch das Bild fertigmachen, an dem du gestern gearbeitet hast. Weißt du eigentlich, daß die meisten Mädchen und Jungen deines Alters mit dem Bus zur Schule kommen? Ich glaube, wenn du versprichst, dich wie ein richtiger großer Junge zu benehmen, dann darfst du das auch. Sollen wir deinen Daddy fragen?«
Die Vorstellung erfüllte ihn mit Entsetzen, und auch Emma hatte ihre Zweifel. Aber es stellte sich als ganz einfach heraus – Jamie reagierte positiv auf die kleine zusätzliche Verantwortung und Freiheit. Morgens nach dem Frühstück ging Peter mit ihm die Straße hinunter zum Postamt, wo er um halb neun in den Bus stieg und sieben Stunden später wieder ankam.
Emma hatte ihre Arbeit bei Charlie Gladstone aufgenommen. Meistens nahm sie den Wagen, so daß er ihn nicht benutzen konnte; doch bis sich ihre finanzielle Lage gebessert hatte, war dies eine Unbequemlichkeit, mit der er leben konnte. Sie bemühte sich, am Ende des Tages nicht zu selbstzufrieden zu erscheinen, konnte aber ihre Freude an der Arbeit nicht verheimlichen.
»Mann, Peto«, rief sie eines Abends, als sie schnell die Kinder badeten, »die Leute sind richtige Heuler, und wir haben ein paar sehr interessante Kunden. Ich hatte gedacht, ich müßte neben einem Haufen Bauerntrotteln arbeiten, die Düngersäcke entwerfen, aber das ist überhaupt nicht der Fall.«
Er hob Sally aus dem warmen Badewasser, wickelte sie in ein großes Handtuch und steuerte sie, schlurfend wie eine Geisha, in die Küche, wo sie vor dem Ofen trocken werden sollte. Jamie ließ sich so tief ins Wasser sinken, daß

nur noch sein Kopf hervorragte. Emma saß, noch im Mantel, auf dem Toilettensitz und hielt einen Gin Tonic in der Hand. Der Duft war eine schwere Versuchung, das Klickern des Eises im Glas hatte hypnotischen Klang. »Na, das ist ja prima. Woran arbeitest du?«

Das Fehlen jeglichen sexuellen Kontaktes zwischen ihnen war beunruhigend. Er hatte ein verschlüsseltes Buchstabensystem entwickelt, mit dem er alle Aktivitäten in sein Tagebuch eintragen konnte, doch bisher hatte er noch keine Gelegenheit dazu gehabt. In seinem Unterbewußtsein gärte eine Mixtur aus finsteren und machtvollen Begierden, die häufig an die Oberfläche drangen, doch sie waren verworren und kurzlebig, ein paar Sekunden meistens nur. Er hatte beschlossen, sich deshalb keine Sorgen zu machen. Emma schien nicht interessiert zu sein; die ganztägige Arbeit erschöpfte sie, und an den meisten Abenden ging sie frühzeitig zu Bett und sank rasch in tiefen Schlaf. Peter hatte wieder damit begonnen, früh aufzustehen, auch an Wochenenden, und so waren die Gelegenheiten für sexuelle Kontakte auf ein Minimum reduziert.

»An zwei Buchumschlägen.« Sie zog eine Grimasse. »Ich weiß, aber …!« Sie hob den Finger. »Wir arbeiten zur Zeit auch an einem Kampagnenvorschlag für eine große Firma; einem kompletten Firmenimage für eine Ladenkette – Ladenfronten, Firmenlogos, Briefköpfe, Geschäftspapiere, Point-of-sale-Gestaltung, all diese Sachen.«

»Fantastisch.« Er zog den Badewannenstöpsel unter Jamie heraus, der das Gesicht verzog und wie ein dünnes weißes Wiesel aus dem Wasser glitt, das angebotene Handtuch ergriff und in die warme Küche flüchtete.

Peter vermerkte in seinem Tagebuch die telefonischen Kontakte des Vormittags und notierte, daß er mit Arthur Clements gute Fortschritte beim Abbruch der Hütte gemacht habe. »... In ein paar Wochen dürfte alles fertig sein ...« Er klappte das Buch zu, schloß die Augen und lehnte den Kopf an die abgewetzte Rückenlehne des Sessels. War das alles? Hausmann oder »Hauswirtschaftler«, wie die Amerikaner es taktvoll nannten. Fünfunddreißig Jahre alt, überprivilegiertes Produkt einer elitären Erziehung, von der Regierung mit erheblichen Kosten für den Steuerzahler dazu ausgebildet, der Welt höchstentwickelte Kriegsmaschine zu bedienen, die sich mit der Geschwindigkeit einer Gewehrkugel vorwärts bewegte. Zehn Jahre hatte er damit verbracht, ein mächtiges, den ganzen Globus umspannendes Geschäft aufzubauen, ungehindert von kulturellen, politischen oder sprachlichen Barrieren. Er hatte den absoluten Höhepunkt seiner intellektuellen Fähigkeiten erreicht – und womit verbrachte er seinen Tag? Er machte Tee für die Kinder und lebte in einem Schuppen.

Am nächsten Tag stand er beim ersten Lichtstrahl auf, zog seinen Trainingsanzug an und trat in die Kälte hinaus. Auf der Straße bog er nach rechts ab, schaute auf die Armbanduhr und fiel in langsames Laufen. Es war bedeckt und feucht; die Oberfläche der Straße glänzte fettig im schwachen Licht des Morgens. Auf seinen Spaziergängen hatte er ein kreisförmiges Netz von Wegen und Pfaden entdeckt, das ihn in einem weiten Bogen zu dem Zauntritt auf der anderen Seite der Straße zurückführte, gegenüber dem Landhaus. Er schätzte die Strecke auf etwa vier Meilen. Die Straße führte zu einem Bauernhof, wo sie auslief und sich in einen schlammigen Pfad verwandelte. Von dort an lief er an Feldern mit niedrigstehendem Wintergetreide vorbei, passierte einige verfallene Bauernhöfe und folgte einem schmalen, gewundenen Pfad durch einen dunklen Wald.

Noch bevor er den Wald erreichte, geriet er trotz seines gemäßigten Tempos außer Atem. Bald keuchte er mit offenem Mund wie ein an den Strand geworfener Fisch, als er die feuchte Luft in seine gequälten Lungen zog. Er hielt an, senkte den Kopf, stützte die Hände auf die Knie und hustete und schluckte; vor seinen Augen tanzten weiße Wirbel und bunte Flecken. Sein Kopf schwamm, in den Ohren spürte er ein vertrautes Dröhnen. Ein heißer, scharfer Schmerz wühlte hinter seinen Rippen, seine Knie zitterten, als seien sie aus Gummi, und wackelten gefährlich. Er ließ sich schwerfällig auf einen gefällten Baumstamm nieder, bis seine Aufregung sich legte.
»Schnellster Mittelstreckenläufer der Schwadron.« Er keuchte. Zwei Schritte vor ihm tauchte ein Hase aus einem Busch auf, beäugte ihn einen Moment und hoppelte dann auf dem Pfad in den Wald. Er stemmte sich hoch und lief unbeholfen hinterher. »Du mußt dich einfach wieder in Form bringen, Mann.«
Alles in allem dauerte es fast eine dreiviertel Stunde, bis er wieder zu Hause war; er kletterte über den Zauntritt und stolperte über die Straße zur Hütte. Schweißtriefend und schlammbedeckt setzte er sich auf die Stufen vor der Küchentür; schließlich streifte er seinen Trainingsanzug ab und ging ins Haus, um ein Bad zu nehmen. Jamie saß am Küchentisch und spielte mit Legosteinen. »Hallo, Daddy«, sagte er zerstreut. »Bist wieder gelaufen, wie ich sehe.«
Fünfzehn Minuten später hatte er gebadet und deckte den Tisch fürs Frühstück. Er rief Emma, die die Treppe hinunterpolterte und schimpfte, daß sie so spät dran sei. Ihr Rock saß nicht richtig, die Bluse war bis zur Taille offen.
»Ich kann deinen Busen sehen, Mamma!«

»Nein, kannst du nicht, Sal; ich trage einen Büstenhalter.«
»Paß auf, daß Clements dich nicht so sieht – sonst bekommt er noch einen Herzschlag.«
»Mann, das ist vielleicht ein geiler Bock, hast du bemerkt, wie er mich gestern angestarrt hat? Der muß doch schon über achtzig sein, du meine Güte!«
»Die Luft hier unten muß was Anregendes haben«, sagte er zwinkernd, aber sie gab keine Antwort.
Heute war Sallys erster Tag in einer nahegelegenen Vorschule. Sie zappelte und maulte über ihre Garderobe und welches Spielzeug sie mitnehmen sollte; so nervös hatte er sie noch nicht erlebt. Sie quetschten sich alle in den Morris und riefen ihm anfeuernde Worte zu, als er den Zündschlüssel drehte. In letzter Zeit war's schwierig geworden mit dem Auto, es startete schlecht, und der Motor lief unsauber. Nach wenigen Sekunden gab die schwer strapazierte Batterie den Geist auf.
»Jamie, die Anlaßkurbel, los!« Jamie sprang aus dem Wagen und rannte nach hinten, um die Kurbel zu holen. Mit zusammengebissenen Zähnen fluchend hob Emma ihr Kleid hoch und streckte ihr Bein auf die Fahrerseite, damit sie das Gaspedal erreichen konnte. Peter ging vor dem Wagen hin und her, leckte sich die Lippen, spuckte in die Hände und betrachtete ihn, als wolle er einen Ringkampf damit machen oder versuchen, ihn hochzuheben. Jamie schob die Kurbel in den Schlitz.
»Darf ich's diesmal versuchen, Daddy? Du hast es versprochen.«
»Jamie, das ist wirklich verfl..., sehr schwierig. Und du kannst dich leicht verletzen.«
»Aber du hast gesagt ...«
»Ich weiß, und ich werde dir auch richtig zeigen, wie

man's macht, aber nicht heute, wir sind spät dran.« Jamie ließ den Kopf hängen. »Stell dich ans Fenster auf der Fahrerseite, und sieh zu, ob Mammi alles richtig macht.« Jamie ging langsam hin. »Fertig?« rief er.

»Fertig!«

»Schalter aus?«

»Stell die Schalter aus, Mamma.«

»Ich weiß, ich weiß. Ja, Schalter auf aus!«

»Schalthebel auf neutral?«

»Was? Oh, ja, ja. Mach schon, um Himmels willen!«

»Okay, jetzt geht's los.« Er packte die Kurbel mit beiden Händen und drehte, zuerst langsam, dann schneller. »Jetzt!« Sie drehte am Zündschlüssel, der Motor sprang an. Sie hielt den Fuß auf dem Gaspedal, bis er eingestiegen war.

»Du hast schon vor einer Woche gesagt, du würdest dir das verdammte Auto mal ansehen«, sagte sie gereizt.

»Ich weiß; ich versuche, mich heute dranzumachen.« Jamie stieg beim Postamt aus, und sie fuhren weiter, um Sally abzusetzen.

»Beeil dich«, zischte Emma, als er Sally an der Hand nahm. »Ich bin verdammt spät dran.«

»Du darfst nicht ›verdammt‹ sagen, Mammi.« Er sprach kurz mit dem Leiter der Vorschule, dann bückte er sich und gab Sally einen Kuß auf die Nase. Tapfer ging sie in den Saal, in dem Kinder schreiend spielten. Sie schaute nicht zurück.

»Wie war sie?« Emma trug Make-up auf, während sie weiterfuhren.

»Sally? Oh, völlig unbeschwert, wie immer.«

»Dieses Kind bringt nichts aus der Fassung. Unglaublich.«

»Ich bin mir nicht so sicher, ob das so gut ist«, überlegte er laut, während er den Morris auf die Hauptstraße lenkte. »Es ist ein Zeichen der Zeit, aber kleine Mädchen sollten lernen, Fremden gegenüber mißtrauisch zu sein.« Emma brummte irgendwas, starrte in den Rückspiegel und trug hellen Lippenstift auf.

Er setzte sie vor dem umgebauten Schulgebäude ab, in dem Charlie Gladstones Firma untergebracht war, und fuhr dann sofort nach Bedingham zurück. Etwa eine Meile vor dem Dorf bog er von der Straße ab und rumpelte auf einem miserablen Pfad in den dichten, stechend riechenden Wald hinein, bis er zu einer Lichtung kam. Rings herum lagen Stapel von sauber aufgeschichteten Fichtenstämmen, alle etwa einen Meter lang. Er öffnete die hintere Tür des Morris, lud so viele davon ein, wie hineinpaßten, und band die Tür mit einem Strick zu.

Der Wirt des »White Horse« hatte ihm den Tip gegeben, als Peter sich nach einer preiswerten Brennholzquelle erkundigte; er hatte mit dem Finger gewackelt und sich vertraulich über die Bar gelehnt. Es stellte sich heraus, daß das Forstamt das Holz liegengelassen hatte. »Mehr oder weniger, damit die Leute sich bedienen können«, murmelte er und ließ den Blick durch die Bar schweifen. »Die haben seit den starken Stürmen mehr von dem Zeug herumliegen, als sie brauchen können.« Die Farmarbeiter holten sich ganze Anhängerladungen, machten es klein und verkauften es.

Er fuhr ins Dorf, holte bei Mrs. Morrison einen Karton mit Lebensmitteln ab, fragte nach Post und fuhr zum Landhaus.

Mandy saß am Tisch und trank Tee. »Morgen, Mr. Deacon. Täßchen Tee?« Sie klapperte mit ihren dick geschminkten Wimpern, grinste neckisch und goß sich eine weitere Tasse ein.

»Morgen, Mandy.« Sie war gut beim Saubermachen, aber

nur unter Aufsicht. »Nein, danke. Ich glaube, wir gehen am besten sofort nach oben ins Schlafzimmer.« Er schlug sich mit der Hand gegen die Stirn und rollte die Augen, aber sie machte in der gleichen Richtung weiter.

»Ooh, Mr. Deacon, Sie sind aber ein ganz Schlimmer.«

Ich nicht, Mandy Clements, dachte er, du und dein scharfer Großvater. Sie fingen mit dem Elternschlafzimmer an. Peter zog die Möbel von den Wänden weg, sie saugte Staub, wischte und polierte, und jedesmal, wenn sie dachte, er beobachte sie, schwang sie ihre Hüften und beugte sich provozierend vor. Er zog das Bett ab und brachte die Laken nach unten. Er hatte die Waschmaschine in der Küche angeschlossen und im Garten einen Pfosten aufgestellt, an dem er eine hin- und herziehbare Trockenleine zum Haus angebracht hatte.

»Wozu soll das denn gut sein?« hatte Emma gewitzelt. »Um der Flotte zu signalisieren?«

»Meine Großmutter hatte auch so ein Ding«, antwortete er stolz. »Eine der besten Erfindungen seit der Entdeckung des Rades.«

»Und so flott«, sagte sie wie in einem Werbespot für Seifenpulver. Regen lief an den Fenstern hinab. »Nur drei Wochen Trockenzeit für ein Paar Socken.«

Er schnitt Zwiebeln, Karotten und ein paniertes Steak in einen Topf, fügte Wasser, Gewürze und eine Prise getrocknete Kräuter hinzu und stellte alles auf die Herdplatte. Dann leerte er die Aschkästen beider Öfen, machte den im Schuppen wieder feuerfertig, zündete ihn an und füllte den Holz- und Kohlenvorrat für die Küche auf.

Als nächstes fuhr er den Morris an die Garagentür, um das Holz zu entladen. Als er vorsichtig die Garagentür aufmachte, mußte er hastig zurückspringen, als sie sich vom Türpfosten löste und vor ihm zu Boden krachte. Er übersah das und stapelte das Holz an der Garagenseite zum Trocknen auf. Zwei oder drei der Balken zersägte er in kleinere Stücke für den Küchenherd; nach einer kurzen Inspektion der Garagentür zerhackte er sie mit der Axt.

Die Geräusche der Antriebswelle des Morris klangen beunruhigend. Er machte sich so lange am Motor zu schaffen, bis er herausfand, daß die Ventile der Zylinder überhaupt nicht mehr justiert waren, was vermutlich der Grund für den unruhigen Motorlauf war. Er seufzte und starrte auf die rumpelnde Maschine nieder, die asthmatisch winselte, Fehlzündungen produzierte, erzitterte und erstarb.

Mandy tauchte neben ihm auf. »Hab Ihnen 'ne schöne Tasse Tee gebracht.« Er bedankte sich und nahm sie. Mandy legte ihm die Hand auf die Schulter, beugte sich vor und schaute in den offenen Motorraum. »Ich versteh nicht, wie ihr Männer diese mechanischen Sachen überhaupt kapieren könnt; mich überfordert das total.« Sie tat, als erschauere sie, rümpfte die Nase und ging zur Küchentür zurück. »In ein paar Minuten gehe ich dann«, rief sie zurück.

Obwohl er kein Reparaturhandbuch für den Morris und auch kein passendes Werkzeug hatte, machte er sich an die Arbeit. Er schnitt schmale Aluminiumstreifen aus einer Coladose, faltete sie, schlug sie mit einem Hammer flach und benutzte sie als Stößel für die guten Ventile und als Ersatz für die beschädigten. Der Maschinenlauf verbesserte sich auf der Stelle. Von diesem Erfolg beflügelt, reinigte er die Zündkerzen und stellte den Vergaser ein.

Er war durstig. Er leckte sich die Lippen und sah auf die Uhr. Es war gerade noch Zeit für einen Orangensaft im

Wirtshaus. Großer Gott, wie er sich nach einem Bier sehnte. Er spürte die Versuchung, als Belohnung für sein gutes Benehmen und die Fleißarbeit eins zu trinken. Wie auf ein Stichwort fuhr Alices silberner Range Rover auf der Straße vor und hielt auf dem grasbedeckten Parkplatz vor dem Haus. Sein Herz setzte einen Schlag aus.

»Hallo, mein Hübscher! Was ist denn das auf Ihrem Gesicht?«

Er blickte auf seine schmutzigen Hände. »Öl vermutlich – die Freuden des Autofahrers, verstehen Sie.«

»Nun, dann ist ja alles in Ordnung. Denn einen schrecklichen Moment lang dachte ich, Sie lassen sich einen Bart wachsen.«

Der Motor des Range Rover lief noch. »Kommen Sie auf eine Tasse Tee oder sonstwas ins Haus?« Sehr subtil. Möchtest du nicht reinkommen und dir meine Radierungen anschauen?

»Nein, ich kann nicht, ich bin auf dem Weg nach Ipswich, einkaufen.« Sie lehnte sich nach hinten und nahm ein kleines Paket vom Rücksitz. »Ich habe Ihnen das hier mitgebracht.«

»Ah, ein Medikament?« Er nahm das Päckchen, es war ein Buch, lose in einer Papiertüte. *The Oxford Book of English Verse*. Ziemlich abgefummelt und mit Eselsohren.

»Ein ganz spezielles. Irgendwann möchte ich es zurückhaben.«

»Wie lautet die Dosierung, Doktor?«

»Mindestens einmal am Tag. Wenn die Symptome nicht zurückgehen, mehrmals täglich.«

»Irgendwann?«

»Ja. Und machen Sie sich Notizen. Nun, sind Sie brav gewesen, oder gab es irgendwelche Ausrutscher?«

Er knallte die Hacken zusammen und verbeugte sich.

»Gut«, sagte sie ernst. »Also, ich muß mich wieder auf den Weg machen.«
»Haben Sie viele lahme Enten auf Ihrer Liste?«
Sie legte den Gang ein und fuhr langsam los. »Jetzt reicht's aber, junger Mann. Aber wenn Sie's wissen wollen, nein, überhaupt keine.« Sie grinste, wendete und fuhr auf die Straße zurück. Er schaute auf das Buch in seiner Hand. Er hatte vergessen, sich zu bedanken.
Er machte sich Kaffee und ein Sandwich und trug alles zum Schuppen rüber. Er ließ sich im Windsorsessel nieder, zog sein privates Notizbuch hervor und machte einen Datumsvermerk am Rand. Zuerst brachte er seine Aktivitätenliste auf den neuesten Stand. Mit seiner alten Liste war sie überhaupt nicht zu vergleichen. Früher hatten Namen von Firmen, Kontaktpersonen und Telefonnummern draufgestanden, Positionsbeschreibungen, Finanzierungsprojekte. Die neue sah eher wie die Arbeitsliste eines Do-it-yourself-Heimwerkers aus oder wie der Auftragszettel eines Hausdieners. Es war ja auch der Auftragszettel eines Hausdieners.
Er verzehrte sein Sandwich und strich »Auto« von der Liste. Dann notierte er, daß Alice vorbeigekommen war und ihm ihr *Oxford Book of English Verse* geliehen hatte. Er nahm das Buch und schlug es auf gut Glück irgendwo auf. Wie vorgeschrieben. »Thomas Lodge«, schrieb er pflichtbewußt und fügte den Titel »Rosaline« hinzu. Er las eine Weile, dann machte er eine Notiz. »Könnte mit Arthur Clements ganz gut zurechtkommen. PS. Im Lexikon unter ›pap‹ nachschlagen.«
Er holte Jamie am Bus ab und fuhr dann los, um Sally abzuholen. Der Saal war voller aufgeregter Kleinkinder und ihrer Eltern, meistens Mütter. Er setzte sein Gesicht Typ »Liebender Vater« auf und marschierte rein, um Sally zu

suchen. Sie hing kopfüber von einem Kletterbaum herunter, wie eine kleine rosawangige Fledermaus. »Daddy, mein Daddy, ich bin ein kleiner Orang-Utan.«
»Ja, mein Schatz, das bist du wirklich, aber jetzt müssen wir gehen. Komm und zieh deinen Mantel an.« Das Geschrei war unbeschreiblich.
»Mr. Deacon? Mr. Deacon. Ah, da sind Sie ja.« Es war die Leiterin, schwach lächelnd, der Streß von sieben Stunden zusammen mit vierzehn Dreijährigen auf kleinem Raum ließ sich an ihren geweiteten, leicht glasigen Augen ablesen. »Das hier sind Sallys Gemälde. Wir haben alle viel Spaß zusammen gehabt, nicht wahr?« Sie gab ihm die klebrigen feuchten Blätter und wandte sich wieder dem Gewimmel zu.
»Komm jetzt, Sally, wir müssen gehen.« Er mußte richtig brüllen. Und da war noch jemand, eine Frau an der anderen Seite des Saales.
»Justin? Justin! O Gott, Justin!« Panik entstand unter den Erwachsenen, jemand schrie. Alle schrien. Der Oberlehrer schrie nach Ruhe. Peter verrenkte den Nacken, um besser sehen zu können. Auf der anderen Seite des Saales beugten sich ein paar Mütter über die auf dem Fußboden liegende Gestalt eines Kindes. Eine Sekunde lang war er versucht, die Gelegenheit zu nutzen und sich davonzumachen. Da schrie die Frau wieder.
»Er ist tot! O Gott, er ist tot. Justin!«
Ohne es zu merken, lief er durch den Saal, schob sich an zwei erstarrten Müttern vorbei und kniete neben dem Kind nieder. Das Gesicht war blau, die Augen weit offen. »Was ist passiert?« Er sah die Mutter an, aber die hatte die Hände über die Ohren gelegt und schüttelte stumm den Kopf. »Er hat etwas verschluckt«, sagte jemand. »Er spielte mit einem Ball, hatte ihn im Mund. Ich hab's gesehen.«

Die Mutter winselte. »Er ist tot, o Gott, er ist tot.« Peter steckte zwei Finger tief in den Hals des Kindes. Er berührte etwas Hartes, Rundes, aber es saß fest. Er sah sich verzweifelt um, während er tastete, wertvolle Sekunden lang, plötzlich war es totenstill im Saal. Sally hing immer noch an dem Kletterbaum. Kopfüber. Da klickte etwas in ihm. Er packte die schlaffen Fußknöchel des Jungen mit einer Hand und schwang ihn in die Luft; er war schwer, fast hätte er ihn fallen gelassen. Er packte fester zu, hob den Arm, so hoch er konnte, und schlug mit der anderen flachen Hand fest auf den Rücken des Kindes. Nichts passierte.
Peter grunzte und verzerrte das Gesicht vor Anstrengung. Zwischen seinen zusammengebissenen Zähnen stieß er tiefe Töne aus, jedesmal, wenn er wieder auf den Rücken schlug. »Hol ihn nicht, hol ihn nicht, hol ihn NICHT!« Doch nichts passierte, sein Arm zitterte, sein Gesicht war knallrot, die Adern an seinem Hals traten hervor wie blaue Schnüre. »Hol ihn nicht, nimm mich, hol ihn nicht, LOS JETZT, verdammt!«
Verzweifelt holte er zu einem letzten Schlag aus, ballte die freie Hand zur Faust und schlug mit aller Kraft zwischen die Schulterblätter des Kindes. Es gab ein Geräusch wie von Luftdruckbremsen an einem Lastwagen, der Ball schoß aus dem Mund des Jungen hervor und hüpfte über den Fußboden und rollte gegen die andere Wand. Peter sank keuchend auf den Boden, den Jungen im Arm, und legte sein Ohr an den Mund des Kindes. Es atmete schnell, keuchte, zuerst schwach, dann aber ruhiger, langsamer und tiefer, als der Sauerstoff in seine Lungen drang.

»Wie war dein Tag?« Emma beugte sich im Wagen nach vorn und fuhr sich mit den Fingern durchs Haar. »Gott, meiner war erschöpfend.«

Er streckte die Hand aus und klopfte ihr auf den Rücken. »Du arme alte Brotverdienerin. Meiner war ganz gut. Wie du siehst, läuft der Wagen wie ein Schweizer Uhrwerk. Ach ja, wir können ihn jetzt nachts unterstellen, die Garagentür stellt kein Problem mehr dar.«
»Die Garagentür ist jetzt in Ordnung?«
»Sozusagen. Und wir haben genug Anzündholz, um durch den Winter zu kommen.«

Kapitel 11

Er warf ein Bündel Karotten in die Gemüsekiste und zog sie über die Theke zu sich.

»Passen Sie auf den Kistenboden auf, wenn Sie sie anheben.« Mrs. Morrison sah zu, wie er die Kiste anhob und sich zur Tür drehte. »Oh, Peter, fast hätte ich es vergessen! Jemand hat angerufen, Moment mal, ich hab's irgendwo aufgeschrieben, einen Moment, hier! Ja, Stock, eine Ms. Stock. Sie sprach mit einem Londoner Akzent.«

»Stock?« Er stand mitten im Laden und überlegte. Stock, wer zum Teufel … o Gott, Miriam! »Stock, ach ja! Okay, danke, Mrs. Morrison.«

»Wegen einer Stelle, nicht wahr? Einer von Ihren Seelendoktoren? Na ja, dann viel Glück …« Aber er war bereits in der Telefonzelle.

Er fuhr mit dem Zug von Ipswich zur Liverpool Street. Das war viel weniger anstrengend als mit dem Auto und, wie Emma korrekterweise gesagt hatte, eine gute Übung, um Zeit und Kosten der Fahrt herauszufinden. Er setzte sich in den Speisewagen und trank eine Tasse Kaffee. Nervös kramte er in seiner Aktentasche herum. Er trug seine Uniform. Ein weißes Hemd, so gut wie neu, den marineblauen Zweireiher, den ihm dieser kleine Mann in Kaulun innerhalb von vierundzwanzig Stunden genäht hatte, die

Krawatte der Royal-Air-Force-Vereinigung und auf Hochglanz polierte schwarze Schuhe. Er fühlte sich sehr merkwürdig, aber er sah gut aus, trotz des Bartes.

»Du siehst prima aus, Liebling, absolut prima.« Morgens in der Küche hatte sie ihn unter die Lupe genommen, bevor sie zur Arbeit fuhr, seine Krawatte zurechtgerückt und feine Spuren von Ziegelsteinstaub von den Schultern seiner Jacke geklopft.

»Was ist mit dem Bart?« Er hatte überlegt, ob er ihn abrasieren sollte, aber nachdem er ihn gestutzt und gebürstet hatte, sah er ganz annehmbar aus.

Emma schaute auf die Uhr und trank rasch ihren Kaffee aus. »Du siehst gut aus, Peter, hör auf, dir Sorgen zu machen, du siehst umwerfend aus, *très élégant*, wirklich.« Sie hob Daumen und Zeigefinger und formte einen Kreis. »Komm jetzt, Jamie, sonst kommen wir noch zu spät. Sal, benimm dich ordentlich bei Alice und Jack, hörst du, Schätzchen.« Sie lehnte sich an ihn, schob die Hand unter seine Jacke, legte sie auf seinen Rücken und küßte ihn leicht auf die Lippen. »Viel Glück!«

Während er auf Alice wartete, trat er vor den Badezimmerspiegel und stopfte sein Hemd in die Hose – sie war zu weit, er mußte abgenommen haben – und kämmte sein Haar zurück. Es war ziemlich lang, sehr lang sogar, aber er hatte einfach nicht die Zeit gehabt, nach Ipswich zum Friseur zu fahren, doch nachdem er es gewaschen und zurückgekämmt hatte, sah es gut aus, »smart und gestyled«, wie Emma sich ausgedrückt hatte. Großer Gott, war er nervös; er sehnte sich nach einem Drink, nach einem kleinen wenigstens, um seine Nerven zu beruhigen und das Rumoren in seinem Bauch zu besänftigen.

Der Range Rover fuhr vor. »Mann, Mann, sieh mal einer an!« Alice lachte breit; offenbar sah er also ganz gut aus.

»Smart genug?«
»Aber ja, aber ja doch. Perfekt ausgewogen zwischen Citydress und Hollywood-Chic, wie ein hochkarätiger Filmproduzent, der zu einem Geschäftsessen geht, oder ...«
»Wie ein Marketing-Direktor?« Ihm war klar, daß sie ihn aufbauen wollte, daß sie sein Ego aufzupumpen versuchte, wie man die undichten Plastikbadespielsachen der Kinder mit Luft aufpumpt.
Sie lachte. »Jawohl! Sogar wie ein Marketing-Direktor.«
»Es ist sehr freundlich von Ihnen, mich zum Bahnhof zu bringen und Sally mit so kurzer Vorwarnung aufzunehmen. Ich hätte mir leicht ein Minitaxi nehmen können.«
»Unsinn.«
Wegen des starken Verkehrs brauchten sie fünfunddreißig Minuten bis zum Bahnhof, und er mußte weitere fünfzehn Minuten auf den leicht verspäteten Zug warten, der dann eineinviertel Stunden bis zur Liverpool Street brauchte. Das Gespräch fand in Hammersmith statt; er nahm die U-Bahn und stieg an der Gloucester Road zur Piccadilly Line um. Alles in allem dauerte die Fahrt von Tür zu Tür fast drei Stunden.
Trotzdem hatte er noch ein wenig Zeit. Er ließ sich vom Strom der Fußgänger an dem flachen, aus Glas und Stahl bestehenden Bürogebäude vorbeitreiben, mehrere hundert Meter weit, bis zu einem Zeitschriftenladen. Er ging rein und blätterte aufs Geratewohl in den Illustrierten. Die Reise, die plötzliche Hektik und die Geräusche, das Tempo aller Bewegungen um ihn herum verwirrten ihn. In nur wenigen Wochen hatte er das alles vergessen, waren ihm das Tempo und der Rhythmus der Stadt fremd geworden. Es war ganz eindeutig ein Fall von Kulturschock,

so als sei er eben in Rangun, Rio oder Reykjavik aus dem Flugzeug gestiegen.
Und er war nervös. Sein Magen fühlte sich leer an, ihm war schwindlig. Sein Mund war ausgetrocknet, die Gedanken rasten.
»Kann ich Ihnen helfen?«
Er zuckte zusammen, sah auf die Timex, Schande, das mit der Rolex, verfluchter Bursche. Zeit zu verschwinden. »Nein, danke.«
Es war ein schwieriges Gespräch, aber nicht so entsetzlich wie der Fielding-Kavanagh-Alptraum. Wieder saßen ihm zwei gegenüber, der Sales- und Marketing-Direktor und der Managing-Direktor, beide sehr sympathisch, aber industriefixierte, hart arbeitende Leute. Ihrer Firma verschrieben und dem Kampf um Überleben und Erfolg in den gefährlichen und sich blitzschnell verändernden Gefilden ihres Arbeitsbereiches. Ursprünglich fertigte die Firma In-Flight-Videounterhaltungssysteme für Fluggesellschaften, doch vor kurzem hatte sie damit begonnen, außen angebrachte Kamerasysteme zur Integration in die Flugdatenerfassung zu entwickeln. Das war ein völlig neues Konzept mit hohen Entwicklungs- und Einführungskosten und sehr aktuell – es hatte mehrere Fälle gegeben, in denen Zivil- und Militärpiloten falsche Entscheidungen bezüglich des Zustandes ihrer Maschinen trafen, weil sie die Probleme nicht mit eigenen Augen sehen konnten. Funken von einer defekten Turbine, Beschädigungen an einem Fahrwerkbein, eine festgeklemmte Rakete.
Sie boten ihm Kaffee an, forderten ihn auf, wie sie das Jackett abzulegen (diesmal willigte er ein), und entschuldigten sich zuvor wegen des Zeitdrucks: »Wir haben Gespräche mit vier Leuten und um zwei eine Produktions-

besprechung.« Dann ging's gleich zur Sache. Sie testeten seine Kenntnisse der gesamten Industrie und der derzeitigen technischen Trends, befragten ihn über seine Arbeit bei UAS, wobei sie seine Entlassung dort als Berufsrisiko einstuften. »Passiert überall die ganze Zeit, irgend jemand hat Mist gebaut.«

Anfangs fiel es ihm schwer, ihrem Tempo zu folgen, sie wechselten blitzschnell von einem zum anderen Thema.

»Ich sehe, Sie sind viel gereist. Haben Sie viel mit den Chinesen zu tun gehabt?«

»Wie lautet Ihre Meinung über die Kegworth-Untersuchungen?«

»Wie viele Sidewinder haben Sie im Jaguar live abgefeuert?«

»Wissen Sie Bescheid über unsere Konkurrenten?«

»Ist Ihre Frau berufstätig?«

Er legte sich ordentlich ins Zeug, machte Punkte, verlor sie wieder, Fehler hier, Triumphe dort. Er hatte die Einzelheiten eines kürzlichen Flugzeugabsturzes in Kansas total vergessen, die in direktem Bezug zum Geschäft dieses Unternehmens standen; dafür konnte er ihnen eine Minute später die arabischen Namen von drei saudiarabischen Luftfahrtattachés nennen, ein Markt, auf den sie es abgesehen hatten.

Plötzlich war alles vorbei. Im Zimmer wurde es still, die beiden besprachen sich kurz, standen auf und schüttelten ihm die Hand.

»Die Stellung wurde neu geschaffen, wir müssen sie kurzfristig besetzen, innerhalb weniger Tage geben wir Ihnen Bescheid.« Er bedankte sich und flüchtete auf die Straße.

Er fuhr am Haus in Fulham vorbei, um nach der Post zu sehen. Seit seinem letzten Besuch waren mehr als drei Wochen vergangen; die Heizung war abgeschaltet, und mit den zugezogenen Vorhängen wirkte das Haus düster und bedrückend. Es war wie ein Besuch in einem geschlossenen Museum, kalt und leblos, dessen wichtigste Ausstellungsstücke in die Lagerhalle gebracht worden waren. Der Eindruck einer überstürzten Abreise hing irgendwie in der Luft, aber es hatte nichts mit seiner Familie zu tun, sondern war eher so, als ob jemand anderer hier gewohnt hätte.

Ziellos wanderte er von Raum zu Raum durch das ganze Haus; dann ging er in die Diele zurück und sah sich die Post an. Prospekte und alte Rechnungen warf er sofort in einen Müllsack. Das ging ihn nichts mehr an, alle Gläubiger waren von Wallace kontaktiert und instruiert worden, nur noch über ihn Kontakt aufzunehmen, was das Ergebnis der Gerichtsverhandlung wegen Zahlungsunfähigkeit betraf. Außerdem gab es noch eine Reihe sonstiger Briefe; er warf einen Blick auf die Umschläge, dann steckte er sie in seine Aktentasche.

Auf dem Bahnhof mußte er ein Dreiviertelstunde auf den nächsten Zug nach Ipswich warten. Im Bahnhofsrestaurant fand er einen Tisch, kaufte sich ein gummiartiges Stück Kuchen und ein Glas Orangensaft und setzte sich hin, um die Zeitung zu lesen. Aber er konnte sich nicht konzentrieren, seine Gedanken wanderten. Er brauchte unbedingt den Job, obwohl es nicht einfach sein würde; das Gehalt war wesentlich niedriger als bei UAS, die Firma kleiner, die Position weniger glänzend. Aber darauf kam es ihm nicht an. Es war eine Notleine, ein Ansatzpunkt auf dem überfüllten und rutschigen Abhang, der zur Normalität führen konnte. Wenn er diesen Schritt schaffte, würde der nächste schon etwas leichter sein. Und was war, wenn es nicht klappte? Irgend etwas tief in seinem Inneren, ein dumpfes Gefühl, sagte ihm immer wie-

der, daß dies seine letzte Chance war. Wenn er sie verpaßte, würde er es nie mehr schaffen. Der Druck der letzten sechs Monate, die Enttäuschungen und der ganze Streß hatten ihren Tribut gefordert, hatten sein Selbstvertrauen demoliert, seine Perspektiven verzerrt und seine früher so scharfe berufliche Kompetenz stumpf gemacht. Dies war seine letzte Chance, er mußte es schaffen.
Sein Blick fiel auf eine Postkarte zwischen den Briefen in seiner Aktentasche. Er nahm sie, es war eine Terminerinnerung von Doktor Pryce. Als er das Datum kontrollierte, sah er, daß sie Jamies letzten Besuchstermin verpaßt hatten. Er zögerte und tippte mit der Karte auf die Tischkante. Sie hatte ihn fertiggemacht, damals beim ersten Besuch, aber wahrscheinlich hatte er es verdient. Und dieser merkwürdige, beobachtende Blick, mit dem sie ihn angesehen hatte. Ein bißchen wie Alice. Er schaute auf die Uhr, es waren immer noch zwanzig Minuten bis zur Abfahrt des Zuges. In der Nähe war eine Telefonzelle.
»Ah ja, Mr. Deacon, hier habe ich es, halb drei am sechsten, nicht wahr?«
»Ja, tut mir leid, wir sind vor einer Weile aus der Stadt weggezogen und haben es total vergessen.«
»Nicht so schlimm, möchten Sie einen neuen Termin vereinbaren?«
Er zögerte. War das wirklich eine gute Idee? Warum tat er das? »Äh, wir werden Ihnen Bescheid sagen, sobald wir genauer wissen, wie's bei uns weitergeht.«
»Natürlich. Wie geht es Jamie?«
Er sagte es ihr. Er war immer noch ein wenig angespannt, still und in sich gekehrt und zog seine eigene Gesellschaft der der anderen vor, war immer noch dünn, aber er aß jetzt schon besser und lebte sich gerade in der örtlichen Grundschule ein.

»Wunderbar. Anscheinend hat es ihm gutgetan, daß Sie von London weggezogen sind. Ihm gefällt dieser Lebensstil offensichtlich.«
Offensichtlich? So hatte er das bisher noch nicht gesehen. Die täglichen Veränderungen an Jamie waren fast nicht zu bemerken. Aber jetzt, da er darüber nachdachte, wurde ihm klar, daß es tatsächlich Veränderungen und Verbesserungen gab. »Verzeihung?« Sie redete bereits weiter.
»Ich fragte, wie es Ihnen selber geht. Wie ist es Ihnen persönlich ergangen?«
»Oh, äh, ganz gut, danke. Ich suche immer noch einen Job, bleibe dran, verstehen Sie?« Ja, und wie. Und woran? Am letzten Rest deines Selbstrespekts. Warum führst du dieses Gespräch überhaupt, Deacon? Sollte er ihr von seiner anhaltenden Schlaflosigkeit, von seiner Impotenz erzählen? Wie er sich als Haushaltsgehilfe und Handlanger über Wasser hielt und mannhaft daneben stand und seiner eigenen Entmannung zusah?
»Haben Sie denn Hoffnung, draußen auf dem Land eine Stelle zu finden?«
»Nein, eigentlich nicht. Natürlich hängt das von den Angeboten ab, die man bekommt, aber ich, wir betrachten diesen Landaufenthalt nur als vorübergehend.«
»Nun, ich wünsche Ihnen natürlich allen Erfolg, aber haben Sie mal über die Auswirkungen eines weiteren Umzugs auf Jamie nachgedacht? Vor allem einen zurück nach London?«
Zeit, Schluß zu machen. »Ja, Doktor Pryce, wir denken über all diese Auswirkungen nach, auf jeden von uns. Wenn Sie mich jetzt entschuldigen wollen, ich muß meinen Zug erwischen. Nochmals Entschuldigung wegen des Termins; sobald wir können, rufen wir Sie wegen eines neuen an.«

»Prima. Und, äh, Mr. Deacon, bitte rufen Sie mich zwischendurch an, wenn irgendwas hochkommt, worüber Sie sprechen möchten. Über Jamie, meine ich, oder was auch immer …«
Auf der Heimfahrt genehmigte er sich ein paar Scotches am Buffet.

»Also ich möchte alles wissen, von Anfang an.« Sie saßen im vorderen Zimmer, die Flammen tanzten hell auf dem schmiedeeisernen Gitter, an den Fenstern hingen neue Vorhänge, die frisch verputzten Wände waren frisch gestrichen. Die Messinglampen an der Wand, die wie Gaslampen aus der edwardianischen Zeit aussahen, warfen ihr sanftes Licht auf eine Sammlung von Aquarellen und gerahmten Drucken. Der Fußboden war mit Teppichboden in der Farbe herbstlichen Strohs ausgelegt, der CD-Player in der Ecke spielte Aretha Franklin.
Am Bahnhof hatte er ein Taxi genommen und war um halb sieben heimgekommen. Da Emma zum Abendessen etwas Besonderes zubereiten wollte, badete er die Kinder, setzte sich in den Korbsessel im Kinderzimmer und las ihnen Roald Dahl vor. In der Küche öffnete er eine Flasche Beaujolais und stellte sie zum Anwärmen auf den Rand des Herdes.
»Hallo, was ist denn mit deinem Enthaltsamkeitstrip?« fragte Emma lächelnd. Sie nahm den Gin Tonic, den er ihr anbot.
»Für heute abend hab' ich ihn verlassen.« Er trank Whisky mit Soda. Leichte Schuldgefühle erfüllten ihn, und er ertappte sich, wie er zur Tür blickte, nur so, falls …
»Nun, das hast du dir verdient. Außerdem ist es stinklangweilig, allein zu trinken. Laß uns nach nebenan gehen und Neuigkeiten austauschen.«

Bei ihr gab es also auch Neuigkeiten? Er folgte ihr durch die Diele. »Nun, da gibt es nicht viel zu erzählen.«
»Komm mir doch nicht damit. Wie war die Fahrt?«
»Ungefähr drei Stunden.«
»Autsch. Wie war das Büro eingerichtet?«
Gutgelaunt quetschte sie ihn aus, und er erzählte alles, woran er sich erinnern konnte – das Büro, die Leute, ihre Geschäfte. Abergläubisch vermied er es, näher darauf einzugehen, wie er bei dem Gespräch abgeschnitten hatte; trotz ihres Drängens: »Nun komm schon, du mußt doch irgendeine Vorstellung haben«, ließ er sich zu keiner Aussage bewegen.
Irgendwas stimmte nicht. Vielleicht war es der Whisky, der seine vertraute Wirkung entfaltete, warm und beruhigend seinen Körper durchdrang, die Muskeln entspannte und Nacken und Schultern von der Verkrampfung befreite. Doch seine Abstinenz hatte seine Widerstandskraft gegen Alkohol geschwächt, er stieg ihm zu Kopf und machte ihn schwindlig, schien aber zugleich seine Wahrnehmungsfähigkeit zu erhöhen. Irgend etwas war falsch an ihrer Aufmerksamkeit, ihrem Interesse an Unwesentlichkeiten. Unter ihrer nickenden, lächelnden Fassade schien sie angespannt.
Mit einem Schlag wurde ihm klar, was los war – sie vermied das Hauptthema. Beide taten sie das. Sie umkreisten sich wie Sumo-Ringer, paradierten, stellten sich in Pose, verbeugten und verbogen sich, nur um die Konfrontation mit dem Hauptthema zu vermeiden. Einen Moment lang wurde er weich; am liebsten hätte er die Arme ausgestreckt und sie an sich gedrückt. Doch die unnachgiebige Stärke ihrer lächelnden hellen Augen hielt ihn davon ab.
Er stand auf, um ihre Gläser nachzufüllen. Das würde wohl ein langer Abend werden. »Und was für Neuigkeiten gibt's bei dir?«

»Erinnerst du dich an die letzte Arbeit, die ich gemacht habe? Die für die Einzelhandelskette?«
»Die Neugestaltung der Corporate Identity, ja.«
»Wir haben den Auftrag bekommen, den ganzen Etat.«
»Ausgezeichnet, Emma, das ist wirklich eine tolle Leistung. Vor allem deine Designarbeit.« Aber das war sicher nicht alles.
Sie genoß sein Lob einen Moment lang und lachte. »Ja richtig, das stimmt, das mußte mal gesagt werden. Aber die andern dürfen nicht erfahren, daß du das gesagt hast.« Sie lachte und trank einen Schluck.
»Und ...«
»Und Charlie möchte, daß ich das ganze Projekt leite.« Sie lächelte nicht mehr und beobachtete ihn scharf. »Es bedeutet eine Umsatzerhöhung der Agentur um zehn Prozent. Er muß eine ganze Mannschaft von Zeichnern einstellen und mehr Ausrüstung anschaffen. Das ganze Haus muß umorganisiert werden, um alle unterzubringen.«
»Natürlich, aber du schaffst das schon – eine faszinierende Aufgabe.« Er stand von seinem Sessel auf, ging zur ihr und küßte sie herzlich. »Meinen Glückwunsch – du hast ihn wirklich verdient. Wirklich.« Übertrieb er? Sein Kopf schwamm. »Irgendwelche zusätzliche Knete drin?«
»Klar. Vielleicht auch ein Wagen, wenn's erst mal richtig läuft.«
»Mann, dann sind wir wieder eine achträdrige Familie!«
Während des Abendessens hielt er diese Partyatmosphäre aufrecht; es gab frische Muscheln, danach Filetsteak. Sie prosteten einander zu, bis der Beaujolais zu Ende war, sprachen über die Vergangenheit und über die Zukunft, jedenfalls über sorgsam ausgewählte Aspekte davon. Sie planten eine Reihe von Verbesserungen am Haus – ordentliche Isolierung, Zentralheizung, einen Anbau mit ei-

nem weiteren Badezimmer oben. »Neue Garagentüren!« Sie versprachen einander einen Urlaub in der Sonne, neue Anziehsachen, Fahrräder für die Kinder. Alles ganz unbeschwert; sie war euphorisch, und er konnte alles mit geübter und gut geölter Selbstverständlichkeit abspulen.
Nach dem Essen nahmen sie die Whiskyflasche mit ins Wohnzimmer und kuschelten sich auf dem Sofa vor dem Feuer aneinander.
»Ich möchte mit dir schlafen«, murmelte sie sehnsüchtig.
Er strich über ihr Haar und hielt den Atem an. »Aber es geht nicht. Schade.«
»Ah.«
»Peto.« Sie sah ihn mit einem besorgten Blick an. Er lächelte. Jetzt kommt's, dachte er. »Ich weiß, daß das alles nicht einfach für dich gewesen ist. Die UAS, das Geld, das Haus, der Umzug hierher, all das. Aber ich möchte, daß du weißt, daß ich all deine Unterstützung hoch anerkenne und die Opfer, die du für uns gebracht hast.«
Er küßte sie auf die Stirn, streichelte ihren sanften, warmen Rücken unter der Bluse. »Ich danke dir.« Plötzlich hatte er ein überwältigendes Gefühl einer Vorahnung; ein kalter Schauder lief ihm über den Rücken, und die Haare an seinem Nacken sträubten sich. Ein Fragment von John Donne fiel ihm ein, vermutlich irgendwo in Alices Buch gesehen, irgendwas über sein Grab, das aufgebrochen wird, »... ein zweiter Gast, den's zu bewirten gilt ...«
»Nimmst du ihn an? Den Job in Hammersmith? Wenn sie ihn dir anbieten?«
Natürlich, Emma, ich muß einfach. Verstehst du das denn nicht? Er seufzte. »Ich weiß es nicht.«
Sie ging nach oben. Er räumte auf und ging rüber zum Schuppen. Es war kalt darin, doch er hatte den Ofen schon am Vorabend vorbereitet. Er brauchte Zeit, Zeit, um

alles genau zu überlegen. Er setzte den Ofen in Brand, holte sich aus dem Haus einen zweiten Pullover, machte Kaffee und nahm ihn mit dem restlichen Whisky rüber in den Schuppen.

Nachdem er die Ereignisse des Tages in seinem Tagebuch vermerkt hatte, dachte er über das Dilemma nach. Er wollte den Job, obwohl es bedeutete, täglich nach Hammersmith zu fahren. Sechs Stunden täglich! Ich müßte schon wieder aufstehen, wenn ich gerade erst ins Bett gegangen bin. Vielleicht ein paar Wochen, im äußersten Fall, aber nicht länger. Das ließ nur eine Alternative offen. Zwei. Wieder in London wohnen. Oder den Job ablehnen, falls er ihm angeboten wurde.

Er dachte über beide Alternativen nach. Er saß in seinem schäbigen Armsessel neben dem kleinen Ofen, der knackte, während er warm wurde. Der Himmel draußen war klar und mondlos; eine leichte Brise strich durch die Bäume im hinteren Garten. Weit in der Ferne, irgendwo in Richtung des Bauernhofs, hörte er die Laute von Tieren, ein seltsames, fast menschliches Heulen, irgendwas zwischen einer Katze und einem Baby. Ohne zu denken, schrieb er »Fuchs« an den Rand des Tagebuches.

Sie alle nach London zurück? Unmöglich. Heute abend hatte er es nicht mal geschafft, diese Möglichkeit Emma gegenüber auch nur zu erwähnen. Es war irgendwas Trotziges, eine unüberwindbare Entschlossenheit an ihrem Triumph. Sie hatte es ihm klargemacht, die Füße unterm Tisch fest auf dem Boden, aber er spürte, sie wollte, daß er ihr widersprach, jetzt, da sie sich entschlossen hatte. »Komm her, Junge, tragen wir's aus.« Doch ihm fielen keine überzeugenden, zwingenden Gegenargumente ein. Wo sollten sie leben? Das Haus würde ihnen wahrscheinlich unter den Füßen verkauft werden. Natürlich würde das genug Geld einbringen, um irgend etwas Kleineres zu kaufen. Aber es konnte Monate dauern, vielleicht sogar ein ganzes Jahr, bis der ganze Mist auseinanderdividiert war. Er goß Whisky in seine Kaffeetasse. Und dann die Kinder.

Er hatte ein paar Bilder an die Wand des Schuppens geheftet. Das Poster eines Jaguar-Cockpits, das ihm noch nach zehn Jahren so vertraut wie das Armaturenbrett des Morris. Das Foto von Emma und den Kindern aus seinem Büro, ein paar von Jamies Bildern aus der Schule. Dann noch eine Vielen-Dank-Postkarte von Justin aus dem Kindergarten, daneben eine von Sallys unentzifferbaren Kartoffelstempeldrucken, mit verspritzter Farbe und mit grünen Handabdrücken verziert. »Daddy«, hatte sie geschimpft, »das ist ein Monster.« Sally war kein Problem, sie akzeptierte Veränderungen sofort und ohne lange zu fragen. Sie genoß sie. Wenn er ihr sagen würde, sie müßten jetzt auf dem Mond leben, dann würde sie in ein paar Minuten ihren Koffer gepackt haben und ungeduldig beim Auto warten und schreien, die anderen sollten sich beeilen.

Aber Jamie. Die Pryce hatte recht; er hatte bei einer solchen Sache genausoviel mitzureden wie jeder andere, vielleicht sogar noch mehr, denn er war verletzlicher. Aber es war immer schwierig, seine wahren Gefühle zu erkennen. Er besaß die gleiche geistige Unabhängigkeit wie seine Schwester, doch es fiel ihm nicht so leicht wie ihr, seine Gefühle auszudrücken. Und sein Selbstvertrauen war nicht so groß. Peter malte seufzend dicke Striche um Jamies Namen. Es sprach viel dafür, ihn ungestört zu lassen. Es war vorauszusehen, daß sich Fronten bilden würden. Emma und Jamie auf der einen Seite, er und Sally, seine unzuverlässige und kapriziöse Verbündete, auf der andern.

Er könnte wöchentlich pendeln. In London ein Einzimmerapartment mieten, Suffolk am Montagmorgen verlassen und am Freitagabend zurückkommen. Die Woche in seinem Schlaf-Koch-Wohn-Zimmer verbringen und als Wochenendbesucher nach Hause kommen, seiner Frau entfremdet, seinen Kindern ein »Onkel«. Unmöglich. Und die Kosten würden astronomisch sein.

Die Kälte weckte ihn. Der Ofen war ausgegangen, durch die Fenster sah er, daß es langsam hell wurde, der Himmel zeigte ein bleiches Rauchblau, durchsetzt mit Rosa. Er richtete sich langsam auf, scharfe Stiche zuckten seitlich im Hals, seine Kehle war ausgedörrt, sein Mund klebrig. In seinem Kopf hämmerte ein vertrauter dumpfer Schmerz, seine Füße waren gefühllos vor Kälte. Er hob das Notizbuch vom Boden auf, wo es neben seinen Füßen lag, daneben die leere Whiskyflasche.

Das Haus war still, die Küche warm. Er ging ins Bad und schlich dann nach oben, wobei er die am schlimmsten knarrenden Treppenstufen vermied. Das Schlafzimmer war kälter, doch der gebraucht gekaufte Nachtspeicherofen hielt die schlimmste Kälte ab. Dämmerlicht drang durch die Vorhänge und ließ das sanfte elektrische Glühen der Nachttischlampe verblassen. »Hallo, Dad!« Ein Flüstern aus dem unteren Bett.

Er legte den Finger auf die Lippen und kniete mit einem leisen Grunzen neben dem Bett nieder. Die großen Augen beobachteten ihn neugierig, oben rührte sich Sally, murmelte etwas und schnarchte weiter. Draußen wurde das Morgenkonzert lauter. »Hallo, Jamie!« Er strich ihm über den Kopf, ließ den Finger leicht über die Nase nach unten gleiten, über die weichen Lippen bis zum kantigen, harten Kinn.

»Was ist denn?«

Er beugte sich in den Schatten des Bettes vor und fragte flüsternd: »Jamie, gefällt es dir hier?«
Sein Atem roch süßlich und faulig wie alte Äpfel, aber das machte Jamie nichts aus, die traumhafte Erscheinung war tröstlich und beschützend. Das über ihm schwebende Gesicht war undeutlich, dunkle Haare und Bart verschmolzen in der Dunkelheit. Wie matte schwarze Tarnfarbe auf einem Nachtjäger. Aber er konnte die Augen sehen, in denen Traurigkeit zu sehen war und Besorgnis. Er überlegte angestrengt, das war jetzt wichtig, es gab eine richtige Antwort und eine falsche. »Ja.« Die Augen zwinkerten.
»Wie würdest du es denn finden, wenn wir zurückgingen und wieder in London lebten und du wieder in deine alte Schule gingst?«
Es ist egal, Daddy, ich möchte nur, daß du wieder glücklich bist. War es die falsche Antwort? Vielleicht glaubte er ihm nicht und dachte, er hätte nur ja gesagt, um ihm einen Gefallen zu tun. »Dad, es gefällt mir wirklich hier.« Die Augen schwebten über ihm, bewegungslos wie ein Turmfalke.
»Okay.« Er strich ihm wieder über den Kopf, stand auf und ging raus.

Stimmen. Draußen vor der Tür. »Wie lange ist er schon hier draußen?« – »Drei Tage, mehr oder weniger.« Frauenstimmen. Er leckte seine Lippen und hob langsam die Wange von der Werkbank. Ein Stück Papier klebte daran, von seinem eigenen Speichel festgeklebt; er sah, wie es sich im Fenster spiegelte. »Trinkt er?« – »Ich weiß nicht, vermutlich, und er hat Tabletten vom Arzt bekommen. Sie sollten ihm helfen zu schlafen.« – »Jesus.« Was zum Teufel wollten die eigentlich; sie schwatzten da vor seiner Tür wie ein paar Fischweiber. Er kannte die Stimmen, konnte

sie nur nicht ganz ... »Kommt er überhaupt noch ins Haus?« – »Ja. Er kommt rein, schlurft herum, stochert im Essen. Mal macht er dauernd Witze, dann redet er stundenlang kein einziges Wort, geht zur Toilette und wieder hierher zurück. Alice, glauben Sie, ich sollte den Arzt holen? War Jack denn auch so?«
»Lassen Sie mich ein Wort mit ihm reden, ganz allein.«
Jemand klopfte an die Tür. O Gott, was denn noch? Er schob sich im Sessel hoch, der auf den Ziegelsteinen wackelte; er mußte sich verschoben haben. »Äh, nein, danke«, rief er, seine Stimme klang krächzend. »Ich glaube nicht, heute nicht.«
»Peter, kann ich reinkommen?« Das war die andere Frau, die mit der Narbe. Alice.
»Nein!« Sein Kopf zuckte zurück, au verdammt! Er riß die Hände an die Schläfen, der Sessel wackelte wieder auf den Steinen, kippte und fiel krachend um.
»Peter!« Die Tür flog auf, und sie stürzte in einer Woge von Helligkeit herein. Er lag stöhnend auf dem Boden, die Füße in die Beine des Sessels verhakt, den einen Arm über den Augen, wegen der blendenden Helligkeit. Das Stöhnen verwandelte sich in ein Schnaufen. Er kicherte. »Holterdipolter.«
»Anscheinend finden Sie das komisch.«
Sie war wütend auf ihn. Hochaufgerichtet stand sie in der Tür, eine scharfe Silhouette in dem grellen Licht, hochmütig auf ihn niederstarrend, die Beine gespreizt, die Hände in die Hüften gestemmt. Er wollte etwas sagen, doch ein Krampf packte ihn, preßte ihm die Luft aus der Brust und Tränen in die Augen. Er versuchte es noch einmal. »Wonder ...«, doch die nächste Welle des Lachens fegte über ihn hinweg, bevor er sprechen konnte. Er trat gegen den Sessel, um seine Beine freizubekommen, keuchte nach Luft,

um seine Stimme unter Kontrolle zu kriegen, stieß eine geballte Faust in die Luft und sang mit lauter Stimme: »Wonderwoman!«
»Können Sie sich vorstellen, wie jämmerlich Sie aussehen?«
Er rappelte sich mühsam hoch, staubbedeckt, wischte über sein Hemd. »Ja, danke.«
»Glauben Sie ernsthaft, das ändert irgendwas?«
»Jawohl, das glaube ich ernsthaft.« Er starrte sie an, doch sie zuckte nicht mit der Wimper.
»Ich denke durchaus ernsthaft. Ich denke ernsthaft, daß Sie keineswegs alles wissen.« Er deutete mit dem Finger auf sie, stach vor ihrer Nase höhnisch grinsend in die Luft. »Sie wissen keineswegs alles. Sie glauben, hier dreht es sich einzig und allein um Geld und Rechnungen und Anwälte. Nun, da sind Sie auf dem Holzweg, Miss Klugscheißer, völlig auf dem falschen Dampfer. Das ist es, was ich ernsthaft denke.« Sie sagte nichts, schüttelte nur langsam den Kopf, Verachtung in den Augen und, schlimmer noch, Mitleid. »Und wissen Sie, was ich noch denke?« Er schnappte sich ihr Poesiebuch von der Werkbank. »Daß diese Typen hier überhaupt nichts von Verdammnis wissen. Nichts als ein Haufen tagträumender, verdammter, selbstbetrügerischer Idioten!«
Sie hielt seinem Blick stand. Er begann zu schwanken, sich lächerlich zu fühlen. Ihre Stimme war ruhig und kühl. »Wenn Sie Verdammnis suchen, sehen Sie bei Coleridge nach. Wahnsinn? Bei John Clare.« Sie nickte kurz, drehte sich um und ging hinaus ins Licht.
Er machte einen Spaziergang. Die übliche Runde, nach rechts auf den Pfad, runter zur Farm und an den Feldern entlang. Das Joggen hatte er aufgegeben, es brachte nichts, machte ihn nur schlapp und schwindlig. Spazierengehen

dagegen war angenehm. Dabei hatte er Zeit, nachzudenken und Dinge zu beobachten. Es lag ein Hauch von Frühling in der Luft; Schneeglöckchen, Krokusse, Grüppchen von Narzissen hatten sich durch das harte Gras im hinteren Garten gedrängt und waren deutlich durch die Fenster des Schuppens zu sehen. Die Tage waren heller, und er spürte, wie die noch schwachen Strahlen der Sonne durch seine Kleidung drangen und seinen Rücken wärmten. Das Getreide war plötzlich zum Leben erwacht. Eines Tages hatte er stundenlang zugesehen, wie ein Bauer auf seinem Feld auf und ab fuhr und das im Boden ruhende Wintergetreide düngte. Im Handumdrehen schienen sich die zerkrumpelten und vom Frost zerstörten Blätter aus dem Winterschlaf zu befreien und frische Schößlinge aus dem Boden zu treiben.

Die Bäume in den Wäldern waren noch ohne Blätter, warteten geduldig auf den Startschuß, eine bestimmte Temperatur, die nur einen Tag anzuhalten brauchte, um die im Boden liegenden Enzyme und Keime das Ende der Kälteperiode melden zu lassen, den Starttermin für neues und starkes Keimen. Er saß auf dem umgefallenen Stamm und wartete darauf, daß die Hasen und Eichhörnchen auftauchten. In der Kneipe hatte er gehört, es gebe Dachse in diesen Wäldern, und er hatte sich vorgenommen, sich eines Nachts zu verstecken und auf sie zu warten. Und auf das Rotwild, das angeblich in den Hunderte von Morgen großen Fichtenwäldern lebte, die die Forstverwaltung vor Jahrzehnten angepflanzt hatte.

Er überquerte den Fluß auf der hölzernen Brücke, blieb eine Weile stehen und schaute auf das schlammige Wasser unter sich. Als er durch das flache Tal blickte, erkannte er die Spur des Gletschers, der es vor Äonen in den felsigen Untergrund geschliffen hatte, eine Meile oder mehr breit, mächtig und gnadenlos, heute aber nur noch ein schwächliches Rinnsal. In weiter Ferne sah er das Landhaus, eine kleine Rauchspur über dem Schornstein. Er machte sich auf den Weg, doch als er den Zauntritt erreichte, beschloß er, die Straße hinauf zum Dorfanger zu gehen und die Lebensmittel mitzunehmen.

»Hallo, Peter«, sagte Mrs. Morrison lächelnd. »Ich habe schon alles für Sie vorbereitet.« Sie schob ihm den Karton zu.

Er blickte auf den Inhalt und runzelte die Stirn. »Ah, ich denke, wir sollten den Vorrat an gutem altem Feuerwasser auffrischen, wenn ich schon mal hier bin. Würden Sie bitte zwei Flaschen von dem Gift anschreiben, oder besser drei? Sind Sie heute schon draußen gewesen, Anne? Ein herrlicher Tag.« Er schob die Flaschen zwischen die Lebensmittel und nahm den Karton hoch. »Man kann meilenweit sehen.« Er winkte ihr zu und wandte sich zur Tür.

»Na, willst du ihn denn nicht aufmachen? Er wartet schon den ganzen Tag auf dich.« Emma schaufelte ein Stück Steak und Nierenpastete auf die Gabel und tippte mit dem Finger auf den Brief. »Jamie, iß bitte noch etwas davon. Und du auch, Sal, oder es gibt keine Eiscreme.«

»Es schmeckt aber scheußlich.«

»Stimmt nicht, es ist sehr gut für dich.«

»Widerlich.«

Er rutschte auf seinem Stuhl vor. »Wie kannst du es wagen, so mit deiner Mutter zu sprechen!« Sie erstarrte, die Augen weit aufgerissen, das Gesicht nur eine Handbreit von ihm entfernt. »Jetzt hör mir mal zu, junge Dame, du hast nur eine einzige Chance.« Er knurrte mit zusammengebissenen Zähnen: »Entweder du ißt alles auf, und zwar auf der Stelle, oder du bekommst eins auf den Hintern

und verschwindest sofort in dein Bett, und nix Eiscreme. Also, wie hättest du's gern?«
»Peter, es ist nicht …«
»Doch, ist es wohl! Es ist wichtig. Du mußt dich entscheiden, Sally, jetzt sofort. Etwas anderes gibt es nicht.« Ihre Lippen zitterten, sie starrte auf ihren Teller, Tränen tropften auf das Essen. Langsam nahm sie den Löffel in die Hand und hob ihn zum Mund. »Gut.« Er sah Emma mit hochgezogenen Augenbrauen an. »Wahlmöglichkeit, eine bedeutsame Lektion.« Sally schluchzte, hustete, würgte.
»Um Himmels willen!« Emma sprang auf, nahm ihr den Teller weg und stellte ihn in die Spüle.
Peter seufzte. »Bedeutsame Lektion verschwendet.« Er stand auf und räumte die übrigen Sachen weg. Keinem hatte die Pastete geschmeckt, Emmas Teller war der einzige, der leergegessen war. Der Brief blieb auf dem Tisch liegen, weiß, dick, Poststempel London W 6, das Firmenlogo auf der Rückseite.

Emma badete die Kinder und brachte sie zu Bett; er kümmerte sich um die Öfen, leerte die Aschenkästen aus, füllte die Kohleneimer und Holzkiepen und kehrte hinter sich auf. Kurz danach trafen sie sich in der Küche. »Gehst du heute abend in den Schuppen?« Sie begann Papiere auf dem Küchentisch auszubreiten. Er brummte irgend etwas, goß sich den ersten offiziellen Whisky des Abends ein, sie lehnte mit einer Handbewegung ab, bereits in ihre Arbeit vertieft. »Nein, danke. Ich habe zu tun. Die nächste Woche wird schrecklich. Vermutlich komme ich jeden Abend spät nach Hause.« Sie schaute ihn an. »Ist das in Ordnung? Ich meine, ich brauche den Wagen während der ganzen Woche.«
Er zuckte die Schultern. »Okay, kein Problem.«

Sie schaute ihn weiter an, leicht erstaunt.

Er neigte den Kopf zur Seite. »Noch irgendwas?«

Sie atmete durch gespitzte Lippen aus. »Willst du ihn nicht aufmachen?«

»Hmm.« Er nahm ihn in die Hand, als sehe er ihn zum erstenmal, und drehte ihn um. »Ich weiß nicht. Macht es denn überhaupt noch Sinn?«

»Es gibt immer einen Grund. Und wenn's nur Neugier ist.«

»Vielleicht. Aber es wird sich ja doch nichts ändern, egal, was drin steht. Oder?« fragte er mit Nachdruck. Er wollte, daß sie ihre Zurückhaltung aufgab und ihre Position klarstellte.

»Versuch nicht, mich unter Druck zu setzen. Du weißt, daß ich das nicht mag.«

»Okay, laß uns die ganze Jagd abblasen. Falls ich den Job bekomme, gibst du dann alles auf, packst deine Sachen und gehst mit mir in die Stadt zurück?«

»Und wohin genau?«

Er schüttelte den Kopf und trank einen großen Schluck; es war wichtig, jetzt die Ruhe zu bewahren. »Vergiß das mal für den Moment. Vergiß alles! Beantworte nur die Frage. Hypothetisch, falls du das lieber hast.«

»Das kann ich nicht. Meine Antwort hängt völlig von der Situation ab.«

»Wie bitte?«

»Stell dich nicht so lächerlich an! Hör zu, wenn du mich fragst, ob ich bereit bin, mit den Kindern unter der Hochstraße von Hammersmith zu kampieren, dann ist meine Antwort überraschenderweise nein. Präsentiere mir einen vernünftigen Plan, mach mir einen Vorschlag. Einen, der Sinn macht, der alle Möglichkeiten einkalkuliert. Sobald du das tust, denke ich darüber nach.«

Stille. Sie beschäftigte sich wieder mit ihren Papieren. Er leerte sein Glas, wusch es aus und stellte es aufs Abtropfgitter. »Einverstanden«, sagte er munter. »Ich gehe nach drüben. Ich störe dich nicht, falls ich spät komme.«
»In Ordnung.« Sie blickte nicht auf.
Aber er hatte keine Lust, im Schuppen zu bleiben. Stattdessen fühlte er den bekannten Drang, Trost auf der Straße zu suchen. Er holte sich eine der Flaschen, die er im Schuppen versteckt hatte, schob sie in die Manteltasche und schlüpfte leise hinaus; er bewegte sich vorsichtig, bis er außer Hörweite war. Er wanderte durch das Dorf und die Straße entlang in Richtung auf Jamies Schule. Aber das war hier nicht so wie in London. Zunächst mal gab es kein Pflaster. Er mußte die unbeleuchtete Landstraße entlanggehen und sich jedesmal, wenn ein Auto kam, auf die steile Böschung retten. Und Leute, die er anschauen oder denen er folgen konnte, gab es auch nicht. Keine beleuchteten Restaurantfenster, keinen Betrieb. Kein Leben.
Bei erster Gelegenheit verließ er die Straße und folgte einem breiten Wirtschaftsweg, der in den Fichtenwald führte. Der Pfad, der auch als Feuerschneise diente, war schon bald von der Straße aus nicht mehr zu sehen. Während er weiterwanderte, wurde es stiller um ihn herum, das Knirschen seiner Schritte auf dem trockenen Laub war lauter als die sanfte Brise, die durch die Bäume strich. Er kam an eine Kreuzung mehrerer Pfade, bog aufs Geratewohl auf einen davon ab, dann auf einen anderen und wanderte, mittlerweile tief im Wald, ziellos zwischen dunklen, stillen Baumreihen entlang.
Nach einer Weile blieb er stehen; die plötzliche tiefe Stille wirkte bedrückend. Er zog die Flasche aus der Tasche und trank, das Gesicht zu dem schmalen Streifen sternenbe-

deckten Himmels hoch über dem Dach des Waldes erhoben. Um ihn herum warteten die Bäume und beobachteten ihn, dicht gedrängt, schwarz und undurchdringlich, bis ihr regungsloser Vorwurf ihn schließlich weitertrieb.
Viel später fand er sich vor dem Alten Pfarrhaus wieder, starrte die efeubedeckten Mauern an und zögerte erschaudernd auf der Schwelle. Neugierig beobachtete er, wie seine Hand sich ausstreckte und nach der Türglocke griff.
Nach langer Zeit ging ein Licht über der Tür an, und er hörte die Stimme eines Mannes: »Wer ist da?«
Er räusperte sich und bewegte sein Kinn. »Peter«, sagte er krächzend.
Eine lange Pause folgte. »Warten Sie einen Moment.«
Sie kam zur Tür und band ihren seidenen Morgenmantel zu, während sie ihn, der halb im Schatten stand, ansah. »Peter? Was, um alles in der Welt, machen Sie denn hier?«
»Ich ...« Wieder räusperte er sich, sein Mund arbeitete nicht richtig. »... Ich bin gekommen, um mich zu entschuldigen. Wegen neulich, Sie wissen schon.«
»Wenn Sie Ihre Vorstellung in der Scheune meinen, das war vor zwei Tagen.«
»Ja, genau, wann auch immer.« Was machte er eigentlich hier? Vorhin war ihm alles so klar gewesen. Er brauchte ihre Unterstützung, ihren Rat, und zwar sehr. Aber er hatte sie enttäuscht, sich wie ein Idiot benommen. Er mußte sich einfach entschuldigen. »Egal, Tatsache ist, daß ich mich wie ein Idiot benommen habe.« Seine Hand fuhr durch die Luft wie der Arm einer Marionette. »... Es tut mir deshalb sehr leid, weil Sie eine wunderbare Frau sind, wirklich, und obwohl ich es noch nicht gesagt habe, bin ich Ihnen für Ihre Hilfe wirklich dankbar.« Er versuchte zu lächeln, aber es kam irgendwie schief heraus. Warum

sagte sie nicht was, anstatt nur dazustehen und den Kopf zu schütteln. »Und noch was! Auch das habe ich vermutlich noch nicht gesagt, ich habe mich noch gar nicht für das Buch bei Ihnen bedankt, das war ziemlich unhöflich von mir, deshalb wollte ich jetzt danke dafür sagen. Und ...«

»Glauben Sie nicht auch, daß Sie jetzt genug gesagt haben?« In ihren Augen war ein winziges Lächeln. »Gehen Sie nach Hause, Peter Deacon. Glauben Sie, daß Sie das schaffen?«

Er nickte, und es sah aus wie eine unsichere Verbeugung. »Kein Problem. Alice, es tut mir leid, nochmals und nochmals danke.« Er drehte sich um und ging die Einfahrt hinunter. Sie blickte ihm nach. Gerade als sie die Tür schließen wollte, drehte er sich schnell um und kam zurück. »Noch was!« sagte er laut. »Sie hatten recht mit Coleridge. Ich hatte den armen alten Seemann ganz vergessen. Verdammt, zur Hölle und wieder zurück zu fahren, der arme Hund.«

Kapitel 12

»Also, wir müssen los. Beeilt euch! Danielles Mutter holt Sally von der Schule ab und bringt sie nach dem Tee hierher, darum brauchst du dich also nicht zu kümmern. Du mußt nur Jamie um Viertel nach drei vom Bus abholen, und … Peter, hörst du mir überhaupt zu?«
Er winkte ab. »Großer Gott, Emma, ich hab's kapiert! Fahrt los, oder er verpaßt noch den Bus!«
»Also gut«, wiederholte sie und klopfte ihre Manteltaschen nach dem Autoschlüssel ab.
»Am Haken neben der Tür.« Er hob seine Kaffeetasse.
»Ach, ja. Okay, bis später. Bleib nicht auf, es könnte spät werden.« An der offenen Tür zögerte sie. »Also, dann auf Wiedersehen.« Er nickte und winkte mit dem Finger hinter seiner Tasse. Eine Minute später hörte er, wie der Wagen gestartet wurde und losfuhr.
Er saß am Küchentisch und genoß die plötzliche Stille. Er war hundemüde, hatte die halbe Nacht dagesessen und Notizen in sein Tagebuch geschrieben und war auf dem Bett im Gästezimmer zusammengesunken, doch sein Kopf barst fast von aufwühlenden Gedanken. Irgendwann war er aufgestanden und hatte ein paar von diesen Tabletten genommen, doch bevor er es richtig merkte, war's schon wieder Zeit zum Aufstehen. Es gab heute

eine Menge zu erledigen. Der Vorrat an Kleinholz fürs Ofenanmachen war fast zu Ende, der Wasserschlauch der Waschmaschine mußte repariert werden, eine Menge Wäsche mußte gewaschen werden, in der Garage lag eine Tonne Unrat, der sortiert und weggeschafft werden mußte, die Liste war endlos.

Doch der Drang einzuschlafen war überwältigend; er spürte, wie seine Lider sich schlossen, während er in der friedvollen Wärme der Küche saß. Vielleicht konnte er nach oben gehen und sich für eine halbe Stunde hinlegen. Doch sein Kopf senkte sich bereits langsam nieder, bis er auf seinem Arm auf dem Tisch lag. Okay, nur ein paar Minuten …

Die Tür ging auf. Es war Mandy Clements. »Hallo, Peter, was machen Sie denn da, ein kurzes Nickerchen?« Sie zog ihren Anorak aus, hängte ihn an den Haken hinter der Tür, schob den Teekessel auf die Platte und schaltete das Transistorradio auf der Fensterbank ein. Popmusik erfüllte die Küche. »Sie Armer, sehen Sie nur, in welchem Zustand Sie sind. Was Sie brauchen, ist eine schöne Tasse Tee.«

Er setzte sich auf und sah sie mit glasigen Augen an. Sein linkes Auge hatte Mühe, sich korrekt einzustellen; er drückte den Handballen drauf und schüttelte den Kopf, bis er klar sah. Sie trug einen dünnen weißen Wollpullover, den üblichen lächerlich kurzen Jeans-Minirock und billige schwarze Wildlederstiefelchen. Ihre Beine waren nackt, die Brüste unter dem Pullover durch nichts gehemmt. Sie stolzierte in der Küche herum wie auf einem Laufsteg, jeder Schritt, jede Bewegung genau berechnet, um ihre erst vor kurzem gewonnene Sinnlichkeit so richtig zur Geltung zu bringen.

Es muß eine ganz besondere, eine berauschende, aber

auch beschämende Erfahrung sein für ein junges Mädchen, dachte er, als sie sich nach dem Teetopf reckte und zu den Bechern hinunterbeugte. Gerade noch ein Kind, ohne jede Anmut, staksig, knabenhaft, völlig unauffällig. Und dann, innerhalb weniger Monate, verwandelt in etwas, das von der Hälfte ihrer Spezies plötzlich mit Geilheit und Begierde betrachtet wird. Eine ungeheure Verantwortung für so einen jungen Menschen. Wie wurden sie damit fertig? Er fragte sich, ob sie wohl noch Jungfrau war.

»Mandy …«

»Es ist schon wieder kein Zucker da, wir müssen den braunen nehmen.« Sie sah ihn an; sein Gesicht war bleich und müde, das lange Haar ungekämmt, der Bart nicht gestutzt. Sie rümpfte die Nase, er roch ein wenig streng. Nicht schlimm, nicht widerlich, eher eine Art erdhafter Männergeruch. Und dünn war er, mit eingefallenen Wangen und diesen Augen, rot gerändert und geschwollen, aber aufmerksam. Sie wußte, daß er sie gern ansah. »Sie sind viel zu dünn, wissen Sie das? Bekocht sie Sie nicht richtig, oder was ist los? Wie wär's, wenn ich Ihnen ein richtiges warmes Frühstück mache, was Handfestes? Und danach könnte ich Ihnen ein schönes heißes Bad einlassen.« Sie zwinkerte anzüglich. »Ich könnt' Ihnen den Rücken schrubben.«

Er schob mit lautem Scharren den Stuhl zurück und stand auf. »Mandy Clements, du bist eine Wucht. Eines Tages wirst du und dein toller Körper irgendeinen Kerl, der's überhaupt nicht verdient, sehr, sehr glücklich machen. Ich bin im Büro, falls jemand anruft …« Er nickte in Richtung des neuen Wandtelefons.

»Ich weiß, Sie sind eigentlich nicht da, nur falls es ein Notfall ist.« Er verbeugte sich und schob sich zur Tür hinaus.

Etwa eine Stunde später hörte er ein diskretes Klopfen an der Tür. Er runzelte die Stirn, völlig konzentriert auf seine Bücher und Stapel von losen Blättern und seine Bemühungen, einige seiner Notizen in den Computer einzugeben. »Jetzt nicht, Kinder. Daddy hat 'ne Menge Arbeit zu erledigen. Ich komme später rüber.«
»Peter, es ist der Vikar.«
»Was? Oh, Mandy. Was hast du gesagt?« Der Vikar? Was hatte sie denn jetzt vor?
Sie nahm das als Aufforderung einzutreten. Ihr Kopf tauchte auf, und sie blickte sich in dem Schuppen um. Überall lag Papier, Bilder und Notizen bedeckten die Wände, hingen an Klammern von der Decke herunter, weitere Zettel waren an die aufgeschnittenen Kartons geheftet, die an den Fenstern klebten. Papierstapel lagen auf dem Boden. »Puh, ziemlich finster hier drin. Warum haben Sie denn die Fenster so zugeklebt?« Von der Decke hing nur eine einzige nackte Glühbirne herunter, das Leuchten seines Monitors warf einen geisterhaften grünlichen Schatten auf sein Gesicht.
Er schüttelte gereizt den Kopf. »Das ist ein Teil einer, äh, limitierten chronologischen Studie über Sinnesdeprivation, die ich durchführe und bei der es wichtig ist, alle äußeren sensorischen Signale auszuschalten. Also, Mandy, was willst du?«
»Der Vikar sitzt in der Küche und möchte wissen, ob es jetzt angenehm ist.« Sie hatte Mühe mit der Formulierung und verdrehte die Augen.
»Nein, ist es nicht, sag ihm, er soll gehen. Nein! Eine Sekunde.« Er begann in den Papieren auf der Werkbank herumzuwühlen und fluchte leise vor sich hin. »Sag ihm, ich bin in einer Minute drüben.«
»Entschuldigen Sie, daß ich so unangemeldet reinplatze,

bitte sagen Sie es mir, wenn es Ihnen jetzt nicht paßt.« Der Vikar bemühte sich, ihn nicht anzustarren, während Peter ihm heftig die Hand schüttelte.

»Aber nein, Vikar, durchaus nicht.« Er hatte ihn seit Weihnachten ein paarmal gesehen, im Wirtshaus, bei Mrs. Morrison, nicht in der Kirche. Er war jung, etwa in seinem Alter. Um so besser.

Mandy machte Tee und drückte sich in der Nähe herum wie eine aufmerksame Kellnerin. Der Vikar erklärte, er habe gehört, daß Peter »im Moment vor allem daheim anzutreffen sei«, und deshalb habe er beschlossen, die Gelegenheit zu nutzen, vorbeizuschauen und sich vorzustellen. Sie sprachen ein bißchen über das Dorf, die Verbindung des Vikars zu dieser Gegend und über die Größe der Pfarrei. Dann zog Peter plötzlich ein spiralgebundenes Kurzschrift-Notizbuch hervor und blätterte die Seiten mit einem feuchten Finger durch, wie der Kassierer einer Bank einen Stoß Geldscheine.

»Vikar ...«

»Alan, bitte.«

»... Alan, macht es Ihnen was aus, äh, wenn ich zum Kern der Sache komme? Sie müssen verstehen, ich bin ein durch und durch Ungläubiger, aber ich interessiere mich sehr für Ihren Beruf und dafür, wie Sie dazu gekommen sind, und wie Sie Ihre Rolle in der Gemeinde sehen. Nicht so sehr im pastoralen Sinne, sondern eher, nun eher als Seelsorger. Da hätte ich ein paar Fragen, wenn es Ihnen nichts ausmacht.«

Der Vikar schien leicht bestürzt und blickte zu Mandy hinüber, die sich an der Spüle zu schaffen machte. »Nun, ganz gewiß nicht, äh ...«

»Fantastisch! Zuerst die ganz große Frage; ich weiß, das ist ein alter Hut, und ich bin Ihnen für Ihre Geduld sehr dankbar.« Er sprach sehr schnell, in seinen Mundwinkeln bildeten sich winzige weiße Speichelflocken. »Sehen Sie, Ihrem Berufsstand – und ich spreche hier wirklich im multikonfessionellen Sinne – gehören intelligente, gebildete, sehr qualifizierte, überwiegend vernünftige Menschen an, die vermutlich von höchst unterschiedlicher Herkunft sind. Natürlich sind auch Idioten und Scharlatane darunter, wie in jedem anderen Beruf. Aber im allgemeinen, glaube ich, sind Sie sehr helle Burschen.«

Der Vikar lächelte. Er hatte Gerüchte gehört, aber so etwas hatte er nicht erwartet.

»So, und jetzt kommt meine Frage. Wenn die Entwicklung unserer Gattung ein logischer Prozeß ist, der zu immer größerer Selbsterkenntnis geführt hat – wie ist es dann möglich, daß Sie als Gruppe an etwas glauben, das jeden Tag unwahrscheinlicher wird?«

»Sie meinen, wie ich an Gott glauben kann, wenn es eine wissenschaftliche Erklärung für alles zu geben scheint?«

»Genau. Zugegeben, daß wir noch nicht alle Antworten kennen und gerade erst die Oberfläche angekratzt haben, aber wir lernen, je mehr wir daran arbeiten. Dinge, die man, sagen wir, im Mittelalter leichtfertig und aus Unverstand göttlichem Wirken zuschrieb, wie zum Beispiel die Pest oder so, können heute auf jedermann einleuchtende Weise erklärt werden. Andere Dinge, die für uns heute noch ein Geheimnis darstellen, werden in kommenden Jahrhunderten ihre Erklärung finden.«

Der Vikar trank seinen Tee, ein Wodka mit Tonic wäre ihm lieber gewesen, aber so was bot man ihm nur selten an. Süßen Sherry, wenn er Glück hatte. »Ich denke, die beste Antwort, jedenfalls für mich, obwohl sie trivial klingt, ist die, daß wir immer weniger verstehen, je mehr wir entdecken. Kennen Sie die Geschichte von den zwei Gold-

fischen, die in ihrem Glas herumschwimmen?« Peter schüttelte den Kopf, während er wie wild mitschrieb. »Der eine fragte den anderen: ›Glaubst du an Gott?‹ Da sagte der andere: ›Aber natürlich! Wer sollte denn sonst das Wasser wechseln?‹ Nun, wer könnte behaupten, das sei falsch? Für die Fische sind wir ein höheres Wesen, völlig unvorstellbar.«
»Aber nichtsdestoweniger erfüllen wir alle Voraussetzungen eines Gottes: ja, sehr interessant, darf ich nachher nochmals darauf zurückkommen? Zweite Frage: Wie können Sie an einen Gott der Liebe glauben, in dessen Namen mehr Schmerz und Leid über die Menschheit gebracht wurde als durch irgend etwas anderes in der ganzen Geschichte und der nicht dagegen einschreitet?«
So ging das eine Viertelstunde weiter, und es wäre noch viel länger so weitergegangen, wenn der Vikar, total groggy und bis oben hin voller Tee, nicht eine andere Verabredung vorgeschoben hätte und an die frische Luft geflohen wäre. Als er auf seinem Fahrrad ins Dorf zurückradelte, fühlte er sich, als habe er eine schwere Universitätsprüfung hinter sich.
Das meiste war ungeschickt vorgetragen worden, gehörte jedoch zu den üblichen Argumenten der Agnostiker. Doch es hatte eine oder zwei persönliche Fragen gegeben: Wie er seinen eigenen Glauben aufrechterhielt (durch Gebet und Selbstdisziplin von einem Tag bis zum nächsten), wie er über den Kirchenbesuch dachte, an dem sich durchschnittlich nur ein Prozent der Gemeindemitglieder beteiligte, sowie eine merkwürdige Frage über die Unantastbarkeit des Lebens: »Finden Sie die römisch-katholische Doktrin richtig, die den Selbstmord unter allen Umständen verbietet?« Trotz Peters Hartnäckigkeit hatte er es abgelehnt, eine klare Position zu beziehen, und darauf hin-

gewiesen, daß seine Arbeit mit unheilbar Kranken Objektivität unmöglich mache.
Bevor er ging, versuchte er, Peter in ein etwas weniger tiefgründiges Gespräch zu ziehen, erfuhr aber lediglich, daß er sehr beschäftigt war und daß es der Familie gutging. Wieder schüttelten sie einander die Hand, Peter dankte ihm für das »sehr anregende Gespräch« und verschwand in seinem Schuppen.
Er hatte sich kaum hingesetzt und mit der mühevollen Arbeit begonnen, sein Gekritzel zu entziffern und ins reine zu schreiben, als es wieder an der Tür klopfte. Er warf seinen Bleistift hin und brüllte: »Lassen Sie mich um Gottes willen in Ruhe und hauen Sie ab!« Es gab eine lange Pause, gerade so lang, daß er seinen Bleistift aufheben, die Stelle finden und die Arbeit fortsetzen konnte. Da klopfte es schon wieder, diesmal leiser. Er kümmerte sich nicht darum und fluchte nur flüsternd. Wer immer es war, er verschwand.
Ein wenig später hörte er, wie draußen ein Auto vorfuhr, im Leerlauf stand, wie Türen zugeworfen wurden, doch es war nicht der Morris. Dann die unbekannte Stimme einer Frau mit hiesigem Akzent, die seinen Namen rief. Wieder fluchte er und ging zur Tür.
Draußen war es dunkel, es regnete. Er stand vor dem Schuppen, blickte hoch und um sich und hinter sich zum Himmel, auf die unscharfen Umrisse des Hauses, auf das nasse Gras zu seinen Füßen. Als sei er zum erstenmal hier. Drüben an der Küchentür bewegten sich Schatten. »Hallo?« Wieder die Frau. »Mr. Deacon, sind Sie's?« Sie kam auf ihn zu, durch das Scheinwerferlicht ihres Wagens und den sanft fallenden Regen. Sie hielt Sally an der Hand.
»Daddy, mein Daddy!« Sie rannte auf ihn zu und umklammerte seine Knie.

»Hoffentlich kommt sie nicht zu spät, die Kinder hatten viel Spaß.«
»Nein, nein, ist schon gut, hallo, Schätzchen.« Und Jamie? Wo steckte Jamie? Jesus Christus!
Er rannte rüber zum Haus, riß die Tür auf, stürzte ins Dunkel, fluchte, als er gegen den Tisch stieß. »Jamie!« Auch im Wohnzimmer war es dunkel, er sprintete die schmale Treppe hinauf und riß die Tür des Kinderzimmers auf. »Jamie!«
Jamie saß an seinem Tisch, umgeben von Büchern und Spielsachen, zum Teil beschädigt und auf den Boden geworfen wie altes Gerümpel: Er blätterte in einem Buch über amerikanische Oldtimer, das Peter ihm zu seinem letzten Geburtstag geschenkt hatte. Auf dem Boden lagen Fetzen herausgerissener Seiten. Ohne aufzublicken, umklammerte er die nächste Seite, riß sie aus der Bindung, zerknüllte sie und ließ sie auf den Boden fallen.
»Jamie, was machst du denn da?« Keine Antwort. Die nächste Seite kam dran. »Warum machst du das? Das ist dein schönstes Buch!« Jamie ignorierte ihn, riß eine weitere Seite heraus, zerknüllte sie und warf sie auf den Boden. »Es tut mir leid, daß ich nicht am Bus war, um dich abzuholen, ich hab's vergessen. Das war unverzeihlich, Jamie. Hör jetzt auf damit.«
Jamie hob den Kopf und sah ihn an, das Gesicht zitternd und hochrot. Er versuchte, eine ganze Handvoll Seiten herauszureißen. Seine Augen waren weit aufgerissen, seine Lippen zusammengepreßt. Mit einem widerlichen Geräusch riß er ein halbes Dutzend Seiten heraus.
»Hör sofort auf damit!« Er griff nach dem Buch, doch Jamie drehte sich zur Seite.
»Nein!« schrie er. »Ich hasse dich!« Er riß weiter Seiten aus

dem Buch und warf sie in die Luft. »Ich haß dich, ich haß dich, ich haß dich!«

Peter trat zurück. »Tu das nicht, Jamie, bitte hasse mich nicht. Es tut mir leid, es tut mir wirklich leid.«

»Das ist ja nicht alles!« Tränen schossen aus seinen Augen, und er begann zu schluchzen. Er sank auf die Knie und schleuderte das Buch beiseite. Peter ging zu ihm, aber Jamie kroch von ihm weg.

»Aber warum denn bloß?«

Schrill und qualvoll schrie Jamie: »Weil du mich haßt!«

»Hallo! Weg gewesen?«

Hmm?«

»Ich hab so gegen sechs angerufen, doch es hat sich niemand gemeldet.«

Er hielt den Hörer eine Sekunde vom Ohr weg und griff nach dem Glas auf dem Tisch. »Nein, wir waren hier. Vermutlich waren wir oben und haben nichts gehört. Wo seid ihr, immer noch im Büro?«

»Nein, in einem indischen Restaurant in der Stadt. Wir haben beschlossen, uns eine kleine Pause zu gönnen und dann länger zu arbeiten.«

»Ach ja? Sind viele von euch da?«

»Nur wir drei vom Projekt. Und Charlie natürlich, er zahlt alles.«

»Das will ich aber auch schwer hoffen. Iß ein Chapatti für mich! Wann wirst du etwa zu Hause sein?« Wie spät war es eigentlich? Er hatte keine Ahnung.

»Ich weiß noch nicht, das hängt davon ab, wie wir vorankommen. Vielleicht übernachte ich hier. Gestern abend war es furchtbar. Ich bin fast am Lenkrad eingeschlafen, und dann mußte ich schon wieder um sechs aufstehen. Würde es dir was ausmachen? Dann könnten wir so richtig ranklotzen und vielleicht bis morgen abend das Schlimmste geschafft haben.«

»Nein, das klingt vernünftig. Wo willst du übernachten, bei Debbie?«

»Ja, oder bei Charlie. Er hat jede Menge Platz.«

»Wo denn nun?« Sein Herz setzte einen Moment aus, und er spürte, wie es in seinem Nacken kalt wurde.

»Ich weiß es noch nicht! Wir gehen von hier alle zurück und arbeiten weiter, vermutlich die ganze Nacht, was weiß ich. Wenn nicht, bleibe ich vielleicht bei Debbie oder bei Charlie, oder ich komme vielleicht nach Hause. Ich entscheide das, wenn es soweit ist.«

»Schläfst du mit ihm?«

»Oh, um Himmels willen!« Sie legte auf. Er stand neben dem Telefon und hielt den Hörer in der Hand. Die Frage war doch berechtigt gewesen. Sie war eine gesunde junge Frau mit normalen körperlichen Bedürfnissen. Sie waren sexuell immer sehr aktiv gewesen, doch ohne ihre Schuld wurde ihr jetzt etwas verweigert, das ihr immer Spaß gemacht und woran sie sich gewöhnt hatte. Und Charlie war ein alter Freund von ihr; vermutlich hatten sie schon lange, bevor er Emma kennengelernt hatte, miteinander geschlafen.

Er füllte sein Glas auf. Das Lächerliche an der Sache war, daß es ihm eigentlich überhaupt nichts ausmachte. Oh, die Vorstellung, daß Emma und Charlie miteinander schliefen, mißfiel ihm durchaus. Heben und Senken und Keuchen unter der Bettdecke wie zwei spätpubertierende Teenager. Selige Wiederholung früherer Schlafzimmererlebnisse. Doch die ständigen Selbstvorwürfe wegen seiner Unfähigkeit, sexuelle Pflichten zu erfüllen, waren zu einer schweren Last geworden. Ein Teil von ihm sehnte sich danach, diese Verantwortung endgültig los zu werden, wenn es nur eine akzeptable Möglichkeit gäbe, das moralische Dilemma zu bewältigen.

Nein, was ihn wütend machte, war nicht so sehr die Möglichkeit, daß Emma ihn betrog, obwohl der Gedanke ihn zugleich faszinierte und entsetzte. Was sein Blut zum Kochen brachte, war, daß sie ihm wieder einmal auf eine klare Frage keine klare Antwort gab. Er marschierte ärgerlich in der Küche umher. Er schlug Charlies Nummer im Telefonverzeichnis nach und rief zweimal bei ihm an, doch es meldete sich nur der Anrufbeantworter. Er überlegte, ob er eine Nachricht hinterlassen sollte, und beschloß, es nicht zu tun und sie morgen danach zu fragen.

Er schlief in ihrem Bett im Schlafzimmer. Oder besser, er wälzte sich unruhig herum, gepeinigt von fantastischen, unheimlichen Bildern, die ihn abwechselnd schockierten und quälten. Irgendwann in der Nacht fuhr er aus dem Schlaf hoch und stolperte ins Kinderzimmer, um eine wimmernde Sally vor ihren Schlafdämonen zu retten – die von der achtbeinigen und haarigen Sorte. »Spinnen können dir nicht weh tun, mein Schatz«, murmelte er verschlafen und strich im Schein der Nachtlampe über ihr goldenes Haar. »Nur Menschen tun anderen Menschen weh, und dann meistens auch nur denen, an denen ihnen wirklich etwas liegt.«

»Alice, hallo. Was? Oh, prima, prima, danke. Hören Sie, darf ich Sie um einen Gefallen bitten? Es geht um Sally. Ich muß ... äh ... mal weggehen, kurze Zeit heute morgen, und ich wollte fragen, ob es Ihnen etwas ausmachen würde ... Wie? Ja, das wäre wunderbar. Besten Dank. Was? Oh ... äh ... einen Bekannten besuchen. Ja richtig. Wiedersehen.«

Er machte heiße Schokolade, Porridge und getoastete

Brötchen zum Frühstück. Die drei aßen gemeinsam in der Küche. Als er Sally nach ihrem Alptraum fragte, schaute sie ihn nur komisch an und stritt alles ab. Jamie schwieg vorwurfsvoll. Er sprach nicht mehr mit Peter, antwortete nur einsilbig auf direkte Fragen. »Möchtest du noch ein Brötchen, Jamie? Habt ihr heute Turnen?« Er ließ sich weder durch Tricks noch durch Scherze in ein sinnvolles Gespräch ziehen; als Peter versuchte, ihn für ein neues Foto des Saturns in der Zeitung zu interessieren, sagte er nur: »Das habe ich gestern schon gesehen«, entschuldigte sich und stand auf.

Doch Jamie hatte sich deutlich verändert. Er war nicht mehr so hilflos. Er zog sich weiter zurück, doch da war ein Funke von Trotz, ein Zeichen innerer Stärke. Obwohl er deutlich zeigte, wie sehr er seinen Vater haßte, lähmte ihn sein Haß nicht mehr. Das war ein kleiner Trost.

Er zog den Kindern warme Sachen an und ging mit ihnen zum Dorfanger. Jamie lief voraus, als wollte er zeigen, daß er allein zurechtkam. Er war fast sieben. Inzwischen konnte er radfahren; vielleicht sollte man ihm erlauben, auf der Straße zu fahren und das Rad hinter der Post abzustellen und nachmittags damit nach Hause zu fahren.

Alice kam an die Tür. »Hallo, Sally, du willst also den Tag bei uns verbringen. Jack wird sich freuen. Und Jazzy auch. Sie sind in der Küche.« Sally rannte durch die große Diele davon.

»Wiedersehen, Sal«, sagte Peter mit einem Achselzucken. »Vielen Dank, Alice, das ist sehr nett von Ihnen. Ich weiß noch nicht genau, wann ich zurück sein werde.«

»Nicht so wichtig. Ist er krank?«

Er schüttelte den Kopf. »Wie meinen Sie?«

»Der Bekannte. Ein Krankenbesuch?«

»So was in der Art.« Er dankte ihr nochmals und ging

zum Dorfanger zurück. Unterwegs kam er an der Kirche vorbei. Der Vikar kam mit einem Fahrrad und einem Packen Prospekte heraus, die er in den Gepäckträger warf. Dann fuhr er über den Kirchhof auf ihn zu. »Guten Morgen«, sagte er freundlich. »Scheint ein schöner Tag zu werden. Übrigens, unsere kleine Diskussion neulich habe ich sehr genossen. Eine willkommene Abwechslung von den üblichen Blumenschau-Komitee-Sitzungen und Jugendclubausflügen. Glauben Sie mir, wenn ich geahnt hätte, daß Sie mich so in die Mangel nehmen werden, hätte ich mich besser gewappnet.«

Peter lächelte freundlich. Wovon sprach der Mann eigentlich? »Ja, richtig.« Er winkte, als der Vikar nach einem fröhlichen auf Wiedersehen und einem lateinischen Bonmot, das er nicht verstand, davonradelte. Wie kann nur jemand, überlegte er, und vor allem jemand mit einer Arbeit wie der Vikar, so unveränderlich optimistisch sein? Vermutlich lag's am Kommunionswein.

Es war eine umständliche Angelegenheit. Mit dem Wagen hätte er weniger als eine halbe Stunde gebraucht, zu Fuß und per Bus war er dreimal so lange unterwegs. Schließlich kam ein Bus aus Ipswich, mit dem er den halben Weg zurücklegte. Er wartete auf einen anderen, der ihn zum Alten Schulhaus bringen sollte, aber nach einer Weile gab er auf und ging zu Fuß.

Der Vikar hatte recht, es war ein schöner Tag, warm und erfrischend, nachdem er eine Weile gewandert war. Er folgte der Hauptstraße, dann bog er ab, um eine Abkürzung über Nebenstraßen zu nehmen. Die Straße wand sich durch einen Wald und führte dann plötzlich ins Freie. Nachdem er einen steilen Hügel hinabgegangen und um eine Kurve gebogen war, erkannte er, daß ein Dorf vor ihm lag, das er noch nie gesehen hatte. Es war kleiner als

Bedingham, nur ein Kreuzungspunkt unbedeutender Landstraßen, ein paar verstreute Häuser, eine Kneipe, ein Handarbeitsgeschäft. Er trat ein und schaute sich um. Regale voller Töpferwaren, handgestrickte Pullover, hausgemachte Marmelade. Er nahm eine Karte in die Hand, auf die zwei Kinder gemalt waren, die an einem sommerlichen Fluß saßen. Libellen schwebten über dem Wasser, Kühe weideten auf einer Wiese; dahinter Felder mit reifem Getreide. Es hätte überall sein können, irgendwelche Kinder, aber für ihn waren es Jamie und Sally unten am Fluß bei der Walnut Tree Cottage. Das Bild strahlte eine zuversichtliche Wärme aus, eine Zeitlosigkeit und traumhafte Ruhe.

Er ging mit dem Bild zum unbesetzten Kassenpult und drückte auf die Klingel. Ein Mann in Jeans und einem lehmbeschmierten Sweatshirt erschien. »Hübsches Bild, nicht?« Er nahm das Geld und schob das Bild in eine Tüte.

»O ja, sehr hübsch. Hiesiger Künstler?«

»Einer aus einem Nachbardorf. Macht wirklich gute Arbeiten.« Der Mann war um die Vierzig und sprach mit einem Londoner Akzent, während er an einer kleinen Pfeife zog. An seinen Händen war getrockneter Lehm; er saß unter seinen Fingernägeln und hatte Streifen in seinem Haar hinterlassen.

»Machen Sie ... äh ... wenn ich Sie mal was fragen darf, machen Sie mit all diesen Sachen richtigen Umsatz? Mit alldem hier, meine ich?« Er deutete auf den Laden, während er mit der Hand zerstreut auf seine Taschen klopfte und sein Notizbuch suchte. Aber er hatte es vergessen.

»Kaum.« Der Mann lächelte. »Aber es ist allemal besser, als den Leuten Warentermingeschäfte anzudrehen.«

O Gott, auch einer, der der Tretmühle entflohen war.

»Vermissen Sie es denn nicht, überhaupt nicht? Das Tempo, den Betrieb, die Hektik und alles?«
Jetzt lachte der Mann. Was zum Teufel rauchte er da in seiner Pfeife? »Nicht die Bohne. Kein winziges bißchen.« Er schwieg einen Moment und schaute nachdenklich drein. »Ich dachte, genau das würde ich, und es dauerte seine Zeit, bis ich das alles aus meinem System hatte, aber, nun, man lernt, sich anzupassen.« Er zuckte die Schultern und paffte weiter.
»Unglaublich.« Er nahm das Bild, schob es vorsichtig in die Manteltasche und trat wieder in die Sonne hinaus. Am Ende des Dorfes führte die Straße wieder bergauf. Nach einer Weile traf er auf einen alten Mann, der neben einem verwitterten Meilenstein auf einer Bank saß. Peter blickte stirnrunzelnd auf die Bank und drehte den Kopf, während er vorbeiging. Es gab keinen sichtbaren Grund, warum ausgerechnet hier eine Bank stand, und es schien auch keinen Grund dafür zu geben, warum der alte Mann darauf saß. Er blieb stehen, ging zu der Bank zurück, nickte dem Alten zu, was der mit dem üblichen »Aber sicher« beantwortete, und setzte sich neben ihn auf die Bank.
Der alte Mann trug seinen Sonntagsanzug, der nach dem Schnitt mehr als dreißig Jahre alt und völlig abgetragen war und dennoch unangemessen feierlich wirkte. Er saß mit geradem Rücken auf der Bank, beide Hände auf der Krücke seines Spazierstocks. Er trug keinen Mantel, aber eine wollene Strickjacke und eine Tuchmütze. An seine Brust war eine Reihe von Kriegsauszeichnungen geheftet, die Bändchen zerschlissen und ausgefranst, das Metall verfärbt.
Schweigend saßen sie da. Autos fuhren vorbei. Der alte Mann wandte den Kopf, wenn sie sich näherten, folgte ihnen mit dem Blick und starrte ihnen nach. Sie sprachen

beide kein Wort, doch hin und wieder nickte der alte Mann Peter bedeutungsvoll zu, wenn ein Auto vorbeigefahren war. Nach einer Weile begann Peter sein Nicken zustimmend zu erwidern.
Er blieb eine Weile sitzen, ohne eine Ahnung, wie lange. Zehn Minuten, drei Stunden? Schließlich stand er auf, strich über die Rückseite seines Mantels und streckte dem alten Mann die Hand entgegen. »Peter Deacon.« Sie schüttelten sich die Hände, die des alten Mannes war knochig und fleckig. »Sehr erfreut.«
Es dauerte viel länger, das Alte Schulhaus zu erreichen, als er gedacht hatte. Die Abkürzung über die Landstraße stellte sich als Umweg heraus und führte von der gegenüberliegenden Seite in das Dorf hinein. Fast hätte er es übersehen, als er, tief in Gedanken versunken, die Straße entlangwanderte. Dann blickte er auf und sah den Morris. Der Wagen und noch weitere parkten auf einem Platz, der wohl früher mal der Schulhof gewesen war, vor dem Gelände. Er öffnete den Riegel am Tor und ging zum Haupteingang.
Das Empfangspult war nicht besetzt. Er stand unsicher da. Dann blickte er durch eine Glastür auf der rechten Seite und sah Emma. Sie stand am anderen Ende eines großen Raumes, beugte sich, mit dem Rücken zu ihm, über einen Tisch und besprach etwas mit zwei Leuten, die er nicht kannte. Er ging durch die Tür. Es war ein helles, geräumiges Großraumbüro, früher wahrscheinlich die Aula der Schule. Es hatte keine Decke, und man sah solide Holzkonstruktion, die das steile Dach trug. Helle Spotlights unterstützten die alten Schullampen, die noch von den Kreuzbalken herunterhingen und deren dunkelgrüne Schirme wie die Deckel von Mülleimern aussahen.
Etwa fünfzehn Leute, meistens junge, arbeiteten an

Schreib- oder Zeichentischen. Einige schauten auf und warfen einander Blicke zu, als der ziemlich schmuddelige bärtige Mann mit langem Haar und bleichem Gesicht, in schäbigen Turnschuhen und einem schmutzigen alten Mantel, den Raum betrat. Unsicher folgten einige sogar seinem Blick, um herauszufinden, wen er suchte. Doch die meisten ignorierten ihn. Aus einem Radio irgendwo kam Popmusik, im Empfang draußen klingelte das Telefon. Emma hatte ihn noch nicht bemerkt. Er ging zu ihr, trat hinter sie und schob sich neben eine der Personen, mit der sie sprach. Es war ein Mädchen, Debbie vermutlich. Plötzlich drehte sie sich um, sah ihn, zuckte zusammen, stieß einen kleinen Schrei aus und schlug die Hand vor den Mund.

»Peter? Was, um Himmels willen ... Wie bist du hergekommen?« rief Emma verblüfft und sah sich nervös in dem Raum um, in dem plötzlich tiefe Stille herrschte.

»Eine Überraschung!« Er streckte die Hände hoch. »Ich bin mit dem Bus gekommen und ein Stück zu Fuß gegangen. Es war sehr nett, wirklich sehr interessant.«

»Aber was willst du denn hier?« Sie riß entsetzt die Augen auf. »Wo ist Sally?«

»Ich möchte mit dir reden. Sally ist bei den Greenaways.«

Sie begriff noch immer nicht. »Mit mir reden? Peter, ich bin mitten in der Arbeit. Hat das nicht Zeit, bis ich wieder daheim bin?«

»Äh, ich glaube nicht. Ich glaube, daß es sehr wichtig ist.«

»Was ist wichtig?« zischte sie ihn an. Sie reckte den Kopf hoch, doch ihr Blick wanderte im Raum umher, um zu sehen, wer sie beobachtete.

Er bemerkte es. »Es ist dir peinlich.« Er trat überrascht zurück und überlegte einen Moment, als koste er zum erstenmal einen aparten neuen Wein. »Großer Gott, ich blamiere dich. Tu ich doch, oder?« sagte er laut und sah sich im Raum um.

»Peter«, sagte sie flehentlich. »Bitte geh nach Hause. Egal, was es ist – reden wir später darüber.«

»He! Sie alle! Ich bin Peter Deacon, der Ehemann dieses hübschen Mädchens. Freut mich, Sie kennenzulernen.« Er hob die Arme und wandte sich nach allen Seiten, lächelnd und nickend wie ein neu gewählter Politiker. Emma schlug die Hände vors Gesicht. Er sprach weiter, in verschwörerischem, doch klarem Ton. »Gestern abend habe ich sie gefragt, ob sie mit ihrem Boß schläft. Sie hat sich geweigert, mir eine Antwort zu geben, und deshalb bin ich hergekommen, um eine zu kriegen!«

»Peter, um Himmels willen!« Ein Gesicht erschien in der Glastür auf der anderen Seite des Raumes. Es war Charlie. Er kam herein und ging auf sie zu. Er schaute Peter vorsichtig an, dann erkannte er ihn. »Großer Gott, Peter, wie geht es Ihnen? Menschenskind – all die Haare!« Er bemühte sich, nicht schockiert zu wirken, und warf Emma einen verzweifelten Blick zu. Sie starrte ihn hilflos an; ihre Wangen waren rot und fleckig.

»Da ist er ja!« Er schüttelte heftig Charlies Hand und legte den Arm auf seine Schultern. »Wirklich, Charlie, ich möchte betonen, daß ich das überhaupt nicht persönlich meine. Tatsächlich ist Ihre Rolle völlig irrelevant.«

Charlie lächelte unsicher und schaute von Peter zu Emma und zurück. »Ich bin nicht ganz sicher, ob ich Ihnen folgen kann, altes Haus. Wissen Sie was – gehen wir doch alle nebenan in mein Büro, trinken eine Tasse Kaffee und reden darüber.«

»Das können wir doch hier tun.« Seine Stimme hatte sich

plötzlich verändert; sie war scharf und eiskalt. Er sah Emma an, mit Augen, die trüb und dunkel waren wie unendlich tiefe Quellen. »Ich kann warten. Den ganzen Tag, wenn's sein muß.« Niemand rührte sich, im Raum war es totenstill; jemand drehte taktloserweise das Radio leiser, damit man alles noch besser hörte. »Schläfst du mit ihm?« Sie sprach langsam und leise und stieß jedes einzelne Wort durch zusammengebissene Zähne hervor. »Darüber diskutiere ich nicht hier.«

»Ich muß schon sagen, ich finde, eine solche Frage gehört sich nicht für einen Gentleman.«

»Halten Sie sich da raus, Gladstone!«

Doch dies war Charlies Revier. Ob er wollte oder nicht, er mußte etwas unternehmen. Er warf zwei jungen Männern, die an einem Tisch am Fenster arbeiteten, einen Blick zu, schnippte mit den Fingern und packte Peter am Arm. »Brian, Kevin, ich denke, wir führen Mr. Deacon ...«

Peters Faust traf ihn unter dem linken Auge. Der Schlag war nicht so hart, wie er sein sollte, dafür war der Winkel zu ungünstig. Doch es genügte, Charlie preßte die Hand aufs Auge, taumelte rückwärts, stolperte über einen Stuhl und stürzte zu Boden. Man hörte, wie ein paar Leute scharf Luft holten, und eines der Mädchen stieß einen erstickten Schrei aus. Emma stürzte an Peter vorbei und kniete neben dem stöhnenden Charlie nieder, der sich auf dem Rücken liegend hin und her wälzte. Alle anderen sperrten den Mund auf. Nach einer Schrecksekunde sahen die beiden jungen Männer einander an und kamen zögernd auf Peter zu. Seine Schultern sackten zusammen, und er seufzte: »Scheiße!« Dann zog er sich zur Tür zurück. »Alles in Ordnung, Leute. Ich finde schon den Weg nach draußen.«

Er wanderte ziellos umher, bis er auf eine Kneipe stieß. Er bestellte Doppelte und begann sich zu betrinken. Als er zwei Stunden später herauskam, war es dunkel. Etwa eine Meile die Straße entlang waren Häuser und Straßenlaternen zu sehen, die andere Seite war finster; er ging auf die Lichter zu, voll Sehnsucht nach Menschen und der tröstlichen Festigkeit eines beleuchteten Gehsteigs. Er mußte irgendwo am Rand eines Wohnbezirks von Ipswich sein, und so ging er weiter, bis er auf eine belebte Hauptstraße kam; von dort folgte er den Schildern zur Stadtmitte.

Es war Freitag abend, die Straßen voller Leute. Er kam an einem Kino vorbei, vor dem geduldig eine lange Schlange von Menschen stand, und blieb stehen, um einem Straßenmusikanten zuzuhören, der lustige Stücke auf seiner Geige spielte. »Der Bursche ist gut!« sagte er zu den Leuten, stieß rhythmisch mit dem Fuß auf und tanzte im Takt der Musik. Er hob den Hut des Musikanten auf und ging an den Leuten in der Schlange vorbei, um Spenden einzusammeln. »Kommen Sie schon, Madam, der arme Hund spielt sich hier den Arsch ab; danke, Mann, sehr großzügig, danke, Sir, danke, Madam, oh, seht mal, zehn Cent von dem Herrn im Kamelmantel – sind Sie auch sicher, daß Sie es sich leisten können? Nanu, wer hat denn den Apfelkern in den Hut geworfen …?«

Der Manager des Kinos tauchte plötzlich auf. »Verschwinden Sie, Betteln ist hier verboten.«

»Ganz ruhig, Maestro, wo liegt das Problem?«

»Er kann hier spielen, und die Leute können ihm etwas geben, wenn sie wollen, aber Sie dürfen nicht betteln. Los, verschwinden Sie, sonst hole ich die Polizei.«

Ein Stück weiter hörte er Musik, die aus der Tür einer Weinbar drang. Er ging rein, schob sich auf einen Barhocker und schaufelte geräuschvoll Kleingeld und zer-

knitterte Banknoten auf den Tresen. Er zog das kleine Kartonbild, das er gekauft hatte, aus der Tüte hervor. Eine Ecke des Kartons war verbogen. Er schielte auf die Weinkarte, die auf eine Schiefertafel geschrieben war, und winkte den Barmann heran. »Ich möchte eine Flasche von Ihrem besten Champagner bestellen.«
Der Barmann sah ihn zweifelnd an und beugte sich über die Theke, um seine Kleidung zu betrachten. »Wir planen wohl eine kleine Feier, wie?« – »Äh? Oh, ja, vielleicht. Genauer gesagt, ich möchte auf einen kleinen Plan trinken.« Er lachte, schlug mit der Hand auf die Theke, hielt inne und starrte auf den kleinen Haufen Geld. »Die Sache ist nur die, ich kann's nicht.« Verwirrt schüttelte der Barmann den Kopf und ließ den Blick über die Theke schweifen, denn Kunden wollten bedient werden. »Ich meine, eine Flasche Ihres besten Champagners kaufen. Aber ich glaube, er ist sowieso nicht besonders gut. Nichts für ungut.«
»Keine Sorge. Bestellen Sie jetzt was, oder machen Sie, daß Sie rauskommen!«
»Machen Sie eine Flasche Jacobs Creek auf.«
Eine junge Frau saß allein an einem Tisch. Irgendwas an ihr kam ihm bekannt vor. Ihr Haar war schwarz gefärbt und hochtoupiert, das Gesicht dick geschminkt mit dunklen Augenschatten und knallrotem Lippenstift. Sie trug eine schwarze Spitzenbluse, einen schenkellangen roten PVC-Rock, schwarze Strumpfhosen und eine kurze Jacke aus Kunstpelz. Er nahm ein zweites Glas und die Flasche vom Tresen und schob sich im Takt der Musik auf ihren Tisch zu. »Entschuldigen Sie bitte, mein Name ist Peter.« Er fummelte herum, um seine Hand von der Flasche und den Gläsern zu befreien, und verbeugte sich, als sie nach einer kleinen verwirrten Pause ihre Hand ausstreckte.

»Ich frage mich, ob Sie mir wohl bei einem Glas Wein Gesellschaft leisten würden.«
Sie zog heftig an ihrer Zigarette, kaute auf einem Kaugummi herum und sah ihn von oben bis unten an. »Okay«, sagte sie und zuckte die Schultern.
»Wunderbar!« Er nahm Platz und füllte die Gläser. »So, nun trinken Sie mal 'nen kleinen Schluck von dem hier. Wußten Sie, daß das Zeug von der anderen Seite der Welt kommt? Unglaublich, nicht wahr? Wo die Füße der Aboriginals drüber trampeln ...« So redete er ohne Pause eine halbe Stunde lang und trank nur ab und zu aus seinem Glas. Im Handumdrehen war die Flasche leer, er mußte dem Barmann wegen einer zweiten winken.
Allmählich wurde sie ungeduldig. Der Mann sprach zwar mit einem feinen Akzent, aber es war nichts als dummes Gewäsch; er hatte ganz klar 'ne Schraube locker. Und er sah auch ein bißchen komisch aus, diese Augen ... Schließlich beugte sie sich vor und unterbrach seinen Redefluß. »Hör'n Sie, Mann, wenn Sie nicht hier sind, um mit mir ins Geschäft zu kommen, dann wär' ich Ihnen dankbar, wenn Sie sich verpissen und den Tisch für Leute freimachen würden, die zur Sache kommen wollen.«
»Geschäft?« Er blickte verwirrt um sich. Die Bar füllte sich. »Tut mir leid, ich ...«
Sie verdrehte die Augen. »Mit der Hand kostet's 'nen Fünfer, oral fünfzehn, richtiger Sex dreißig, in Ihrem Wagen oder bei mir, fünf Minuten von hier, absolut mit Kondom, nichts Komisches und keine Küsserei.«
Er lehnte sich zurück, warf den Kopf hoch und lachte. »Großer Gott, Sie sind eine Hure!« Köpfe drehten sich zu ihnen um, sie erwischte den Blick des Barkeepers, er nickte. »Das ist ja fantastisch. Wirklich.« Er fuhr mit der Hand in seine Taschen und suchte etwas zum Schreiben. »Hören

Sie, ich möchte Ihnen ein paar Fragen stellen, dauert nur 'ne Minute, Gott, eine Hure, fantastisch ...«
Der Barmann warf ihn mit dem Rest der zweiten Flasche, die er schon bezahlt hatte, hinaus. Er schob sie in die Tasche und wankte ins Dunkel davon.

Als er erwachte, spürte er, daß Regen auf sein Gesicht fiel. Es war noch dunkel, doch der Himmel zeigte schon erste Spuren von Grau. Er lag auf dem Rücken und lauschte den Geräuschen der Vordämmerung. Ein leichter Wind ließ die Blätter der Bäume um ihn rascheln; in der Ferne schrie eine Eule. Irgend etwas Winziges bewegte sich im Unterholz, nur Zentimeter von seinem Ohr entfernt. Trotz der Kälte und Nässe fühlte er sich nicht schlecht. Er hatte keine Ahnung, wie er in den Straßengraben gekommen war, auch nicht, wo sich dieser Straßengraben befand; er erinnerte sich an eine konfuse Mixtur aus blitzartigen Momenten, aufleuchtenden Gesichtern und zusammenhanglosen Ereignissen. Er versuchte, sich aufzusetzen, doch von der Anstrengung wurde ihm schwindlig, und so blieb er noch eine Weile liegen.
Schließlich stand er mühsam und benommen auf. Er blickte nach beiden Seiten, dann machte er sich verdrossen in Richtung des hellen Horizonts auf den Weg. Ein Lastwagenfahrer, der zu einer Farm in der Nähe von Bedingham unterwegs war, um eine Ladung Hühner abzuholen, nahm ihn schließlich ein Stück mit. Zuerst betrachtete er Peter voller Mißtrauen, doch dann hatte er Mitleid mit ihm und machte sogar einen Umweg, um ihn vor Mrs. Morrisons Laden abzusetzen. Peter dankte ihm, kletterte aus der Fahrerkabine und ging die Straße hinunter.
Als er sich dem Landhaus näherte, sah er, daß der Wagen seines Vaters davor parkte.

Kapitel 13

Er erstarrte und blieb wie angewurzelt auf der Straße vor dem Haus stehen. Obwohl er erschöpft und verdreckt war und fror und sich danach sehnte hineinzugehen, konnte er sich nicht dazu überwinden. Er zog sich auf die andere Seite der Straße zurück und ging auf den Zauntritt und die Felder dahinter zu. Doch er war zu langsam.

»Daddy! Großmutter, schau, da ist Daddy!«

Sally erschien neben dem Haus, deutete auf ihn und winkte. Einen Moment später tauchte seine Mutter auf. Er stöhnte und ging über die Wiese auf sie zu. Als er näher kam, verstummte Sally und versteckte sich hinter dem Tweedrock seiner Mutter. »Daddy? Du bist ja ganz dreckig!«

Er blieb vor seiner Mutter stehen, und sie starrte ihn ängstlich wie ein verletztes Tier an.

»Was machst du denn hier?« fragte er leise.

»Wir dachten, wir fahren einfach mal einen Tag her und schauen, wie's euch allen geht.« In ihrer Stimme war weder Ärger noch Mißbilligung. Nur Unverständnis und dieses andere, was noch schlimmer war.

»Bitte nicht, Mama«, sagte er leise und hob die Hände vor die Brust. »Alles, alles, was du willst, aber kein Mitleid.«

»Komm erst mal ins Haus.«

Er folgte ihr in die Küche. Sie waren alle da, eine merkwürdige Gruppe, wie Amateurschauspieler. Drei Generationen von Deacons. Peter blieb an der Hintertür stehen, und seine Mutter trat neben ihn. Sally lief zu Emma, die an der Spüle lehnte, die Arme über der Brust gekreuzt, das Gesicht ausdruckslos. Am Tisch stand der Junge neben dem alten Mann. Jamie hatte seinem Großvater seine Schularbeiten gezeigt, und beide starrten Peter mit der gleichen schockierten Hoffnungslosigkeit an. Sein Vater sah müde und gebrechlich aus. Sein Blick wanderte langsam von Peters ungekämmtem und schmutzigem Haar über die rotgeränderten Augen, die verschmierten Wangen und den Bart nach unten und über den verdreckten und mit Schlamm bespritzten Mantel zu den nassen Turnschuhen. Peter fuhr sich verlegen mit der Hand durchs Haar, ein paar Mooshalme fielen wie Herbstblätter auf den Boden. Sein Vater seufzte. Plötzlich prustete Peter. Es war eine absurde Szene; es gab nichts, was man hätte sagen können, das Spiel hatte sich vom Skript entfernt, die falschen Schauspieler standen zur falschen Zeit auf der Bühne, und keiner wußte, wie er das Patt auflösen konnte. Bis auf Emma.

»Du gehst am besten rauf und ziehst diese Sachen aus. Ich lass' dir ein Bad ein.« Ihre Stimme war ruhig und sachlich.

»Richtig.« Gute alte Emma, ein Fels der Stärke. Plötzlich fiel ihm ein, wann er sie zum letztenmal gesehen hatte. Gestern, oder? Im Büro. Der arme alte Charlie. Sie gingen, den Tisch zwischen sich, aneinander vorbei; Emma ging zielstrebig zum Badezimmer. »Schön, euch zu sehen«, sagte er ins Zimmer hinein. Einen Moment später hörten sie, wie er langsam die Treppe hinaufstapfte. Nach zehn Minuten ging Emma nach oben, um ihm zu sagen, daß er jetzt ins Bad könne. Er lag auf dem Bett des Gästezimmers, auf dem Bauch, die Schuhe an den Füßen, den Mantel und die feuchten Jeans noch an. Er schnarchte leise. Sie schloß die Tür und ging wieder nach unten.

Sie machten einen Spaziergang auf der Straße zur Farm und wieder zurück. Sie gingen langsam und blieben häufig stehen, angeblich, um den Blick über die Felder und das Tal zu genießen, in Wirklichkeit aber, damit sein Vater wieder zu Atem kam. Es war seine eigene Idee gewesen; seine Frau hatte geschimpft: »So ein Unsinn, John, es ist kalt und feucht da draußen, du wirst dich überfordern und dir irgendwas holen.«
»Eine tödliche Erkältung vielleicht?« Er war trotzdem gegangen. Peter, der sauber, ausgeruht und erfrischt war, folgte ihm gehorsam. Er hatte bis zum frühen Nachmittag geschlafen, und Emma hatte ihn schließlich geweckt. »Sie wollen bald wieder fahren, komm doch runter und kümmere dich um sie.«
Sie gingen langsam die Straße entlang, Seite an Seite, aber ohne sich zu berühren. Ihr Tempo war sehr gering, fast ein Kriechen. Abgesehen von einer schwachen, hartnäckigen Benommenheit war Peters Kopf klar und hellwach. Er wartete geduldig, bis sein Vater die Diskussion auf die übliche Weise eröffnete.
»Deine Mutter macht sich große Sorgen um dich. Wir haben ewig nichts von euch gehört. Du weißt ja, wie sie ist.«
Sie blieben an einer Kurve stehen; sein Vater keuchte und hustete. Er stieß seinen Stock auf die Straße und nickte trotzig, als Peter sich besorgt vorbeugte und fragte: »Alles in Ordnung?« Langsam klang der Krampf ab.
»Wußtest du, daß man von dieser Stelle aus die Kirchen

von sieben verschiedenen Pfarrgemeinden sehen kann? Natürlich nur an einem klaren Tag, und auch nur im Winter.« Sein Blick schweifte rasch über das ganze Tal, aber es war trüb und neblig, und er konnte nur vier entdecken.

»Ein herrliches Plätzchen.« Er neigte den Kopf zu Peter hin, sah ihn aber nicht an. »Und wie geht's jetzt weiter?«

»Darüber habe ich viel nachgedacht. Weißt du, Vater, Emma hat sich hier sehr gut eingelebt. Ich hätte das niemals erwartet, aber hier ist sie jetzt viel glücklicher. Sie lebt richtig auf – Ganztagsarbeit, die Anforderungen, die Verantwortung. Sie hat ihre Unabhängigkeit erreicht, ihre Identität. Mir ist nie klar gewesen, wie wichtig das für sie war. Ich habe nie daran gedacht, daß sie ein Recht darauf hatte.« Er dachte an gestern zurück und an seine Vorstellung in Charlies Büro und fragte sich schuldbewußt, ob sie wohl noch ihre Stelle hatte.

»Und was ist mit deiner Verantwortung?«

Er wünschte, er hätte seine Notizen bei sich, darin war alles genau dargelegt. Sie gingen weiter. »Nun, Vater, bis vor kurzem habe ich darüber nie richtig nachgedacht. Ich habe gearbeitet, alles drehte sich nur darum. Meine Verantwortung, falls man es so nennen will, eher: meine Aufgabe war einfach, eindimensional. Dafür zu sorgen, daß die Kohle reinkam und der Laden weiterlief.«

»Was soll daran falsch sein? Millionen von Menschen tun das ihr Leben lang.«

»Nichts, Vater! Aber hier geht es nicht um richtig oder falsch.« Er ging rückwärts weiter, damit er seinen Vater ansehen konnte, gestikulierend, um seine Worte zu unterstreichen. Doch der alte Mann hielt den Kopf gesenkt, als suche er die Landstraße nach versteckten Schlaglöchern ab. »Wenn das plötzlich aufhört und dieser Zustand so bleibt, dann verändert sich alles.« Wut stieg in ihm auf. Sein Vater würde das alles nie begreifen. »Versuch mal, dir vorzustellen, wie es gewesen wäre, wenn die Regierung plötzlich die Royal Air Force abgeschafft hätte. Genau in dem Moment, in dem du zu dem ganz großen Sprung auf der Karriereleiter angesetzt hast. Flight Lieutenant, erinnerst du dich? Das ganze Leben war vorgezeichnet: Flight Command, Schwadron, Gruppe und so weiter.«

»Und?« fragte sein Vater schroff und schüttelte ungeduldig den Kopf. Peter sah, daß er sich bemühte, ihn zu verstehen, aber er hätte ihn genausogut bitten können, sich vorzustellen, daß sie auf dem Mars herumspazierten.

»Wenn das dein ganzes Leben gewesen wäre, alles, woran du jemals gedacht hattest, wofür du gelernt hattest, gelebt hattest, dann wärst du doch sicher eine Weile in dich gegangen und hättest versucht, einen neuen Halt zu finden. Oder?«

»Du mußt einfach die Scherben aufsammeln und weitermachen. Du hast doch bestimmte Verantwortlichkeiten!« Zornig schüttelte er seinen Stock.

»Genau. Aber die Verantwortlichkeiten, nein, Verpflichtungen ist ein besseres Wort, werden nur dann ganz klar, wenn alles andere abgezogen wird. Ein alleinstehender junger Mann hat unter normalen Umständen überhaupt keine, lediglich sich selbst gegenüber. Doch üblicherweise treibt ihn sein Instinkt dazu, sich fortzupflanzen. Wenn er heiratet, hat er seiner Frau gegenüber Verpflichtungen. Aber wenn sie arbeitet, Karriere macht, ein Einkommen hat und unabhängig ist, dann sind diese Verpflichtungen etwas nicht Greifbares und lediglich moralischer Art. Er kann im Grunde so weitermachen wie zuvor.« Er machte eine Pause. Drang er eigentlich zu seinem Vater durch? Unmöglich, das zu sagen, also fuhr er fort. »Bis die Kinder kommen. Dann gibt es plötzlich ganz klare Verpflichtungen. Die Elternrolle, meiner Meinung nach die einzige wirkliche Verpflichtung, wird auf einmal kristallklar. Sie müssen als Eltern alles in ihren Kräften Stehende tun, um ihre Nachkommen zu erhalten.«

Sein Vater blieb stehen; er atmete wieder schwer. Seine Stimme war rauh. »Das mag jetzt in deinen Ohren fürchterlich altmodisch klingen, aber ich wurde in dem Glauben großgezogen, daß dies die Männer tun und daß die Frauen die Kinder großziehen. Das ist im gesamten Tierreich so. Frag deinen Bruder.«

Ah, David. Der mußte ja früher oder später wieder mal auftauchen. »Das stelle ich ja gar nicht in Abrede. Alles, was ich sage, und darin stimmen wir sicher überein, ist, daß unsere wichtigste Verpflichtung als Eltern darin besteht, die bestmöglichen äußeren Bedingungen dafür zu schaffen, Kinder großzuziehen, und sie so vorzubereiten, daß sie zu gegebener Zeit in die Welt hinausgehen, sich behaupten und überleben können.«

»Und das …« Er wedelte mit seinem Spazierstock herum wie ein Fechter und stieß heftig in der Luft herum und in Peters Richtung, »… sollen solche äußeren Bedingungen sein? Ein schäbiges kleines Haus jenseits von Nirgendwo, und ein Vater, der die ganze Nacht Gott weiß wo herumhängt und, wenn er zurückkommt, nach Schnaps stinkt und dreckig ist wie ein Landstreicher?« Er beugte sich vor und hustete heftig.

Peter trat zu ihm, legte den Arm um seinen zitternden Rücken und stützte ihn, bis der Hustenkrampf nachließ. Langsam richtete sein Vater sich auf und betupfte den Mund mit einem Taschentuch. Peter führte ihn langsam zum Haus zurück. »Ob du's glaubst oder nicht«, sagte er leise. »Ich halte es für möglich.«

Nach dem Tee fuhren sie wieder. Seine Mutter führte ihn ins Wohnzimmer, um sich von ihm zu verabschieden. »Es tut mir leid, wir hätten dich vorher anrufen sollen, aber er war absolut dazu entschlossen.«
»Es war schon richtig so. Die Kinder waren ganz begeistert.«
»Ja, die beiden sehen prächtig aus. Jamie ist unglaublich gewachsen.« Sie suchte seinen Blick. »Was ist denn nur los, Liebling? Stimmt irgendwas nicht zwischen dir und Emma?«
Er lächelte. »Wahrscheinlich liegt's an mir. Emma ist in Ordnung, alle sind in Ordnung. Wirklich, Mutter, du brauchst dir keine Sorgen zu machen.« Er nahm ihre Hand und drückte sie. »Wie kommt Vater zurecht?«
»Nun, er haßt es, jeden Tag ein bißchen schwächer zu werden. Ich glaube, er möchte es ganz einfach hinter sich bringen.«
»Ist er … äh … vorbereitet?« Er hatte ihn unbedingt selbst fragen wollen, ihm viele Fragen stellen wollen. Seine Mutter spottete: »Großer Gott, er hat keine Angst vor dem Sterben. Die haben wir beide nicht; davon haben wir im Krieg genug gesehen.« Sie seufzte. »Er fürchtet sich nicht vor dem Tod, sondern vor dem Weiterleben.«
Sie gingen in die Küche zurück und dann hinaus zum Wagen.

An diesem Wochenende zog er in den Schuppen um. Es gab viel zu tun, und er wollte es schnell hinter sich bringen. Er begann das Haus zu meiden; immer wenn er hineinging, entwickelte sich eine gespannte Atmosphäre. Emma sprach kein Wort mit ihm, Jamie auch nicht. Selbst Sally war zurückhaltend. Im Schuppen störte ihn niemand, dort war es warm und friedlich. Er hatte alles, was er brauchte; wenn er müde war, schlief er in dem alten Armsessel am Ofen. Er war nur selten hungrig oder durstig, hatte aber einen Plastikbehälter mit Wasser und einen Vorrat an Keksen und Früchten in einer Kiste unter der Werkbank. Nach draußen ging er nur, um Brennstoff für den Ofen zu holen und um sein Bedürfnis im Dickicht jenseits der Garage zu erledigen.

Er versenkte sich immer tiefer in sein »Linearzeit-Experiment«. Im Vorwort zu seinen Texten hatte er die These aufgestellt: »... Der natürliche Rhythmus des Körpers ist weder gleichmäßig noch zyklisch, eigentlich überhaupt kein Rhythmus, vielmehr ein Strom unregelmäßig auftretender Ereignisse wie willkürliche Punkte auf einem endlosen Oszilloskopenstrahl. Doch der Bequemlichkeit halber haben wir uns dem Rhythmus der Erdrotation angepaßt ...« Er fuhr fort. »Wenn man alle äußerlichen Hinweise – vor allem das Tageslicht – ausschaltet, wird die Zeit zu etwas Subjektivem, ja Formbarem, und durch einige Übung wird es möglich, die Zeit beinahe zum Stillstand zu bringen oder sie zu beschleunigen, so daß Stunden der Arbeit leicht in der Zeitspanne einiger Minuten erledigt werden oder die Überlegungen eines Augenblicks auf die Dauer eines ganzen Tages ausgedehnt werden können.«

Es war schwierig, alles Licht aus dem Schuppen auszuschließen. Schließlich gelang es ihm, indem er Kartons über die Fenster klebte und die Spalten an der Tür mit Lumpen und Zeitungspapier verstopfte. Als nächstes mußte er eine Möglichkeit schaffen, Luft in den Schuppen zu lassen, ohne daß Licht hereinfiel. Schließlich stopfte er sich Watte in die Ohren, um die Geräusche der Vögel oder vorbeituckernder Traktoren auszulöschen.

Er arbeitete auch an anderen Projekten; peinlich genau

entwickelte er Vorentwürfe für ein neues Luftrettungssystem für Schiffe auf hoher See, studierte Bücher über die Geschichte und Geographie der Gegend um Bedingham, entwarf eine nationale Marketingstrategie für die Produkte, die er in dem Handarbeitsladen gesehen hatte. Oder er übertrug Gedichte aus Alices Buch auf Disketten. Häufig arbeitete er an mehreren Sachen gleichzeitig, wodurch seine Notizen durcheinandergerieten; Zeilen von Milton tauchten unerklärlicherweise neben der Zeichnung eines Jet-Fahrwerks auf, und die Wörter »Ereignis-Horizont« standen in einem aus dicken Linien bestehenden Kasten mitten in einer Landkarte von Suffolk.
Einmal erwachte er in seinem Armsessel und bemerkte, daß Licht durch die Ritzen im Türrahmen fiel. Irgend jemand muß hier dringewesen sein, überlegte er irritiert. Dann trat am Dienstag morgen Emma in den Schuppen. Er saß gerade an seiner Werkbank und starrte auf den Bildschirm seines Computers, als plötzlich die Tür aufging und seine Stoff- und Papierfetzen herumwirbelten und helles Licht in den Schuppen fiel. Er hielt den Atem an und hielt den Arm vor die Augen. Sie ließ die Tür weit offen und trat wieder in die Sonne hinaus.
»Kannst du bitte einen Moment herauskommen?«
Er schwankte ins Helle, die Augen zusammengekniffen und blinzelnd. Die Luft war berauschend, kühl und frisch, mit einem kräftigen Duft von umgepflügter Erde und neuem Wachstum. Das Getreidefeld auf der anderen Seite der Straße schien leuchtend grün, der Himmel tiefblau, einige Kumuluswolken schmerzhaft hell. »Mann!« Er hielt wieder die Luft an. »Das ist ja toll.« Er riß die Augen von diesem Anblick los und sah Emma an, doch die kontrollierte den Inhalt ihrer Geldbörse. Sie trug ihre Arbeitskleidung, Jeans und Pullover und flache Schuhe und eine Per-

lenkette; ihr Gesicht war sorgfältig zurechtgemacht, ihr bronzefarbenes Haar sauber und glänzend. »Du siehst sehr hübsch aus.«

»Okay, wir müssen weg. Mandy kommt bald, ich möchte, daß sie oben saubermacht. Kannst du bitte dafür sorgen, daß sie das Gästezimmer in Ordnung bringt, und wenn sie Zeit hat, dann frage sie, ob sie sich die Öfen und Herde vornehmen kann.« Sie schloß ihre Geldbörse, schob sie in die Jackentasche und streifte ein Paar grellbunte Wollhandschuhe über. Sie sah ihn mit ausdrucksloser Miene an und sprach in sachlichem Ton. Er sah sie mit zusammengekniffenen Augen an.

»Ich habe gerade mit dem Arzt telefoniert. Er kommt im Lauf des Vormittags vorbei, um dich zu untersuchen. Ich denke, es wäre eine gute Idee, sich mal mit ihm zu unterhalten, bitte versuche, so freundlich und hilfsbereit wie möglich zu sein.« Endlich hatte sie die Handschuhe über die Finger gestreift und suchte in ihren Taschen nach den Autoschlüsseln. »Ich hole Sally bei Danielle ab, Alice trifft Jamie am Bus und nimmt ihn zum Tee ins Alte Pfarrhaus mit. Ich bringe Sally dorthin und helfe Alice, beide ins Bett zu bringen.«

»Ins Bett?«

»Sie bleiben über Nacht bei ihr.«

»Ah.« Er beugte sich vor und blickte durch die Windschutzscheibe; beide Kinder saßen im Auto und starrten ihn an. Er winkte ihnen, konnte aber nicht erkennen, ob sie zurückwinkten. Irgendwie bezweifelte er es. »Warum das?«

»Damit du und ich einen ungestörten Abend verbringen können. Es gibt einige Dinge, die dringend besprochen werden müssen.« Sie hatte die Schlüssel gefunden und wandte sich zum Wagen um.

Die Idee mit dem Arzt gefiel ihm; er rümpfte die Nase und ging in den Schuppen, um ein Notizbuch zu suchen. Die Luft im Schuppen war warm und stickig, aber vertraut. Es war, als kehre er nach kurzem Wachsein in einen Traum zurück, oder war es eher wie Aufwachen nach einem kurzen, explosiv hellen Traum? Einen Moment lang war er von diesem Gedanken voll in Anspruch genommen, doch dann erinnerte er sich an den Arzt, suchte einen Bleistift und ging zum Haus hinüber.

In der Küche erinnerte ihn der Geruch daran, daß er nichts gegessen hatte. Er ging nach oben ins Schlafzimmer und fing an, in Schubladen und Kartons nach frischer Wäsche zu suchen, stand am Bett und riß sich die getragenen Sachen vom Leib und warf sie in eine Ecke. Wieder bemerkte er einen Geruch, Emmas Geruch, Shampoo und Rive Gauche. Er setzte sich aufs Bett, beugte sich über das Kissen und schnupperte an ihrem Nachthemd wie ein neugieriger Hund. Sie hatte großartig ausgesehen heute morgen, anziehend und sexy. Er spürte eine kurze vorübergehende Regung von Lust, wie die zarte Berührung winziger Nadeln an seinen Lenden. Und schon war es vorbei. Er klaubte die sauberen Sachen zu einem Bündel zusammen und lief nach unten ins Badezimmer.

Mandy war in der Küche. Sie erstarrte und stierte mit offenem Mund seine Nacktheit an, eine Dose Instantkaffee in der einen Hand, einen Teelöffel in der anderen.

»Oh, hallo, Mandy. Kaffee, ja bitte. Und vermutlich habe ich keine Aussichten, daß du mir ein richtiges Frühstück machst, oder? Ich habe schrecklichen Hunger.« Er ging weiter ins Badezimmer und schloß die Tür.

Das warme Wasser war entspannend und einschläfernd, sie mußte fast an die Tür klopfen, um ihn aufzurütteln. »Ihr Frühstück ist fertig. Peter? Sind Sie da?« Ein paar Mi-

nuten später erschien er in der Küche, das lange Haar naß zurückgekämmt, die Augen gerötet, das Gesicht blaß, aber sauber, voll bekleidet. Er begann zu essen. »Das ist ja fantastisch, Mandy, vielen Dank.«
»Gern geschehen.« Sie hatte sich noch immer nicht beruhigt, und ihre Stimme klang ungewöhnlich zögernd. »Was soll ein Mädchen davon halten?« hatte sie sich gefragt. »Nacktarschig und total nackt einfach quer durch die Küche.« Sie hatte überlegt, ob sie nicht einfach ihren Mantel nehmen und sofort nach Hause gehen sollte, aber er schien völlig arglos, als habe er überhaupt nicht gemerkt, daß er nichts anhatte. Manchmal war er richtig verrückt. Und manchmal einfach bloß sonderbar. Sie kam zu dem Schluß, daß ihr genau das so gut an ihm gefiel. Am Ende war sie doch dageblieben und hatte ihm das Frühstück gemacht.
»Hoffentlich machen Sie sich das nicht zur Gewohnheit«, sagte sie.
»Hä?« Er hatte gerade an den Besuch des Arztes gedacht.
»So im Adamskostüm vor Fremden durchs Haus zu rennen.«
An einem Würstchen kauend, schaute er sie an, als bemerke er sie an diesem Morgen zum erstenmal richtig. Wieder der kurze Jeansrock und diese Stiefelchen und ein einfaches weißes T-Shirt. Sie hatte sich geschminkt und Lippenstift und Augenschatten aufgetragen. Er klopfte auf den Stuhl neben sich, und sie ließ sich langsam darauf nieder. Der Duft von Drogerie-Parfüm übertönte den Geruch von gebratenem Speck. »Wie alt bist du noch mal?«
»Siebzehn im April.« Sie hielt ihr Kinn hoch und versuchte, selbstbewußt zu klingen, doch seine plötzliche Nähe und die Art, wie er sie durchdringend ansah, machten sie nervös.

»Hast du schon mal mit einem Mann geschlafen?« Er legte seine Gabel hin und schlürfte Kaffee.
»'türlich«, log sie nervös. »Ich hatte schon mit fünfzehn einen Freund.«
Er nickte. »Was würdest du tun, wenn ich sagen würde, daß ich jetzt sofort mit dir ins Bett gehen möchte?«
Sie schluckte. Er hatte zu essen aufgehört und starrte sie nur an. »Ich weiß nicht.« Ihre Stimme war ganz klein und zitterte wie eine in die Enge getriebene Maus. »Okay.«
Ein Zucken huschte über sein Gesicht wie ein flüchtiger Schatten. Er schüttelte den Kopf, seine Augen bohrten sich tief in sie hinein. »Aha, wenn ich also sage, ich möchte, daß du dich ...« Er sah sich im Raum um, dann blickte er wieder in ihre Augen. »... auf der Stelle nackt ausziehst und für mich hier auf diesem Tisch tanzt und dich dann hinlegst, damit ich dich bumsen kann, dann würdest du das tun?«
Ihre Augen füllten sich mit Tränen, ihre Lippen zitterten. Warum war er so zu ihr? Er klang zornig, seine Stimme war hart. Was hatte sie getan, daß er so unfreundlich zu ihr war? Sie war völlig durcheinander und hatte Angst.
»Ja.«
Er seufzte. »Aber warum?«
Mit tränenerstickter Stimme flüsterte sie: »Weil ich Sie liebe.«
»Nein!« Er sprang vom Stuhl auf, warf die Kaffeetasse um, die sich über den Tisch ergoß, und kippte den Stuhl um. Sie zog hörbar die Luft ein und wich zurück. »Nein, nein, nein! Du liebst mich überhaupt nicht, du magst mich bloß, und ich schüchtere dich ein. Das reicht nicht, reicht überhaupt nicht!« Er lief wütend hin und her, murmelte vor sich hin und fluchte. Plötzlich fuhr er zu ihr herum und beugte sich, die Hände aufgestützt, über den Tisch,

so daß sein Gesicht nur eine Handbreit von ihrem entfernt war. »Tu es. Tue es, wenn es dich glücklich macht. Tu's einfach zum Spaß, wenn du's willst. Tu's, wenn es dich aufregt. Aber tu es nur, wenn du es willst, wenn *du* es willst. Aber sonst tu es nicht, und vor allem dann nicht, wenn irgendein heruntergekommener Typ wie ich dich darum bittet. Kapiert? Niemals!«

Sie schluchzte laut, ihre Schultern vorgebeugt, den Kopf gesenkt. Rinnsale aufgelöster Augenschminke liefen an ihrer Nase herunter und tropften auf den Holztisch. Er lief wieder auf und ab wie ein wütender Gestapo-Offizier und beobachtete sie, wie sie dasaß, wie ein achtlos zertretener Krokus. »Merk dir das.« Er kam um den Tisch herum und kniete sich neben sie auf die Kacheln. »Komm her.« Sie drehte sich zu ihm und lehnte ihren Kopf an seine Brust, heulend und schluchzend. Er hielt sie fest, wiegte sie hin und her, strich ihr übers Haar und murmelte sinnlose Worte.

Er hörte ihre Stimme, undeutlich und erstickt an seiner Brust. »Aber ich würd's tun. Ich liebe Sie wirklich.«

Er stöhnte. »O Gott.«

Der Arzt musterte ihn professionell, während sie Höflichkeiten austauschten, wie Ärzte es eben tun. Er war ein älterer Mann, reif und erfahren, abgehärtet durch seine lebenslange Tätigkeit als praktischer Arzt, zuerst in Städten und dann, in den letzten zwanzig Jahren, auf dem Land. Obwohl er überhaupt nicht eingebildet war, machte er den Eindruck eines Menschen, für den das Leben keine Überraschungen mehr bietet. Er hatte alles gesehen, das ganze Spektrum menschlichen Leidens, von morgendlicher Übelkeit bis Altersdemenz, vom Kind, das sich mit dem Taschenmesser in den Finger geschnitten hat, bis

zum Mann, dem ein Mähdrescher den Arm aus der Schulter gerissen hat, von Aids bis Fremdenhaß.
Außerdem war er sehr gründlich und sorgfältig. Obwohl ein Kollege in der Praxis Peter Schlaftabletten verschrieben hatte, gab es kaum Aufzeichnungen. Für ihn war dies ein neuer Patient.
Er begann nicht mit dem üblichen »Nun, wo scheint denn das Problem zu liegen?«. Die Sprechstundenhilfe hatte lediglich gesagt, die Frau des Mannes habe angerufen und erklärt, sie mache sich Sorgen um den psychischen Zustand ihres Mannes und ob jemand herkommen und ihn anschauen könne. Die Psyche war etwas Kompliziertes, soviel war klar. Aber zu jeder Psyche gehörte ein Körper, und im Lauf der Jahre hatte er immer wieder festgestellt, daß psychische Probleme mit körperlichen Problemen zusammenhingen und umgekehrt. In jedem Falle führte er bei neuen Patienten zunächst eine körperliche Untersuchung durch.
Sie blieben in der warmen Küche, und er schickte ein mürrisch dreinblickendes Putzmädchen mit fleckigen Wangen mit dem Scherz hinaus, sie wolle sicher nicht »ihren Arbeitgeber halbnackt sehen«. Sie ging, ohne zu lächeln. Peter setzte sich auf den Küchentisch, und der Arzt untersuchte ihn von oben bis unten, wobei der Mann ununterbrochen redete.
»Sagen Sie, Doktor, macht es Ihnen was aus, wenn ich Ihnen ein paar Fragen stelle? Ich möchte natürlich nicht indiskret sein, aber es würde mich sehr interessieren, Ihre Meinung über Abtreibung zu hören.«
Der Arzt zupfte an Peters Ohrläppchen und schaute durch seinen Ohrenspiegel. »Wie bitte?«
»Abtreibung. Kann sie gerechtfertigt sein, auch wenn das Leben der Mutter nicht bedroht ist?«

»Ich nehme keine Abtreibungen vor, Mr. Deacon«, sagte er mit einem Anflug von Ironie. »Das ist ein chirurgischer Eingriff, der in Krankenhäusern durchgeführt wird.« Er betastete die Drüsen an Peters Hals und hakte etwas auf seiner Checkliste ab.

»Ja, aber Sie überweisen Frauen zur Abtreibung an Krankenhäuser. Das macht Sie verantwortlich, und deshalb müssen Sie eine Meinung dazu haben.«

Der Arzt hielt inne und sah Peter an. »Es gibt bezüglich Schwangerschaftsunterbrechungen strenge Richtlinien. Gesetze, die klar und eindeutig die Kriterien, nach denen zu urteilen ist, definieren. Meine persönliche Meinung zu diesem Thema ist nicht relevanter als die des einfachen Mannes auf der Straße.«

»Aber finden Sie nicht, daß das eine sehr problematische Sache ist? Ich meine, Ihre Meinung, Ihre persönliche moralische Einstellung muß zwangsläufig Ihr Urteil beeinflussen. Zumindest unbewußt.«

Es gelang ihm, den Schwall von Fragen wenigstens kurz zu unterbrechen, indem er Peter bat, tief einzuatmen, während er die Brustuntersuchung durchführte, doch danach begann Peter ihn sofort wieder mit Fragen zu überschütten. »Was ist, wenn jemand zustimmt, sich auf Krebs untersuchen zu lassen, aber sagt, daß er über das Ergebnis der Untersuchung unter keinen Umständen informiert werden möchte; oder wenn jemand, bei dem ein HIV-Test positiv ausgefallen ist, sich weigert, es seinem Partner zu sagen?« Er geriet in Erregung, gestikulierte wild und argumentierte heftig, doch seine Fragen waren klar formuliert und zum größten Teil auch logisch korrekt.

Der Arzt kritzelte Notizen auf den unteren Rand des Untersuchungsblattes. Er konnte an Peter keine Zeichen für eine körperliche Krankheit oder Störung entdecken. Aber

Peter hatte Untergewicht, war unterernährt und in sehr schlechter Verfassung. Er schien der totalen Erschöpfung nahe. Er erinnerte den Arzt an einen Seemann, den er einmal untersucht hatte, nachdem er fünf Tage lang in einem offenen Boot auf dem Meer getrieben war. Als er Peter bat, ein paarmal auf einen Stuhl zu steigen, wurde sein Puls sehr schnell, dünn und unregelmäßig. Er hatte schon lebenslange Raucher mit besseren Lungen gesehen, und der Blutdruck war viel zu hoch. Nach der Untersuchung hatte Peter völlig den Gesprächsfaden verloren, war ganz blaß geworden und mußte sich mit der Hand am Tisch festhalten, um das Gleichgewicht nicht zu verlieren.
Es war jedoch nichts, was mit Gymnastik, einer regelmäßigen Diät und ein paar Tage ungestörter Ruhe wieder in Ordnung zu bringen war. Keine Frage, für sein Alter war er in sehr schlechter Verfassung. Aber warum? Er betrachtete ihn und hörte nur halb zu, während Peter eine weitere Salve von Fragen losließ, diesmal über obligatorische Organspenderausweise.
»Trinken Sie, Mr. Deacon?«
Die Frage warf Peter fast um. Die gute alte Em. Trinken? Nicht in letzter Zeit, nicht seit jener Nacht in Ipswich. Wann war das gewesen? Vor einigen Zeiten. Er schüttelte den Kopf.
»Drogen?« Bei diesen Londoner Typen konnte man nie wissen.
Peter lachte. »Nein. Ich habe allerdings mal LSD probiert. Merkwürdiges Zeug. Es stimmt, was man darüber sagt – es erweitert tatsächlich das Bewußtsein und öffnet gewisse kleine Kammern, die normalerweise verschlossen bleiben. Hören Sie, Doktor, ich habe auf diesem Gebiet in letzter Zeit selbst einige Experimente angestellt. Ich würde Ihnen gern erzählen ...« Er legte schon wieder los, lief in

Unterhemd und -hose in der Küche hin und her und ratterte irgend etwas über ein lineares Zeit-Experiment herum.
»Doktor, teilen Sie die Ansicht einiger sogenannter alternativer Mediziner, daß klinisch diagnostizierte Krankheiten wie zum Beispiel Krebs in gewissen Fällen von innen her behandelt und geheilt werden können? Allein durch die Kraft des Geistes?«
Der Arzt begann seine Instrumente einzupacken. »Nun, das ist ein interessantes Konzept, leider gibt es zuwenig qualifizierte Forschungsarbeit auf diesem Gebiet. Natürlich weiß ich aus Erfahrung, daß eine positive Einstellung den Heilungsprozeß bei Verletzungen und manchen Krankheiten beschleunigen kann, in gleicher Weise, wie eine negative Einstellung gesunde Menschen krank machen kann. Aber das ist weit entfernt von der Art von Wunderheilungen, von denen Sie sprechen.«
»Faszinierend!« Er holte tief Luft, um zum nächsten Thema zu springen, aber der Doktor war schneller.
»Sagen Sie, Mr. Deacon, haben Sie zur Zeit eine feste Arbeit?«
Wieder lachte Peter. »Ja, natürlich, ich habe noch nie soviel zu tun gehabt. Aber wenn Sie meinen, ob ich einen konventionellen ›Job‹ habe«, er fuchtelte mit den Händen und zeichnete Anführungsstriche in die Luft, »dann muß ich sagen, nein, habe ich zur Zeit nicht, doch ich bin mir sicher, daß dieser, äh, dieser Zustand bald ein Ende haben wird. Auf die eine oder andere Weise.«
»Auf die eine oder andere Weise?« Er brauchte die Hilfe eines Spezialisten, das war klar. Er konnte keine physischen Gründe für den Zustand des Patienten entdecken. Das bedeutete, es kam alles aus dem Kopf, und er wollte verdammt sein, wenn er wußte, was in Peter Deacons

Kopf vorging. Er war sich nicht sicher, ob er das überhaupt wissen wollte. Er würde einen Termin für ihn im Krankenhaus ausmachen; sollten die sehen, was sie rausfanden. Als er sich erhob, um zu gehen, packte Peter ihn am Arm.

»Doktor! Noch eine letzte Frage, bevor Sie gehen. Bitte!« Entsetzen stand in seinen Augen. Panik. Der Doktor zögerte und setzte sich wieder hin. Zum Dank erhielt er ein schwaches Lächeln. »Danke.« Peter schwieg, kniff sich in die Nase und preßte die Augen zu. Er fühlte sich plötzlich erschöpft und sehnte sich danach, sich hinzulegen. Der Arzt wartete und warf verstohlen einen Blick auf seine Uhr.

»Es tut mir leid, daß ich Sie mit diesen uralten moralischen Problemen belästige, aber es würde mich sehr interessieren, was Sie über das folgende denken.« Seine Stimme war ruhig, die Andeutung eines Lächelns huschte über sein Gesicht. »Angenommen, Sie haben einen Patienten, sagen wir: ein alter Mann, vielleicht ein Witwer, der ganz allein lebt. Seine Familie ist längst verstorben, er hat keine Angehörigen, die von ihm abhängig sind. Niemand auf der ganzen Welt ist von ihm abhängig. Angenommen, er ist krank, hat große Schmerzen und keine Aussicht, jemals wieder gesund zu werden. Doch Sie sind der festen Überzeugung, daß er bei klarem Verstand ist. Eines Tages besuchen Sie ihn, und er sagt Ihnen, er sei zu dem Schluß gekommen, daß es an der Zeit ist, sein Leben zu beenden, weil es unerträglich und sinnlos geworden ist. Sie sind in der Lage, ihm die Mittel zu geben, die es ihm erlauben, sich seinen Wunsch diskret, ohne Schmerzen und in Würde zu erfüllen. Er bittet Sie, ihm diese Mittel zu geben. A) Akzeptieren Sie seine Entscheidung? und B) Geben Sie ihm die Mittel?«

Der Arzt seufzte tief und stellte seine Tasche auf den Boden. »Mr. Deacon«, begann er müde, »die amerikanische Verfassung enthält einen Zusatzartikel, der es einem Bürger erlaubt, die Antwort auf eine Frage zu verweigern, selbst unter Eid vor Gericht, wenn er sich selbst damit belasten könnte.«

Peter nickte. »›Das Fünfte Amendment‹, ich weiß, aber ...«

Der Arzt hob die Hand, er hatte es eilig. »Niemand, kein Mediziner, der bei klarem Verstand ist, wird auf eine hypothetische Frage eine Antwort geben, die einen Gesetzesbruch gutzuheißen scheint. Wovon Sie sprechen, ist ärztlich unterstützte freiwillige Euthanasie, und – ob es uns paßt oder nicht – die ist illegal. Aber«, sie starrten einander an, »nach meiner Auffassung ist es die höchste Verantwortung und Aufgabe des Arztes, Leiden zu lindern, und dabei muß er vor allem für das Wohlergehen des Patienten sorgen und jederzeit mit Sorgfalt, Überlegung und Diskretion vorgehen. Es ist ferner meine Auffassung, daß er die Freiheit haben muß, seine Aufgaben unbehindert durch unsensible und veraltete Gesetze zu erfüllen. So, und wenn Sie mich jetzt entschuldigen wollen, ich habe noch mehrere Hausbesuche zu machen.«

Er ging zum Postladen und kaufte Spaghetti und Schinken und Creme zum Abendessen; er wollte Carbonara machen, eins von Emmas Lieblingsgerichten. Er nahm zwei Flaschen Chianti und zögerte vor dem Whiskyregal, während Mrs. Morrison ihn diskret über ihre Brille hinweg beobachtete, entschied sich dann aber dagegen und nahm statt dessen eine Flasche Gin für Emmas abendlichen Herzwärmer und eine Miniaturflasche Sambucco für den Kaffee.

Für Mandy kaufte er eine Schachtel Pralinen, doch als er

heimkam, war sie schon nach Hause gegangen, und so versteckte er sie im Schuppen. Es war Mittagszeit, aber er hatte keinen Hunger; schwerfällig wankte er die Treppe rauf, sank auf das Gästebett und fiel in einen tiefen, traumlosen Schlaf.

Früh am Abend weckte ihn das Telefon. Er setzte sich im Halbdunkel abrupt auf, schüttelte sich und rannte nach unten. Es war Mitch.

»Hallo du«, sagte sie mit fürchterlichem texanischem Akzent. »Wie sieht's denn aus da draußen im Indianerland?«

»Mitch.« Der Klang ihrer Stimme überwältigte ihn. Mit einem dumpfen Geräusch stieß er den Kopf gegen die Wand. »Das ist aber verdammt gut, mal was von dir zu hören.«

»Von dir auch, Peto, was treibst du denn so?« Mann, er klang vielleicht niedergeschlagen. Gestern abend hatte sie Emmas Darstellung der Lage gehört. Einfach unglaublich, lebt in einem Schuppen, schläft im Straßengraben. Und knallt Charlie Gladstone für nichts und wieder nichts eine rein – obwohl sie das ganz amüsant gefunden hatte. Emma hatte gefragt, ob Dan nicht mal mit Peter reden könnte, vorausgesetzt, sie konnte ihn aus dem Schuppen in die Küche locken. Aber Dan hatte sich geweigert: »Von diesem ›Nun komm schon, alter Junge‹-Unsinn hab ich genug nach dem letzten Fiasko. Wenn er mit mir reden will, wird er mich schon anrufen, da bin ich ganz sicher.«

Doch der harte, entschlossene Ton, in dem Emma sprach, hatte Mitch beunruhigt. »Wir müssen das jetzt klarkriegen, Mitch, so kann es nicht weitergehen«, hatte sie gesagt.

Peter seufzte. »Nun, dies und das, ich denke, du hast schon alles über den Buschtelegraphen erfahren.«

»Ich wollte es aber von dir hören.« Sie wartete, lauschte auf das leise, rhythmische Atmen am anderen Ende der Leitung, als ob er schlafend neben ihr läge. »Peter?«
»Hmm. Es ist … äh … alles ziemlich verkorkst. Ich versteh's selber nicht, in einem Moment scheine ich die Situation fest im Griff zu haben, und im nächsten werde ich von irgendwas anderem abgelenkt. Es ist ein verdammter Schlamassel.«
»Und wie geht's Emma und den Kindern?«
»Oh, die sind okay, eigentlich besser dran als zuvor. Dein Patensohn hat sich gut eingewöhnt, seine Schule ist prima, du wärst erstaunt, welche Fortschritte er macht. Sal, na ja, die ist wie ein Turm, bei der läuft natürlich alles wie immer.«
Mitch lachte ermutigend. Was meinte er wohl mit ›besser dran als zuvor‹?
Peter hörte den Morris draußen vorfahren. »Mitch, ich muß Schluß machen, ich muß das Abendessen auf den Tisch bringen.« Er zögerte. »Nur eins noch. Könnte ich, falls es nötig sein sollte, bei euch für ein paar Tage unterkriechen, verstehst du, bis alles wieder im Gleis ist?«
»Aber natürlich. Jederzeit, das weißt du doch.«
»Danke. Du bist wirklich ein Fels in der Brandung, Mitch, warst du schon immer. Wiedersehen.«

Mrs. Morrisons Schinken war für die Carbonara nicht der richtige, und er ließ die Spaghetti zu lange kochen, aber es war noch eßbar, und Emma machte eine freundliche Bemerkung darüber. Sie waren beide angespannt. Es war wie ein erstes Date, aber weniger lustig, voller Vorahnungen und Unbehagen. Peter war aufmerksam und besorgt, nahm ihr den Mantel ab, goß ihr einen Gin Tonic ein und machte sich in der Küche zu schaffen, während sie sich oben frisch machte. Als sie wieder nach unten kam, war der Tisch mit Tischtuch und Kerzen gedeckt, das Essen fertig, der Wein geöffnet. Er füllte ihr Glas auf, sie folgte ihm ins Wohnzimmer, wo das Feuer im Kamin prasselte. Der CD-Player spielte leise The Eagles (eine ihrer Lieblingsgruppen), auf dem Kaminsims standen Narzissen, auf dem Couchtisch kleine Schalen mit Oliven und Nüssen.

»Peter, was soll das alles? Dadurch wird das Ganze nicht leichter, weißt du.«

»Ja, das weiß ich. Ich dachte nur, wir könnten die Feindseligkeiten bis nach dem Abendessen verschieben.« Er grinste dümmlich.

»Wenn du meinst, aber das macht überhaupt keinen Unterschied.« Und so war es tatsächlich. Sie war entschlossen, sich nicht überrumpeln zu lassen, und bewahrte während des ganzen Essens eine vorsichtige Distanz. Obwohl Peter sich sehr bemüht hatte, wenigstens vorübergehend eine normale Atmosphäre zu erzeugen und ein neutrales Gespräch zu führen, schien es, als gäbe es keine ungefährlichen Themen für ein Gespräch, und die Unterhaltung war gequält und oberflächlich. Emma war mißtrauisch und die ganze Zeit ziemlich einsilbig.

Nach dem Abendessen sagte sie ja zu Kaffee, aber nein zu Sambucco, die Party war vorbei. Er stand unbehaglich herum. »Nun, wo sollen wir … äh …« Sie gingen ins Wohnzimmer, sie stellte den CD-Player ab und setzte sich in den Sessel am Feuer. Er legte noch ein paar Scheite nach und sank in den gegenüberstehenden Sessel. Er sagte nichts, sie war am Zug. Emma holte tief Luft.

»Ich denke, es ist korrekt, zu sagen, daß wir ein Problem haben, nicht wahr?«

»Ich denke, es wäre korrekter zu sagen, ich habe ein Problem.«

Sie nickte. »Was hat der Arzt gesagt?«
»Er möchte, daß ich einen Spezialisten aufsuche.« Er zupfte einen Faden aus der Armlehne.
Wieder nickte sie. Sie schlug die Beine übereinander und faltete die Hände unterm Kinn. »Was hältst du davon?«
Mein Gott, zwanzig Fragen. Ich möchte es nur ganz einfach hinter mich bringen. Wie das Gespräch mit meinem Vater. Er versuchte sich zu konzentrieren, aber seine Gedanken stolperten übereinander. »Ich denke sehr viel über Dinge nach, von denen ich glaube, daß sie von größter Bedeutung sind.«
»Was zum Beispiel?«
Er schüttelte den Kopf.
»Peter, laß mich nicht draußen vor! Ich bemühe mich, alles zu verstehen.« Sie riß sich zusammen und atmete langsam aus, fest entschlossen, ruhig zu bleiben.
»Lüg mich nicht an, Emma. Dieses Gespräch geht nicht darum, irgendwas zu verstehen. Dafür ist es zu spät.«
Sie starrte ihn an, widersprach aber nicht. Stille herrschte, nur unterbrochen durch das Knistern des Feuers. Nachdenklich schaute sie in die Flammen und klopfte mit dem Fingernagel gegen ihre Schneidezähne. Dann sah sie ihn an und sagte mit ruhiger Stimme:
»Vielleicht hast du recht. Aber ich habe mich bemüht, habe mich wirklich angestrengt, zu verstehen, was du eigentlich möchtest.«
»Ah, dabei kann ich dir helfen.« Er beugte sich vor. »Lange habe ich nur gewollt, daß alles so blieb, wie es war. Mehr nicht. Meine Fehler waren im Grunde doppelte Fehler.« Er sprach rasch, als hätte er alles auswendig gelernt; es stand in seinem Tagebuch. »Zuerst machte ich mir etwas vor, als ich glaubte, dieses Ziel sei so leicht zu erreichen, und zweitens bekam ich den Tunnelblick, vermoch-

te die Zeichen in meiner Umgebung nicht mehr zu erkennen.«
»Was meinst du damit?«
Komm schon, Emma, das ist der Punkt, wo du ins Spiel kommst. »Ich glaubte, leider fälschlich, daß der Weg, auf dem ich mich befand, der richtige Weg sei.«
»Ich verstehe.« Sie dachte einen Moment nach. »Aber warum all dieses, dieses merkwürdige Verhalten, dieses schreckliche Benehmen?«
»Und was ist mit meiner Selbstachtung?« Er spürte, wie ihm heiß wurde. »Gott, Emma, du hast nie auch nur einen winzigen Zentimeter nachgegeben! Von Anfang an mußte alles genau so gehen, wie du es wolltest. Während ich versuchte, Brücken zu bauen, habt ihr alles getan, um Dämme zu errichten und den verdammten Fluß umzulenken.«
Sie schüttelte den Kopf. »Wer?«
»Ihr alle!« Seine Knie zuckten auf und nieder. Wütend sprang er auf und lief auf und ab; die Gedanken rasten durch seinen Kopf. Es war alles so klar gewesen; warum schaffte er es nicht, daß sie es kapierte?
Sie richtete sich auf, preßte die Knie zusammen und starrte vor sich auf den Boden. »Hör zu, wir reden am Thema vorbei. Es geht einfach darum, daß dein Benehmen besorgniserregend ist. Vielleicht findest du nichts Besonderes daran, aber in meinen Augen und in den Augen anderer« – sie zögerte kurz – »ist es zumindest beunruhigend, vor allem für die Kinder, und im schlimmsten Falle bedrohlich.«
Das war nicht Emma, die da sprach; vielleicht ihre Mutter oder Wallace oder dieses verdammte Weib von Greenaway. »Glaubst du das wirklich?«
»Du hast Charlie geschlagen!«

»Er hat sich danebenbenommen. Ich hatte eine Antwort verdient, ich verlange sie immer noch!«
Sie sprang auf. »Du hast wohl den Verstand verloren! Du kommst von der Straße rein wie ein besoffener Penner und fügst mir eine widerliche öffentliche Beleidigung zu, die ich dir niemals verzeihen werde. Und dann, als Charlie dich bat zu gehen, hast du ihn geschlagen!«
»Ich wollte doch nur wissen, ob er dich bumst!«
»Meinst du, weil du's nicht kannst?«
Im gleichen Moment stürzte er sich auf sie. Da war wieder dieses vertraute Donnern, dieses brüllende Dröhnen in seinem Kopf. Er holte aus und verpaßte ihr einen Schlag hinters Ohr; sie sprang zurück, die Hand am Ohr, stolperte und fiel ungeschickt zu Boden. Er ließ sich schwer auf sie fallen, preßte ihr die Luft aus der Lunge, als er sich rittlings auf sie setzte und ihre Arme nach hinten zurückbog.
»Das ist es also, worum es eigentlich geht!« knurrte er. Sein Gesicht war verzerrt und dunkelrot, die Adern an seinem Hals traten dunkel und dick hervor.
Benommen versuchte sie, sich loszureißen. »Nicht, Peter, nicht!« Sie wollte unter ihm hervorkriechen, doch er schlug sie fest ins Gesicht, drückte ihre zappelnden Beine auf den Boden und riß an den Knöpfen ihrer Jeans. »Nein, Peter, hör bitte auf!«
»Das ist es doch, was du willst, das ist es doch!« schrie er mit verzerrtem Gesicht und riß an ihrem Reißverschluß. Wie der Blitz sprang er auf, drehte sich um und zerrte ihr die Jeans über die Hüften und dann ganz herunter. Sie rollte sich auf den Bauch und richtete sich auf die Knie auf, doch er warf sich auf sie, bevor sie einen Fuß auf den Boden bekam.
Er konnte es, er spürte die Kraft in seinen Lenden wie heißes Eisen. In seinem Kopf tobte ein betäubendes, häm-

merndes Dröhnen, als stünde er unter einem Wasserfall. Blitzende Funken strahlend hellen Lichtes hüpften und wogten vor seinen Augen. Seine Brust drohte zu zerspringen, aber er hatte die Kraft; unbegrenzt, erschreckend wie eine gewaltige Maschine. Er warf sie auf den Rücken und zwängte ihr mühelos die Beine mit dem Knie auseinander. Er fummelte an seiner Hose und spürte, wie der Stahl hervorsprang; dann riß er das letzte dünne Hindernis beiseite, bohrte sich brüllend in sie hinein wie ein dem Tod geweihter Stier und stieß wie rasend zu, den Kopf im Nacken, die Zähne gebleckt, wild keuchend.

Kapitel 14

Er erwachte auf dem Fußboden. Das Licht brannte noch, doch es war kalt im Zimmer; im Kamin lag nur noch etwas glühende Asche. Er war allein. Langsam setzte er sich auf und lehnte sich gegen einen der Sessel. Er berührte sein Gesicht; seine Wange tat weh und war aufgescheuert, wo er damit auf dem Fußboden gelegen hatte. Im Kopf spürte er einen dumpfen Schmerz, im Mund den Geschmack von Blut. Und sein Herz war voll Blei.

Alice, die in ihrer Küche stand, mit der Narbe auf dem Bauch: »Sie werden zur Gefahr für sich selber und für andere, vor allem für die, die Ihnen nahestehen ...« Er hatte natürlich darüber gespottet. »Ich glaube kaum ...« Aber sie hatte recht gehabt, wieder einmal; er hätte auf sie hören sollen.

Aber jetzt war es vorbei und die Krise vorüber, wie eine kurze, aber heftige Sturmbö. Ihn erfüllte ein Gefühl der Ruhe und Reinheit. Er fühlte sich erleichtert, entlastet, getragen von einer wunderbaren Klarheit, zum erstenmal ... seit wann? Er hatte alles versaut, das war ganz klar, obwohl er fand, daß er nicht allein schuld an seiner mißlichen Lage war; zum Teil war er sicher ein Opfer der Umstände. Oder vielleicht war jeder Schritt, jede Handlung Teil eines fein gesponnenen Netzes, eines großen Plans und damit sein Schicksal, dessen Ergebnis so sicher war wie der Sonnenuntergang. Seit dem Moment, in dem er als kleines Kind das Licht der Welt erblickt hatte, schreiend und schlüpfrig. Oder schon davor.

Doch es war nicht wichtig; es hatte keinen Sinn, Mutmaßungen anzustellen, es war Zeit zu handeln. Zeit. Plötzlich war sie wichtig geworden. Er betastete sein Handgelenk, wo zum Teufel war die verdammte Timex? Er stand mühsam auf und ging in die Küche, wo das Licht noch brannte und das Eßgeschirr auf dem Tisch stand. Auf der Küchenuhr war es kurz nach zwei. Er durchsuchte Schubladen und Schränke, leise wie ein Einbrecher. Schließlich fand er die Uhr im Badezimmerschrank. Er stellte sie, zog sie auf und band sie sich fest um den Arm wie eine Bombe. Die Uhr lief.

Er machte Kaffee und räumte das Wohnzimmer auf. Dabei stieß er auf Emmas Jeans, die, das Innere nach außen gestülpt, zusammengeknüllt an der Wand lag. Außerdem fand er einen der Perlenohrringe, die er ihr einmal zum Hochzeitstag geschenkt hatte. Er faltete die Jeans sorgfältig zusammen und legte sie mit dem Ohrring auf die unterste Treppenstufe. Als er mit dem Aufräumen fertig war, schlüpfte er durch die Hintertür in die kalte Dunkelheit hinaus und ging zum Schuppen.

Um sechs kam er zurück, nahm ein Bad, zog sich an, machte Tee und trug ihn zum Schlafzimmer hinauf. Vorsichtig stellte er die Teetasse auf den Nachttisch neben den Kopf seiner Frau. Sie war wach; ihre Augen folgten ihm, als er sich durchs Zimmer bewegte. Er zog die Vorhänge auf, blieb einen Moment am Fenster stehen und betrachtete den bleichen Morgennebel, der über die Felder zog. Unten auf der Straße hörte er das Muhen der Milchkühe, die in die Melkanlage getrieben wurden. Er ging

zur anderen Seite des Schlafzimmers, trat vor den Kleiderschrank und sah sie an wie ein Diener, der auf die Anweisungen seiner Herrin wartet. Dann räusperte er sich.
»Sicher bist du auch der Meinung, daß es das Beste ist, wenn ich gehe.«
Sie setzte sich langsam auf und griff nach der Teetasse. »Ja«, flüsterte sie.
»Und ich denke, heute ist der beste Tag dafür. Ich packe nur ein paar Sachen ein.«
»In Ordnung. Nimm den Morris; ich kann einen Wagen von der Firma bekommen.«
»Schön, danke. Und wie wirst du fertig werden, mit den Kindern und allem?«
»Ich nehme mir ein Kindermädchen für Sally an den Tagen, an denen sie nicht zur Schule geht, und ändere meine Arbeitszeit so, daß ich rechtzeitig für Jamie zurück bin. Ich kann viel Arbeit nach Hause mitnehmen. Die Greenaways haben mir auch angeboten, mir zu helfen, und in der Vorschule gibt's eine Gruppe berufstätiger Mütter, die sich gegenseitig helfen.«
Sie hatte sich alles genau zurechtgelegt. Vielleicht schon vor langer Zeit, ein Fait accompli. Er nickte. »Gut. Ich werde also heute abend gehen. Ich muß noch ein paar Sachen erledigen, und dann möchte ich gern noch mal mit den Kindern sprechen, wenn du nichts dagegen hast.«
Sie zuckte die Schultern. »Sicher.« Sie schaute ihn an und hielt das Bettlaken schüchtern vor sich. »Ich möchte jetzt aufstehen.« Er verließ das Zimmer.
Sie holten die Kinder bei den Greenaways ab. Sie waren ganz aufgeregt, sie hatten in getrennten Zimmern geschlafen, »aber mit einer Tür dazwischen, Mammi, damit Jamie kommen und mich sehen konnte, wenn er Angst bekam«. Alice hatte sie mit Kuchen und Tee verwöhnt und, das Be-

ste von allem, mit einem Walt-Disney-Video. Sie brachten Jamie zur Schule, die vier zusammen in dem Morris. Sally redete wie ein Wasserfall, und Jamie unterbrach sie hin und wieder, wenn sie Luft holen mußte. Emma, halb nach hinten gedreht, nickte, lächelte, stellte Fragen. Er saß stumm hinter dem Lenkrad, schaltete runter, um den alten Wagen eine Anhöhe hochzubringen, und hörte nur mit halbem Ohr auf das Geschäker hinter ihm, das wie ein leichter Lufthauch über ihn wehte.
»Jack und Alice haben ein kleines Haus direkt am Meer, ein Strandhaus, Mammi. Sie haben gesagt, wir können es benützen. Bitte, bitte, Daddy, können wir ans Meer fahren?«
Er warf Emma einen kurzen Blick zu. »Aber natürlich, Schätzchen.«
»Heute?«
»Nicht heute, Sal«, sagte Emma. »Aber bald.«
Sie setzten die Kinder ab und fuhren schweigend zum Alten Schulhaus. Als er vor dem Gebäude anhielt, konnte er durch das Fenster des großen Büros Leute sehen, die hin und her gingen. »Ich komme nicht mit rein.« Ohne mit der Wimper zu zucken, zerrte sie ihre Sachen vom Rücksitz und ging über den Parkplatz.
Es gab viel zu tun. Er hielt beim Postladen und kaufte Briefpapier, braunes Packpapier, Briefumschläge, Klebeband. Außerdem kaufte er eine Viertelliterflasche Bells. Mrs. Morrisons Gesicht blieb undurchdringlich. »Wir haben neuerdings etwas zurückgesteckt«, sagte er zur Erklärung. Er ging sofort in den Schuppen und schaltete den Computer an. Er schaute auf die Uhr und befestigte die Liste, die er während der Nacht erstellt hatte, am Fensterrahmen. Im Schuppen war es düster und muffig. Bevor er mit der Arbeit begann, riß er die Pappe von den Fenstern

herunter und öffnete sie. Der Ofen war aus, doch in seiner Jacke war ihm warm genug. Er atmete tief ein. Die Luft war klar und rein wie Quellwasser.
Zuerst die Briefe, am Anfang die einfacheren. Kurze Anweisungen an den armen Bishop in der Bank, an Wallace, den Anwalt, an seinen Versicherungsmann. Er ratterte sie runter und druckte ein Original und eine Kopie für seine Unterlagen aus. Mitte des Vormittags schaltete er den Computer aus und begann die verschiedenen Stapel von Notizheften und Papieren zu sichten, die überall im Schuppen herumlagen. Das meiste stopfte er in einen Müllsack, den Rest stapelte er auf der Werkbank. Er brachte die Mappe Finanzen und Jobsuche auf den neuesten Stand und machte daraus und aus seiner allgemeinen Korrespondenz und seinen Nachschlagewerken einen weiteren Stapel.
Seine »Projekt«-Notizen sortierte er nach Sachthemen und machte aus jedem Thema ein eigenes Päckchen. Wenn erforderlich, fügte er erklärende Zeitschriften- und Zeitungsausschnitte hinzu oder, wenn es sich um Produkte handelte, die Erläuterungen der Hersteller. Jedem Päckchen legte er die entsprechende Computerdiskette bei. Mit Packpapier und Klebeband verschnürte er die dünnen Päckchen sorgfältig und beschriftete sie außen mit Thema und Datum. Dann packte er alles in einen Karton und schob ihn ans Ende der Werkbank zu den anderen Stapeln.
Dann nahm er einen zweiten Karton und begann all die Dinge einzusammeln, die er mitnehmen wollte. Seine Tagebücher, das Bürofoto von Emma und den Kindern, die Briefe und die kleine Flasche Scotch. Als er in den Resten herumsuchte, stieß er auf den Antwortbrief der Luftfahrtfirma in Hammersmith. Er hielt ihn vorsichtig in der

Hand und drehte das verschlossene Kuvert langsam immer wieder um. Durch das offene Fenster sah er zwei Amseln im Garten herumfliegen; nervös flatterten sie von einem Ast zum Zaunpfahl, vom Zaunpfahl auf den Boden und wieder auf den Ast und trieben, ohne ihn zu beachten, ihr Liebesspiel. Er spürte den warmen Duft von feuchtem Gras, das in der Sonne trocknete, und hörte das ferne Dröhnen von Militärflugzeugen, das vom Gezwitscher der Vögel übertönt wurde. Lächelnd ließ er den Brief in einen halbgefüllten Müllsack fallen.

Im Haus läutete das Telefon, aber er ließ sich nicht stören. Er setzte sich wieder an die Werkbank, nahm seinen Füller und machte sich an die persönlichen Briefe. Zuerst schrieb er einen Brief an seine Eltern, entschuldigte sich im voraus für die Ungelegenheiten und den Kummer, den er ihnen bereitete, und erklärte kurz, daß er seine Entscheidung ganz allein nach sorgsamer, leidenschaftsloser Überlegung getroffen habe. »... Nach meiner Meinung eine vernünftige Handlung, die sich auf weite Sicht als die beste aller möglichen Lösungen für alle Beteiligten herausstellen wird ...«

Dann, in ähnlichem Ton, Briefe an Dan und Mitch. Das war schwieriger, denn sie standen ihm näher, zugleich aber auch einfacher, weil er die Maske der Formalität nicht brauchte. »... Bemüht Euch nicht, das Ganze nachträglich zu verstehen. Ich weiß, was ich tue, ist richtig, und das ist das einzige, was zählt ...« Er machte kleine Scherze über frühere gemeinsame Erlebnisse und erinnerte sie an ihre Pflichten gegenüber ihren Patenkindern: »Das wird Euch 'ne Menge kosten, Mitchells ...« Er unterschrieb den Brief »Mit all meiner Liebe, Peter«. Darunter schrieb er: »Flt Lt. P. J. Deacon, Royal Air Force (Retd.)«.

Dann Alice. »Warum? Sie wissen, warum, Sie haben es mir

klargemacht, und dafür bin ich für immer in Ihrer Schuld. Denken Sie bitte daran, ich will nicht, daß Sie herumrennen und irgendein Verdienst für sich reklamieren, das alles ist allein meine Sache, besten Dank. O ja, und den ganzen juristischen Kram von ›gestörtem seelischem Gleichgewicht‹ können Sie komplett vergessen. Was Wahnsinn betrifft, haben Sie gesagt, so lesen Sie John Clare, haben Sie gesagt. Das Gedicht, das er im Irrenhaus geschrieben hat? In meinem ganzen Leben habe ich noch nie derartig vernünftige achtzehn Zeilen gelesen.« Er zögerte und starrte auf das Blatt vor sich, dann fügte er hinzu: »Danke, Alice, Sie sind eine sehr bemerkenswerte Frau. Oh, und besten Dank für das Buch, es war ein Lebensretter. In Liebe, Peter«.

Er verschloß den Brief, warf ihn zu den anderen in die Schachtel, die er mitnehmen wollte, und zog seufzend ein neues Blatt hervor. Emma. Doch bevor er anfangen konnte, hörte er, wie draußen in der Einfahrt ein Auto bremste, dann sah er die Motorhaube des Range Rover, der die Einfahrt heraufkam. Er schoß vom Stuhl hoch, sah sich hastig nach verräterischen Hinweisen um. Nichts außer der Schachtel, die er mitnehmen wollte. Er stellte sie unter die Werkbank, warf eine Decke darüber und blickte noch einmal um sich. Es klopfte an der Tür, und Alice trat ein. Er lächelte verlegen.

»Hallo, Fremder.« Verwundert blickte sie sich um. »Mann, hier findet aber ein großes Aufräumen statt. War aber auch an der Zeit, möchte ich sagen. Ich wollte Sie fragen, ob Sie Lust haben, mit mir im Pub zu Mittag zu essen?«

Mittagessen? Mein Gott, die Zeit! Er sah auf die Uhr, es war schon nach eins. »Alice, das würde ich gern, aber ich stecke bis zum Hals in Arbeit, wie Sie ja sehen, und ich möchte alles in Ordnung bringen. Vielleicht ein anderes

Mal?« Sie blickte enttäuscht drein, vermutlich wollte sie herausfinden, was letzte Nacht passiert war. Vielleicht hatte Emma es ihr schon erzählt, und sie wollte es von ihm hören.

Sie schwiegen beide, und sie blickte sich weiter im Schuppen um. »Was ist los, Peter?« Ihre Stimme war ruhiger, doch ihre Augen starrten ihn kühl an. Der alte, vertraute prüfende Blick.

Er hielt ihm eine Weile stand und atmete tief aus. »Sie können es ruhig erfahren. Ich gehe.«

»Wohin?« fragte sie verblüfft.

Er zuckte die Schultern. »Zurück nach London, zu Freunden.«

»Das heißt, Sie geben auf.«

Er hob die Hände. »Fangen Sie nicht damit an, Alice, bitte. Es muß so sein. Emma und ich sind uns völlig einig.«

»Ich verstehe«, sagte sie in kühlem, verächtlichem Ton, den Blick fest auf ihn gerichtet. »Sie glauben also, Sie können Ihre Probleme lösen, indem Sie vor allem weglaufen?«

»Nein, das nicht. Aber ich muß einfach gehen. Erinnern Sie sich, wie Sie mir zu Weihnachten sagten, ich würde zu einer Gefahr für andere? Damals war ich zu arrogant, um es zu glauben, aber Sie hatten recht.« Er seufzte und blickte aus dem Fenster. Hoch am Himmel standen dünne Zirruswolken; eine Warmfront näherte sich. »Sie hatten die ganze Zeit recht. Na ja, es ist halt passiert, hoffentlich hinterläßt es keine bleibende Verletzung, keine Narbe. Aber es ist schlimm genug. Genau wie mit Jack und dem Messer.« Er deutete mit dem Kopf auf ihren Bauch.

»Aber Jack ist nicht abgehauen! Er hat damals begonnen, sich mit der Sache wirklich auseinanderzusetzen. Es war der Wendepunkt.«

»Und warum?«
»Weil ich ihn trotz allem einfach brauchte.« Sie verstummte; die Falle war zugeschnappt.
Er lächelte. »*Quod erat demonstrandum?*« Ihre Schultern sackten nach unten. Er trat zu ihr, schob die Hand unter ihren Arm und führte sie langsam nach draußen in die verhangene Sonne. »Fühlen Sie sich deshalb nicht schlecht«, sagte er mit fester Stimme. »Ich habe all das selber über mich gebracht, und es ist einfach so, daß sie mich nicht brauchen und ohne mich sogar besser dran sind.«
»Aber die Kinder«, beschwor sie ihn.
Er lachte. »Liebste Alice, Jamie spricht kein Wort mit mir. Immerhin seit wir hierhergezogen sind – eine Entscheidung übrigens, die ich strikt abgelehnt habe –, seither hat er sich wirklich gemacht. Er ist stärker, kräftiger, glücklicher. Das Verdienst dafür kommt Emma zu. Und Sally? Nun, die bewältigt alles auf ihre Art, sie ist eine starke, unabhängige Seele, wie ihre Mutter.«
»Sie irren sich, das weiß ich. Die Kinder und Emma brauchen Sie, vielleicht sind sie sich nur nicht im klaren darüber. Sie müssen ihnen einfach Zeit lassen.«
Nein. Es gab keine Zeit mehr. Sie waren bei ihrem Auto angekommen. Er hielt ihr die Tür auf, küßte sie auf die Wange. »Danke für alles.« Während sie einstieg, fiel ihm plötzlich das Buch ein. »Moment, nur eine Sekunde.« Er lief in den Schuppen und kam gleich wieder mit dem Buch in der Hand heraus. »Ich habe versprochen, es zurückzugeben.«
»Behalten Sie es.«
Er reichte es ihr durch die offene Tür. »Nein, danke, ich brauche es wirklich nicht mehr.« Er wollte sich nicht wegen der Dinge anderer Leute Vorwürfe machen.
Als sie weg war, machte er einen kurzen Spaziergang zum

Fluß. Er trat auf die kleine Brücke und warf Steine ins Wasser. Die Sonne war untergegangen; tiefhängende, dunkle Wolken schoben sich wie eine Decke über den Himmel. Noch vor dem Einbruch der Dunkelheit würde es regnen. Kein Problem. Langsam ging er zum Haus zurück. Er spürte keine Angst, nur Bedauern. Er hätte noch gern die Landschaft um das Haus im Sommer gesehen, so richtig, jetzt, da er sie kannte, nicht wie im letzten Sommer mit einem flüchtigen, abschätzenden Blick, sondern in allen großartigen Details. Gern hätte er während des Sommers in dem Haus gelebt. In Shorts herumlaufen, Fenster und Türen weit geöffnet in der duftenden Luft, draußen sitzen und der Stille des Abends lauschen, in der Dämmerung zum Fluß gehen, mit Emma und den Kindern.

Er hätte gern gesehen, wie sie sich entwickelten, in zehn oder zwanzig Jahren. Hoffentlich nicht so wie er. Eher wie die Großeltern, vielleicht wie Emmas Vater. Und wie seine Mutter. Warmherzige, freundliche Menschen, fürsorglich und rücksichtsvoll. Er fragte sich, wie sie sich wohl an ihn erinnern würden, falls sie das überhaupt taten. Schwer zu sagen bei Sally, die erst drei war, vielleicht mit ein paar verschwommenen Eindrücken. Und Jamie?

»Meine liebe Em,

das wird Dich wohl überraschen, aber hoffentlich ist es kein zu großer Schock. Bitte denke nicht allzu schlecht über mich, weil ich Dir nach allem anderen auch das noch antue, aber es mußte jetzt wirklich sein. Ich bin ganz sicher, daß Du mit Deiner üblichen Tüchtigkeit darüber hinwegkommen und mit der Zeit einsehen wirst, daß dies die einzige konsequente Handlungsweise ist. Vielleicht wirkt es jetzt nicht so, aber meine Absicht war völlig selbstlos.

Es tut mir furchtbar leid wegen gestern nacht, das war unentschuldbar. Meine größte Hoffnung ist, daß die Erinne-

rung daran rasch verblassen wird. Vielleicht wirst Du eines Tages sogar in der Lage sein, dies und einige andere kürzliche Vorfälle aus Deiner Erinnerung an den liebenswürdigen, doch schwächlichen Menschen zu streichen, den Du vor so vielen Jahren geheiratet hast.
Du bist in keiner Weise dafür verantwortlich; glaube das bitte keine Sekunde lang. Die Entscheidung zu gehen habe ich ganz allein nach sorgsamer und nüchterner (jawohl!) Überlegung getroffen. Nutze es als Möglichkeit, einen klaren Schlußstrich zu ziehen und neu zu beginnen. Du bist jung und ungewöhnlich schön. Ich kann Dir nur raten, all dies so rasch wie möglich hinter Dir zurückzulassen und Deine Freiheit zu genießen. Du hast es verdient.
Ich gehe mit der Gewißheit, daß das Leben unserer Kinder in starken und liebevollen Händen liegt. Wenn sie eines Tages Fragen stellen und Du beschließt, es ihnen zu sagen, dann sage ihnen bitte, daß ich in ihrem besten Interesse so gehandelt habe und voller Liebe zu ihnen beiden.
Ich danke Dir für die besten Jahre meines Lebens.
Mit all meiner Liebe
Peter

Er las den Brief noch mal durch, faltete ihn rasch, steckte ihn in ein Kuvert und legte ihn zu den anderen in die Schachtel. Wieder schaute er auf die Uhr, sie würden bald nach Hause kommen, und es gab noch viel zu tun.
Er trug die Schachtel in die Garage und stellte sie in den Kofferraum des Morris, dann wühlte er in seiner Werkzeugkiste herum. Er schnitt sich zwei Stücke eines Gartenschlauches von jeweils etwa zwei Meter Länge zurecht und warf auch diese sowie das Messer, eine Taschenlampe und eine Rolle Klebestreifen ins Auto. Er breitete über alles eine Decke und ging ins Haus.

Plötzlich wußte er nicht, was er noch tun sollte. Er war bereit, sofort zu gehen. Er war sich sicher, daß er irgend etwas Wichtiges übersehen hatte, doch er wußte nicht, was es war. Während er wartete, holte er die Asche aus dem Ofen in der Küche, bereitete ihn zum Anmachen vor, füllte den Kohleneimer und den Korb mit dem Brennholz auf. Im Wohnzimmer machte er Feuer im Kamin.

Als er sich bückte, um ein paar Splitter des Anmachholzes aufzuheben, läutete das Telefon. Sein Kopf zuckte bei dem Geräusch hoch, und er richtete sich auf. Er hatte keine Lust, mit irgend jemandem zu sprechen. Aber wenn Emma dran war? Vielleicht mußte sie ihren Plan ändern, weil sie nicht wegkonnte. Oder was war, wenn's ein Problem mit einem der Kinder gab, wenn eins in der Schule hingefallen oder krank geworden war? Er kaute auf den Barthaaren in seinen Mundwinkeln herum und ging durch die Küche zu dem schrillenden Telefon. Nach kurzem Zögern nahm er den Hörer ab und lauschte, sagte aber nichts.

»Hallo? Hallo, Mrs. Deacon?« Eine Frauenstimme, irgendwie bekannt, er wußte nicht recht … »Hallo, hier Stephanie Pryce. Mrs. Deacon?«

Pryce! O Gott, was wollte die denn? »Doktor Pryce, hallo, Peter Deacon hier. Tut mir leid, ein neues Telefon, verstehen Sie, hat noch ein paar Macken …«

»Oh, Mr. Deacon, ja, hallo. Entschuldigen Sie, daß ich anrufe, aber ich habe einen Vermerk in meinem Kalender, daß wir irgendwann in diesem Monat über einen Gesprächstermin reden wollten.« Sie machte eine Pause, und Peter, der völlig verwirrt war, sagte auch nichts. »Also, ich würde ihn sehr gern noch mal sehen, oder ich könnte auch arrangieren, daß jemand anderer in Ihrer Gegend ihn sich einmal anschaut, falls Sie das möchten, aber es ist jetzt schon ein paar Monate her, und so möchte ich einmal nachfragen.«

»Ah, ja, Doktor, entschuldigen Sie, jetzt erinnere ich mich.« Jamie, Liverpool Street, an dem Tag, an dem er sich vorgestellt hatte. »Um ehrlich zu sein, meine Frau und ich sind eigentlich von der Idee einer Therapie etwas abgekommen. Es geht ihm viel besser, er macht sich jeden Tag besser, und wir hoffen, daß es nicht mehr nötig sein wird …« Er stockte einen Moment. Vielleicht würde es doch nötig sein. In den nächsten Wochen … »Andererseits, wer weiß das schon? Jedenfalls werde ich mit meiner Frau sprechen. Sie kann sich ja mit Ihnen in Verbindung setzen, wenn sie will.«

»Ihre Frau?«

Mein Gott! »Ja, oder ich.« Ach, zum Teufel. »Na ja, ich vermutlich wohl nicht; ich … äh … wir trennen uns.«

»Das tut mir aber leid.«

»Ja, wir haben es uns gut überlegt, es ist wirklich im Interesse der Kinder, vor allem in Jamies Interesse.«

»Nun, Sie müssen das am besten wissen, obwohl – entschuldigen Sie bitte – Kinder eigentlich nie vom Zusammenbruch einer Familie profitieren. Handelt es sich um so etwas wie eine Trennung auf Probe?«

»Das würde ich nicht sagen.«

»Aber Sie werden doch Jamie und Ihr kleines Mädchen öfter sehen?«

Nach kurzem Schweigen sagte er mit tonloser Stimme. »Nein, ich denke nicht.«

»Oh, das ist aber sehr bedauerlich. Mr. Deacon, ich möchte Sie bitten, über die Auswirkungen einer solchen Entscheidung sehr sorgfältig nachzudenken.«

»Das habe ich getan, doch mein Entschluß steht fest. Er ist

unumstößlich. Es ist zu spät für eine Umkehr.« Die Uhr tickte.
»Zu spät? Unumstößlich? Bestimmt nicht, Mr. Deacon, ein Gespräch ist immer möglich, vielleicht sollten Sie und Ihre Frau …«
»Doktor, ich fürchte, Sie wissen zuwenig über die Situation. Meine Anwesenheit hier ist destruktiv, schlecht für alle, möglicherweise gefährlich, und deshalb müssen Sie mir glauben, wenn ich Ihnen sage, daß mein Weggang wirklich das Beste für alle ist.«
Irgend etwas an seinem Ton, an der Wahl seiner Worte …
»Das klingt so, als ob Sie sich verantwortlich für sämtliche Schwierigkeiten in Ihrer Familie fühlen. Das kann nicht stimmen. Das erscheint mir sehr unwahrscheinlich …«
»Nein, das tue ich nicht. Niemand ist schuld daran. Verstehen Sie, Doktor, in meinen Augen gibt es gute Menschen und schlechte Menschen. Alles, was wir sind, jede Facette unseres Wesens ist vorherbestimmt. Bei der Zeugung erhielt jeder von uns seine dreiundzwanzig Chromosomenpaare, und ebenso wie unsere Größe, unsere Augenpaare und die Form unserer Nase hängt von diesen Chromosomen letzten Endes auch ab, ob wir gute Menschen oder böse Menschen sind.« Er sprach schneller, lebhafter, je mehr er sich in sein Thema hineinsteigerte. »Ob wir großzügig sind oder selbstsüchtig sind, übellaunig oder friedlich, gewalttätig oder sanft.«
»Schon richtig, aber der ganze Sinn einer höheren Intelligenz liegt doch darin, daß sie es uns ermöglicht, unsere Schwächen zu erkennen und sie zu unterdrücken, uns darauf zu konzentrieren, die sozial wertvollen Teile unserer Persönlichkeit zu entwickeln. Das ist es doch, was uns vom Tier unterscheidet.«
»Ja, ja, das weiß ich! Natürlich kann jemand, der er-

kennt, daß er eifersüchtig ist, sich dazu zwingen, seine Eifersucht zu unterdrücken und ein besserer Mensch zu werden. Ebenso kann jemand, der von Natur aus ein anständiger Kerl ist, abrutschen und ein schlechter Mensch werden. Jemand, der erkennt, daß er schlecht ist, von Natur aus eifersüchtig, streitlustig, geil, geizig und so weiter, kann sich am Riemen reißen, Trappistenmönch werden und sein Leben lang gute Taten vollbringen. Trotzdem bleibt er von seiner Natur her ein schlechter Mensch. Der Punkt ist, wir haben nun mal diese Karten bekommen, und die können gut sein oder schlecht. Aber nichts, überhaupt nichts kann daran etwas ändern, man kann sie nicht einfach zurückgeben und neue verlangen.«

»Nein, aber wenn sie schlecht sind, dann können Sie lernen, damit so umzugehen wie Ihr Trappistenmönch.«

»Genau, aber was ist, wenn man entdeckt, daß man das einfach nicht schafft …?«

Stille in der Leitung. Sie spürte, wie ihr ein kalter Schauer über den Rücken lief. Irgendwas stimmte hier nicht. »Das ist eine sehr interessante Theorie, nicht besonders originell, muß ich sagen, aber Sie haben offenbar viel darüber nachgedacht.«

»Ja, das stimmt.«

»Es gibt da ein paar faszinierende philosophische Gegenargumente, müssen Sie wissen. Ich würde gern mit Ihnen darüber sprechen. Ich denke, sie werden Sie interessieren. Vielleicht möchten Sie bald mal darüber diskutieren.« Sie wußte, daß sie seine Argumente widerlegen konnte, denn sie waren ziemlich brüchig, aber nicht am Telefon; sie brauchte Zeit, sich vorzubereiten, Thesen nachzuschlagen, ihre alten Philosophie-Unterlagen hervorzuholen.

»Ja, das würde ich gern.« Es interessierte ihn wirklich, aber ändern würde es nichts. Zu spät, die Uhr tickte …

Emma und die Kinder kamen spät; sie waren noch beim Alten Pfarrhaus vorbeigefahren, um die Schlafsachen der Kinder abzuholen, und hatten im Postladen noch eingekauft. Emma fuhr einen zwei Jahre alten Ford Escort.
»Sieht ganz in Ordnung aus«, sagte er nach einer kurzen Inspektion. Es hatte zu regnen begonnen. »Läuft er gut?«
»Ja, prima.« Sie zögerte. »Bist du mit allem fertig?« Sie wollte, daß er verschwand, das merkte er ganz deutlich. Vielleicht war er schon lange aus ihrem Kopf verschwunden. »Was ist mit Wäsche?«
Mein Gott! Er hatte nichts eingepackt. Nicht mal eine Zahnbürste. »Ich geh rauf und mach's schnell.«
»Im Bad sind noch ein paar Hemden von dir. Ich bringe sie rauf.«
Er rannte nach oben, warf einen Koffer aufs Bett und riß wahllos Wäsche aus Schubladen, Hemden von Kleiderhaken, ein paar persönliche Dinge; noch ein Familienfoto, diesmal sie alle vier, irgendwo vor anderthalb Jahren in einem Park aufgenommen. Seinen Quarzwecker, die New-York-Dodgers-Baseball-Mütze. Er nahm die lederne Dose für Manschettenknöpfe in die Hand, sah das stumpfe Glänzen seines Eherings. Seit Jahren nicht getragen. Er würde ihn gern anstecken, wenn ... Das wäre angemessen, eine Geste. Aber nicht jetzt, jetzt würde es affig wirken. Er schloß die Dose und warf sie vorn in den Koffer. Dann richtete er sich auf und drehte sich um, um weitere Sachen zu holen. Sie stand in der Tür, die Hemden in der einen Hand, seine Toilettentasche in der anderen, und schüttelte den Kopf.
»Laß das, ich mach's für dich.«
»Oh, äh, danke. Ich habe nie besonders gut packen können. Ich gehe nach unten und rede mit den Kindern.«

Sie saßen in der Küche und tranken Saft und aßen Crispies. Keiner von beiden sagte etwas, als er hereinkam, Jamie blickte nicht einmal auf. Er war nervös wie ein Schüler, den der Direktor zu sich bestellt hat, noch schlimmer. Und er war nicht vorbereitet. Einer nach dem anderen, das würde das beste sein. »Hallo, ihr beiden«, sagte er. Sally lächelte ihn an und stopfte sich den Mund mit Crispies voll. »Hört mal, Daddy hat euch etwas sehr Wichtiges zu sagen. Es ist sehr wichtig, und ich möchte mit jedem von euch ein paar Minuten allein reden.« Die Kinder sahen einander an.

»Daddy, ich war's nicht. Jamie ...«

Er hob die Hand. »Okay, okay. Damit hat es nichts zu tun, es ist nichts Schlimmes.« Gott, hatten die Angst vor ihm. »Bitte, ihr braucht keine Angst zu haben. Ich möchte nur mit jedem von euch ein paar Worte im Wohnzimmer sprechen, okay? Also, wer will zuerst kommen?« Jamie glitt sofort von seinem Stuhl und ging zur Tür.

Peters Einladung, sich auf seinen Schoß zu setzen, lehnte er ab. Peter zog zwei Sessel heran, sie setzten sich vor dem Kaminfeuer einander gegenüber, so wie er und Emma letzte Nacht. Jamies Augen waren rund und aufmerksam, der Gesichtsausdruck wachsam. Aber da ist noch etwas, dachte er, eine gewisse Entschlossenheit in der Art, wie er sein Kinn hebt und den Rücken gerade hält. »Mammi und ich hatten ein langes Gespräch, Jamie«, begann er zögernd. Es würde schwer werden, viel schwerer, als er gedacht hatte. »Und wir haben beschlossen, daß es das beste für jeden von uns ist, wenn ich fortgehe.« Jamie zwinkerte, mehr nicht. »Ich glaube, du und ich, wir wissen beide, daß du ohne mich viel besser zurechtkommen wirst. Und Mammi und Sally auch. Und das ist vor allem der Grund, warum ich gehen werde, heute abend noch.«

Jamie schloß einen Moment die Augen und dachte nach. »Kommst du wieder zurück?«
Er atmete aus und zwang sich zu einem schiefen Lächeln. Jetzt nicht schwach werden, nicht jetzt. »Ich ... äh ... ich weiß nicht. Ich glaube nicht. Ich wäre sehr gern zurückgekommen und hätte euch besucht, vielleicht, wenn ihr viel älter seid, um zu sehen, wie es euch geht. Aber das wird nicht möglich sein.« Seine Stimme zitterte, o Gott, bitte nicht, bitte nicht. »Aber du kannst ganz sicher sein, daß ich an euch denken werde, immer. Solange ich lebe.« Er stand rasch auf, stocherte im Feuer herum, räusperte sich und kämpfte gegen seine Tränen an. »Ich möchte, daß du ein großer Junge bist, Jamie, so erwachsen wie möglich. Du bist jetzt der Mann im Haus und mußt Mammi helfen und lieb zu deiner Schwester sein. Versprich mir, daß du dich bemühen wirst, das zu tun.«
»Ich verspreche es«, flüsterte Jamie.
Er sah ihn nicht an, er konnte es nicht. Er richtete seinen Blick nach vorn, auf das verschwommene Flackern vor sich, spürte die Wärme auf seinem Gesicht und die Tränen auf seinen Wangen. Er schluckte, holte tief und zitternd Luft. Eine letzte Hürde noch. »Bevor ich gehe, möchte ich dir noch sagen, daß mir alles leid tut und daß ich dich sehr lieb habe, auch wenn du das vielleicht nur schwer verstehen kannst. Eines Tages vielleicht, wenn viel Zeit vergangen ist, wirst du es besser begreifen, und, wer weiß, vielleicht bist du dann sogar ein bißchen glücklich, wenn du an mich denkst.« Genug! Er nahm rasch seinen Kopf in beide Hände, beugte sich vor und küßte ihn auf die Stirn, hielt ihn ein, zwei Sekunden fest. »So, und jetzt renn los, und sag Sally, sie möchte reinkommen.« Er rutschte vom Stuhl herunter, und Peter klopfte ihm auf den Rücken, als er an ihm vorbeilief.

Sally kam rein. Oder vielmehr, ihr Kopf erschien in der Tür. Ihr Gesicht war ernst. »Daddy, ich war's nicht, ich hab's nicht getan.«
Er winkte sie zu sich; der Sturm war vorüber. »Ja, ich weiß, Sal, komm her, und setz dich einen Moment auf meinen Schoß.« Er hörte Jamies Schritte auf der Treppe. Sie kam scheu näher und kletterte auf seine Knie. Eine Weile saßen sie schweigend da, lauschten dem Knistern des Feuers und dem Rauschen des Regens draußen; nach einer Minute lehnte sie sich an seine Brust und steckte den Daumen in den Mund. Er strich ihr übers Haar und atmete ihren Duft ein. Leise begann er zu sprechen. Es war eine stark verkürzte Version seines Gesprächs mit Jamie. Und viel einfacher. Sie nickte, als er sie fragte, ob sie es verstanden habe, obwohl er wußte, daß sie viel zu jung war, um es völlig zu verstehen. Aber es genügte ihm, daß sie den Kern der Sache verstanden hatte.
Sie saßen friedlich da, bis er Emma auf der Treppe hörte; dann gaben sie sich einen Kuß, und Sally schlang die Arme um seinen Hals. »Jetzt ist es Zeit für mich zu gehen, mein Schätzchen.« – »Okay, mein Daddy.« Sie sprang runter, und er folgte ihr in die Küche. Emma stellte den Koffer auf den Tisch.
»Komm nicht mit nach draußen, der Regen …«
Sie nickte. »Wo wirst du wohnen?«
»Ich habe mit Mitch gesprochen und etwas arrangiert.«
Wieder nickte sie. Das war's, sonst nichts. Es war Zeit.
»Also, paß gut auf dich und die beiden auf. Ich wünsche dir alles Glück.« Sie küßten sich, nur ein winziger Kuß auf die Wange, unpassend, doch irgendwie ganz natürlich, als ob er ins Büro fuhr.
»Ruf irgendwann mal an, und melde dich.«
»Hmm? Oh, ja.« Er nahm den Koffer vom Tisch und öff-

nete die Tür. »Okay. Lebt wohl und ... na ja, es tut mir alles sehr leid.« Er trat in den Regen hinaus und zog die Tür hinter sich zu.
Er warf den Koffer auf den Rücksitz und fuhr die Straße hinauf zum Dorfanger. Auf halbem Weg hielt er an und starrte durch das regennasse Rückfenster zurück auf das Haus. Es war vorbei, zu Ende, endgültig.
Er fuhr weiter und verließ das Dorf auf der Straße zur Schule. Er fuhr vorsichtig; es regnete stark, und die kleinen Scheibenwischer fuhren wirkungslos durch den Vorhang aus Wasser. Als er das Dorf hinter sich hatte, fuhr er weiter, bis er die dunklen Umrisse des Tannenwaldes vor sich sah. Er bremste und spähte nach rechts, bis er die Einfahrt zum Wirtschaftsweg entdeckte. Er bog ab und fuhr in den Wald hinein.
Der Weg war schlammig und schlüpfrig, das Heck des Morris schlitterte hin und her, und er konnte den Wagen nur mühsam am Fahren halten. Zweimal versanken die schmalen Räder im Schlamm und drehten durch. Beide Male konnte er durch vorsichtiges Spiel mit Kupplung und Gas die Räder wieder auf festen Boden bringen und weiterfahren.
Er bog auf Seitenwege ab, um so tief wie möglich in den Wald zu kommen. Doch beim dritten Einbiegen rutschte der Wagen an den Rand des Weges, und ein Hinterrad versank bis zur Achse im Schlamm. Wieder versuchte er es mit Kupplung und Gas, aber es war zwecklos; bei jedem Versuch sank der Wagen tiefer ein. Fluchend lief er nach hinten, holte die Taschenlampe hervor und richtete ihren Strahl auf den schwarzen Schlamm um das Hinterrad. Hoffnungslos. Selbst mit einer Schaufel hätte er es vermutlich nicht freibekommen, vielleicht mit einem Seil. Er verzog das Gesicht wegen des Regens und leuchtete

mit seiner Lampe um sich herum. Es mußte reichen; er war zwar nicht so tief im Wald, wie er es sich gedacht hatte, aber von der Straße aus völlig außer Sicht.
Er griff durch die hintere Tür des Wagens, holte die beiden Gartenschläuche hervor und band sie im bleichen Licht der kleinen Taschenlampe mit Klebeband fest zusammen, Seite an Seite. Dann schnitt er Schlitze in die miteinander verbundenen Schlauchenden, ging nach hinten und schob sie tief in das Auspuffrohr des Wagens.
Die Einschubstelle dichtete er mit Klebeband ab, führte die beiden Schläuche nach vorne und schob sie durch die hinteren Fenster ins Innere des Wagens, einen an jeder Seite. Dann schloß er die Fenster so weit, daß die Schläuche festsaßen, aber nicht zugeklemmt waren, kletterte ins Auto und verklebte die Spalten der Fenster von innen mit Klebeband. Wieder trat er in den Regen hinaus, ging nach hinten, nahm die Schachtel und die Taschenlampe vom Rücksitz und schloß die hinteren Türen. Er zerrte an den Griffen, um festzustellen, ob sie wirklich fest schlossen. Er warf die Schachtel auf den Beifahrersitz, schob sich hinters Lenkrad und schlug die Tür zu. Er war bereit.
Er war triefnaß und zitterte vor Kälte. Er klemmte die Lampe am Armaturenbrett fest, trocknete Gesicht und Hände, so gut es ging, mit der Decke ab, öffnete die kleine Flasche Scotch und trank gierig. Er legte den Kopf nach hinten und atmete tief, während sich das vertraute heilende Feuer von seinem Hals nach unten verbreitete, in seine Brust und in seinen Magen. Er nahm noch einen Schluck, schraubte die Flasche zu und wühlte in der Schachtel nach seinem Tagebuch. Er fand das Bürofoto seiner Familie und klemmte es am Rückspiegel fest.

Er blätterte, bis er die letzte Eintragung fand, zog einen Strich darunter und trug das heutige Datum ein. Seine Hände zitterten. Der Regen trommelte auf das Dach des Wagens. Er schaute auf die Uhr und schrieb: »19.20 Uhr. Ich denke, das war's jetzt. Ich mache mich auf den Weg. Ich hinterlasse euch ein paar Zeilen eines Burschen, der wirklich Bescheid wußte. Alle haben ihn für verrückt gehalten. Ich bin da nicht so sicher. Denkt deshalb nicht schlecht über mich.«
Er streckte die Hand aus, drehte den Zündschlüssel, bis der Motor ansprang; das Geräusch überraschte ihn, es war jetzt viel lauter im Innern des Wagens. Er gab Gas und spürte, wie sich der Druck in seinen Ohren verstärkte. Dann ließ er den Motor stetig vor sich hin gurgeln.
»Ich bin, doch was ich bin, wen schert's, wer weiß davon?
Den Freunden bin ich nur Erinnerung, die längst verging.
Ich bin des eig'nen Kummers einz'ger Konsument,
er kommt und geht, ein unbemerkter Gast.
Des Lebens Schatten nur, des Seele längst verloren.
Und dennoch lebe ich, gestoßen in ein Nichts aus Lärm und aus Verachtung,
geworfen ins lebend'ge Meer aus wachen Träumen.
Wo weder es den Sinn des Lebens gibt noch Freude,
nur den gewalt'gen Schiffbruch meiner Selbstachtung und aller Dinge, die mir lieb.

Selbst die, die ich am meisten liebe, sind mir fremd,
– nein, fremder noch als alle andern.
Ich sehne mich nach Orten, die niemand je betrat,
wo Frauen niemals lächelten noch weinten.
Um dort bei meinem Schöpfer, Gott, zu weilen,
um dort zu schlafen, wie als Kind ich friedlich schlief,

voll freundlicher Gedanken, wie noch ungebor'n.
So laßt mich liegen, unter mir das Gras,
und über mir das hochgewölbte Dach des Himmels.«

Der Stift fiel ihm aus der Hand, das Buch rutschte auf den Boden, sein Kopf sank zurück. Er spürte einen Druck auf der Brust, in seinem Kopf hämmerte es, doch da schwoll noch ein anderes Geräusch an, ein tiefes, pfeifendes Röhren. Doch er spürte keinen Schmerz, nur eine leichte Benommenheit. Plötzlich packte ihn ein heftiger, erstickender Hustenkrampf und riß ihn auf dem Sitz nach vorn. Es ging vorbei, er lehnte sich wieder nach hinten, spürte, wie er fiel, leicht, leicht, sein Blickfeld wurde an den Rändern dunkler. Wie bei der Air Force in der Ohnmachtstrainings-Kammer, immerzu Peter Piper rezitieren, während sie langsam die Luft abziehen, bis ... Sein Kopf kippte nach hinten, er blinzelte, sein Blick fiel auf das Bild, die beiden Kinder, die in die Kamera lachten. Emma kühl und ernst. Wie an dem Tag, als er sie heiratete. Der Ring. Der Ring! Er wollte ihn tragen. Er mußte ihn anstecken! Er versuchte, sich zu bewegen, aber sein Körper war wie aus Gummi, seine Arme und Beine schlaff und kribbelnd.
Er versuchte, sich auf dem Sitz umzudrehen, das Hämmern in seinen Ohren schwoll zu einem Donnern an. Er griff nach hinten, halb sitzend, halb liegend. Seine rechte Hand fand den Koffer, tastete nach den Schlössern. Doch seine Finger waren taub und kalt, wie gelähmt. Kraftlos schlug er auf die Verschlüsse. Plötzlich öffnete sich der Deckel ein wenig, er war offen! Die Dose, die kleine Lederdose, die er in Marokko gekauft hatte. Verzweifelt streckte er sich zurück, doch es war, als seien die Dose und seine Hände meilenweit entfernt, am Ende eines langen Tunnels, als würden sie sich immer weiter von ihm ent-

fernen. Dann war eine Hand plötzlich im Koffer, schloß sich um ein Blatt Papier und zerrte es hervor. Es war ein Bild, von einem Kind gemalt, verschwommen und undeutlich in dem Nebel im Wagen. Seine Wange glitt an der Kante des Sitzes hinab, während sein Bewußtsein schwand. Ein Schiff. Ein Bild von einem Schiff. Ein wunderschönes, hölzernes Segelschiff mit hohen Masten und schneeweißen Segeln. Ein Schiff, das am Bug in großen Buchstaben seinen Namen trug. Ein Schiff namens Hoffnung. Darunter, am unteren Rand des Blattes, drei Wörter, hastig hingekritzelt, kaum lesbar: »Verlaß mich nicht.«

Kapitel 15

Na ja, er hatte es oben in den Koffer gelegt, kurz bevor Emma ihn zumachte. Später sagte er mir, er habe es einige Zeit davor gemalt und vorgehabt, es mir eines Tages zu schenken, aber erst, wenn ich netter zu ihm sein würde. Was ich gut verstehen konnte.

Achtundvierzig Stunden später wurde ich im Heath Road Hospital in Ipswich wach, mit den schlimmsten Kopfschmerzen, die ich je gehabt hatte. Wenn ich genau darüber nachdenke – worauf ich nicht besonders erpicht bin –, dann habe ich vage, flüchtige Erinnerungen, zusammenhanglose Eindrücke aus dem vergangenen Zeitabschnitt; sich drehende blaue Lichter, die im Halbdunkel durch den dünnen Nebel auf mich zurasen. Das Plärren und Schnarren von Sprechfunk, der Geruch nach feuchten Nadelbäumen und Zigaretten, doch danach nichts mehr, gnädigerweise lange Zeit nichts mehr außer einer stillen, schwarzen Leere.

Als ich aufwachte, war es Abend, das Licht im Raum war gedämpft, draußen hörte ich den Verkehr auf der Straße, auf dem Korridor Schritte und Stimmen, vorüberfahrende Geschirrwagen, weiter weg ein Fernseher. Der Geruch, die Einrichtung, die Geräusche sagten mir, daß es ein Krankenhaus war, sonst wußte ich nichts, nicht mal, wer ich war und wieso ich hier war. Es interessierte mich auch gar nicht; ich würde es schon früh genug erfahren. Mein bandagierter Kopf schmerzte höllisch, hinter beiden Augen hockte ein blendender Schmerz, peinigend, stechend wie von rotglühenden Nadeln, wenn ich die Augen bewegte. In meiner Brust spürte ich einen dumpfen, pochenden Schmerz, und Beine und Arme waren taub und bleischwer. Abgesehen davon und von einem mörderischen Durst schien ich einigermaßen in Ordnung.

Ich muß wohl wieder eingenickt sein, und nach ein paar Minuten schaute eine Krankenschwester herein – sie lassen einen nicht gern lange allein, denn man könnte ja, wenn man aufwacht, aus dem Fenster springen. Sie sah, daß ich wach war, und rannte zu meinem Bett. »Ah, da sind Sie ja«, sagte sie heiter. Mit der Klingel über meinem Kopf holte sie eine andere Krankenschwester herbei und trug ihr auf, Doktor Sissons zu verständigen. Während sie auf ihn wartete, unterhielt sie sich mit mir. »Und wie fühlen Sie sich?« Ich öffnete den Mund und gab ein keuchendes Krächzen von mir. »Gut, gut.« Sie rannte herum, strich Decken glatt, schüttelte Kopfkissen auf. »Trinken«, krächzte ich. Schließlich kapierte sie und hielt meinen Kopf, während ich an einem Strohhalm saugte. Als ich mich bewegte, gab es eine Reihe von Explosionen in meinem Kopf, und der Schmerz hinter meinen Augen war so stark, daß ich mich fast erbrach und in Ohnmacht fiel, aber es lohnte sich: Es war himmlisch, die lauwarme Flüssigkeit auf Zunge und Gaumen zu spüren.

Doktor Sissons erschien und untersuchte mich. Er spitzte die Lippen, als ich mit den Fingern und Zehen zu wackeln versuchte, summte tonlos vor sich hin, während er in meinen Mund, in meine Augen (au!) und Ohren leuchtete, an meiner Brust lauschte, hier klopfte und da drückte. »Nun

also, wie viele Finger können Sie erkennen?« Er hob drei hoch. Einfach. »Können Sie mir Ihren Namen nennen?« Weniger einfach. »Wissen Sie, wo Sie sind?« Ja, danke. »Und wie Sie hierhergekommen sind?« Nicht genau.
Das meiste kam mir während der Nacht wieder in den Sinn. Es zog in einem verschwommenen Wirbel aus lebhaften, unsteten Erinnerungsfetzen und Wachträumen an mir vorbei. Ich döste ein paar Minuten, wurde dann mit einem Ruck wach, schweißgebadet und blinzelnd in dem schwachen Licht. Nach und nach fügten die Stücke sich zusammen. Irgendwann überwältigte mich ein intensives, peinigendes Schamgefühl, und ich lag erniedrigt und gedemütigt da und ließ meine Tränen strömen. Später wurde ich erneut wach, zitternd vor Entsetzen, als ich in meinen Träumen kopflos durch den Tannenwald flüchtete, gehetzt von unsichtbaren Verfolgern. Doch als die Dämmerung kam, merkte ich, daß sich etwas verändert hatte, spürte ich einen Unterschied, als seien Wind und Temperatur in einem Sturmsystem plötzlich umgeschlagen. Das schlechte Wetter war noch nicht vorbei, noch lange nicht, doch nach und nach würde der Wind nachlassen, der Regen aufhören. Und trotz meiner mißlichen Lage, des Durcheinanders ungelöster Fragen und meiner ungewissen Zukunft hatte ich das Gefühl, daß das Schlimmste hinter mir lag und daß ich mit allem, was mir bevorstand, fertig werden würde.
Früh am nächsten Morgen brachte man mir eine Tasse süßen Tee und kurbelte mich zum Trinken in eine beinah sitzende Position hoch. Die Tasse zitterte heftig in meiner Hand, meine Finger waren noch taub und prickelten – es habe etwas mit dem Kohlenmonoxid zu tun, sagten sie –, doch ich trank dankbar. Ein wenig später erschien Emma in der Tür, das Gesicht voller Angst, genauso nervös we-

gen des Wiedersehens wie ich. Ich konnte mich nicht beherrschen und weinte wie ein Baby, und auch ihre Augen waren voller Tränen. Wir lächelten uns schüchtern an, schluchzten eine Weile, und dann beugte sie sich vor und küßte mich sanft auf die Wange.

»Es tut mir so leid«, sagte ich und meinte es ehrlich. »Alles.«

»Ich weiß«, sagte sie kläglich und runzelte die Stirn über ihrem Taschentuch. »Ich habe den Brief gelesen.«

Die Frauen hatten sich das Ganze zusammengereimt an jenem Abend. So wie Emma es darstellte, gesegnet mit der Weisheit nachträglicher Einsicht, hätte man meinen können, daß ich eine Spur so breit wie der Grand Canyon hinter mir gelassen hatte. Emma sagte, daß ihr Mißtrauen erwacht sei, da ich keinen Koffer gepackt hatte, weil ich offenbar bereit war, zu gehen, ohne auch nur Wäsche zum einmaligen Wechseln mitzunehmen. Während sie sprach, entdeckte ich mit einem merkwürdigen Gefühl amüsierter Erleichterung, daß es sich anhörte, als ob sie über jemand anderen sprach, irgendeinen verschrobenen, einfältigen Verwandten wie eine altjüngferliche alte Tante. Sie versprach sich sogar und sagte: »... und er ließ sämtliche Schuhe im Schrank stehen ...« Ich hörte nur halb zu. Der Klang ihrer Stimme, als sie da neben meinem Bett im Sessel saß, war herzerfrischend, die beste Medizin, sanft und besänftigend wie Musik. Am liebsten hätte ich ihre Hand gedrückt, doch dazu hatte ich kein Recht.

Etwa zwei Stunden nachdem ich das Haus verlassen hatte, hatte Stephanie Pryce angerufen. Es war ihre Intuition gewesen, die die Maschinerie in Bewegung setzte, schließlich war sie ja eine Spezialistin auf diesem Gebiet. Offenbar hatte ich bei unserem Gespräch etwas fallengelassen, was sie später als »starken Hinweis auf meine Ab-

sichten« bezeichnete. Obwohl sie frei hatte und mit ihrem Mann im Theater verabredet war, war sie vom Krankenhaus nach Hause gerast und hatte eine Menge philosophischer Bücher aus ihrem Studio geholt. Sie wollte mich anrufen und mit starken Sätzen von Sokrates und Keynes auf andere Gedanken bringen – einiges davon ist wirklich großartig, und sie trug mir später auf, es zu lesen, aber, um ehrlich zu sein, ich bin nicht mehr sehr daran interessiert. Doch ich bin immer noch überzeugt, daß an meinem Konzept der guten und schlechten Karten was dran ist.
Jedenfalls rief Stephanie im Landhaus an, doch da war ich schon längst weg und fuhr mit dem Morris im Wald herum. Sie sprach mit Emma und deutete an, daß nicht alles so sein mußte, wie es aussah. Emma rief sofort Mitch an, die bestätigte, daß ich die Möglichkeit eines Besuches nur ganz vage einmal angedeutet hätte, daß sie mich an diesem Abend aber überhaupt nicht erwarteten und daß sie kurz davor sei, mit Dan auszugehen. Kaum hatte sie eingehängt, kam Alice mit dem Range Rover, um Emma zu besuchen. Als sie von Stephanie und Mitch hörte, gab sie ihren Senf dazu und sagte: »Ich weiß, er hat irgend etwas vor.« Offenbar sagte sie: »Niemand gibt freiwillig sein einziges Exemplar des *Oxford Book of English Verse* heraus.«
Die Polizei wurde gerufen und kam sofort, ließ sich das Ganze schildern und machte sich auf die Suche. »Er wird nicht weit gefahren sein, Missus«, sagte einer von ihnen fröhlich. »Wenn er es wirklich tun will, warum sollte er dann den ganzen Weg nach London fahren?« Doch so sicher waren sie sich nun doch nicht, denn offenbar schickten sie einen Streifenwagen zum Haus in Fulham.
Gott, es muß fürchterlich für sie gewesen sein. Sie ließen sie in der Obhut (»Schutzhaft« wäre der richtigere Ausdruck dafür gewesen, sagte sie) einer wohlmeinenden,

aber übergewichtigen Polizistin zurück, die die ganze Zeit damit verbrachte, kannenweise Tee zu kochen und herumzulaufen wie ein Todesengel. Alice nahm die Kinder mit ins Alte Pfarrhaus und kam zurück, als sie eingeschlafen waren.

Gegen fünf Uhr morgens entdeckte ein aufmerksamer junger Streifenpolizist, der in einem Ford Sierra in der Gegend herumkurvte, die lächerlich schmale Reifenspur, die von der Straße auf den weichen Untergrund eines der Wirtschaftswege abbog. Er folgte dieser Spur in den Wald. Als er später neben meinem Bett saß und meine Aussage aufnahm, drückte er seine Überraschung aus, daß der alte Wagen es so weit durch den Schlamm geschafft hatte – er selbst hätte seinen Sierra beinahe in den Graben gefahren. »Soviel zu dieser verdammten Differentialsperre ...«

Nach ein paar Minuten hatte er den Morris gefunden; der Motor blubberte seit Stunden zuverlässig vor sich hin. Ich lag bewußtlos mit dem Gesicht im Schlamm, halb im Wagen, halb draußen. Blut tropfte von einer Wunde an der Stirn in den Schlamm. Sie schlossen daraus, daß ich mit dem Kopf gegen die Tür geschlagen war, als ich aus dem Wagen fiel. Der Polizist funkte um Hilfe, und kurz danach hievten sie mich in den Rettungswagen. Er sagte, die meiste Zeit sei ich bewußtlos gewesen, doch einmal sei ich zu mir gekommen »und reichlich unverschämt geworden«, als ein Rettungsmann versuchte, die durchnäßten und schlammverdreckten Reste von Jamies Bild aus meiner Hand zu lösen.

Es war natürlich ruiniert, aber die Überreste verwahre ich an einem geheimen Platz; fragen Sie mich nicht, warum – vielleicht werde ich eines Tages das Bedürfnis haben, es anzuschauen. Jamie malte in kurzer Zeit ein neues; anscheinend haben Kinder keinerlei Gewissensbisse, wenn sie mehrere Exemplare eines bewunderten Kunstwerkes produzieren, vor allem dann nicht, wenn es bestellt ist. Tja, sagte er, er brauche ein Fahrrad – wie könne er sonst in seinem Inselparadies herumfahren? Ich ließ das neue Bild vom Künstler signieren, anschließend wurde es aufgezogen und gerahmt. Jetzt hängt es im Gästezimmer neben dem Fenster an der Wand, direkt über meinem Schreibtisch. Diesmal ist die ganze Familie an Bord, vier Köpfe schauen über die Reling, während das Schiff zielstrebig über den Ozean segelt, dem kleinen grünen Hügel am Horizont entgegen.

Nach acht Tagen wurde ich aus dem Krankenhaus entlassen. Ich hatte einen Schaden an der Lunge sowie eine davon unabhängige Infektion, die mich für vierzehn Tage niederwarf und mir für Wochen einen scharfen Husten bescherte. Sie murmelten was über meine Leber und mögliche langfristige Schäden durch das Gas. Therapeuten, Berater, Knochenbrecher und Seelenklempner hielten mir endlose Vorträge über die Mechanik von Nervenzusammenbrüchen und meine falsche Lebensweise; gewissenhaft analysierten sie meine Motive und zerpflückten meine angeblich logischen Argumente.

Sie meinten es gut, aber es war alles unnötig – sie predigten einem Konvertierten. Ohne die rechtzeitige Entdeckung von Jamies Bild wäre ich nicht mehr da; da gibt's für mich keinen Zweifel. Darüber waren sie natürlich alle ganz aufgeregt. »Und was, Mr. Deacon, bedeutet die im Bild Ihres Sohnes ausgedrückte Symbolik, und in welchem Zusammenhang steht sie mit Ihrer damaligen und jetzigen Situation?« Vierhundert Wörter bitte, und zwar bis zum Nachmittagstee, oder … Was mich betraf, so war die Sache sonnenklar, sieben Wörter hätten gereicht. Ein klarer Beweis dafür, daß er mich brauchte. Das war alles.

Als meine Entlassung aus dem Krankenhaus näher rückte, erhob sich auch die knifflige Frage, wo ich wohnen würde. Ich sagte Emma, daß ich am liebsten zu meinen Eltern ziehen würde. Es war wahr, ich spürte den starken Wunsch, ins Haus meiner Jugend zurückzukehren, ins Basislager hinabzusteigen und mich neu zu gruppieren. Im Krankenhaus sprachen wir ausführlich miteinander, aber hauptsächlich über Vergangenheit und Gegenwart und nur gelegentlich und indirekt über die Frage, wie es in Zukunft weitergehen würde. Wir hatten uns stillschweigend auf einen Waffenstillstand geeinigt, doch nicht versöhnt – dafür war es viel zu früh. Mir war klar, daß sie eine Atempause brauchte; Zeit, ihre Gedanken und Gefühle zu ordnen, ohne mich die ganze Zeit um sich herum zu haben. Zuerst wollte sie nichts davon hören, doch schließlich gab sie nach, und eines sonnigen Morgens Ende März rollte mich ein Pfleger über den Krankenhausflur, eine Decke auf den Knien wie ein Achtzigjähriger bei einem Ausflug. Emma holte mich in ihrem Firmenwagen ab, und in zwei Stunden waren wir in Bedfordshire.
Ich blieb fast zwei Monate dort. Zuerst war meine Mutter total überfordert, kein Wunder, wenn Mann und Sohn gleichzeitig bettlägerig sind. Doch während seine Gesundheit immer schlechter wurde, ging es mit mir allmählich bergauf, und nach etwa einer Woche war ich wieder auf den Beinen. Ich hatte immer noch diesen höllischen Husten, gelegentliche Schwindelanfälle und ein vermindertes Empfindungsvermögen in den Finger- und Zehenspitzen. Die Tests des Seelenklempners hatten eine verminderte gedankliche Reaktionszeit und Konzentrationsschwierigkeiten ergeben. »Das ist nichts Neues«, sagte mein Vater. »Sieh dir nur mal deine alten Schulzeugnisse

an!« Aber die Ärzte waren zuversichtlich, daß diese Symptome nach und nach verschwinden würden.
Ich verbrachte viel Zeit am Bett meines Vaters. Wenn es ihm gutging, erzählte er mir von meinen Großeltern, seiner Kindheit in den Dales, seinem Eintritt in die Air Force. Ich wußte nur wenig über ihn und seine Vergangenheit. Es war wie eine Offenbarung. Wir sprachen über Flugzeuge und das Fliegen, er fragte mich über den Jaguar aus, und ich fragte ihn, wie die Spitfire denn wirklich gewesen war: »Am Anfang verdammt schlüpfrig ...« Wir fanden heraus, daß die Chipmunk das einzige Flugzeug war, das wir beide geflogen hatten.
Langsam ließen seine Kräfte nach. Anfangs hatte er uns noch helfen können, wenn wir ihn ins Bad oder zu seinem Lieblingssessel neben dem Ofen im Wohnzimmer manövrierten, aber schon bald mußten wir ihn in den Rollstuhl heben und ihm wieder heraushelfen. Er trug die Würdelosigkeit seines Verfalls mit charakteristischem Stoizismus, aber ich merkte, daß er alles nur noch mechanisch tat. Nie sprachen wir über meine Lage oder unser letztes Treffen in Suffolk; das waren Themen, die wir beide nicht anschnitten, weil wir wußten, daß unsere Ansichten darüber zu verschieden waren. Einmal kam er nahe dran:
»Ich habe das Gefühl, daß sich alles für dich zum Guten wenden wird, P.J.«, sagte er eines Nachmittags. »Vermutlich nicht auf eine Weise, die ich mir vorstellen kann, aber deine Mutter hat einen sechsten Sinn für solche Dinge, und ich vertraue auf ihre Meinung.« Das tat gut, und als ich meine Hand auf seine legte, lächelte er und nahm sie nicht weg. Fast eine ganze Minute lang.
Unter dem gnadenlosen Regiment meiner Mutter mit drei vollen Mahlzeiten pro Tag und jedesmal warmem Pudding danach begann ich schon bald zuzunehmen. Als der

Frühling voranschritt und die Abende länger wurden, begann ich mit Körperertüchtigung, langsam zunächst, Spaziergängen in der näheren Umgebung, dann, als der Husten schließlich aufhörte, mit Laufen, eine Meile oder so auf Straßen und Pfaden, und als dann meine Kräfte zurückkehrten, weiter über Land. Das entwickelte sich zu einer Art Beschäftigungstherapie, und ich konzentrierte mich auf vergessene wichtige Dinge wie Gesundheit und Ausdauer, Rhythmus von Körper und Seele, das konzertierte Zusammenwirken von Herz, Lunge und Gliedern. Schon nach kurzer Zeit begann ich zum Entsetzen meiner Mutter, das warme Frühstück zu verweigern, die Apfelkuchen und den Siruppudding, und machte ihr schließlich klar, daß zwei leichte Mahlzeiten und ein kleines, aber kräftiges Essen pro Tag durchaus genug waren.

Trinken war natürlich überhaupt kein Thema und ist es bis heute nicht. Ich ließ mich von den Ärzten und Psychiatern im Krankenhaus und von einem herumreisenden Repräsentanten der Anonymen Alkoholiker voll und ganz davon überzeugen, daß es gut und richtig war, mich diesem Verbot zu unterwerfen. Aber ich achte sorgfältig darauf, daß ich da nicht zu selbstsicher werde; einmal Alkoholiker, immer Alkoholiker, hat man mir eingeschärft. Aber, um ehrlich zu sein, ich vermisse den Alkohol nicht und bin noch nicht in Versuchung geraten.

Nicht einmal während der Konkursverhandlungen vor Gericht. Obwohl »vor Gericht« vielleicht ein wenig übertrieben ist. Die Verhandlungen fanden im Büro des Richters statt und wurden mit großer Höflichkeit, ja fast Herzlichkeit geführt. Wallace war natürlich zur Stelle, und Bishop, der die Bank vertrat. Er schüttelte mir die Hand, als wir uns auf dem Parkplatz trafen, schien wirklich erfreut, mich zu sehen, erkundigte sich nach der Familie und

schlug vor, zusammen essen zu gehen! Auch ein Vertreter der Baugesellschaft nahm teil. Da das Haus in Fulham das einzige Vermögen darstellte, drehte sich der größte Teil der Diskussion um seinen Verkauf und die Verteilung des Verkaufserlöses.
Ich befolgte nur allzugern den Rat meines Anwalts, nur dann etwas zu sagen, wenn ich gefragt wurde. Da gab es diese kleine Geschichte mit dem gefälschten Telefax an die Bank, wegen der ich mir Sorgen machte, und einmal wurde es ziemlich eng, als Bishop und der Vertreter der Baugesellschaft Dokumente über die bestehenden Hypotheken vorlegten. Mit keinem Wort wurde ein Hypothekenantrag auf das Landhaus erwähnt. Es stellte sich heraus, daß das Telefax nicht viel zu bedeuten hatte, denn faksimilierte Übertragungen dieser Art gelten nicht als Beweis für einen zwischen Parteien geschlossenen Vertrag und werden vor Gericht nicht anerkannt. Auch stand in dem Brief lediglich, mein Antrag sei angenommen worden, und Bishop hatte deshalb nicht klug gehandelt, als er ihn als Sicherheit akzeptierte. Wahrscheinlich hoffte er, so wie der Beklagte, der zwei Stühle neben ihm saß, daß dieses Papier nie mehr ans Licht kommen würde. Vermutlich hat er das verdammte Ding durch den Reißwolf gejagt.
Die Sache wurde auf friedliche Weise beigelegt. Der Mann der Baugesellschaft sagte, sie seien froh, wenn das Haus verkauft werde; er habe auch bereits einige Verbindungen zu möglichen Käufern. Selbst die zurückhaltendsten Einschätzungen seines Marktwertes versprachen, daß niemand um sein Geld bangen mußte. Die Baugesellschaft würde den vollen Wert des Darlehens einbehalten plus offenstehende Zahlungen plus Zinsen. Das ließ mehr als genug übrig, um sämtliche Bankschulden zu bezahlen und alle anderen Gläubiger, Wallace' Kosten, Kreditkar-

ten, alles. Vielleicht würden da am Ende sogar noch ein paar hundert Pfund für die Deacons übrigbleiben. Der Richter erklärte, bis das Haus verkauft und sämtliche Schulden korrekt beglichen seien, sei ich noch insolvent und stünde unter der Zuständigkeit des Gerichts, aber sobald der letzte Penny bezahlt sei, sei ich ein freier Mann. Ich weiß nicht, wer von uns erleichterter war, jedenfalls ließ ich mir von John Bishop später in der Kneipe eine Limonade kaufen.

Am Abend rief ich Emma an und erzählte ihr die Neuigkeiten. Wir sprachen ein- oder zweimal in der Woche miteinander; manchmal rief ich an, manchmal sie. Unsere Telefongespräche waren freundlich, nicht mehr so verkrampft. Wir redeten miteinander und hörten uns die Nebensächlichkeiten des anderen an. Es waren Plaudereien, freundlich, nicht intim, aber nett. Ich freute mich mehr und mehr auf sie. Ich vermißte sie sehr, auch die Kinder. Mehr, als ich mir jemals vorgestellt hatte. Wir vereinbarten, ihnen zu sagen, ich sei eine Weile in Bedfordshire, weil es Großvater Deacon so schlecht gehe. Sie erzählte, daß die Kinder viel von mir sprachen. Sally habe sich nach der stinkenden alten Vogelscheuche, die sich immer im Schuppen herumdrückte, erkundigt, und Jamie habe eine Menge Bilder gemalt, die er mir zeigen wolle, wenn ich wieder mal zu Besuch käme. Ich vermied es bewußt, über einen festen Termin zu sprechen, denn ich wollte, daß dies von Emma ausging.

Mein Vater starb an einem Abend im Mai. Obwohl wir damit gerechnet hatten, traf es uns überraschend. Er saß friedlich dösend im Bett, meine Mutter saß am Fenster, stopfte und hörte ihrem kleinen Kofferradio zu. Ich war gerade von einem Lauf zurückgekommen und steckte den Kopf zur Tür hinein, um ihr Bescheid zu sagen, daß ich

wieder da sei. Da öffnete er die Augen, sagte: »Oh, du bist ja wieder zu Hause, okay, P.J.« und starb. Meine Mutter und ich starrten uns an, sie nahm ihre Brille ab, ging zu ihm und küßte ihn. Wir saßen beide am Bett und hielten uns an den Händen, bis es dunkel wurde.
Er wollte kein großes Theater und hatte uns präzise Anweisungen hinterlassen. David kam am nächsten Tag von San Diego herüber, und wir drei begleiteten ihn ins Krematorium. Emma hatte ein langes Gespräch mit meiner Mutter; sie wollte kommen, aber meine Mutter sagte nein, das sei viel zuviel Aufwand mit den Kindern. Anschließend sprach ich mit Emma.
»Warum kommst du nicht zum Wochenende zu uns, wenn sich die Aufregung gelegt hat. Bring deine Mutter mit, es wird ihr bestimmt guttun, die Kinder wiederzusehen.«
»Bist du sicher?«
»Ja. Ich würde dich gern sehen.«
Wir fuhren am Freitag nachmittag mit Dads Rover und kamen rechtzeitig zum Tee an. Die letzten paar Meilen waren nervenzerfetzend, ich konnte den Wagen kaum auf der Straße halten. Ich war ängstlich und aufgeregt, begierig, sie zu sehen, und zugleich nervös. Als wir den Hügel ins Dorf hinunterfuhren, tauchten die Erinnerungen auf wie Geister. Aber es war alles anders, der Dorfanger war grün, das Gras dunkel und dicht, die Bäume dicht belaubt. Die Gärten waren ein Farbenmeer, Klatschmohn wuchs entlang den Hecken, vor Mrs. Morrisons Laden hingen Blumenkörbe.
Ich fuhr langsam die Straße hinunter und bog in die Einfahrt ein und parkte hinter Emmas Wagen.
»Da ist der alte Morris«, sagte meine Mutter. Da stand er, in der Garage; etwas Schweres drehte sich in meinem Magen um. Die Küchentür ging auf.

»Omi, Omi, liebe Omi!« Sally stürmte heraus und stürzte in die ausgebreiteten Arme meiner Mutter. Ich nickte David zu, und dann kam Emma heraus, um uns zu begrüßen; ihr Haar war jetzt länger. »Du hast deine Haare schneiden lassen«, sagte sie. Wir umarmten uns eine Sekunde lang, aber es war mehr als genug, mehr, als ich jemals erhofft hatte. »Jamie ist oben«, sagte sie leise.
Er saß im Schlafzimmer an seinem Tisch. Mit ernstem Gesicht schob er eifrig Papiere hin und her. »Ich bin noch nicht fertig.« Es klang ärgerlich und nervös.
»Das tut mir leid, möchtest du, daß ich ...?«
»Nein. Ich war gerade dabei, meine Sachen fertigzumachen. Um sie dir zu zeigen. Du hast dir den Bart abrasiert.« Den Schnurrbart hatte ich jedoch behalten, als Andenken, sozusagen.
Ich kniete neben dem Tisch nieder, und wir gingen zusammen seine Schularbeiten durch. Dann zeigte er mir ein paar seiner letzten Bilder. Schließlich holte er einen dicken schwarzen Ringordner hervor und gab ihn mir. Es war das Buch über amerikanische Autos, die etwa zwanzig Seiten, die unbeschädigt geblieben waren. Er hatte sie mit Klebeband repariert und in den Ordner geheftet.
»He, ist ja prima, den Studebaker haben wir noch.«
»Ja, und den Lincoln Continental auch, wenigstens das meiste davon.«
»Jamie.« Ich sah ihn an; seine Augen waren immer noch wachsam, aber vielleicht nicht mehr voll Angst. Bitte, lieber Gott, niemals wieder diese Angst. »Ich freue mich wirklich sehr, dich zu sehen.«

Am nächsten Vormittag rollten die Mitchells an. Es war natürlich arrangiert, Emmas Idee. Ich war mit David und

den Kindern im Garten; wir versuchten, etwas von dem Unkraut wegzumachen.
»Ich glaube, ich habe eben den Rasen entdeckt«, sagte David, der bis zu den Knien in den Brennesseln stand. Genau in diesem Moment kamen sie an, wie Filmstars, im BMW mit zurückgeklapptem Dach, plärrender Stereoanlage, Sonnenbrillen, Mitch mit einem weißen Seidenkopftuch, Dan mit Fahrerhandschuhen, winkend wie Könige. Die Kinder kreischten vor Vergnügen.
»Hallo, ihr Bauerntölpel!« rief Dan und sprang über die Wagentür. »Also, wer von euch Kindern liebt euren Onkel Dan am meisten, eh? Zehn Pfund für den Sieger! Großer Gott, sehe ich da wirklich zwei Deacons vor mir im Gebüsch? Nein, der mit dem Schnurrbart sieht viel zu intelligent aus, das muß der Gärtner sein, sagen Sie, guter Mann …« Und so weiter, während er vorsichtig über die Blumenbeete stieg. Ich ging zu ihm, und wir umarmten uns. »Hallo, alter Junge«, flüsterte er mir ins Ohr. »Verdammt gut, dich zu sehen.« Wir hielten uns einen Moment fest, dann machte er sich frei. »He, fangt bloß nicht irgendwelchen Unsinn an, ich weiß alles über euch Gartenfreaks, David! Schön, dich mal wiederzusehen, wie lange ist es schon her …«
»Hallo, Flyboy«, sagte Mitch. Auch wir umarmten uns. Es war eben einer von diesen Tagen. Als wir uns schließlich losließen und ich sie auf Armeslänge festhielt, waren ihre Augen feucht. »Danke, daß ihr gekommen seid.« Das war das einzige, was mir einfiel.
Und so ging es weiter. Alice und Jack kamen gegen Abend, wir veranstalteten eine Dinnerparty, alle acht zusammengedrängt um den Küchentisch, und futterten Knoblauchbrot und eine riesige Lasagne, die Emma zubereitet hatte. Es war ein Meisterstück, meine Mutter ent-

spannte sich zum erstenmal seit Monaten, eingeklemmt zwischen Jack Greenaway und Dan. Die beiden waren prächtig, es war gut, meine Mutter noch mal lachen zu sehen. Emma und ich saßen uns an den Kopfenden des Tisches gegenüber. Ab und zu trafen sich unsere Blicke. Während des Nachmittags hatte sie vorgeschlagen, ich solle noch ein wenig im Landhaus bleiben, wenn David und meine Mutter wieder nach Hause gefahren waren. »Mal sehen, wie's läuft, natürlich nur, wenn du möchtest.« Genau das hatte ich mir gewünscht, mehr als alles andere auf der Welt.

Ich sah sie an, und sie beugte sich zu mir vor und sagte etwas, das ich aber nicht verstehen konnte, denn Dan und Jack hatten zu singen begonnen, und David verstopfte sich die Ohren mit Stückchen seiner Papierserviette. Das Ganze entwickelte sich zu einer typischen Deaconschen Dinnerparty.

»Was?« Ich legte die Hand hinter mein Ohr.

Sie versuchte es noch mal, brach aber lachend ab, als der Gesang lauter wurde, und schüttelte den Kopf. Dann neigte sie ihn zur Seite und formte »hallo« mit den Lippen.

Der Gesang steigerte sich zu einem Crescendo. Dan, Jack und David steckten die Köpfe über dem Tisch zusammen und heulten wie Katzen. Alle sangen mit: »I'm forever blowing bubbles, pretty bubbles in the air. They rise so high, they reach the sky, then like my dreams they fade and die ...«

Mein Schreibtisch hier oben im Gästezimmer steht vor dem Fenster. Ich kann weit über die Felder blicken, auf den kleinen Fußweg, der am Dickicht entlang führt, über den Fluß zur kleinen Brücke und darüber hinweg bis zur anderen Seite des Tals. Das Getreide ist hoch und golden, in wenigen Wochen wird man es ernten und die Stoppeln unterpflügen, und der Kreislauf beginnt von neuem.

Es ist fast genau ein Jahr her, daß ich von UAS entlassen wurde. Ich weiß, daß ich heute nicht mehr der gleiche Mensch wie damals bin. Ich habe mich hier niedergelassen und kann mir kein anderes Leben mehr vorstellen. Ich habe Arbeit; ich habe eine kleine Ein-Mann-Marketing-Beratungsfirma für lokale Unternehmen gestartet. Das bringt ein wenig Geld ein und beschäftigt mich zwei Tage in der Woche. Einer meiner Kunden ist der kleine Kunstgewerbeladen zwei Dörfer weiter, in dem ich mal gewesen war.

Ich führe den Haushalt. Mandy kommt noch immer und hilft mir; ihr Großvater und ich werden nächste Woche ein neues Dach für die Garage zimmern. Was sonst noch? Ja, die Kinder. Ich kann sie jetzt sehen, zwei sich langsam bewegende Punkte drüben auf dem Feld. Sie wollen zu dem eingetrockneten Flüßchen, nehme ich an. Sie sind eine stetige Quelle der Frustration, der Erkenntnis und der Freude. Jamie ist schon so erwachsen, sein Selbstvertrauen verbessert sich von Tag zu Tag. Neulich hat er, zum allererstenmal, einen Schulfreund zum Tee mit nach Hause gebracht. Ein netter, zurückhaltender Junge namens Matthew. Sally ist Sally. Sie wird Matthew heiraten, offenbar am nächsten Sonnabend.

Emma arbeitet wie ein Pferd. Sie hat bei Charlie jetzt ihre eigene Abteilung, und man spricht über einen Umzug in größere Räume und sogar über eine Teilhaberschaft. Sie lebt geradezu auf bei ihrer Arbeit, doch abends scheint sie ehrlich dankbar dafür zu sein, alles beiseite schieben zu können und Abendessen zu machen oder mir zu helfen, die Kinder ins Bett zu bringen, oder ganz einfach mit mir

im Garten zu sitzen und mich über meinen Tag auszufragen.
Es ist erstaunlich, wie sehr Prioritäten sich ändern können. Und wie sinnlos es ist, gegen unvermeidliche Veränderungen zu kämpfen. Ich will nicht sagen, daß ich jetzt glücklicher bin – auch damals war ich glücklich, dachte ich wenigstens. Aber ich habe gelernt, in Frieden mit mir zu leben, die Dinge zu schätzen, die wertvoll sind, und dankbar zu sein für den Augenblick.

Knaur

Born in the USA

(60356)

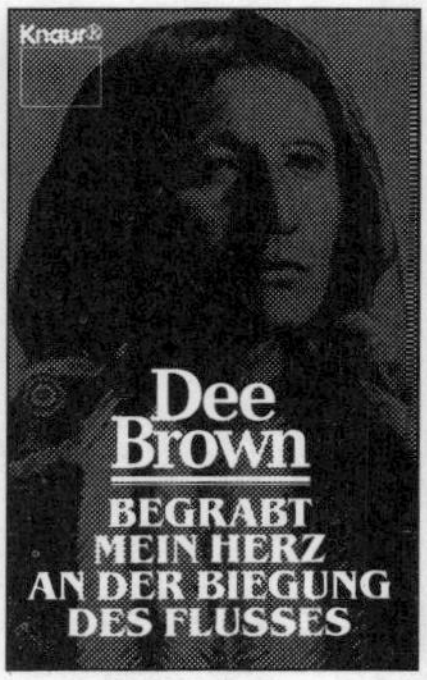

(3351)

(60446)

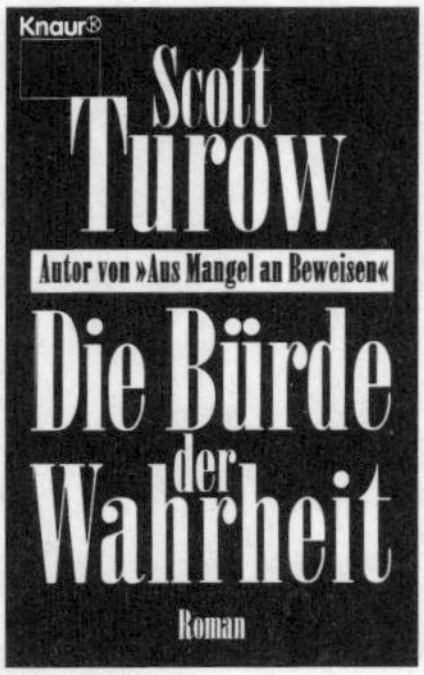

(60146)

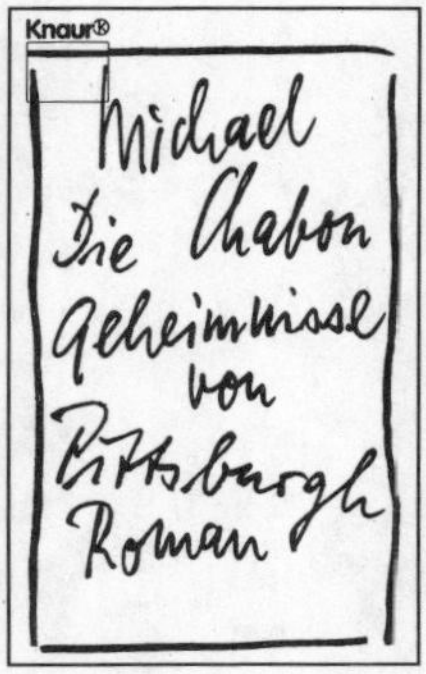

(2930)

(60453)